BASTEI
LÜBBE

Von Bernhard von Muecklich sind als Bastei Lübbe Taschenbücher erschienen:

14570 Die Kinder der Sonne
14700 Die Nomaden der Meere

Bernhard von Muecklich

DIE GRÜNDER DER STADT

DIE BERNSTEIN-SAGA

BASTEI LÜBBE

BASTEI LÜBBE TASCHENBUCH
Band 14791

Erste Auflage: Oktober 2002

Vollständige Taschenbuchausgabe

Bastei Lübbe Taschenbücher ist ein Imprint der Verlagsgruppe Lübbe

Originalausgabe

Umschlaggestaltung: Gisela Kullowatz
Titelbild: AKG, Berlin, Etruskische Malerei, 1. Hälfte 5. Jh. v. Chr.
Diener und Musikanten. Wandmalerei der Tomba dei Leopardi
Satz: KCS GmbH, Buchholz/Hamburg
Druck und Verarbeitung: Elsnerdruck, Berlin
Printed in Germany
ISBN 3-404-14791-X

Prolog

Grelle Blitze durchzuckten vielädrig die Atmosphäre, die an jenem schwülheißen Sommernachmittag in grünlich gelber Unwirklichkeit über dem Land lastete.

Das anfangs aus der Ferne vernehmbare, den Blitzen folgende dumpfe Grollen des Donners schwoll immer stärker an, bis es sich in schneller Abfolge mit ohrenbetäubendem Krachen über dem auf wandlosen Pfosten stehenden und nur mit einem einfachen Ziegeldach geschützten Heiligtum entlud, welches in einem lichten, einsam gelegenen Eichenhain errichtet worden war.

In atemloser Spannung verfolgten drei Männer, die sich ihre gold bestickten, purpurfarbenen Mäntel zum Zeichen ihrer ehrfürchtigen Andacht über den Kopf bis tief ins Gesicht gezogen hatten, das Geschehen am Altar, auf dem der immer noch zuckende Körper eines soeben geschlachteten Schafes lag.

Etwas erhöht hinter dem schlichten Opferstein standen eine Frau und ein weiterer Mann, deren lange, fließende, aus feiner weißer Wolle gewebte Gewänder erkennen ließen, dass sie dem Priesterstande angehörten.

Mit geübten Handgriffen entnahm der Priester die Leber aus dem geöffneten Leib des Tieres und legte sie vorsichtig in eine flache, goldene Schale, welche er dann auf einem bronzenen Dreifuß abstellte, der zwischen dem Altar und den drei vermummten Männern stand.

Gemeinsam mit der Priesterin betrachtete er eingehend das dampfende Organ, welches er wenig später mit einem schmalen scharfen Messer der Länge nach halbierte, um nun auch das Innere auf das Genaueste zu untersuchen.

Als sie beide damit fertig waren, verständigten sie sich stumm mit einem unmerklichen Kopfnicken, worauf der Priester die Leber wieder in den Kadaver zurücklegte und denselben sodann mit Öl und Wein übergoss, während er ein kurzes, leises Gebet dazu sprach. Schließlich ergriff er seinen bislang an dem Altar lehnenden, aus poliertem Eichenholz gefertigten Amtsstab, welcher an der Spitze von einem in Gold gefassten Bernstein geschmückt wurde, und stellte sich wieder neben die vor dem Dreifuß harrende Priesterin.

Reglos und in schweigender Erwartung hielten sie nun alle ihre Blicke auf den Altar gerichtet, während draußen das Gewitter seinem infernalischen Höhepunkt entgegentobte.

Plötzlich fuhr mit einem kreischenden Fauchen und begleitet von einem markerschütternden Donnerschlag ein Blitz durch die über dem Altar befindliche Dachöffnung herab und verschmorte in einem Augenblick das Fleisch des Opfertieres zu einer schwärzlich amorphen Masse.

Gleichzeitig öffnete der Himmel seine Schleusen, und eine schwere, großtropfige Regenflut prasselte befreiend in dichten Schwaden auf die seit vielen Tagen von der Sonne verbrannte Erde hernieder.

Jetzt wandten sich die Priesterin und ihr Amtskollege zu den drei Männern um, die sie mit angstvoll geweiteten Augen anstarrten.

Die schlanke, etwa vierzig Jahre alte Frau, deren weiche, in herber Schönheit erstrahlenden Gesichtszüge von ihrem lockigen, blauschwarzen, von grauen Strähnen durchzogenen Haar, welches sie über der Stirn gescheitelt und um den Hinterkopf zu mehreren schulterlangen Zöpfen gebändigt hatte, umrahmt wurde, schloss die von langen Wimpern umsäumten Lider und begann mit ihrer warmen Altstimme in seltsam entrückter Weise zu sprechen.

»Ihr hohen Lukomonen, die ihr aus Tarchnal, Chaisrie und Velchal zu diesem geheiligten Ort gekommen seid, um die Götter über die Zukunft der Rasna zu befragen, vernehmt nun also durch meinen Mund, welches unabwendbare Schicksal die Unsterblichen unserem Volke zugedacht haben.

In all seiner Macht und Herrlichkeit hat sich Velthune, Vater und zugleich Mutter der Götter und Menschen, gerade vor uns offenbart, und dies ist sein Wille!« Sie hielt inne und fuhr dann in einem verklärten Singsang weiter fort. »Von jetzt an gezählt, werden den Rasna acht Zeitalter gewährt, in welchen sie ihre Herrschaft über das Land ausdehnen, neue Städte gründen und es zu großem Ansehen und Wohlstand bringen werden. Das jeweils neue Zeitalter beginnt immer dann, wenn der letzte Rasna, der in dem vorangegangenen geboren wurde, gestorben sein wird.

Mit dem Ablauf des letzten Zeitalters aber wird das Volk der Rasna verlöschen wie eine Fackel im Sturm. Die eigenen Kinder werden sich dann nämlich gegen ihre Eltern erheben und sie mit Krieg überziehen! Das reine Blut der Rasna wird vergossen werden, und ihre Städte werden veröden. Ihre Sprache wird nicht mehr gesprochen werden, und ihre Lebensart wird dem Vergessen anheim fallen. Nur ihre stummen Gräber werden dereinst daran erinnern, dass es die Rasna überhaupt einmal gab.«

Nach diesen dunklen Worten stöhnte sie auf und brach ohnmächtig zusammen.

Namenloses Entsetzen war jetzt in den während dieser Prophezeiung aschgrau gewordenen Gesichtern der drei Lukomonen zu lesen, und nur der weißhaarige Priester schien von all dem unberührt geblieben zu sein, denn er stand, sich an seinem Stab stützend, emotionslos da und schaute in die Ferne.

Mit einem Male jedoch kam wieder Leben in ihn, und er schritt, ihnen den Rücken kehrend, wortlos zum Altar zurück, vor dem er, den triefenden Regen nicht achtend, mit über seiner Brust verschränkten Armen hoch aufgerichtet stehen blieb.

»Geht jetzt und kündet eurem Volk den Willen der Götter«, befahl er, ohne sich noch einmal zu ihnen umzudrehen. »Von nun an sollt ihr euch jedes Jahr zu dieser Zeit hier versammeln und euch einen aus eurer Mitte zu eurem Oberhaupt erwählen. Für ein Jahr wird dieser Mann dann den Titel eines Mechel-Rasnal führen, und er wird sowohl Herrscher als auch Priester sein. Zum Andenken daran, dass alles vergänglich ist und ihr als einziges Volk auf dieser Welt um euer Schicksal wisst, sollt ihr in diesen Tagen festliche Spiele abhalten und euch ausgelassen eurer Lebensfreude hingeben. Wenn die Feiern vorbei sind, schlagt einen Nagel in die Torpfosten dieses Heiligtums, welches ihr in eurer Dankbarkeit den Göttern gegenüber an dieser Stelle mit großer Pracht neu errichten werdet. Die Nägel aber werden euch und eure Nachfahren immer daran erinnern, wie viel Zeit unserem Volke bis zu seinem Ende noch bleibt.«

Darauf hüllte er sich wieder in Schweigen und versank gänzlich in seiner Meditation.

Noch eine geraume Weile verharrten die drei Männer wie in Trance, und nur das leichte Plätschern des verebbenden Regens und das leise Grummeln des abziehenden Gewitters war um sie herum zu hören.

Dann riss auf einmal die Wolkendecke auf, und die rotgoldenen Strahlen der Abendsonne fielen durch die Dachöffnung über dem Altar, brachen sich in dem großen Bernstein am Stabe des Priesters und tauchten den Raum in ein warmes, überirdisches Licht.

In diesem Moment erwachte auch die hehre Priesterin aus ihrer Ohnmacht.

Sie erhob sich und schritt mit einem ätherischen Lächeln auf die drei Fürsten zu.

Nacheinander berührte sie mit einer sanften, segnenden Geste deren Stirn, worauf die lähmende Lethargie sogleich von ihnen wich und sie förmlich spüren konnten, wie neuer Lebensmut kraftvoll durch ihre Adern zu pulsieren begann.

Dankbar beugten sie ihre Knie vor der Frau und verließen dann ehrerbietig rückwärts gehend das Geviert des Heiligtums, um sich nun, derart beseelt und erquickt, auf den Weg zurück in ihre Städte zu machen.

Noch lange schaute die Priesterin ihnen hinterher, und kurz bevor die sich vor der untergehenden Sonne schattenhaft abhebenden Gestalten der drei Männer endgültig hinter den Hügeln entschwunden waren, hob sie noch einmal die Arme gen Himmel und flehte den Segen der Götter für sie und ihr Volk herab.

Kapitel 1

Die harten, metallischen Schläge des Hammers, mit welchem der Priester den vergoldeten Nagel in den rot bemalten, hölzernen Türsturz trieb, hallten mit einem dumpfen Echo, dem Rhythmus des Herzens gleich, durch den hohen Innenraum des Heiligtums. Nachdem der letzte Schlag verklungen war und er abschließend noch einen großen, in Gold gefassten Bernstein an dem Nagelkopf befestigt hatte, stieg der alte Mann wieder mühsam von der schmalen Leiter hinunter.

Er hatte die sechzig schon überschritten und war von hagerer, untersetzter Statur, die aber nun vom Alter gebeugt war. Schütteres, kurz geschnittenes graues Haar umkränzte seinen hochstirnigen kahlen Schädel, aus dem unter dichten grauen Brauen ein mandelförmiges Augenpaar in dunkler Melancholie aufleuchtete. Die bartlosen, eingefallenen Wangen, die sich beiderseits seiner leicht gebogenen, an einen Adlerschnabel erinnernde Nase und an seinem schmallippigen Mund mit den herabgezogenen Winkeln spannten, zeugten von der strengen Askese, welcher er sich seit seiner Jugend unterworfen hatte. Bekleidet war er neben den ledernen Sandalen, die um seine sehnigen Füße geschlungen waren, nur mit einem weißen, leinenen Lendenschurz, der ihm bis zur Mitte seiner mageren Oberschenkel reichte.

Er trat ein paar Schritte zurück und betrachtete dann für eine Weile nachdenklich sein Werk.

Über den vier mit Öl gefüllten Bronzeschalen, welche hinter ihm auf ihren bronzenen Dreifüßen um den im Zentrum des Heiligtums auf einem quadratischen, von sechs Stufen umgebenen steinernen Postament errichteten Altar gruppiert waren, tanzten irisierende blaugelbe Flammen, die den Raum allerdings nur sehr dürftig ausleuchteten.

In dieses bläulich flackernde Halbdunkel hinein glomm der Bernstein nun mit einem warmen, goldenen Feuer auf.

Der Priester ließ seinen Blick an der Reihe der Nägel herabgleiten, die er und sein Vorgänger in der Vergangenheit Jahr für Jahr, immer einen unter dem anderen, in den linken Torpfosten geschlagen hatten.

Mit jenem, den er gerade in den Sturz gehämmert hatte, waren es genau hundert Nägel, wobei gerade diesem letzten eine besondere, schicksalhafte Bedeutung zukam, symbolisierte er doch zum einen das Ende des ersten der acht Zeitalter, die den Rasna vorausgesagt worden waren, zum anderen aber auch den Beginn des zweiten.

Der alte Mann ließ seine Gedanken weit in die Vergangenheit schweifen.

Sein Name war Thesu, Sohn des Lukomo Avle Tarchne und der Larthi Feluski.

Die Familie der Tarchna, der er angehörte, zählte zu den angesehensten und mächtigsten unter den Rasna, was schon allein darin begründet lag, dass ihr Ahnherr der von unzähligen Mythen umwobene Tarchon war.

Der Legende nach war Tarchon vor mehr als vierhundert Jahren mit seinem Volk, den Thyrsu, in dieses Land gekommen, um hier für sich und die seinen Frieden und eine neue Heimat zu finden. Tarchon entstammte einem uralten Geschlecht von Seekönigen, denn vordem war das Meer die Heimat der Thyrsu gewesen, welches sie schon lange vor den Phoinikes und Craeces als wagemutige Seeleute, aber auch als gefürchtete Piraten über viele Generationen hinweg mit ihren schnellen und kampfstarken Segelschiffen beherrscht hatten.

Nachdem Tarchon das Erbe seiner Väter angetreten und die Führung der Thyrsu übernommen hatte, fügte es sich, dass die Thyrsu auf Betreiben der Hatti ein Bündnis mit andern Seevölkern schlossen, um gemeinsam einen Kriegszug gegen das damals noch reiche und starke Khemet, oder Aigyptos, wie es die Craeces nennen, zu führen.

Die Hatti, welche über Jahrhunderte die unumschränkten Herrscher der östlichen Länder und die militärischen Rivalen der Aigypter gewesen waren, hatten zu jener Zeit den Zenit ihrer Macht bereits überschritten und standen in heftigen Abwehrkämpfen mit den aufstrebenden Assyrern, die ihnen ihre Vorherrschaft streitig machten.

Indem sie sich mit den Seevölkern verbündeten,

hatten sie sich erhofft, ihren alten Gegner am Neilos zu vernichten, oder ihn wenigstens so weit zu schwächen, dass er nicht mehr in der Lage gewesen wäre, die Assyrer mit Gold und Waffen zu unterstützen.

So traten die Hatti ihren Verbündeten ein Stück Land an ihrer Küste ab, wo die Seevölker sich eine Hafenstadt errichten durften, von der aus sie ihren Zug nach Aigyptos beginnen konnten. Diese Stadt sollte samt dem sie umgebenden fruchtbaren Land auf immer die neue Heimat der Seevölker werden, wenn sie den Krieg mit Aigyptos erfolgreich beendet hätten.

Dies und die verlockende Aussicht auf die unermesslichen Reichtümer Aigyptos, die ihnen im Falle ihres Sieges zufallen würden, ließ die Seevölker dann auch auf diesen verhängnisvollen Handel eingehen. Mit ihren Frauen und Kindern und all ihrem Hab und Gut verließen sie ihre Dörfer, in denen sie bis dahin auf den Inseln und an den namenlosen Küsten am Rande des großen westlichen Meeres ein kärgliches Dasein gefristet hatten, und segelten nach Osten, um das ihnen versprochene Land in Besitz zu nehmen. Dort angekommen, gründeten sie ihre Stadt, die sie Tarsos nannten, legten einen Hafen an und begannen sich eifrig für den Krieg gegen Aigyptos zu rüsten.

Doch das kühne Unternehmen scheiterte, denn ihre Pläne waren verraten worden, und so trafen sie unvermutet auf die wohl gerüsteten Heere des aigyptischen Königs, die sie bereits an den Grenzen des Reiches erwartet und sie dann in einer gewaltigen Schlacht zu Lande und zu Wasser vernichtend geschlagen hatten.

Der siegreiche König erwies sich indes als großmütig. Er ließ den wenigen Überlebenden seine Gnade angedeihen und bot ihnen sogar an, sich in seinem Reich anzusiedeln, was viele auch dankbar annahmen. Im Laufe der Zeit vermischten sie sich mit der dort einheimischen Bevölkerung, begannen einen schwunghaften Seehandel und nannten sich fortan Phoinikes.

Tarchon jedoch kehrte nach dieser schrecklichen Niederlage mit den Thyrsu und all denen, die nicht in dem heißen Südland bleiben wollten, nach Tarsos zurück, wo sie versuchten, ein zurückgezogenes und bescheidenes Leben zu führen.

In dieser Zeit geschah es nun, dass die Hatti von den Assyrern letztendlich besiegt und gänzlich aus dem Lande vertrieben wurden. Die neuen Herren aber, die in ihrer maßlosen Rachsucht alles vernichteten, was an die Hatti erinnerte, duldeten auch die Thyrsu nicht mehr länger in ihrem Reich und begannen ihnen zunehmend feindselig gegenüberzutreten.

In dieser bedrohlichen Lage beschloss Tarchon, mit den Thyrsu in jenes namenlose westliche Land auszuwandern, aus dem seine Frau Tecme stammte, da ihr Volk durch eine gemeinsame, schicksalhafte Vergangenheit mit dem seinen verwandt war. Die Vorfahren beider Völker hatten nämlich vor undenklich langer Zeit an den Küsten des Nordmeeres gelebt, bis eine furchtbare, Land verschlingende Flut über sie hereingebrochen war und sie ihrer Heimat beraubt hatte. Mit ihren Schiffen, aber auch auf dem mühseligen

Landwege waren sie darauf in alle Winde fortgezogen, um sich einen neuen Lebensraum zu suchen.

Während jedoch die Thyrsu seit jener Zeit ruhelos die Meere durchstreiften, waren die Vulci, wie die Ahnen von Tecmes Volk sich nannten, mit ihren schwerfälligen Ochsenkarren auf einer entbehrungsreichen Wanderung nach Süden schließlich in dieses damals nahezu unbesiedelte und mit fruchtbaren Böden gesegnete Land gelangt. Dort bauten sie ihre Dörfer auf Hügeln, legten in den Tälern ihre Äcker an und ließen das Vieh auf saftigen Weiden grasen. Mit den wenigen einheimischen Stämmen, auf die sie bei ihrer Ankunft getroffen waren, lebten sie in friedlicher Nachbarschaft zusammen, denn das Land war groß und weit und bot Nahrung im Überfluss, sodass es allen wohl erging und keiner dem anderen etwas neiden musste.

In jenen fernen Tagen wurde den Vulci vorausgesagt, dass einst ein Volk gleichen Blutes über das Meer zu ihnen kommen würde, um bei ihnen eine neue Heimat zu finden.

Mit der Ankunft Tarchons erfüllte sich die Prophezeiung, und die lange Wanderung der Thyrsu hatte ihr glückliches Ende gefunden.

Und sie kamen nicht mit leeren Händen.

Mit sich brachten sie das unschätzbare Wissen um die überlegene Kunstfertigkeit der alten Völker des Ostens, mit denen sie, während sie in Tarsos weilten, in enger Nachbarschaft gelebt und welches sie sich mit der Zeit zu Eigen gemacht hatten. So lehrten sie die Vulci, wie man Erz gewinnt, um daraus Waffen und andere Gerätschaften aus Eisen zu schmieden, jenem harten, grauen Metall, welches zuerst von den Hatti gefunden wurde, und dessen Herstellung und Verarbeitung damals zu deren bestgehütetsten Geheimnissen zählte. Auch machten die Thyrsu die Vulci wieder mit der von ihnen längst vergessenen Kunst des Schiffbaus und der Navigation vertraut, sodass sie fortan in der Lage waren, ihren Handel auf die Inseln und die entfernt gelegenen Küstenregionen auszudehnen.

Unter der Regierung Tarchons und seiner Söhne wuchsen die drei Dörfer der Vulci, welche einst nah beieinander auf dem felsigen Plateau oberhalb des Flusses errichtet worden waren, nach östlichem Vorbild zu einem einzigen großen Gemeinwesen, einer Stadt, zusammen, die nach ihrem Gründer Tarchnal genannt wurde.

Tarchnal war die erste Stadt, die in diesem Lande erbaut worden war, doch schon bald lebten in ihr so viele Menschen, dass es zum Problem wurde, sie alle zu ernähren. Da beschloss der hohe Rat, dass ein Teil der jüngeren Bevölkerung die Stadt verlassen sollte, um sich anderen Ortes anzusiedeln und ihrerseits eine Stadt zu gründen. So entstanden zuerst Chaisrie und Velchal, später dann, als auch dort die Zahl der Einwohner zu groß geworden war, Velznal, Vethluns, Veia und Fufluns.

Nur zwei Generationen waren vergangen, da prangten diese stolzen Städte auf den felsigen Höhen entlang der Küste, gleich den leuchtenden Edelsteinen einer schmückenden Kette. Kupfer und Erz wurden in den nahen Bergen abgebaut, der Handel blühte auf, und großer Reichtum begann in die Städte zu fließen.

Doch wie trotzige Kinder, die endlich dem bevormundenden Elternhaus entwachsen waren, lösten die neuen Städte alsbald ihren Verbund mit Tarchnal, hüteten ihre Eigenständigkeit und grenzten ihr Territorium sogar eifersüchtig gegen ihre Schwesterstädte ab. Obwohl sie alle dem Volk der Rasna angehörten, verstanden sie sich in ihrer Selbstherrlichkeit eher als Chaisrier, Veianer oder Velchali.

Wie in Tarchnal wurde nun jede Stadt von einem Lukomonen regiert, welcher zwar offiziell vom hohen Rat auf Lebenszeit gewählt wurde, aber in Wahrheit auch gleichzeitig das Haupt der jeweils reichsten und damit einflussreichsten Familie der Stadt war.

Das hatte mit der Zeit dazu geführt, dass neben dem unerbittlichen Konkurrenzkampf, den die Städte gegeneinander ausfochten, nun auch noch die großen, adligen Familien in den Städten in heilloser und blutiger Rivalität um die Macht stritten. Als dann, vor nunmehr hundert Jahren, die Phoinikes und Craeces mit ihren Schiffen über das Meer gekommen waren und an der Küste ihre Handelsniederlassungen gegründet hatten, erkannten sie recht schnell die Uneinigkeit, die zwischen den Städten der Rasna schwelte, und nutzten sie geschickt und perfide zu ihrem Vorteil aus.

Die beiden Völker führten nämlich schon zu jener Zeit einen erbarmungslosen Handelskrieg gegeneinander, wobei es ihnen vor allem um den Besitz der reichen Kupfer- und Erzvorkommen ging, die es auf den zumeist dünn besiedelten westlich gelegenen Inseln und Küstenregionen gab. Während sich aber die primitiven Eingeborenen dort gegen die Fremden, die ihr Land ausbeuteten, kaum zur Wehr setzten oder sie einfach gewähren ließen, da sie von ihnen mit billigen, bunten Töpferwaren und einer Hand voll Gold abgespeist wurden, mussten sie sich gegenüber den Rasna, die ihnen militärisch zur See, aber auch zu Lande ebenbürtig waren, wesentlich vorsichtiger verhalten, um Handelskonzessionen oder gar Schürfrechte zu bekommen.

Also begannen sie um die Gunst der neuen Städte zu buhlen, indem sie sich die mächtigen Familien mit kostbaren »Geschenken«, wie Purpurstoffe aus Byblos und Sidon oder prachtvoll ornamentiertes tönernes Tafelgeschirr und silberne Mischkrüge aus Euboia, gewogen machten.

Und sie hatten Erfolg damit, denn schon bald zeigte es sich, dass die nördlichen Städte, wie Tarchnal, sich zunächst den Phoinikes zuwandten, während die südlichen, vor allem Chaisrie, die Craeces begünstigten.

Doch am Ende setzten sich die Craeces, unterstützt von der Kriegsflotte ihrer Bundesgenossen aus Velchal und Chaisrie, gegen ihre unliebsamen Rivalen aus Phoinikia durch, sodass diesen nur noch die das Meer im Süden und im äußersten Westen anrainenden Länder blieben, um sich dort anzusiedeln.

Nun, da sie ihren Gegner aus dem Felde geschlagen hatten und somit ihr Handelsmonopol auch im Westen gesichert wussten, gründeten die Craeces unter der wohlwollenden Billigung Chaisries in dessen Machtbereich zwei Kolonien, Cyme und Phitekoussai. Von dort aus begannen die Händler aus Chalkis und Euboia die Rasna mit den erlesensten Luxuswaren zu beliefern, vor allem aber mit Gold, welches sie aus ihren Minen bei Poseideion in Syrien herbeischafften, um es gegen das für sie so wichtige Kupfer und Erz einzutauschen, denn trotz der guten Beziehungen, die die Craeces seither mit den Rasna pflegten, blieb es ihnen letztendlich verwehrt, diese begehrten Metalle im Lande selbst abzubauen.

Aber die Craeces brachten noch etwas ins Land, was sich für die Rasna nicht minder wertvoll erweisen sollte als alles Gold oder die mit herrlichen Figuren bemalten Krüge und Tafelgeschirre aus gebranntem Ton. Es waren die Weinreben, die Olivenbäume und ihre Schrift, welche die Rasna mangels einer eigenen gerne und schnell übernahmen.

So fühlten sich die Craeces zunehmend heimisch in diesem Land, und viele heirateten Frauen der Rasna und zogen sogar in deren Städte. Die Rasna wiederum fanden Gefallen an der heiteren Lebensweise der Craeces und suchten sie in manchem eifrig nachzuahmen, indem sie Kunstwerke nach ihrem Vorbild schufen und sogar zu ihren Göttern beteten.

Doch die Uneinigkeit, die zwischen den Städten der Rasna herrschte, blieb bestehen, und so geschah es, dass sich Velthune, die höchste Gottheit, welche in ihrem Wesen sowohl weiblich als auch männlich ist und die alles Leben auf Erden, selbst die Götter, am

Anfang der Zeit geschaffen hat, an dieser Stelle den Menschen durch seine Priester offenbarte. Aus ihrem Munde erfuhren die Rasna, dass ihnen, wenn sie ihren Zwist nicht beilegen würden, nur acht Zeitalter gegeben worden waren, in welchen sie dieses Land beherrschen durften, danach aber würde ihr Stern unwiederbringlich verlöschen, ihre Städte vom Erdboden verschwinden, und nur ihre Gräber würden davon künden, dass sie je gelebt hatten.

Einmal in jedem Jahr sollten sie sich deshalb für drei Tage hier versammeln, um ein gemeinsames Oberhaupt zu wählen und die Gottheit mit Kampfspielen zu ehren. Außerdem sollte für jedes vergangene Jahr ein Nagel in die Pforte dieses Heiligtums geschlagen werden, damit sie immer daran erinnert würden, welches Schicksal ihnen zugedacht worden war.

Heute nun jährte es sich zum hundertsten Male, dass Velthune seinen Willen kundgetan hatte, doch obwohl es mittlerweile zwölf große Städte im Lande der Rasna gab, hatten sie noch nicht zu einem einigenden Bund gefunden.

Der alte Priester wusste, dass ihn, wenn er jetzt mit seiner Frau Ranthai, die sich das Priesteramt gemäß der zweigeschlechtlichen Natur der Gottheit mit ihm teilte, aus dem Heiligtum in den Innenhof treten würde, zwölf untereinander zerstrittene Lukomonen auf ihren Stühlen erwarten würden, um unter ihrer beider Vorsitz aus ihren Reihen den diesjährigen Mechel-Rasnal zu wählen.

Vielleicht aus ehrenvollem Respekt vor dem legendären Tarchon war ihre Wahl zwar bisher stets auf den jeweiligen Herrn des Hauses der Tarchna gefallen, welcher gleichzeitig auch immer der Lukomo von Tarchnal war, doch waren gerade in jüngster Zeit vermehrt Stimmen aus den jungen Städten zu hören, die gegen diese »Tradition« aufbegehrten und forderten, dass endlich auch einmal einer ihrer Lukomonen in dieses geheiligte Amt berufen werden sollte. Geschürt wurde dieser unselige Hader vor allem von Arnth Spuriana, dem Lukomo von Chaisrie und seit langem der erklärte Feind der Tarchna.

Der schmallippige Mund Thesus verzog sich zu einem bitteren Lächeln, als er sich daran erinnerte, wie es zu dem verhängnisvollen Zerwürfnis zwischen den Tarchna und den Spuriana gekommen war.

Vormals waren die beiden Familien nämlich durch ein enges Band der Freundschaft verbunden, denn der Ahnherr der Spuriana war einst der Vater von Tarchons Frau Tecme gewesen.

Auch später, als einer seiner Enkel mit anderen jungen Leuten auszog und Chaisrie mitbegründete, wo die Spuriana dann zur mächtigsten Familie der Stadt aufstiegen und seither immer die Lukomonen von Chaisrie gestellt hatten, blieb das Verhältnis zwischen den Familien ungetrübt. Dann jedoch, vor vierzig Jahren, wollte es das Schicksal, dass sich sein Bruder Velcha Tarchne und Larice Spuriana in dasselbe Mädchen verliebten. Sie hieß Squria, aus der Familie der Felci in Tarchnal, und wurde damals im ganzen Land ob ihrer seltenen Schönheit gerühmt. Nachdem die beiden Männer lange um sie geworben hatten, entschied sie sich schließlich für Velcha, worauf Larice in blinden Hass entbrannte und seinen Rivalen kurz nach der Hochzeit bei einer Jagd, zu der er ihn mit dem Vorwand, sich mit ihm zu versöhnen, eingeladen hatte, in einen Hinterhalt lockte und ermordete.

Als man Squria den blutüberströmten Leichnam Velchas zu Füßen legte, wurde sie vom Wahnsinn umnachtet, ergriff das Schwert ihres Mannes und stieß es sich ins Herz. Gramerfüllt sann Velchas Vater, der damalige Lukomo Avle Tarchne, Vergeltung zu üben und schickte Thesu, seinen Zweitgeborenen, mit einer Schar Bewaffneter nach Chaisrie, um den Mörder zum Zweikampf zu fordern. Larice stellte sich ihm auch und fand dabei durch Thesus Hand den Tod.

Nun, da die Gerechtigkeit obsiegt hatte und Velcha gesühnt war, hatten sich die zwei Familien zwar offiziell wieder die Hand zum Frieden gereicht, doch das enge Band war für immer zerschnitten, und der gegenseitige Hass schwelte untergründig weiter.

Er, Thesu, hatte damals aufgrund dieser abscheulichen Ereignisse darauf verzichtet, die Nachfolge seines Vaters als Lukomo von Tarchnal anzutreten. Stattdessen hatte er sein Leben Velthune geweiht, um als dessen Priester für die Einigkeit unter den Rasna zu wirken. Daraufhin wurde sein jüngerer Bruder Larth zum Lukomo gewählt, der dieses Amt bis zu seinem Tod vor zehn Jahren innehatte.

Nach ihm war diese Würde auf Larths Erstgeborenen, seinen Neffen Laris, übergegangen, der ob seiner umsichtigen Regierung in Tarchnal, aber auch in den anderen Städten, hohes Ansehen genoss, weswegen er, wie auch seine Vorfahren, bisher auch immer wieder zum Mechel-Rasnal gewählt worden war.

Doch nachdem Arnth Spuriana, ein Neffe des unseligen Larice, vor einigen Jahren die Macht in Chaisrie übernommen hatte, war der alte, unvergessene Zwist erneut aufgeflammt. Durch die Heirat mit der Tochter eines der reichsten Handelsherren der Craeces in Cyme hatte Arnth sich dessen ungeheures Vermögen an Gold und anderen kostbaren Gütern versichert, mit denen er sich seit einiger Zeit die Lukomonen der benachbarten Städte wie Veia, Clevsin und Velchal gewogen machte. Mit ihrer Unterstützung hoffte er nun, dass man ihn zum Mechel-Rasnal wählen würde, um somit die althergebrachte Vormachtstellung der Tarchna zu brechen.

»Glaubst du, dass er sein Ziel heute erreichen wird, Liebster?«, drang die warme Altstimme Ranthais in Thesus Bewusstsein und brachte ihn wieder sanft in die Wirklichkeit zurück.

»Wie hast du nur meine Gedanken erraten können?«

Er drehte sich zu ihr um und sah sie sorgenvoll an.

Ranthai war eine zierlich gebaute Frau, die gerade ihr sechzigstes Lebensjahr vollendet hatte. Ihr feines, silbergraues Haar hatte sie sich zu acht Zöpfen geflochten, von denen jeweils zwei über die Schultern auf ihre Brüste fielen. Zwei große, leicht schräg gestellte Augen, die über den hohen Jochbögen in einem geheimnisvollen Grün leuchteten, beherrschten ihre anmutig geschnittenen Gesichtszüge um die schmale, gradrückige Nase und den kleinen, runden Mund. Ein weißes, ärmelloses Gewand, welches ihr bis zu den Knöcheln reichte und um die Hüfte von einer einfachen Schnur aus ungefärbter Wolle gegürtet war, umfloss in sorgfältig gerafften Falten die sonnengebräunte Haut ihres grazilen Körpers. Als einzigen Schmuck trug sie quer über die Mitte ihres Scheitels ein der Mondsichel nachempfundenes Diadem aus versilberter Bronze, dessen Spitzen sich über den Ohren schneckenförmig zusammenrollten.

»Thesu!«, sagte sie leise und lächelte nachsichtig. »Eine halbe Ewigkeit leben wir jetzt zusammen, und da soll ich nicht ahnen, was in dir vorgeht? Dein Mienenspiel ist der Spiegel deiner Gedanken!«

Der Priester nickte stumm.

»Arnth wird heute zum Mechel-Rasnal gewählt!«

Thesu spie es förmlich aus.

»Was macht dich da so sicher?«

»Er hat sich auch die Lukomonen von Velathri, Fufluns, Vethluns und Velznal mit seinem verfluchten Gold gefügig gemacht, wie ich gestern Abend von einem seiner betrunkenen Gefolgsleute erfahren habe!«

»Kann es sein, dass ich Hass in deinen Augen sehe?«

Ranthai strich ihm mit ihrer Rechten begütigend über die Wange.

»Du bist zwar ein Tarchna, Thesu, aber in erster Linie bist du der Priester Velthunes, und als solcher darfst du nicht familiär denken, sondern das Wohl und die Einigkeit aller Rasna sollte dir am Herzen liegen.«

»Gerade weil ich das tue, erfüllt mich der Gedanke, dass Arnth diese Wahl für sich entscheiden wird, mit so großer Sorge – und auch mit Zorn.«

»Was befürchtest du?«

»Nun, zugegebenerweise haben die Tarchna, solange sie dieses Amt innehatten, bisher nicht viel zu dem viel beschworenen Bund der Rasna beigetragen, doch anders als seine Vorgänger, hat sich Laris in den vergangenen Jahren als Erster wirklich redlich darum bemüht und ist diesem hehren Ziel, wie ich meine, auch schon sehr nahe gekommen. Wenn nun allerdings Arnth heute dieses Amt übernehmen sollte, dann war alle Arbeit umsonst, denn er hat in seiner vermessenen Selbstherrlichkeit überhaupt kein Interesse daran, die Rasna zu einem einigen und starken Volk zusammenzuschmieden. Er will diesen Titel doch nur, um seine verletzte Eitelkeit zu befriedigen. Was aber noch viel schlimmer ist, ist die Tatsache, dass er, ohne es vielleicht zu wissen, damit den Craeces in die Hände spielt, die aus unserer Zerstrittenheit bisher nur profitiert haben. Mit ihren Luxusgütern haben sie sich bei den reichen, prunksüchtigen Stadtherren geradezu unentbehrlich gemacht, sodass diese ihnen gleichsam als Gegenleistung immer mehr Raum für ihre Siedlungen in unserem Land überlassen haben. Wenn das so weitergeht, werden wir bald nur eine weitere, große Kolonie der Craeces sein, in der sie selbst – ohne uns zu fragen – das von ihnen so heiß begehrte Erz und Kupfer abbauen können, welches sie uns dann teuer verkaufen.«

Thesu unterbrach sich und rang angestrengt nach

Atem, da er sich in Rage geredet hatte und sich nun sein schwaches Herz meldete.

»Jetzt beruhige dich doch, Liebster!«, mahnte ihn Ranthai besorgt. »Noch ist ja nichts entschieden. Und selbst wenn sie Arnth heute zum Mechel-Rasnal wählen, so bleibt ihm doch nur ein Jahr, eine kurze Zeit also, in der viel geschehen kann. Vielleicht, dass sie Laris im folgenden Jahr reumütig wiederwählen, sodass er sein Werk fortsetzen kann!«

»Vielleicht«, murmelte Thesu resigniert. »In der letzten Zeit haben wir vergeblich auf ein Zeichen Velthunes gehofft, doch er hüllt sich in Schweigen. Heute bricht das zweite uns gewährte Zeitalter an. Wollen wir beten, dass es den Rasna zum Wohle gereichen wird.«

Er ergriff seinen hölzernen Amtsstab mit der gekrümmten bronzenen Spitze, der neben ihm an der Wand lehnte, und öffnete seufzend die beiden Türflügel.

»Komm, Ranthai, lass uns jetzt zu den Wölfen gehen!«, sagte er entschlossen und schritt mit ihr in den von der hellen Frühlingssonne beschienenen Innenhof.

Kapitel 2

Das Heiligtum Velthunes war in einem lichten Eichenhain erbaut worden, welcher sich in einer weitläufigen, flachen Talsohle erhob, die sich zwischen dem unweit gelegenen Velznal und einem im Norden befindlichen größeren See erstreckte. Die hohen, mit Lehm verputzten und weiß getünchten Mauern bildeten mit ihren vier quadratischen, nach oben sich verjüngenden Ecktürmen ein lang gezogenes Rechteck, in dessen nach Osten weisende Stirnseite das große, trapezförmige, zweiflügelige Tor eingelassen war.

Ihm gegenüber, mittig der anderen kurzen Seite stand das schlichte, viereckige Gotteshaus mit seinem aus gebrannten Tonziegeln gefügten Satteldach. An den Innenseiten der beiden langen Mauern waren die Wohn- und Wirtschaftsräume des Priesterehepaares sowie die Unterkünfte der zwölf Lukomonen angebaut worden, welche von einem ebenfalls aus Ziegeln bestehenden Schrägdach bedeckt wurden, das mit der oberen Mauerkante bündig abschloss. In der Mitte des Innenhofes befand sich eine zwei Ellen hoch aus Feldsteinen gemauerte, halbkreisförmige Plattform, deren Rund zum Tor hin ausgerichtet war.

Darauf gruppierten sich heute unter einem zeltartigen blauen Baldachin die zwölf elfenbeinernen, mit roten Lederkissen belegten Klappstühle, auf denen die Lukomonen bereits Platz genommen hatten und stumm das Erscheinen Thesus und Ranthais erwarteten.

Wie jedes Jahr zuvor hatten sie sich hier im Frühling für drei Tage versammelt, um den Mechel-Rasnal zu wählen und die Gottheit mit spielerischen Wettkämpfen zu ehren.

In einiger Entfernung vor den Mauern des Heiligtums lagerten all die Männer, Frauen und Kinder, die ihren Lukomonen aus allen Städten hierher gefolgt waren. Schon im Verlauf des gestrigen Tages waren sie in Scharen hier eingetroffen und mit ihnen zahllose Musikanten, Händler und Schankwirte mit ihren hochrädrigen Karren, die für das leibliche Wohl, vor allem aber für den Wein sorgten, welchem während dieser Festtage erfahrungsgemäß reichlich zugesprochen wurde.

Den ganzen Vormittag lang drang das fröhlich geschäftige Lärmen der Leute zu den Mauern des Heiligtums herüber, doch nun, da die Sonne ihren höchsten Stand erreicht hatte, erschallte auf den vier Türmen mit einem Male der dunkle, weithin tragende Klang der langen, bronzenen Signaltrompeten, die den Beginn der Wahl ankündigten. Das Lärmen verebbte schlagartig, und eine ehrfürchtige, erwartungsvolle Stille legte sich über die knorrigen Bäume des alten Eichenhaines.

Es war der Moment, als Thesu und Ranthai ins

Freie traten und den rechten und linken der drei erhöht stehenden steinernen Sessel vor den im Halbkreis sitzenden Lukomonen einnahmen. Diese hatten sich zuvor ehrerbietig von ihren Stühlen erhoben, um das Priesterpaar mit einer stummen Verneigung zu begrüßen.

Nachdem er jedem Einzelnen ernst und eindringlich in die Augen geschaut hatte, eröffnete Thesu mit einem nachdrücklichen Räuspern die nun anstehende feierliche Handlung.

»Bevor Ihr jetzt einen würdigen Mann aus Eurer Mitte in das geheiligte Amt des Mechel-Rasnal wählen werdet, möchte ich zu Euch sprechen, Ihr edlen Fürsten der zwölf Städte. Heute habe ich den hundertsten Nagel in das Tor dieses Heiligtums geschlagen. Das erste der acht uns verheißenen Zeitalter ist damit zu Ende gegangen, und ein neues beginnt, doch noch immer haben die Rasna nicht zu ihrer Einheit gefunden, die zu suchen unserem Volk von Velthune auferlegt wurde, damit es nicht nach Ablauf der schicksalhaften Frist dem ewigen Vergessen anheim fallen sollte. Wenn Ihr Euch also heute für einen anderen …«

»… als deinen Neffen entscheidet«, unterbrach ihn Arnth sarkastisch, »dann würdest du uns bitten, dies reiflich zu überdenken. Das wolltest du uns doch sagen, oder?«

Diese unverschämte Respektlosigkeit des Spuriana löste bei nicht wenigen der Fürsten ein beifälliges Gelächter aus.

Laris Tarchna, dessen Gesicht bereits zornrot angelaufen war, hatte schon den Mund geöffnet, um den Lukomo von Chaisrie harsch zurechtzuweisen, als er gerade noch rechtzeitig bemerkte, wie ihm Thesu mit geschlossenen Lidern und einem sachten Kopfschütteln Einhalt gebot.

Äußerlich nur mühsam beherrscht und seinen Rivalen lediglich mit einem hasserfüllten Blick bedenkend, lehnte er sich wieder zurück, worauf Thesu scheinbar unberührt in seiner Rede fortfuhr.

»Genau dies wären meine Worte gewesen, edler Arnth!«, sprach er und ein feines, mildes Lächeln umspielte seine Lippen. »Doch geht es mir nicht darum, Euch die Wiederwahl Laris Tarchnes deswegen ans Herz zu legen, weil er zufällig mein Neffe ist, sondern weil er sich als Erster und Einziger unter Euch für die Einheit der Rasna eingesetzt hat, welche zu erreichen, wie ich schon gesagt habe, für das Fortbestehen unseres Volkes von entscheidender Bedeutung ist. Ich habe mich noch nie in diese heilige Wahl eingemischt, weil mein Priesteramt mir das verbietet, aber eben weil ich der Priester Velthunes bin, werde ich nicht schweigen, wenn das Gebot der Gottheit vernachlässigt wird!«

Diese mahnenden Worte Thesus lösten eine zwiespältige Reaktion bei den Anwesenden aus, denn während diejenigen Lukomonen, deren Sympathien Laris galten, nur zustimmend nickten und sich betreten ansahen, blieben die Mienen derer, die sich um Arnth geschart hatten in eisigem Trotz versteinert.

Da erhob sich Arnth, stellte sich vor die Fürsten und streckte beschwörend die Arme aus.

Er war sechsundvierzig Jahre alt und von ungewöhnlich hohem, muskulösen Wuchs. Sein volles, grausträhniges Haupthaar quoll ihm unter dem schmalen goldenen Stirnreif nach Art der Craeces von den rasierten Schläfen bis tief in den breiten Rücken.

Auch der unter dem Kinn spitz zulaufende Bart, der sein länglich ovales Gesicht mit den eng zusammenstehenden, stechend blauen Augen, der kurzen, schmalflügeligen Nase und dem spöttisch aufgeworfenen Lippenpaar umrahmte, bewies, dass er dem Vorbild seiner euböischen Freunde nachzueifern trachtete.

»Ich kenne Chaisrier, Velchali, Velathrier, Fuflunier – und ich habe auch davon gehört, dass es Tarchnalier geben soll!«, rief er theatralisch und provozierte damit seine Gesinnungsgenossen zu einem hämischen Heiterkeitsausbruch. »Aber was, in aller Welt, sind die Rasna? Gewiss, so nannten sich unsere Vorfahren, als sie Tarchnal gründeten, doch das ist doch schon eine ganze Ewigkeit her! Seitdem sind viele Städte gegründet worden, die sich mit der Zeit zu großen, sich selbst bestimmenden Gemeinwesen entwickelt haben, die alle über ein eigenes reiches und fruchtbares Umland gebieten, das seine Bewohner mehr als genug mit Nahrung und Rohstoffen versorgen kann!

Sehen wir doch den Tatsachen ins Auge, meine Freunde! Das Einzige, was wir heute noch gemein haben, ist unsere Sprache, aber ansonsten erfreuen sich die Städte ihrer Freiheit und Unabhängigkeit, seit sie sich von Tarchnal losgesagt haben.

Es ist bei uns doch nicht anders als beispielsweise bei den Craeces! Wir nennen sie so aufgrund ihrer Herkunft, wie sie uns Thyrsoi, nach dem Volk also, dass damals mit Tarchon in dieses Land gekommen ist. Aber sie selbst bezeichnen sich stolz nach den Städten, in denen sie geboren wurden, wie Phokäa, Eretria oder Cyme, und obwohl auch sie sich einer Zunge bedienen, würden sie sich nie als Angehörige des Volkes der Craeces verstehen, sondern fühlen sich allein ihrer Heimatstadt verbunden.

Ich glaube deshalb, dass diese so genannte Einheit, die hier seit hundert Jahren immer wieder beschworen wird, nur ein zweifellos klug verbrämter Vorwand Tarchnals ist, sich die neuen Städte wieder botmäßig zu machen! Und Tarchnal« – und dabei nahm seine immer lauter werdende Stimme einen schneidenden, aggressiv anklagenden Unterton an – »und Tarchnal wird, wie ja ein jeder von uns weiß, seit seinem Bestehen von den Tarchna regiert, welche bisher eifersüchtig darüber gewacht haben, dass keiner aus den anderen großen Familien der Stadt den Platz des Lukomonen einnimmt – oder dass ein Lukomone aus den neuen Städten zum Mechel-Rasnal gewählt wird!«

Seine letzten Worte schleuderte er Laris förmlich vor die Füße.

Bis auf Laris, der aschfahl und wie gelähmt auf seinem Stuhl kauerte, starrten alle Fürsten, selbst diejenigen, die noch vor dieser Rede auf Seiten des Tarchna gestanden hatten, mit bewundernder Fassungslosigkeit auf Arnth, welcher sich mit einem triumphierenden Gesichtsausdruck wieder auf seinen Stuhl setzte.

Er wusste, dass seine Worte ihre Wirkung nicht verfehlt hatten, denn insgeheim dachten die meisten der Anwesenden schon seit langen so wie er, nur dass sie es zuvor nie gewagt hätten, ihre Meinung in Gegenwart des mächtigen Tarchna öffentlich zu äußern – und vor allem nicht an diesem heiligen Ort.

Aller Augen richteten sich nun auf Laris, und voller Spannung fieberten sie dem entgegen, was er darauf zu sagen hätte.

Doch Laris verharrte in resignierendem Schweigen.

Er fühlte sich zutiefst verletzt und auf einmal nur noch unsagbar müde.

Das fest gefügte Gebäude, von dem er schon in seiner Jugend geträumt und an dem er Zeit seines Lebens gearbeitet hatte, das einige, starke Reich der Rasna, war kurz vor seiner Vollendung hoffnungslos in sich zusammengestürzt.

Gewiss, er hatte Tarchnal zur Hauptstadt dieses Reiches machen wollen, und ein auf Lebenszeit gewählter Mechel-Rasnal sollte es gemeinsam mit den zwölf Lukomonen regieren, aber obgleich er es sich als Krönung seines Lebenswerkes gewünscht hatte, dass ihm diese Ehre zuteil geworden wäre, so hätte er es gleichwohl klaglos akzeptiert, wenn ein anderes Ratsmitglied für dieses schwere Amt erkoren worden wäre.

Nun aber hatte die halsstarrige und kleingeistige Borniertheit der Stadtfürsten, welche von dem machtbesessenen Spuriana noch geschürt wurde, seine ehrgeizigen, aber auch weitsichtigen Pläne zunichte gemacht.

Heute, nach seiner Wiederwahl, hatte er die Absicht gehabt, den Lukomonen seine Vision zu enthüllen, doch nach der aufhetzenden Rede Arnths und der unverhohlenen Ablehnung, die ihm jetzt aus den finsteren Mienen der aufgebrachten Fürsten entgegenschlug, musste er erkennen, dass jede Rechtfertigung oder Erklärung, die er in dieser Situation noch hätte vorbringen können, auf taube Ohren stoßen würde.

Er gab sich keinen weiteren Illusionen mehr hin.

Arnth Spuriana hatte sein Ziel erreicht.

Er würde heute zum Mechel-Rasnal gewählt werden, und damit war die Einheit der Rasna wieder in weite Ferne gerückt, denn hinter Arnth stand das Gold der Craeces, welche bislang die Einzigen waren, die von der Zerstrittenheit, die zwischen den Städten herrschte, durch ihr Handelsmonopol profitiert hatten.

In kalter Teilnahmslosigkeit verfolgte Laris den Fortgang der nun beginnenden Wahl, hörte wie durch dichten Nebel die Reden der von Arnth gedungenen Fürsten aus Fufluns, Velznal und Velathri, die das Lob ihres Herren überschwänglich besangen, und sah schließlich, wie sie Arnth die purpurne Tabenna umlegten und ihn zu dem leeren Sessel zwischen Thesu und Ranthai geleiteten, um ihm dann als neuem Mechel-Rasnal zu huldigen.

Und er saß noch da, als sie längst alle das Heiligtum

verlassen hatten, um mit den Leuten zu feiern und sich die Spiele anzusehen.

»Träumst du noch immer den Traum der vergangenen Zukunft, Neffe?«, wurde er jäh von Thesu aus seiner Lethargie gerissen.

Laris sah seinen Onkel aus tränenverschleierten Augen an.

»Ja, mein Junge, du trauerst zu Recht«, sprach der alte Mann mit brüchiger Stimme weiter, »denn an diesem Tag wurde der Traum von der Einheit der Rasna zu Grabe getragen. Gestern Nacht haben Ranthai und ich Velthune um ein Zeichen angefleht, und die Gottheit hat uns erhört, denn sie ließ uns im Schlaf ein seltsam düsteres Gleichnis schauen. Wir sahen ein Rudel Wölfe, das viele Welpen mit sich führte. Auf einmal aber gerieten die Alttiere in Streit über eine Beute, verbissen die Welpen und jagten sie am Ende aus dem Rudel davon. Zwei der Jungen, ein weibliches und ein männliches, blieben zusammen und wanderten gemeinsam so weit weg, bis sie einen wildreichen Ort gefunden hatten, der fern genug von den Reviergrenzen des alten Rudels war, und ließen sich dort nieder. Bald darauf wurde die Fähe trächtig und brachte vier Welpen zur Welt, von denen aber nur zwei überlebten, was die Mutter in tiefe Trauer stürzen ließ.

Da fügte es sich, dass der Vater auf seiner Suche nach Nahrung zwei neugeborene Menschenkinder fand, die man im Wald ausgesetzt hatte. Er nahm sie vorsichtig in seinen Fang und brachte sie zurück in den Bau, in der Hoffnung, dass die Fähe sie an Kindes statt annehmen und so über den Tod ihrer eigenen Kinder hinweggetröstet würde.

Als die Fähe die hilflosen, nackten Menschenkinder sah, wurde ihr Herz von Mitleid gerührt, und voller Freude über den unverhofften Familienzuwachs legte sie sich die Kleinen an ihre Brust und säugte sie von da an wie ihre eigenen Welpen mit ihrer Milch.

Die Jahre vergingen, und aus der kleinen Wolfsfamilie war ein stattliches Rudel geworden, in welchem die Wölfe und die Menschen gleichermaßen einträchtig zusammenlebten, wobei sie gegenseitig voneinander lernten und sich so mit der Zeit die jeweils herausragenden spezifischen Fähigkeiten zu Eigen machten.

Aber sie hatten nicht vergessen, dass es außerhalb ihres Reviers immer noch Artgenossen gab, die ihren Vorfahren einst großes Leid zugefügt hatten, indem sie diese aus ihrer Gemeinschaft verstoßen hatten.

Eines Tages nun, als sie sich stark genug dazu wussten, beschlossen sie deshalb, dafür bittere Rache zu üben. Sie rotteten sich zusammen, überschritten die Grenzen ihres Territoriums und fielen über ihre Nachbarn her, die völlig ahnungslos waren, da sie zwar mittlerweile die Existenz dieses sonderbar gemischten Rudels zur Kenntnis genommen hatten, es aber aufgrund dessen auch aus tiefstem Herzen verachteten und damit gewaltig unterschätzten.

Als Erstes zogen sie gegen das alte Wolfsrudel aus, und als sie in dessen Revier eingedrungen waren, stellten sie mit großem Abscheu fest, dass die einstmals so stolzen, wehrhaften Raubtiere zu dickbäuchigen, halb blinden Greisen verkümmert waren, die sich gegenseitig sabbernd und geifernd um jeden Fetzen Aas in die räudigen Flanken bissen. Sie schlugen sie einfach alle der Reihe nach tot und vergaßen danach, dass sie jemals gelebt hatten.«

»Es ... es ist eine grauenvolle Vision, die Velthune uns durch euch teilhaftig werden ließ«, sagte Laris leise, nachdem er das, was er gerade aus dem Munde seines Onkels vernommen hatte, für eine lange Weile in seinem Herzen bewegt und für sich gedeutet hatte. »Aber es wird so geschehen! Niemals werden die Rasna über ein geeintes, starkes Reich herrschen, wie etwa die Aigypter oder die Assyrer. Stattdessen werden sich die Fürsten und die reichen Familien der Städte aus ihren engstirnigen Gelüsten nach Macht und Reichtum weiterhin gegenseitig zerfleischen und sich jedem, der ihnen nur genug Gold und Luxuswaren liefert, wie eine Dirne verkaufen. Und irgendwann, wenn wir satt und faul darniederliegen, werden sich all die gegen uns erheben, die wir gedemütigt und missachtet haben. Wir sind nicht allein in diesem Lande, und die Völker, die um uns herum leben, wie die Umbrer, Samniten und Sabiner, die wir als primitiv erachten, da sie einfach leben und nicht unsere Sprache sprechen, sind jung und unverbraucht und beobachten uns schon lange mit neidvollem Argwohn. Viele aus unserem Volk, die wir wegen irgendwelcher wirklichen oder scheinbaren Missetaten geächtet und aus unseren Städten vertrieben haben, fanden bei diesen Stämmen Unterschlupf und geben ihnen dafür bereitwillig unser Wissen preis. Es wird der Tag kommen, an dem sie sich zusammentun, um sich an uns für ihr erlittenes Ungemach zu rächen. Das ist es doch, was Velthune uns sagen will!«

Thesu nickte bedächtig mit dem Kopf.

»Du erweist deinem Vater, meinem Bruder, alle Ehre, Laris Tarchne! Für einen Moment hatte das Schicksal dir die Zukunft der Rasna in die Hand gelegt, doch durch die hoffärtige Missgunst des Arnth Spuriana bist du, ist unser Volk dieser einmaligen Gelegenheit, sich in Eintracht zu vereinen, verlustig geworden.«

»Verzehre dich nicht weiter in deinem Gram, Laris!«, ließ sich da die sanfte Stimme Ranthais vernehmen. »Ich habe den Flug der Vögel beobachtet, und gerade ist ein ungewöhnlich großer Adler über dem Hain aufgestiegen und hat über deinem Haupt seine Kreise gedreht. Dir ist gerade ein Sohn geboren worden, über dem die starke Hand unseres Göttervaters Tini ruht und welcher vielleicht der Welpe sein wird, den Velthune uns im Traum gewiesen hat. Es ist doch nicht zufällig, dass das Siegeltier der Tarchna ein Wolf ist!«

Laris schaute das Paar eine geraume Zeit entgeistert an, so, als ob er nicht glauben wollte, was er da eben mitgeteilt bekommen hatte. Doch dann entspannten sich die von kurz geschnittenen und ungebändigten rostbraunen Locken umrahmten Züge seines breitflächigen, bartlosen Gesichts, und in seinen dunkelbraunen, großen, runden Augen erschien ein verklärtes Leuchten, während ein befreiendes Lächeln über seine schmalen Lippen unter der kurzen geraden

Nase spielte. Er stand auf und umarmte stumm und voll des tief empfundenen Glücks zuerst Ranthai und dann seinen Onkel.

»Das Walten des Schicksals wird für uns wahrhaftig immer unabwägbar bleiben!«, murmelte er in ergebener Demut. »Heute ließ es in mir eine große Hoffnung sterben und lässt gleichzeitig eine neue gebären! Welch ein Wunder!«

»Das ist seine Natur«, erwiderte Thesu bedächtig. »Dort, wo es Leben nimmt, spendet es in gleichem, oft aber auch reichlicherem Maße neues. Velthune, der allein über das Schicksal der Götter und Menschen bestimmt, liebt seine Geschöpfe, und deshalb hat alles, was uns an Gutem oder Schlechtem widerfährt, seinen tieferen Sinn, der uns aber zumeist erst am Ende unseres Lebens gänzlich offenbart wird. Wenn du also mit deinem Schicksal haderst, weil dir etwas versagt bleibt, was du dir sehnlichst erwünscht hast oder du einen Menschen verlierst, den du über alles geliebt hast, dann betrachte es als einen liebenden Fingerzeig Velthunes, der dir damit den von ihm für dein Leben bestimmten Weg weisen will. Kehre jetzt wieder nach Tarchnal zurück, Neffe, es gibt hier nichts mehr für dich zu tun, und deine Frau wird schon ungeduldig auf dich warten.«

»Wie wirst du deinen Sohn nennen, Laris?«, wollte Ranthai noch wissen.

Er hatte ihnen schon den Rücken zugewandt und schickte sich an zu gehen, doch da drehte er sich noch einmal zu ihnen um und grinste breit über das ganze Gesicht.

»Tarchunies! Ich werde ihm zur Erinnerung an diesen denkwürdigen Tag den Namen unseres großen Vorfahren geben! Wenn er wirklich der Welpe sein sollte, der sich euch in eurem Traum gezeigt hat, dann wird dieser Name ein gutes Omen sein!«

Mit festem Schritt und hoch erhobenen Hauptes verließ er darauf die Mauern des Heiligtums, bestieg seinen leichten, silber beschlagenen Streitwagen und ließ die zwei Schimmel ordentlich ausgreifen. Die Tiere waren sehr belastbar, und schon am späten Nachmittag war er, ohne eine Rast einzulegen, in Tarchnal angekommen, das ihm wie ausgestorben schien, da sich ja die meisten seiner Bewohner, soweit sie zu den Freien zählten, noch immer beim Heiligtum Velthunes aufhielten, um sich an den Feiern und den Spielen zu ergötzen.

Innerlich aufgewühlt fuhr er durch das große doppelflügelige Tor, das in den geräumigen Vorhof seines prächtigen Anwesens am westlichen Rande der Stadt führte. Er sprang von seinem Wagen und warf den zwei Sklaven, die, da die unerwartete Rückkehr ihres Herren sie völlig überrascht hatte, gerade noch rechtzeitig das Tor vor dem heranpreschenden Gespann aufreißen konnten, die Zügel zu und lief eiligen Fußes zum Haupthaus hinüber.

Er ging an dem alten, treuen Sklaven vorbei, der das Amt des Türhüters versah und, als er das Eintreten Laris' gewahr wurde, erschreckt aus seinem trägen Dösen fuhr, und begab sich zunächst in den von weiß und blau bemalten Säulen umstandenen, quadratisch angelegten Lichthof zu dem in dessen Mitte eingelassenen Becken, in welchem sich das Regenwasser, das von den Ziegeln des schrägen, von den Säulen getragenen Dachgevierts rann, sammelte und dadurch gerade bei heißen Tagen eine angenehme Kühle spendete. Er wusch sich fahrig Gesicht und Hände und suchte dann das im hinteren Teil des Hauses befindliche gemeinsame Schlafgemach auf, wo er seine Frau mit ihrem Neugeborenen vermutete.

Kurz bevor er dort ankam, trat ihm die Amme entgegen, die kurz vor seiner Abreise ins Haus bestellt worden war, um sich um die werdende Mutter zu kümmern. Mit ihrem vor die Lippen gelegten Zeigefinger bedeutete sie ihm, leise zu sein, und winkte ihn dann wieder in den Lichthof zurück.

»Wie geht es den beiden?«, flüsterte er aufgeregt.

»Sei gegrüßt, Herr!«, sagte sie lächelnd. »Ich beglückwünsche Euch zu der Geburt Eures dritten Sohnes. Heute, am späten Vormittag war es so weit, und Mutter und Kind sind wohlauf. Es war eine leichte und schnelle Geburt, bei der die Herrin kaum gelitten hat. Beide schlafen jetzt und ruhen sich von der Anstrengung aus. Nur, wie konntet Ihr ahnen, dass …?«

In diesem Augenblick drang ein kräftiges, nur von der Tür etwas gedämpftes Schreien zu ihnen herüber.

»Ah, der kleine Mann verspürt Hunger!«, sagte die Amme lachend. »Nun geht schon, Herr, Ihr könnt es ja kaum noch erwarten.«

Laris klopfte das Herz bis zum Halse, als er behutsam die Tür des Schlafgemaches öffnete und hineintrat. Überwältigt von dem Anblick des innigen Friedens, der sich ihm bot, blieb er stumm stehen und konnte sich seiner Freudentränen nicht länger erwehren.

Seine Frau lag halb aufgerichtet auf dem Bett und wiegte den Säugling sacht in ihren Armen, wobei sie die einlullende Melodie eines Kinderliedes summte, während sein Sohn sich wohlig an die vollen Brüste seiner Mutter kuschelte und sich herzhaft und geräuschvoll an der reichlich hervorquellenden Milch labte.

Eine ganze Weile beobachtete er schweigend diese heimelige Idylle, bis er sich mit einem vernehmlichen Räuspern bemerkbar machte.

Jetzt erst nahm sie Kenntnis von der Gegenwart ihres Mannes und schlug ihre von seligem Glück verschleierten Augen auf.

»Ich wusste, dass du heute kommen würdest, Laris«, begrüßte sie ihn liebevoll mit ihrer warmen Stimme, in der jene geheimnisvolle, laszive Erotik mitschwang, die ihn immer wieder aufs Neue faszinierte und körperlich erregte.

»Komm, setze dich zu mir und küsse mich und deinen Sohn. Ich denke, wir haben das verdient!«

Nachdem er dem Wunsch seiner Frau nachgekommen war, betrachtete er eingehend seinen Sprössling. Noch war natürlich nicht zu erkennen, wem von beiden er einmal ähneln würde, aber die dichten rostbraunen Locken, die sich – ungewöhnlich für einen gerade entbundenen Säugling – um den kleinen Kopf ringelten, ließen keinen Zweifel, wer der Erzeuger war.

»Wenn du nichts einzuwenden hast, Squria, würde ich ihn gerne Tarchunies nennen.«

Sie bedachte ihn mit einem wissenden Blick.

»Seltsam, ich wollte dir dasselbe vorschlagen«, stimmte sie ihm ohne zu zögern zu und strich ihm unendlich zärtlich über die Stirn.

»Arnth ist zum Mechel-Rasnal gewählt worden, nicht wahr?« Ihre Stimme klang emotionslos.

»Tja, das Schicksal hat seinen vorbestimmten Lauf genommen, Liebste«, antwortete er heiter. »Aber nachdem mir Ranthai die Geburt unseres Sohnes verkündet hat, war der Zorn, den ich anfänglich darüber empfunden habe, gänzlich verflogen. Verschwende also auch du keine Gedanken mehr über diese leidige Angelegenheit, sondern erfreue dich lieber an unserem Sohn, der nach Ranthais Deutung den besonderen Schutz Tinis genießt und offenbar dazu ausersehen ist, in der Zukunft große Taten zu vollbringen.«

Er erzählte ihr ausführlich von dem Gespräch, was er mit seinem Onkel geführt hatte, und auch von dem Adler, den Ranthai über ihm kreisen sah.

»Da mag etwas dran sein!«, erwiderte sie lachend und küsste dem Kleinen die Stirn. »Er hat sich schon während der Geburt als sehr willensstark erwiesen, wenn ich daran denke, wie schnell alles ging. Ich hatte den Eindruck, als ob er es gar nicht erwarten konnte, das Licht der Welt zu erblicken, ganz anders als bei unseren anderen beiden Söhnen, die sich dafür eine qualvoll lange Zeit genommen haben, wie du ja weißt.«

»Wo sind Nerie und Thivarie eigentlich?«, erkundigte er sich, denn er hatte die zwei bei seiner Ankunft weder im Hof noch im Hause gesehen.

»Sie sind heute Morgen mit dem alten Usile und den Hunden auf die Wiesen vor der Stadt gegangen, um sich im Hüten der Schafe zu üben.«

»Eine äußerst lehrreiche Beschäftigung, denn sollten sie dereinst meine Nachfolge antreten oder ein anderes hohes Amt in dieser Stadt übernehmen, dann werden ihnen die Erfahrungen, die sie dabei machen, sehr zum Nutzen sein.«

Er gab seiner Frau und dem kleinen Tarchunies einen innigen Kuss und stand vom Bett auf.

»Ich werde mich jetzt ein wenig frisch machen und euch noch etwas ruhen lassen. Möchtest du, dass ich dir nachher, zum Abend, etwas zu essen bringen lasse? Ich würde dir gerne dabei Gesellschaft leisten!«

»Natürlich! Ich habe ja seit gestern nichts zu mir genommen und verspüre großen Hunger. Vergiss auch nicht, zur Feier des Tages einen besonders guten Wein auszusuchen.«

»Es wird so geschehen, wie meine Herrin es befiehlt«, ahmte er den näselnden Tonfall des dicken Küchensklaven nach und schickte sich an, das Zimmer zu verlassen. An der Tür drehte er sich noch einmal zu den beiden um.

»Du bist eine wunderbare Frau, Squria!«, sagte er bewegt. »Du hast mir mit unserem Tarchunies eine weitaus größere Ehre und Freude geschenkt, als wenn man mich heute wieder zum Mechel-Rasnal gewählt hätte. Auf den Titel kann ich verzichten, auf euch niemals! Ich liebe dich!«

Kapitel 3

Zwanzig Sommer waren seit der Geburt Tarchunies ins Land gegangen, und aus dem Knaben war ein junger, starker Mann geworden, der zur Freude seines Vaters schon in früher Jugend seine Vorliebe für die Seefahrt entdeckt und, kaum dass er das zwölfte Lebensjahr beendet hatte, bei der Flotte Tarchnals angeheuert hatte.

Vieles im Land hatte sich in dieser Zeit auf dramatische Weise verändert.

Als das jeweilige Oberhaupt der Tarchna noch in ungebrochener Folge zum Mechel-Rasnal gewählt worden war, hatte es aufgrund dieser Tradition einen gewissen Zusammenhalt zwischen den Städten der Rasna gegeben, welcher, zumindest oberflächlich betrachtet, als ein Bund betrachtet werden konnte.

Doch mit der Wahl Arnth Spurianas zerbrach dieser Bund vollends, und die Städte begannen nun, da sie sich völlig frei und unabhängig fühlten, ganz offen gegeneinander zu rivalisieren, was immer häufiger in regelrechte Kriege ausartete.

Auch das Amt des Mechel-Rasnal war zum reinen Prestigeobjekt verkommen, das immer demjenigen zuerkannt wurde, der das meiste Gold besaß, um damit die für seine Wahl notwendige Anzahl an Lukomonen zu bestechen.

Das hatte dazu geführt, dass Laris Tarchne dem jährlichen Treffen am Heiligtum Velthunes immer öfter ferngeblieben war, weil ihn das eitle und gotteslästerliche Gebaren der Stadtfürsten, was diese dort auf schamlose Weise zur Schau stellten, zutiefst anwiderte.

Aber es gab noch eine andere üble Entwicklung, die weitaus bedrohlicher für den Bestand der Rasna war und die von den meisten Lukomonen in ihrer arroganten Selbstherrlichkeit überhaupt nicht gesehen wurde.

Schon seit langem hatten die Craeces damit begonnen, Kolonien südlich des Territoriums der zwölf großen Rasnastädte zu gründen, was dazu führte, dass sie durch den Strom ihrer luxuriösen Waren immer mehr an Einfluss gewannen, sodass sie fast ausschließlich den Handel zu Lande und zur See beherrschten.

Unter den Rasna, die bis dahin ein eher bescheidenes und einfaches Leben geführt hatten, galt es nun aufgrund der scheinbar hoch überlegenen Kultur der Fremden als besonders erstrebenswert, sie in allem nachzuahmen. Jeder, der etwas auf sich hielt oder es auch nur meinte, frönte dem Lebensstil der Craeces, und die Handwerker und Künstler schufen Bilder, Schmuck und selbst die einfachsten Gebrauchsgegenstände nach ihrem Vorbild.

Dies, für sich genommen, stellte keine große Gefahr dar, denn immerhin profitierten die Craeces davon, indem sie von den Rasna im Tausch für diese Güter die von ihnen so heiß begehrten Metalle, wie Kupfer und Erz geliefert bekamen, die ihnen im Lande selbst abzubauen auch weiterhin verweigert wurde.

In jüngster Zeit jedoch waren andere Craeces übers Meer gekommen, welche auf eine sehr aggressive Weise danach trachteten, sich die reichen Erzvorkommen anzueignen, die es auf den beiden großen, der westlichen Küste vorgelagerten Inseln gab und die zum Machtbereich Fufluns und Vethluns zählten.

Diese Craeces stammten aus Phokäa, einer Stadt, die am östlichen Rand des Meeres gelegen war. Auf ihrer Suche nach Erz waren sie mit ihren schnellen, von fünfzig Rudern getriebenen Schiffen bis weit nach Westen vorgedrungen und hatten dabei keine Skrupel, selbst ihre Stammesverwandten zu Lande oder zu Wasser anzugreifen, wenn diese sich ihren Interessen entgegenstellten.

Vor zwei Jahren geschah es nun, dass Gesandte aus Fufluns und Vethluns nach Tarchnal gekommen waren, um Laris und den Rat der Stadt für einen Beistandspakt gegen die Phokäer zu gewinnen.

Tarchnal hatte zwar nach der spektakulären Wahl des Arnth Spuriana zum Mechel-Rasnal seine Vormachtstellung an Chaisrie verloren, verfügte aber immer noch über die stärkste Flotte.

Trotz des vehementen Protestes von Seiten des in Tarchnal lebenden Zweiges der Spuriana, die sich mit ihren regierenden Vettern in Chaisrie, die mit den

Phokäern sympathisierten, solidarisch erklärten, schloss Laris mit der überwiegenden Mehrheit des Rates das Bündnis mit den beiden Städten, und seither tobte ein blutiger Seekrieg, der von allen Beteiligten mit erbarmungsloser Härte geführt wurde.

Die Kriegssegler aus Tarchnal, die die Schiffe der Craeces an Kampfkraft und Wendigkeit bei weitem übertrafen, waren mittlerweile dazu übergegangen, jedes Schiff fremder Bauart anzugreifen, ganz gleich, ob es sich dabei um ein phokäisches, euböisches oder phoinikisches handelte.

Tarchunies hatte anlässlich seines zwanzigsten Geburtsfestes für einige Tage Urlaub von der Flotte genommen und war am gestrigen Abend im Hause seines Vaters eingetroffen. Er hatte lange geschlafen, doch dann hatten ihn die wärmenden Strahlen der vormittäglichen Frühlingssonne wachgekitzelt. Nachdem er sich gewaschen und danach ein kleines, behagliches Frühstück gemeinsam mit seinen Eltern und Brüdern eingenommen hatte, war er in den Stall gegangen und hatte sich seine Lieblingsstute aufgezäumt.

Dann war er ausgeritten, hinaus in die Wiesen und Felder vor der Stadt, um sich in der weiten herrlichen und sonnenbeschienenen Landschaft, die sich um seine Heimatstadt erstreckte, ausgiebig von den Strapazen auf See zu erholen.

Lange ritt er so traumverloren dahin und ließ den leisen Wind in seinen langen braunen Haaren wehen, bis er schließlich zu jener einsamen und verborgen gelegenen Stelle kam, welche er schon in seiner frühesten Jugend entdeckt und immer dann aufgesucht hatte, wenn er mit sich und seinen Gedanken allein sein wollte.

Es war eine kleine Wiesenmulde, die geschützt zwischen den sie umgebenden, sanft ansteigenden Hügeln lag, welche von Schatten spendenden Zypressenhainen gekrönt waren. Das Grün des schon recht hohen Grases verschwand nahezu unter dem Blütenmeer aus Mohnblumen und Margeriten, die zu dieser späten Zeit des Frühlings ihre üppige weiß und rot leuchtende Pracht entfaltet hatten.

Tarchunies glitt vom Rücken seiner Stute herunter, nahm ihr das Zaumzeug ab, damit sie ungestört weiden konnte, und ließ sich mit einem wohligen Aufseufzen und ausgebreiteten Armen rücklings in das duftende, weiche Bett aus Gras und Blumen fallen. In tiefen Zügen sog er genüsslich die warme, vom würzigen Duft der Blüten und Kräuter geschwängerte Luft in seine Lungen und ließ seinen nur von einem knappen Lendenschurz bekleideten Körper von den Strahlen der milden Mittagssonne umschmeicheln, die von dem wolkenlosen, blassblauen Himmel auf ihn herabschien.

Das monotone Summen der Bienen und das leise Zirpen der Zikaden, welches die friedvolle Stille, die um ihn herrschte, angenehm erfüllte, lullten ihn allmählich so ein, dass er die Augen schloss und selig in einen leichten Schlummer hinüberdämmerte.

»Was machst du auf meiner Wiese?«, drang es plötzlich wie von fern in seine Ohren.

Tarchunies öffnete langsam die Lider, und was er

dann sah, ließ ihn wähnen, weiterhin im Reich seiner Träume gefangen zu sein.

Vor ihm stand, die Arme in die Hüften gestemmt, die ranke, von einem weißen, knielangen und ärmellosen Kittel bekleidete Gestalt eines etwa gleichaltrigen Mädchens, das auf ihn mit ihren blitzend blauen, langwimprigen Augen argwöhnisch herabblickte. Ihr über der hohen Stirn sorgsam gescheiteltes, hellblondes Haar, fiel ihr offen über die Schultern bis zu ihrer schmalen Taille, die von einem breiten, mit goldenen Ornamenten versehenen Lederband umgürtet war. Über dem fein gerundeten Kinn schmollte ein volles, kirschrotes Lippenpaar, über welchem sich ihre kleine, filigrane Nase keck nach oben reckte. Die Spitzen ihrer vollen, festen Brüste hoben sich deutlich unter dem sich über ihnen spannenden leinenen Gewebe ihres Gewandes ab und ließen dem Betrachter zusammen mit dem aufreizenden Anblick ihrer langen, wohlgeformten Schenkel das Blut in den Lenden wallen.

Jetzt erst wurde Tarchunies gewahr, dass dieses wunderbare Wesen kein aus der mittäglichen Hitze geborenes Trugbild war, sondern wahrhaftig aus Fleisch und Blut bestand. Er richtete umständlich seinen Oberkörper auf und blinzelte sie, von der Sonne und ihrer seltenen Schönheit geblendet, entgeistert an.

Solange er zurückdenken konnte, hatte er an diesem entlegenen Ort noch keine Menschenseele zu Gesicht bekommen, und so fragte er sich für einen Augenblick, ob es nicht Turan, die Göttin der Liebe selbst war, die hier vor ihm menschliche Gestalt angenommen hatte.

»Hörst du schwer? Ich wollte von dir wissen, was du auf meiner Wiese machst!«

Der arrogante Unterton, der in ihrer Stimme lag, enthob ihn allerdings jeder weiteren diesbezüglichen Überlegung, und er beschloss, sie als das zu nehmen, was sie zweifellos war, nämlich ein zwar überaus schönes, aber leider dazu auch noch überhebliches, anmaßendes und offenbar völlig verzogenes Mädchen aus reichem Hause.

»Wie kannst du sagen, dass diese Wiese dir gehört?«, entgegnete Tarchunies ihr süffisant. »Soviel ich weiß, liegt dieses herrliche Fleckchen Erde im Stadtbereich von Tarchnal, und ich, der ich von dort stamme, habe dich weder in der Stadt noch hier jemals gesehen.«

Jetzt erst bemerkte er die kurze Reitgerte, die sie in der Rechten trug, und schaute sich kurz suchend nach dem Pferd um, mit dem sie hierher gekommen sein musste. Es war ein prachtvoller Rapphengst, der gerade traulich die Nüstern am Hals seiner Stute rieb.

»Wie du siehst«, wies er grinsend mit dem Kopf zu den beiden Tieren, »benimmt sich dein Hengst gerade weitaus freundlicher zu meiner Stute als seine Herrin mir gegenüber.«

Verdutzt fuhr sie herum und ließ ihren Blick eine Zeit lang auf der idyllischen Szene ruhen. Dann, als die Pferde damit begannen, ausgelassen und sich gegenseitig jagend über die Wiese zu tollen, wandte sie sich ihm verlegen lächelnd wieder zu und machte es sich ihm gegenüber im Gras bequem.

Ihr anfänglicher Unmut war augenscheinlich von ihr gewichen, und sie musterte Tarchunies nun eine Weile mit wohlwollend erwachender Neugier, denn sie musste sich insgeheim eingestehen, dass dieser Fremde ihr, zumindest von seinem äußeren Eindruck her, ausnehmend gut gefiel.

Es waren vor allem seine ernsten, grünlich schimmernden Augen, die sie sofort in ihren Bann schlugen. Neben dem Ansatz der geraden, scharfrückigen Nase, unter deren etwas weit auseinander stehenden Flügeln sich der sinnliche Mund schwang, schauten diese sie aus ihren seitlich leicht zu den hoch angesetzten Wangenknochen gezogenen Lidern unverwandt an. Seine markanten Gesichtszüge mit den sich spöttisch kräuselnden Lippen hatten etwas Wölfisches, und auch die spitz zulaufenden Ohren sowie die schwellenden Muskeln, die unter seiner sonnengebräunten Haut spielten, erinnerten an den scheuen, wilden Räuber.

Ihr Blick wanderte zu seinen Händen. Sie waren nervig und schwielig – und erinnerten sie damit an ihre eigenen.

»Verzeih mir, dass ich so barsch zu dir war. Natürlich gehört mir diese Wiese nicht, aber schon als kleines Mädchen habe ich, wann immer ich konnte, diesen wundersamen Ort aufgesucht, um seine einsame Schönheit zu genießen. Und da ich hier niemals zuvor auf ein menschliches Wesen getroffen war, habe ich mir diesen Platz in meiner Fantasie als mein Eigen vorgestellt.«

Tarchunies nickte nachdenklich mit dem Kopf.

»Ich kann dich gut verstehen«, stimmte er ihr zu, »mir geht es ebenso. Nur ist es seltsam, dass wir uns in dieser Zeit nie begegnet sind. Wo lebst du eigentlich?«

»In Chaisrie, aber von Zeit zu Zeit besuche ich Verwandte, die in der Nähe von Tarchnal ein Landgut besitzen. Dort finde ich Ruhe und Erholung von dem oft rauen Alltag, dem ich ansonsten ausgesetzt bin.«

Irritiert von ihren letzten Worten sah er sie darauf noch einmal genauer an, wobei ihm jetzt auch ihre Hände auffielen, die, wie er zu seiner Verwunderung feststellte, offenbar gewohnt waren, harte Arbeit zu verrichten.

»Was ist es wohl, dass dich, ein schönes Mädchen aus adliger Familie, zwingt, einen rauen Alltag zu erleben, wie du sagst? Denn deiner Kleidung und deinem Auftreten nach bist du weder eine Sklavin noch eine bäuerliche Dienstmagd.«

Sie warf den Kopf zurück und lachte kurz und silberhell auf.

»Gut und richtig beobachtet!«, erwiderte sie und ließ ihn ihre makellos weißen Zahnreihen bewundern. »Nur zwingt mich nichts und niemand zu meinem Tun, sondern ich habe mir dieses Leben freiwillig ausgesucht.«

»Und was für ein Leben ist das?«, insistierte er gespannt.

»Ich fahre zur See und führe ein Kriegsschiff meines Vaters!«, antwortete sie freimütig und nicht ohne Stolz.

Es brauchte eine ganze Weile, bis Tarchunies

schließlich vollends begriff, was sie ihm gerade so leichthin eröffnet hatte. Einigermaßen verwirrt und gleichermaßen verblüfft starrte er sie unter seinen hochgezogenen Brauen ungläubig an.

»Das ... das kann doch nicht wahr sein!«, murmelte er mehr zu sich selbst.

»Wie, höre ich da Zweifel an meinen Worten, oder zählst du auch zu denen, die meinen, dass die Seefahrt allein den Männern vorbehalten sei?«

Der leise Spott, der in ihrer provozierend girrenden Stimme schwang, war unverkennbar.

»Hör gut zu, junger Herr!«, fuhr sie weiter fort, ohne ihn erst zu Wort kommen zu lassen. »Ich habe schon auf den schwankenden Planken unserer Schiffe gestanden, als du vielleicht gerade erst das Reiten gelernt hast. Ich habe so manchen schweren Sturm überstanden und so manches gute Schiff samt seiner Besatzung auf den Grund der See gebohrt. Ich habe auch«, und dabei erschien ein harter, grausamer Zug um ihre Lippen, »ich habe auch schon so manch guten Krieger im Kampf Mann gegen Frau zu den Schatten geschickt.«

Nachdem sie ihm dies mit klaren Worten, denen keinerlei Emotion zu entnehmen waren, verdeutlicht hatte, betrachtete Tarchunies sie eine geraume Weile mit staunender Bewunderung, was sie mit großer Genugtuung registrierte. Er wusste instinktiv, dass sie die Wahrheit gesprochen hatte, denn ihre klaren Augen hielten seinem ernst prüfenden Blick unverwandt stand.

Gewiss, die Frauen waren in der Gesellschaft der

Rasna den Männern weitgehend gleichgestellt und genossen von jeher Freizügigkeiten, die von den Craeces beispielsweise, seit sie in dieses Land gekommen waren, mit missbilligendem und argwöhnischem Unverständnis zur Kenntnis genommen worden waren. Deren Frauen nämlich blieben vom Leben der Männer grundsätzlich ausgeschlossen und hatten sich lediglich um den Haushalt und die Erziehung der Kinder zu kümmern. Außerhalb der Häuser waren sie so gut wie nie anzutreffen und nahmen auch nicht am öffentlichen Leben teil. Auch den Gastmählern, zu denen die Craeces einluden, hatten sie fernzubleiben, den es galt bei ihnen als unschicklich, mit Frauen bei Tische zu liegen, was bei den Rasna im Gegensatz dazu eine übliche Sitte war. Die Craeces sahen ihre Frauen als ihren persönlichen Besitz an, über den sie nach Gutdünken verfügten, während die Frauen der Rasna ihren Männern ebenbürtige Partnerinnen waren, die sich selbstbewusst in der Öffentlichkeit zu bewegen verstanden.

So war es fast schon selbstverständlich, dass eine Frau ein hohes öffentliches Amt bekleidete, einen Minenbetrieb führte oder an harten sportlichen Wettkämpfen wie etwa Faustkämpfen oder Wagenrennen teilnahm, aber Tarchunies hatte noch nie davon gehört, dass eine Frau jemals den kräftezehrenden und auch gefährlichen Dienst auf einem Schiff oder gar auf einem Kampfsegler ausgeübt hatte und überdies auch noch mit dessen Führung betraut worden war.

Das war es, was ihm hohen Respekt vor dieser in jeder Hinsicht außergewöhnlichen jungen Frau abnötigte und ihn auch auf eine noch nie erlebte erotische Art und Weise zu ihr hinzog.

Sie schien seine Gedanken erraten zu haben, denn sie schmunzelte amüsiert ob seiner betroffenen Wortlosigkeit.

»Nun … ähem … du musst mein Betragen dir gegenüber entschuldigen«, räusperte er sich schließlich verlegen. »Es ist nicht so, dass ich dir nicht glaube oder dass ich Anstoß an dem nehme, was du tust, aber, na ja, auf irgendeine Weise ist es schon merkwürdig, dass es da wieder etwas gibt, was uns verbindet, denn auch ich fahre zur See und zwar ebenfalls auf einem Kriegsschiff, welches allerdings der Flotte Tarchnals angehört. Du musst einsehen, dass mich diese neuerliche Gemeinsamkeit etwas nachdenklich gestimmt hat.«

Für einen Moment zogen sich ihre Augenbrauen zweifelnd zusammen, und sie bedachte ihn mit einem kurzen, scharfen Blick, doch dann entspannten sich ihre Züge, und beide fingen schallend an zu lachen.

»Tja, jetzt könnte ich wie du vorhin fragen, weshalb wir uns auf See noch nie getroffen haben!«, prustete sie, nachdem sie sich wieder einigermaßen gefangen hatte. »Aber im Ernst, es ist in der Tat ein sonderbarer Zufall, der uns heute hier zusammengeführt hat. Stell dir vor, da haben wir über so viele Jahre hinweg denselben abgelegenen Ort aufgesucht, um an ihm Ruhe zu finden und sich an seiner Schönheit zu erfreuen, und erst heute dürfen wir uns hier begegnen.«

»Das mag daran liegen, dass heute mein Geburtstag

ist und ein schöneres Geschenk, als deine Bekanntschaft gemacht zu haben, kann ich mir beim besten Willen nicht vorstellen.«

Sie errötete darauf leicht und sah verschämt auf ihre Füße.

»Habe ich ... habe ich etwas Falsches gesagt?«, beeilte er sich, ihre Reaktion missdeutend, sie zu fragen.

Sie schüttelte heftig den Kopf und blickte ihn aus feuchten Augen an.

»Nein, ganz im Gegenteil«, kam es leise über ihre bebenden Lippen. »Ich fand es sogar wunderschön, zumal ich es ebenso empfinde. Es ist nur ...« Sie verstummte für einen Moment, schluckte ein paarmal und fuhr dann mit festerer Stimme weiter fort. »Es ist nur, dass ich solches noch nie aus dem Munde eines Mannes vernommen habe.«

Als sie das blanke Unverständnis bemerkte, dass sich in seiner Miene spiegelte, huschte ein scheues Lächeln um ihre Mundwinkel.

»Ich weiß sehr wohl, dass man mich für eine schöne, begehrenswerte Frau hält«, versuchte sie ihm zaghaft zu erklären, »aber trotzdem hat es bisher kein Mann gewagt, mir das zum Ausdruck zu bringen oder gar sich mir werbend zu nähern. Manchmal denke ich, dass sie einfach Angst vor mir haben, vielleicht weil ich ihnen zu kalt und abweisend erscheine.«

Tarchunies nickte zustimmend.

»Damit könntest du Recht haben. Auch ich war anfangs dieser Meinung, als du vorhin so herrisch vor mich hintratest, doch irgendwie, vielleicht durch den

Zauber dieses Ortes, fühlte ich mir dir auf einmal im Herzen vertraut. Aber es ist schon wahr: Starke, selbstbewusste Frauen, zumal wenn sie von seltener körperlicher Schönheit sind, so wie du, erscheinen den meisten Männern eher suspekt, weil sie vielleicht fürchten, ihnen auf die eine oder andere Art und Weise unterlegen zu sein.«

»Da bin ich aber froh, an dich geraten zu sein, denn du gehörst offenbar nicht zu dieser Sorte Mann!«, rief sie fröhlich und befreit aus, während sie übermütig aufsprang. »Wie ist es? Sehen wir uns wieder? Vielleicht am Tage des nächsten Vollmonds?«

Enttäuscht schaute er zu ihr hoch.

»Musst du schon fort? Wieso bleibst du nicht noch etwas hier? Wir haben doch gerade erst angefangen, uns kennen zu lernen, und der Tag ist noch lang!«

»Ja, leider! Aber ich muss heute noch nach Chaisrie zurückkehren«, erwiderte sie bekümmert. »Wir laufen morgen in aller Frühe aus, und bis dahin gibt es noch viel für mich zu tun. Tröstlich ist es nur, dass es bis zum nächsten Vollmond nicht mehr lange währt.«

Sie beugte sich zu ihm herab und hauchte ihm einen sanften Kuss auf die Stirn.

»Also, ich werde dich dann hier erwarten, wenn die Sonne im Mittag steht. Du wirst doch kommen?«, vergewisserte sie sich.

»J… ja, natürlich!«

»Dann ist es gut! Leb wohl bis dahin!«, sagte sie lachend, rannte leichtfüßig zu ihrem Hengst und schwang sich aus dem Lauf auf seinen Rücken. Juchzend ergriff sie die Zügel, trieb das Tier mit ihren Fersen an und galoppierte winkend an Tarchunies vorbei, der ihr mit offenem Mund und von dem unerwarteten Kuss noch immer verwirrt nachschaute.

Da fiel ihm siedend heiß ein, dass er noch nicht einmal ihren Namen wusste – und sie nicht den seinen. Stolpernd rappelte er sich auf und lief ihr hinterher.

»Wie heißt du?«, schrie er ihr nach. »Mein Name ist Tarchunies!«

Sie zügelte das Pferd so hart, dass es auf die Hinterhand ging, und wandte sich ihm mit blitzenden Augen zu.

»Tanachvil! Ich heiße Tanachvil!«

Dann stob sie in einer duftenden Wolke aus aufgewirbeltem Blütenstaub davon.

Als Tarchunies später, am Abend, gemeinsam mit seiner Familie um den reich gedeckten Tisch lag, wollte in ihm keine rechte Feierstimmung aufkommen, denn seine Gedanken kreisten nur um die schöne Unbekannte, der er heute begegnet war und von der er nur den Namen wusste. Er aß kaum etwas, und auch von seinem Lieblingswein, den er sonst in vollen Zügen zu genießen pflegte, nippte er nur fahrig und lustlos. So bemerkte er auch zunächst nicht, dass die Gespräche um ihn auf einmal erstarben und alle ihn besorgt ansahen.

»Ist dir nicht wohl, Kind?«, hörte er seine Mutter fragen. »Oder schmeckt dir das Essen nicht? Heute ist dein Geburtsfest, doch scheinst du dich nicht darüber zu freuen. Was ist es, dass dich so abwesend von uns sein lässt?«

»Nein … äh, das Essen ist hervorragend«, stotterte er heiser. »Ich … ich habe nur einfach keinen Hunger, weißt du.«

»Sehr gesprächig bist du auch nicht«, stellte sein Vater unmutig fest. »Normalerweise muss man deinen Redefluss bremsen, aber gerade heute bist du ausgesprochen mürrisch und abweisend. Haben wir dir irgendetwas unwissentlich getan, was dich beleidigt hat?«

Seine Eltern und seine Brüder sahen ihn darauf erwartungsvoll an.

Er wusste, dass er nun, ob er wollte oder nicht, gezwungen war, eine plausible Erklärung für sein ungewohntes Verhalten abzugeben – und zwar wahrheitsgemäß, denn zumindest bei seiner Mutter konnte er mit Sicherheit davon ausgehen, dass diese ihn mit ihrem unnachahmlichen Gespür jeder geringsten Unehrlichkeit überführen würde.

Also fügte er sich in das Unvermeidliche, setzte sich auf die Kante seiner Liege und begann seufzend und zuerst ein wenig stockend von seinem nachmittäglichen Erlebnis zu berichten, ohne allerdings näher auf das Aussehen und den Namen seiner neuen Bekanntschaft einzugehen.

Nachdem er geendet hatte, wechselten seine Zuhörer belustigte Blicke, und Nerie, sein zweitältester Bruder, brach sogar in schallendes Gelächter aus.

»Hat man Worte!«, spöttelte er. »Mein kleiner Bruder ist verliebt! Nein, wie anrührend!«

»Nun mach es nicht so spannend, Bruderherz, und sag uns, wie deine Angebetete aussieht!«, forderte ihn Thevarie, der Erstgeborene, augenzwinkernd auf.

Tarchunies bekam einen hochroten Kopf, leckte sich über die Lippen und schaute betreten von einem zum anderen.

»Sie ist ... wie soll ich sagen ...«, wand er sich, verzweifelt nach den passenden Worten suchend. »Also, sie ist schlank und hoch gewachsen, hat helle blonde Haare und blaue Augen ...«

»... und heißt Tanachvil, nicht wahr?«, unterbrach ihn sein Vater, der plötzlich unvermittelt ernst geworden war.

»Nun, ja ... woher ... ?« Tarchunies verstummte abrupt, als er die düstere Miene seines Vaters bemerkte.

Auch die anderen blickten verstört auf das Familienoberhaupt.

Laris führte indes seinen Becher zum Mund und trank ihn in hastigen Zügen leer.

»Sie heißt Tanachvil«, hustete er, da er sich in seiner Erregung verschluckt hatte. »Tanachvil Spuriana! Ausgerechnet an die muss mein Sohn sein unschuldiges Herz verlieren. Sie muss es sein, denn mir ist sonst keine blonde Frau bekannt, die dazu noch zur See fährt. Du wirst sie jedenfalls nicht wiedersehen, hast du mich verstanden?«

Über Tarchunies brach eine Welt zusammen. Zum ersten Male in seinem Leben hatte er eine Frau getroffen, zu der er sich in Liebe hingezogen fühlte, und dann musste er erfahren, dass sie die Tochter des Erzfeindes seines Vaters war. Ein eiskalter Schmerz durchfuhr sein Herz, aber es wurde ihm auch gleichzeitig bewusst, dass er, schon um der Familienehre willen, gehorchen musste.

»Ja, mein Vater!«, presste er gequält hervor. »Ich werde mich deinem Willen beugen.«

Kapitel 4

Am Nachmittag des folgenden Tages beschloss Tarchunies, in die Stadt zu gehen und seinen Kummer zu ertränken. Zielstrebig schritt er über das steinige Pflaster der breiten, geraden Gassen, welche die Häuserblocks lotrecht in alle vier Himmelsrichtungen durchschnitten und die alle zu dem großen Marktplatz im Zentrum führten.

Dieser Platz, der von etlichen Schänken und Wirtshäusern umsäumt wurde, trennte die Bewohner Tarchnals auch grob in Arm und Reich. In der nordwestlichen Hälfte der Stadt, um den flachen Hügel, auf welchem sich das Heiligtum des Tini erhob, lebten der Adel und die begüterten Kaufherren in ihren weitläufigen, weißen und mit roten Ziegeldächern versehenen Villen, während in der anderen Hälfte die kleinen Handwerker, Sklaven und Tagelöhner in ihren ärmlichen und zumeist strohgedeckten Lehmhütten ein kärgliches Dasein fristeten.

Der größte Teil derjenigen, die an den Feierlichkeiten zu Ehren Velthunes teilgenommen hatten, war inzwischen in die Stadt zurückgekehrt, und so herrschte auf dem Marktplatz wieder die gewohnte brodelnde Geschäftigkeit. Überall priesen die Händler und Bauern laut schreiend und gestikulierend ihre Waren an, und der beißende Geruch von gebratenem, scharf gewürztem Fisch und Fleisch, der aus den vielen Garküchen quoll und sich mit den Ausdünstungen der Menschen zu einer die Nase betäubenden Mischung verband, lastete schwer in der Luft.

Tarchunies kämpfte sich mühsam durch die dichte, wuselnde Menge auf die gegenüberliegende Seite des Platzes, wo er seine Lieblingsschänke wusste, in welche er deshalb gerne einzukehren pflegte, da es dort seiner Meinung nach den besten Wein der Stadt gab.

Die Schänke unterschied sich nicht sonderlich von den anderen, die sich hier dicht an dicht aneinander reihten, nur dass sie wesentlich sauberer und gepflegter erschien. Auf dem rechteckig gemauerten Fundament waren die mit Lehm verputzten und mit Kalk geweißten, fensterlosen Wände aus Flechtwerk errichtet worden. Das mit rot gebrannten Ziegeln gedeckte Dach fiel von der Mitte des länglichen Gebäudes mit einer leichten Schräge ab und ragte über den nach vorne offenen Schankraum, wo es an den Ecken von zwei dicken, runden Pfosten abgestützt wurde. Vor dem breiten Tresen, welcher zwischen den Pfosten verlief, herrschte ein so großer Andrang, als sei es das letzte Mal, dass die Leute etwas zu trinken bekämen, und der Wirt sowie dessen Frau und seine zwei Sklavinnen hatten alle Hände voll zu tun, den lautstark vorgebrachten Wünschen ihrer Gäste eilfertig nachzukommen.

Trotz der hektischen Betriebsamkeit, der er ausgesetzt war, hatte der Wirt Tarchunies in der Menge bemerkt, denn mit einem freundlichen Grinsen deutete er knapp mit dem Daumen über seinen Rücken in den inneren Teil der Schänke.

Tarchunies nickte nur, trat durch den seitlich des Tresens befindlichen Durchlass und setzte sich an den kleinen Tisch in der rechten hinteren Ecke des Raumes, an dem er am liebsten Platz zu nehmen pflegte.

Hier war es angenehm kühl, und als seine Augen sich an das dämmrige Halbdunkel gewöhnt hatten, stellte er zu seiner Erleichterung fest, dass es außer ihm nur wenige vorgezogen hatten, diesen relativ abgeschiedenen Raum aufzusuchen, um dem lärmenden Treiben draußen zu entfliehen und sich in aller Ruhe dem reichhaltigen Angebot an Speisen und Getränken zu widmen.

»Wünscht der edle Herr zum Wein auch etwas zu essen?«, hörte er wenig später die röhrende, kurzatmige Stimme des Wirtes, während dieser gleichzeitig einen bauchigen Krug nebst einem tönernen Becher vor ihm abstellte.

Tarchunies sah zu ihm auf und schüttelte verneinend den Kopf.

»Wenn du nur darauf achtest, dass mein Becher immer voll bleibt.«

»Verstehe! Ich werde dafür sorgen, dass ihr ungestört bleibt, Herr!«, brummte der korpulente Mann gutmütig und stapfte wieder davon.

Als Tarchunies sich eingeschenkt hatte und gerade den Becher zu seinem Mund führen wollte, nahm er aus den Augenwinkeln heraus die riesenhafte Gestalt eines Mannes wahr, der an einem der vorderen Tische an der gegenüberliegenden Wand saß und, auf seine Ellenbogen gestützt, mit sichtlichem Behagen an einem ganzen gebratenen Hähnchen nagte.

Seinem Aussehen und seiner Kleidung nach zu urteilen, gehörte dieser Fremde weder zu den Rasna noch zu den Craeces oder einem anderen in diesem Land ansässigen Volke. Staunend und verwirrt ließ er den Becher wieder sinken und begann den Hünen unauffällig näher zu betrachten.

Das Erste, was ihm neben dessen ungeheurer Körpergröße auffiel, war der mächtige, reusenartige Schnauzbart unter der breitrückigen, fleischigen Nase, dessen Enden ihm lang bis zum Kinn hingen. Sein dichtes, auf der Mitte des Kopfes streng gescheiteltes rotblondes Haar fiel ihm offen über die Schultern und bildete zu beiden Seiten des Scheitels jeweils einen Wirbel, sodass sich zwei lange Strähnen über seinen Brauen wölbten. Die Farbe seiner Augen war nicht zu erkennen, da er sie, während er aß, genüsslich geschlossen hielt. Um den Hals trug er einen dünnen, in sich gedrehten Goldreif, dessen wulstige Enden sich unterhalb der Kehle trafen, und seine muskelbepackten Oberarme, die aus dem voluminösen nackten und haarigen Oberkörper herauswuchsen, wurden von zwei breiten Bändern aus demselben Material umfangen.

Am sonderbarsten aber erschien Tarchunies das Kleidungsstück, welches den Unterleib und die Beine des Fremden umhüllte. Die Beine steckten in zwei weiten, aus Wolle gewobenen Röhren, die um die

Knöchel von einem schmalen Lederriemen geschlossen und unter dem Schritt bis zu den Hüften hinauf zusammengenäht waren. Ein handbreiter Ledergürtel mit einer goldenen Schließe, an welchem ein langes Schwert mit den hörnerartigen Fortsätzen am Knauf angebracht war, hielt das mit leuchtendem Rot und Blau scheckig gefärbte Stoffgebilde am Leibe fest.

Tarchunies richtete den Blick wieder kopfschüttelnd auf den klaren Inhalt seines Bechers und fragte sich für einen Moment, woher dieser merkwürdige Fremde wohl stammen könnte, doch dann besann er sich auf den eigentlichen Grund seines Hierseins und ließ den fruchtigen Wein in einem Zug durch seine Kehle gleiten.

Als er gerade dabei war, sich über den zweiten Krug, den der Wirt ihm wortlos gebracht hatte, herzumachen, schreckte ihn ein pfeifendes Geräusch, gefolgt von einem dumpfen Einschlag neben ihm, aus seinen Gedanken.

Vor seinem Becher stak zitternd ein Dolch im Holz des Tisches.

Verwundert schaute er als Erstes zu dem Fremden hinüber, aber der saß ruhig da und kaute schmatzend an einer Lammkeule herum. Dann erst registrierte er, dass sich ihm fünf Männer näherten, die sich wie Schatten vor dem vom Sonnenlicht erhellten vorderen Teil des Raumes abhoben, weshalb er sie nicht sogleich erkennen konnte. Doch als sie schließlich seinen Tisch umringt hatten, wusste er, wer ihm die Ehre gab.

Es handelte sich um die drei Brüder Vel, Avle und Arnth, die Söhne des Venel Spuriana, welcher das Oberhaupt des hiesigen Zweiges der mit den Tarchna verfeindeten Familie war. Die anderen beiden waren Acle Titele und Larth Seianta, ebenfalls Söhne adliger Familien dieser Stadt, die mit den Spuriana sympathisierten. Ihre düsteren Mienen verrieten ihm, dass sie nicht gekommen waren, um ihn zu einem Krug Wein einzuladen, und da er den Grund ihrer Anwesenheit erahnte, tastete er vorsichtig nach seinem Dolch, den er aber, wie er zu seinem Schrecken feststellen musste, offenbar zu Hause gelassen hatte.

»Nein, wen haben wir denn hier?«, säuselte Arnth, der älteste der drei Brüder. »Der junge Herr Tarchne, wenn ich nicht irre. Der junge Herr hat Landurlaub und geruht sich ein wenig beim Wein zu vergnügen. Wie ist das werte Befinden?«

Tarchunies beschloss, sich fürs Erste auf das böse Spiel einzulassen und lehnte sich gemächlich mit hinter dem Kopf verschränkten Armen zurück, wobei er aber den Blick unter halb geschlossenen Lidern wachsam auf die Hände seiner Gegner geheftet ließ.

»Ooch, mir geht's prächtig!«, erwiderte er betont fröhlich. »Wollt ihr mir nicht Gesellschaft leisten? Der Wein ist gut, und es ist genug da. Es würde mir eine Freude sein.«

»Tot wirst du bald sein, du Schwein!«, zischte ihn Larth Seianta daraufhin an, riss die Klinge aus der Tischplatte und hielt sie ihm unter die Nase.

Tarchunies tat so, als ignoriere er die Drohung. Stattdessen wandte er sich in gespielter Unschuld an Arnth.

»Dieser junge Herr da, seinem üblen Geruch nach, wie ich vermute, ein Seianta, ist offenbar gerade dabei, die Beherrschung zu verlieren. Nur kann ich mir beim besten Willen nicht erklären, was an meinen freundlichen und einladenden Worten sein Missfallen erregt hat. Vielleicht sagt ihm ja die Qualität meines euch angebotenen Weines nicht zu? Aber ich versichere euch, dass dem Abhilfe geschaffen werden kann. Ich werde sogleich einen anderen köstlichen Tropfen bestellen, der euch gewiss besser munden wird.«

Mit einem wütenden Aufschrei wollte sich Larth daraufhin mit erhobener Waffe auf Tarchunies stürzen, doch Acle und Avle fielen ihm gerade noch rechtzeitig in die Arme, entwanden ihm den Dolch und hielten den Rasenden fest umklammert. Inzwischen war der Wirt auf das Geschehen in seiner Schänke aufmerksam geworden und herbeigeeilt.

»Beruhigt euch, ihr Herren!«, rief er begütigend und stellte sich mit erhobenen Armen vor Tarchunies. »Wenn ihr euch unbedingt schlagen wollt, dann bitte nicht hier. Vor der Stadt ist genug Platz dafür.«

»Für dein Grab auch!«, fuhr ihm Arnth kalt ins Wort. »Wenn ich als Edelmann dir, der du niedrig geboren bist, einen wohlwollenden Rat geben darf: Halte dich aus unseren Angelegenheiten besser heraus, du fettes Nichts, sonst fürchte ich, dass deine liebenswerte Frau sich bald Witwengewänder zulegen muss. Außerdem hat es schon lange nicht mehr geregnet, und du weißt ja, wie leicht bei dieser heißen Witterung ein Feuer ausbrechen kann. Es wäre doch wirklich schade um deine schöne Schänke, sollte das ausgerechnet hier passieren.«

Derart eingeschüchtert erblasste der arme Mann, tupfte sich fahrig den perlenden Schweiß von seinem kahlen Schädel und trollte sich mit weichen Knien wieder zu seinem Tresen.

»Nun wieder zu dir, mein Freund!«, richtete Arnth sich erneut an Tarchunies und strich sich affektiert eine Locke seines schwarz glänzenden Haares aus der Stirn. »Zunächst möchte ich mich bei dir für das wahrlich ungebührliche Verhalten meines hitzköpfigen jungen Freundes hier entschuldigen. Wer wird denn auch gleich mit dem Messer auf jemanden losgehen, der einen auf so nette Art und Weise zu einem gemeinsamen Umtrunk eingeladen hat. Aber auf der anderen Seite kann ich Larth wiederum verstehen, denn wie würdest du wohl reagieren, wenn du dem Mann gegenüberstehst, der versucht hat, sich an deine Verlobte heranzumachen? Wir halten dir natürlich zugute, dass du nicht wissen konntest, dass Tanachvil dem Larth Seianta versprochen ist, und es würde uns Spuriana unter anderen Umständen auch nicht weiter interessieren, wenn sie nicht zufälligerweise unsere Verwandte wäre! Das lässt die Angelegenheit natürlich in einem anderen Licht erscheinen, und ich denke, dass dir eine gehörige Abreibung gut tun würde, damit du keine Lust mehr verspürst, deine gierigen Tarchnafinger nach einer Spuriana auszustrecken. Und was deinen Wein betrifft, er ist wirklich schlecht! Probier selbst!«

Während seiner Rede hatte sich Arnth einen Becher gefüllt, dessen Inhalt er nun Tarchunies ins Gesicht schleuderte.

Noch bevor er reagieren konnte, hatten die Fünf ihn schon vom Stuhl gezerrt und begonnen, wie wild auf ihn loszuprügeln. Er konnte sich kaum wehren, so schnell und hart schlugen sie mit ihren Fäusten auf ihn ein. Bald spürte er den Geschmack seines Blutes im Mund, das ihm von den aufgesprungenen Lippen und der mehrfach getroffenen Nase auf die Zunge rann. Am Ende, nachdem sie ihm noch zwei Hiebe in die Magengrube versetzt hatten, erhielt er noch einen gezielten Schlag unter das Kinn, sodass er benommen zurücktaumelte und mit dem Rücken schwer auf einen Tisch fiel, welcher unter seinem Gewicht krachend zusammenbrach. Klirrend zerbarst das herabfallende Geschirr, das darauf gestanden hatte, und eine Mischung aus Wein und Bratensaft ergoss sich über sein geschundenes Gesicht.

Es war der Tisch des Fremden, denn als er die Augen wieder aufschlug, blickte er in dessen erstauntes Antlitz.

»Dich hatte ich nicht zum Nachtisch bestellt!«, flüsterte er ihm mit einem schelmischen Blick und einem gutturalen Akzent zu, während er ihm behutsam auf die Beine half. »Ich werde von euch zwar als ein unzivilisierter Wilder aus dem Norden angesehen, doch selbst wir pflegen kein Menschenfleisch zu essen. Jetzt werde ich erst einmal mit denen da ein Wörtchen wechseln.«

Sprach's und drehte sich mit grimmiger Miene zu Tarchunies' Widersachern um.

»Na! Was sind denn das bloß für Manieren?«, grollte es aus ihm heraus, wobei er sich mit leicht ausgestreckten Armen behäbig auf sie zubewegte. »Es ist ja schon schlimm, dass ihr zu fünft auf einen Wehrlosen losgeht und ihn brutal zusammenschlagt. Aber dann habt ihr etwas getan, was ich auf gar keinen Fall verzeihen kann: Ihr habt mich beim Essen gestört! Mehr noch, ihr habt meinen saftigen Braten mit dem Staub des Bodens besudelt und meinen köstlichen Wein verschüttet! Seht nur, wie meine schöne *Brucha* aussieht! Alles voller Flecken! Das ist eine Beleidigung, die ich ungestraft nicht hinnehmen werde!«

»Das Tier kann ja sprechen!«, wandte sich Arnth übertrieben belustigt an seine Gefährten und versuchte so, seine eigene Verunsicherung ob der imposanten Erscheinung des Fremden und dessen selbstsicheres Auftreten zu überspielen.

»Wie beliebtest du mich eben zu nennen?«, fragte der Hüne sanft nach.

»Na ja, ich nannte dich ein Tier! Immerhin …«

Weiter kam er nicht, denn die schallende Ohrfeige, die der Fremde ihm in sein fein geschnittenes Aristokratengesicht verpasste und die ihn fast zu Boden gehen ließ, setzte seinem spöttischen Hohn ein jähes Ende.

Für einen Moment sahen sich die vier anderen entgeistert an, doch dann besannen sie sich, dass sic ja eigentlich in der Überzahl waren.

Unterdessen hatten sich die meisten Gäste, die zuvor draußen den Tresen umlagert hatten, hier eingefunden und verfolgten das Geschehen mit hämischer

Schadenfreude, denn die fünf Unruhestifter waren in der Stadt nicht sonderlich beliebt. Kein Mädchen war vor ihren lüsternen Nachstellungen sicher, und wann immer es zu einer handfesten Rauferei kam, die nur zu oft einen tödlichen Ausgang nahm, konnte man sicher sein, dass sie daran beteiligt waren. Allerdings konnte man nichts gegen ihre bösartigen Umtriebe unternehmen, denn über ihnen lag die schützende Hand ihrer reichen und einflussreichen Familien.

Nun schlossen die Beobachter Wetten ab, wer wohl aus diesem Treffen siegreich hervorgehen würde, und es zeichnete sich bald ab, dass der Riese aus dem Norden ihr erklärter Favorit war.

»Dieser Wilde hat es gewagt, einen Spuriana zu schlagen!«, schrie Arnth mit überschnappender Stimme. »Los, auf ihn, Freunde, wir sind fünf gegen einen!«

Noch ehe er sich's versah, hatte eine weitere Maulschelle des Fremden ihn vollends niedergestreckt.

»Du solltest endlich anfangen, dich in Höflichkeit zu üben, Freundchen!«, grölte der Riese lachend. »Ich mag vielleicht ein Wilder in euren Augen sein, aber deshalb darfst du das noch lange nicht zu mir sagen!«

»Außerdem bin ich auch noch da!«, stellte sich ihm Tarchunies mutig zur Seite.

»Lass mal gut sein, mit denen werde ich allein fertig!«, raunte der Fremde ihm zu und strahlte ihn aus seinen grünblauen Augen siegesgewiss an.

Wie ein Mann stürmten nun die anderen brüllend auf ihn ein, doch der Riese stand unerschütterlich wie ein Fels in der Brandung und wehrte den Angriff scheinbar mühelos mit seinen wirbelnden Fäusten ab.

Geifernd vor Wut zückten die fünf nun ihre Dolche und tänzelten mit lasziver Mordlust in ihren Augen um ihn her.

»Steckt eure lächerlichen Spielzeuge wieder weg, Messer sind nichts für kleine Kinder!«, rief er ihnen amüsiert zu und blieb ostentativ mit ausgebreiteten Armen stehen.

»Ha, hast wohl Angst gestochen zu werden?«, japste Larth heiser.

»Nur zu, du Held, versuch's nur!«

Hasserfüllt warfen Avle und Larth gleichzeitig ihre Klingen gegen ihn, doch mit einer blitzschnellen Bewegung hatte der Fremde sie mit seinen Händen an den Griffen aufgefangen.

»Wollt ihr kämpfen oder Spielchen mit mir treiben?«, lachte er dröhnend. »Stellt euch vor, ich würde euch auf die gleiche Weise antworten! – So, jetzt ist Schluss! Ich habe keine Lust mehr, mich mit unreifen Knaben herumzuschlagen! Außerdem habe ich Hunger!«

Daraufhin sprang er mit einem gewaltigen Satz, dem man seiner gewaltigen Körpergröße gar nicht zugetraut hätte, mitten unter sie und schmetterte – ähnlich einem Hammer, der auf einen Amboss trifft – die Fäuste reihum auf ihre Köpfe, sodass sie wie von der Axt des Metzgers getroffene Opferstiere gefällt wurden.

Das alles war so schnell gegangen, dass die Umstehenden einige Zeit brauchten, um zu begreifen, dass der Kampf längst entschieden und vorüber war. Doch dann, als die bewundernde Erstarrung von den Leuten gewichen war, brandete ihr johlend klatschender Beifall zunächst verhalten, dann aber in aller Stärke auf und wollte für eine geraume Weile gar kein Ende nehmen, bis der Fremde schließlich besänftigend die Arme hob und um Ruhe heischte.

»Wir alle haben unseren Spaß gehabt, denke ich«, sagte er. »Jetzt aber möchte ich mein unterbrochenes Mahl fortsetzen und mich dabei mit meinem neuen Freund unterhalten. Wirt, wenn du nur gütigst dafür sorgen würdest, dass dieser Unrat hier«, und dabei zeigte er auf die fünf Verlierer, die sich gerade torkelig aufrappelten, »beseitigt und uns ein guter Braten aufgetischt wird, so wäre ich dir zutiefst verpflichtet!«

»Aus ganzem Herzen, ja, Fremder, wer immer du auch sein magst! Und es soll dich auch nichts kosten!«, erwiderte der beleibte Inhaber der Schänke bewegt und drückte damit seine dankbare Hochachtung aus, die er nach der erlittenen und nunmehr gerächten Schmach für ihn empfand.

Unter dem höhnischen Gelächter der Anwesenden traten die fünf Streithähne, denen der zuvor geschwollene Kamm auf diese höchst unrühmliche Weise gehörig geschoren worden war, gedemütigt und wortlos den Rückzug an.

Als Tarchunies und der Fremde wieder alleine waren, setzte dieser sich zu ihm an den Ecktisch und streckte ihm lächelnd die Hand entgegen.

»Ich heiße Cairteach, Sohn des Cataman vom

Stamme der Senonen, und wem hatte ich das Vergnügen aus der Klemme geholfen zu haben?«, stellte er sich vor.

Tarchunies ergriff seine Hand drückte sie fest.

»Mein Name ist Tarchunies, Sohn des Laris Tarchne. Mein Vater ist der Lukomone dieser Stadt. Ich weiß gar nicht, wie ich dir danken kann! Auf jeden Fall stehe ich tief in deiner Schuld!«

»Ach, lass es gut sein! Nicht der Rede wert!«, winkte Cairteach bescheiden ab. »Wie ich schon sagte, die kleine Rauferei hat mir sehr viel Spaß gemacht. Aber wir haben etwas gemeinsam, denn auch mein Vater ist der Führer unseres Stammes.«

»Wo lebt dein Volk?«, wollte Tarchunies wissen, nachdem sie sich ausgiebig zugetrunken hatten. »Ich muss gestehen, dass ich noch nie etwas von den Senonen gehört habe. Auch deine Kleidung ist mir gänzlich unbekannt.«

Cairteach lachte herzhaft auf. »Kann ich mir denken! Meine Heimat liegt weit jenseits des großen Gebirges, welches euer Land im Norden begrenzt. Es ist bei uns alter Brauch, dass die jungen Krieger für ein paar Jahre auf Wanderschaft gehen, um sich beispielsweise für eine gewisse Zeit bei anderen Stämmen unseres Volkes zu verdingen und sich im Kampf zu bewähren. Ich habe mich indes einer weitaus größeren Herausforderung gestellt. Seit vielen Jahren schon kommen Händler aus den Südlanden über die Berge und bringen uns die herrlichsten Dinge. Also habe ich meinen Vater gefragt, ob ich die Wanderjahre nicht dazu nutzen sollte, die Heimat dieser Leute zu erkunden und mehr über ihre Sitten und Gebräuche in Erfahrung zu bringen. Schon über ein Jahr bin ich nun unterwegs und lerne jeden Tag neu hinzu, so wie heute. Was wollten diese Schnösel eigentlich von dir?«

Tarchunies klärte ihn umfassend über den Sachverhalt auf, wonach ihn Cairteach verständnislos ansah.

»Wegen so einer Lappalie rücken sie zu fünft an und belästigen dich?«, sagte er dann gedehnt. »Also, wenn du sie geschändet oder gar ermordet hättest, könnte ich ja noch einsehen, dass ihre Brüder oder eben ihr Freund sich an dir rächen würden, aber da deiner Schilderung nach gar nichts Ernsthaftes zwischen euch passiert ist, was sollte der ganze Aufwand dann? Außerdem scheint mir die wehrhafte junge Dame, wenn es stimmt, was sie dir über sich erzählt hat, durchaus in der Lage zu sein, ihre Probleme selbst zu lösen, was sie übrigens mit unseren Frauen gemein hat. Bei uns ist es nämlich so, dass sich die Frauen ihren Gemahl erwählen, oft auch gegen den Willen ihrer Familien, und sollte es zu einer Vergewaltigung kommen, so wird der Täter entweder von einem der Brüder, vom Vater oder dem Freund oder Ehemann des Opfers zu einem Zweikampf auf Leben und Tod gefordert.«

»So wird es üblicherweise auch bei den Rasna gehandhabt«, ließ Tarchunies seinen neuen Freund wissen. »Auch unsere Frauen entscheiden in aller Freiheit darüber, wem sie sich zuwenden und wem nicht, und die Männer respektieren das von alters her. Diese fünf aber haben sich aus ganz anderen Gründen gegen mich verschworen. Es ging ihnen in Wahrheit gar nicht darum, dass ich mich zufällig mit Tanachvil, die noch nicht einmal in dieser Stadt lebt, getroffen habe, sondern es war ihnen nur ein willkommener Anlass, den Hass, der seit langem zwischen den Familien der Tarchna und der Spuriana schwelt, wieder aufleben zu lassen!«

»Oho! Das ist ja hochinteressant!«, entfuhr es dem Senonen, und er pfiff überrascht. »Ich dachte bislang, dass es solche unseligen Familienfehden nur bei uns armen Wilden geben würde, nicht aber in einer Kultur, die der unseren doch so weit überlegen ist! Also, mein Clan – das ist unser Wort für Familie – ist seit undenklichen Zeiten mit dem Clan der Duntoil verfeindet. Zwar kennt keiner mehr die Ursache dafür, aber wo und wann immer zwei aus diesen Clans aufeinander treffen, fließt Blut.«

Die treuherzig vorgebrachten Worte Cairteachs rangen Tarchunies ein gequältes Lächeln ab, denn sein zerschlagener Kiefer schmerzte ihn sehr.

»Sag nie mehr, dass du ein primitiver Wilder bist, mein Freund!«, mahnte er ihn. »Du hast heute mehr Mut und Ehre bewiesen als meine lieben Landsleute. Keiner von denen hätte mir vorhin beigestanden. Allein der selbstlose Fremde ist mir zu Hilfe geeilt. Das werde ich dir nie vergessen! Hast du übrigens eine Bleibe für die Nacht?«

»Nein, wie sollte ich auch?«, erwiderte Cairteach ihm unbedarft. »Ich bin doch gerade erst hier angekommen. Dann wollte ich essen und dann … na ja, alles Weitere weißt du.«

»So ist es entschieden! Du wirst in unserem Hause wohnen – wenn du damit einverstanden bist. Es gibt noch so vieles, was du mir von deiner Heimat erzählen musst.«

»Das ist überaus großherzig von dir, und auch dich möchte ich von nun an Freund nennen. Nur – werden das deine Leute gutheißen?«

»Was denkst du wohl? Meine Eltern und meine Brüder werden dich mit offenen Armen empfangen, nach alldem, was du für mich getan hast. Und morgen werden wir ausreiten, damit ich dir die Gegend zeigen kann. Kannst du überhaupt reiten?«

Cairteachs Brauen schoben sich zusammen, und seine Augäpfel rollten himmelwärts.

»O Epona! Schutzgöttin der Pferde! Hörst du, was er mich gefragt hat? Mann, ich konnte eher reiten als laufen, und mein Vater besitzt eine der berühmtesten Zuchten meiner Heimat. Wie, glaubst du, bin ich wohl hierher gekommen?«

»Ja … aber ich habe nirgendwo ein Pferd vor der Schänke entdecken können!«

»Ich bin ja nicht blöd und bringe mein wunderbares Ross in die Stadt, damit es mir bei erstbester Gelegenheit gestohlen wird. Nein, ich habe es bei einem Bauern vor der Stadt untergebracht.«

»Gut, dann werden wir es morgen früh holen und es nach unserem Ausflug in unseren Stall stellen.«

Als sie später am Abend dann im Hause der Tarchna eingetroffen waren, fanden sie die Familie noch wach und bei Tische liegen. Nachdem Tarchunies ihnen seinen Begleiter vorgestellt und von dessen wagemutigem Einsatz für ihn berichtet hatte, erhoben sich alle von ihren Liegen und schüttelten Cairteach nacheinander hochachtungsvoll die Hand. Dann geleitete ihn Squria persönlich zu einer freien Liege und bot ihm Früchte und Wein in einer goldenen Trinkschale.

»Ich bitte dich, Cairteach, dich ab jetzt zu unserer Familie zu zählen, nachdem du dein Leben für meinen Sohn so edelmütig riskiert und ihn vor Schande bewahrt hast«, dankte ihm Laris bewegt. »Als erste kleine Gabe möchte ich, dass du die Schale, aus der du gerade trinkst, als dein Eigentum betrachtest.«

Cairteach drehte die Schale bewundernd in seinen Händen.

»Eine kleine Gabe nennst du das? In meinem Land ist diese Schale so viel wert wie drei Pferdeherden. Ich weiß nicht, ob ich das annehmen darf.«

»Du musst, sonst beleidigst du meinen Vater!«, belehrte ihn Thevarie lachend, der neben ihm lag.

Bis tief in die Nacht hinein blieben sie wach und wurden nicht müde, den wahrhaft abenteuerlichen und oft auch lustigen Geschichten zu lauschen, die Cairteach ihnen von seiner Heimat und von seinen Erlebnissen wortgewaltig und mit viel Witz erzählte.

Kapitel 5

Der Tag, an dem nächtens der junge Vollmond am Himmel seine Bahn ziehen würde, kam und verstrich, aber Tarchunies hatte dem Willen seines Vaters gehorcht und war dem vereinbarten Treffen mit Tanachvil schweren Herzens ferngeblieben, obwohl eine innere Stimme ihm geraten hatte, sich dem Gebot zu widersetzen. Stattdessen war er schon drei Tage zuvor mit Cairteach zum Hafen Tarchnals aufgebrochen, um sich mit dem gerade vom Stapel gelaufenen, neuen Schiff vertraut zu machen, dessen Führung ihm sein Vater anlässlich seines Geburtstages übertragen hatte.

Als er in den Hafen gekommen war und es zum ersten Mal zu Gesicht bekommen hatte, hatte sein Anblick ihm zunächst schier den Atem geraubt, so prachtvoll war es ihm erschienen. Laris hatte es zum Andenken an den berühmten Vorfahren *Tarchons Freude* genannt.

Vom Bug bis zu dem hohen Hecksteven, dessen fächerförmig geschnitztes und damit an den gespreizten Federsteiß eines Seevogels erinnerndes Ende sich leicht über das Achterdeck neigte, maß es an die zwanzig Manneslängen und mittschiffs noch einmal sechs Längen in der Breite. Über der Wasseroberfläche ragte der schwarz eingefärbte Rumpf zwei Längen bis zu der rot bemalten Reling empor, und auch die darunter verlaufenden Öffnungen für die Riemen waren, wie die Riemen und das achtern an Steuerbord angeflanschte Ruder selbst, in flammendem Rot gehalten. Blutrot war auch das großflächige Segel, in dessen Mitte stolz ein stilisierter, zähnefletschender Wolfskopf – das Familienabzeichen der Tarchna – prangte.

Zusammen mit dem mächtigen, aus massiver, gold glänzender Bronze gegossenen Rammsporn, der am Bug knapp oberhalb der Wasserlinie angebracht war, erweckte das Schiff so einen wahrhaft Furcht einflößenden Eindruck.

Selbst der hartgesottene Cairteach war beim ersten Anblick des Schiffes in gruseliger Bewunderung verstummt.

»Bei Taranis, unserem Kriegsgott! Ich habe zwar nicht die geringste Ahnung von der Seefahrt, doch diesem Schrecken der Meere würde ich nur höchst ungern als Feind im Kampf begegnen«, hatte er nur anerkennend gemurmelt, nachdem er das Schiff gemeinsam mit Tarchunies inspiziert hatte.

Als Tarchunies ihn daraufhin gefragt hatte, ob er nicht Lust verspüren würde, ihn für eine Zeit auf See zu begleiten und das Handwerk eines Seemannes zu erlernen, war er sogleich Feuer und Flamme und hatte ihm begeistert zugesagt.

Seither verbrachten sie ihre Tage an Bord, wo Tarchunies ihn geduldig in die für den Senonen so verwirrende und fremde Welt der Segel und Taue einführte. Auch die Besatzung, die zum größten Teil von Tarchunies altem Schiff herübergewechselt war, half tatkräftig mit, aus der Landratte Cairteach einen richtigen Seemann zu machen.

An diesem Abend, es war der vierte nach ihrer Abreise aus Tarchnal, saßen sie zusammen mit Hvlave, dem ersten Steuermann und Stellvertreter Tarchunies', und den beiden Bootsmännern Caie und Puzra auf dem Achterdeck und ruhten sich bei Wein, Brot, Käse und Oliven von den Mühen des Tages aus. Das Schiff war nun vollends seeklar gemacht worden und sollte morgen früh mit Einsetzen der Flut zu seiner ersten Fahrt aus dem Hafen laufen.

Es war eine warme Nacht, kein Lüftchen rührte sich, und über ihren Köpfen spannte sich wolkenlos das funkelnde Zelt der Sterne. Von den anderen Schiffen, die im Hafen lagen, drang das gedämpfte Lachen und Singen ihrer Besatzungen zu ihnen herüber. Auch die eigenen Leute, die, soweit sie nicht auf Landgang waren, auf dem Mitteldeck im Kreise zusammenhockten, hatten gerade eine leise, etwas traurig klingende Seemannsweise im Wechselgesang angestimmt.

Alle waren guter Dinge und freuten sich auf den morgigen Tag, nur Cairteach wirkte etwas angespannt und nervös, da es jetzt ernst für ihn wurde und er das, was er bislang gelernt hatte, auf offener See unter Beweis stellen musste.

»Na, Kopf hoch, Cairteach!«, sagte Hvlave, der sich mit dem Senonen während der letzten Tage recht gut angefreundet hatte, und klopfte ihm aufmunternd auf die Schulter. »Schau dir das schöne Wetter an. Ich verspreche dir, das wird der reinste Ausflug morgen! Du wirst sehen, dass dir die Arbeit leicht von der Hand gehen wird!«

»Du hast gut reden«, brummte Cairteach. »Ich bin noch nie mit einem Schiff gefahren, und nach allem, was ich von euch über eure Abenteuer auf See erfahren habe, könnt ihr mir nicht verdenken, dass es mir ein wenig flau im Magen ist. Stürme und hohe Wellen, brechende Masten und sinkende Schiffe! Pah – und ich kann noch nicht einmal schwimmen!«

Auf dieses trotzig vorgebrachte Eingeständnis des kampferprobten Hünen brachen die Umsitzenden in ein gutmütig spöttisches Gelächter aus, in welches Cairteach am Ende auch einfiel.

»Höre ich recht, der edle Cairteach kann nicht schwimmen!«, frozzelte Tarchunies. »Ja, gibt es denn da, wo du herkommst, außer dichten, endlosen Wäldern nicht wenigstens auch ein paar Flüsse oder Seen, in denen du es hättest lernen können?«

»Gibt es«, bestätigte ihm Cairteach ernst, »aber die Seen sind zumeist unseren Göttern geweihte Orte, und die größeren Flüsse weisen überall tückische Schnellen und Strudel auf, dass selbst erfahrene Schwimmer es tunlichst vermeiden, dort ins Wasser zu steigen.«

»Aber wie überquert ihr dann die Gewässer?«, erkundigte sich Puzra süffisant.

»Ooh«, erwiderte Cairteach grinsend, »ich denke genauso, wie ihr es gemeinhin macht! Wir benutzen

Fähren oder seichte Furten und sind sogar in der Lage, Brücken und Stege zu bauen.«

»Du sagtest, dass du noch nie auf einem Schiff gefahren seist«, hakte Caie nach. »Hat dein Volk denn nirgendwo einen Zugang zum Meer, dass ihm die Seefahrt so gänzlich unbekannt ist?«

Cairteach schüttelte nachdenklich den Kopf und nippte an seinem Wein.

»So einfach ist das nicht«, erklärte er schließlich. »Ihr sprecht immer von ›meinem Volk‹. Genau genommen müsste es ›mein Stamm‹ heißen. Neben dem Stamm der Senonen, dem ich angehöre, leben noch viele andere Stämme in unserem Land, das doch so viel größer ist als das eure. Aber obwohl wir uns alle in einer Sprache verständigen können, sind wir – übrigens genau wie ihr – weit davon entfernt, ein einheitliches Volk zu bilden. Das nur zum besseren Verständnis der Situation in unserem Land. Um nun deine Frage zu beantworten: Nein, mein Stamm, wie auch die uns benachbarten Stämme leben fernab des Meeres, tief im Inneren des Landes. Allerdings wird unser Land im Westen bis hoch in den Norden von einem gewaltigen, unendlichen Ozean umschlossen, an dessen Gestade Stämme siedeln, die der Seefahrt mächtig sind. Ich weiß das nur aus den Erzählungen derer, die von uns einmal zu jenen entlegenen Stämmen gereist sind, und sie berichteten auch, dass es selbst mit einem guten Pferd mehr als einen Mond währt, um dorthin zu gelangen.«

Verblüffung, aber auch ein wenig Unglauben war danach in den Gesichtern seiner Zuhörer zu lesen.

»Dann muss euer Land wahrhaftig ungeheuer groß sein!«, gab Tarchunies bewundernd zu. »Wenn man bedenkt, dass es höchstens drei Tage braucht, um von hier aus die Häfen unserer Ostküste zu erreichen.«

Und nun begannen sie ihn, wie zuvor die Familie Tarchunies', mit Fragen über seine Heimat zu bestürmen, denn während der vergangenen Tage war ihnen dafür aufgrund der abschließenden Arbeiten auf dem Schiff keine Zeit geblieben. Zu ihrem nicht geringen Erstaunen mussten sie dabei erkennen, dass die Welt, in der ihr neuer Schiffsgenosse zu Hause war, keineswegs so primitiv war, wie sie es anfangs vermutet hatten. Und spätestens als Cairteach ihnen die religiösen Vorstellungen seines Volkes darlegte, stellten sie fest, dass es da viele Übereinstimmungen mit den ihren gab. Am meisten beeindruckte sie die Tatsache, dass diese Menschen offenbar genauso fest an die vorsehende und unabänderliche Macht des Schicksals glaubten, wie sie es taten. Das war insofern außergewöhnlich, da sie, als Rasna, bis dahin gedacht hatten, mit dieser Schicksalsergebenheit allein zu stehen, denn die Craeces oder auch die anderen Völker, wie die Latiner, Umbrer und Falisker, die sich dieses Land mit ihnen teilten, maßen dem weitaus weniger Bedeutung zu und machten sich sogar ganz offen darüber lustig. Für sie war es einfach nicht nachvollziehbar, dass die Rasna nicht nur vor den großen und wichtigen Entscheidungen der Ratsversammlungen, sondern auch bei den kleinsten alltäglichen Vorhaben zuerst den zukunftsdeutenden Rat der Priester einholten. Als sie dann aber von Cairteach erfuhren, dass es unter den Stämmen seiner Heimat durchaus üblich war, den Göttern Menschenopfer darzubringen, erschauerten sie vor Abscheu.

»Was wollt ihr?«, fragte Cairteach sie verständnislos, als er ihre missbilligenden Blicke wahrnahm, die sie sich gegenseitig verstohlen zuwarfen. »Findet ihr das grausam und barbarisch? Nun, soweit ich weiß, gibt es dergleichen auch bei euch, ihr nennt es nur anders. Ich denke da besonders an die blutigen Zweikämpfe, die ihr zum Ergötzen der Zuschauer mit Sklaven abzuhalten pflegt, wann immer ein Großer eures Volkes das Zeitliche segnet. Einer eurer Priester verriet mir neulich, dass dies zu Ehren der Götter geschehe. Wo ist da der Unterschied?«

Aus dieser Sichtweise hatten sie ihre althergebrachten, heiligen Leichenspiele noch nie betrachtet, und so sahen sie sich eine Weile ertappt und betreten an.

»Immerhin besteht bei diesen Kämpfen die Möglichkeit, dass der Sieger mit dem Leben davonkommt und sogar die Freiheit gewinnen kann!«, versuchte Hvlave halbherzig diesen Brauch zu rechtfertigen.

»Dass ich nicht lache!«, höhnte Cairteach. »Ich hatte, wie gesagt, das zweifelhafte Glück, an einem dieser ›Spiele‹ teilnehmen zu dürfen, und was ich dabei zu sehen bekam, zeiht deiner Behauptung Lügen. Zum Beispiel hatte man einem dieser armen Kerle einen Sack über den Kopf gestülpt, ihm einen Knüppel in die Hand gedrückt und dann zwei riesige, blutdürstige Hundebestien auf ihn losgelassen. Du darfst raten, wer diesen ungleichen Kampf überlebt hat!«

Erneut trat ein verlegenes Schweigen ein.

»Also, ich für meinen Teil muss unserem senonischen Freund in dieser Sache Recht geben!«, stimmte ihm Tarchunies dann nachdenklich zu. »So betrachtet, besteht wirklich kein Unterschied zwischen ihren Menschenopfern und unseren Leichenspielen. Wir wollen es deshalb auch gütlich dabei bewenden lassen und uns erfreulicheren Themen zuwenden. Da fällt mir übrigens ein, dass ich vor Mitternacht noch das Heiligtum Nethunes aufsuchen muss, um den Priester nach den Omen für unser neues Schiff und die morgige Ausfahrt zu befragen. Lasst noch ein wenig Wein für mich übrig, es wird bestimmt nicht lange dauern.«

Er stand auf, verließ das Schiff und war bald in der Dunkelheit verschwunden.

Der kleine Schrein des Nethune stand zusammen mit den wesentlich größer ausgefallenen Heiligtümern des Tini und des Laran auf einem felsigen Hochplateau, welches sich etwas außerhalb hinter der Hafensiedlung erhob.

Nachdem Tarchunies die Siedlung, vorbei an den vielen lauten Schänken und stöhnenden Lusthäusern, durchquert hatte, stieg er über die schmale, in den Fels gehauene steile Serpentine zu dem heiligen Bezirk hinauf. Von dort hatte man einen herrlichen Blick über den Hafen hinaus aufs Meer, den Tarchunies für einige Augenblicke, sich dabei für die bevorstehende heilige Handlung sammelnd, in vollen Zügen genoss. Dann schritt er die breite, dreistufige

Treppe, die zum Eingang des Schreines führte empor, öffnete die Tür und trat ein.

Der Innenraum war nur mäßig von vier großen, mehrflammigen Öllampen aus Bronze, die von der Decke hingen, ausgeleuchtet, sodass er den Priester, der mit verhülltem Haupt hinter dem Altar stand, nicht sogleich bemerkte.

Dieser jedoch schien ihn bereits erwartet zu haben, denn er begrüßte ihn sofort mit seinem Namen.

Ehrerbietig verbeugte Tarchunies sich und wartete ergeben, bis der Priester, von dem er wusste, dass er nur um einige Jahre älter war als er, erneut das Wort an ihn richten würde.

»Die Leber des Lammes, welches du mir heute Morgen geschickt hast, zeigte keinen Makel«, drang die flüsternde Stimme des Priesters nach einer Weile, die ihm wie eine Ewigkeit deuchte, an sein Ohr. »Du und deine Mannschaft werden also für die nächste Zeit vom Schicksal begünstigt, und ihr werdet reiche Beute machen. Was jedoch dein Schiff betrifft …«, er hielt inne und atmete einige Male schwer, während er Tarchunies aus seinen blassblauen Augen fixierte, welche unter der tief in sein hageres Gesicht gezogenen Mantelfalte in seltsamer Starre herausfunkelten. »Ich habe heute den Flug der Vögel beobachtet, und dabei schaute ich etwas äußerst Eigenartiges. Ein junger schwarzer Adler flog aufs Meer hinaus, als plötzlich ein großer weißer Raubvogel der gleichen Art auf ihn herabstieß und ihn in seinen Klauen mit sich forttrug. Der Schwarze war ein männliches Tier, der Weiße ein weibliches. Nach einiger Zeit jedoch kehrten beide wieder friedlich zurück und setzten sich traulich vereint auf das Dach dieses Heiligtums.«

Tarchunies stand wie vom Donner gerührt und versuchte vergeblich, der nach diesem verwirrenden Bild auf ihn hereinstürzenden Gedankenflut Herr zu werden. Sein Herz schlug rasend, und seine Kehle war wie zugeschnürt.

»Wie … was mag das nur bedeuten?«, krächzte er schließlich und ließ seine pelzige Zunge erregt über die trocken gewordenen Lippen fahren.

»Das Zeichen ist dunkel und schwer zu lesen«, murmelte der Priester versonnen, »aber so, wie ich das verstehe, wirst du dein Schiff zwar irgendwann, vielleicht bald, vielleicht aber auch erst in den nächsten Jahren auf See verlieren, es jedoch später und zusammen mit einem anderen unbeschadet wiedererlangen. Mehr kann ich dir zu diesem Zeitpunkt nicht sagen, und nun geh, die Gottheit hat gesprochen.«

Noch immer zwiegespalten in seinen Gefühlen, wandte sich Tarchunies daraufhin wortlos um und schlug den Weg zurück zum Hafen ein. Einerseits beunruhigte ihn die Deutung des Priesters zutiefst, andererseits barg sie aber auch die tröstliche Hoffnung, dass sein schönes Schiff, auch wenn es ihm einst weggenommen werden sollte, wieder in seinen Besitz zurückkehren würde. Für einen flüchtigen Moment musste er an Tanachvil denken, denn der weiße Adler war das Symbol der Spuriana, doch ebenso schnell verwarf er diesen Bezug wieder, da er ihm zu absurd erschien. Er beschloss daher, seiner Mannschaft zunächst nichts über das soeben Gehörte zu berichten, sondern erst dann, wenn es zu dem vom Schicksal vorherbestimmten Ereignis kommen würde.

Wieder an Bord, traf er seine Gefährten immer noch wach vor und setzte sich mit heiterer Miene zu ihnen. Nachdem sie ihm seinen Becher gefüllt hatten, sahen sie ihn gespannt und erwartungsvoll an.

»Gute Omen für Schiff und Mannschaft!«, sagte er nur. »Und darauf lasst uns trinken.«

Noch bis kurz nach Mitternacht blieben sie scherzend beieinander, dann aber legten sie sich schlafen, denn mit dem Morgengrauen würde die Flut einsetzen.

Wie Hvlave es prophezeit hatte, bescherten die Götter ihnen einen strahlenden Tag zu ihrer Fahrt. Mit den ersten rosigen Streifen am Horizont waren sie erwacht und hatten das Schiff mit Riemenkraft aus dem Hafen bugsiert, da über Land nahezu völlige Windstille herrschte. Erst als sie das offene Meer erreicht hatten und die Sonne aufgegangen war, flaute der Wind merklich auf, sodass Tarchunies, der Nethune zuvor einen Krug Wein geopfert hatte, befahl, die Riemen einzuholen und das Segel anzuschlagen. Bald bauschte sich der rote Stoff mit dem Wolfskopf an der Rah und *Tarchons Freude* pflügte, leicht nach Lee krängend, hart am Wind durch die sich am Bug kräuselnden und nur sanft gischtenden Wogen.

»Ach, ist das schön!«, rief Cairteach, der neben Tarchunies und Hvlave auf dem Achterdeck stand, in heller Begeisterung aus. »Wie ich euch darum beneide! Diese frische, würzige Luft, der Wind in den Haaren und die grenzenlose Freiheit um euch her! Wisst ihr das eigentlich noch zu schätzen?«

»Natürlich!«, antwortete Tarchunies lachend. »Nur möchte ich dich einmal bei einem ausgewachsenen Sturm erleben, mein Freund! Heute zeigt sich die See von ihrer besten Seite, doch in Wahrheit ist sie launisch wie eine Hafenhure! Urplötzlich kann das Wetter umschlagen, und dann verwandelt sich das Meer in eine brüllende Bestie, die ihre haushohen, wutschnaubenden Wellen über das Deck speit und das Schiff zu einem wilden Tanz auffordert, bei dem du mit Sicherheit kotzend über der Reling hängst. Ob du dann die Seefahrt immer noch so anheimelnd findest, wage ich zu bezweifeln!«

»Schlimmer als in einer tobenden Feldschlacht zu bestehen, wird es wohl nicht sein!«, erwiderte Cairteach ihm unbekümmert. »Und darin, glaube mir, habe ich oft genug gestanden!«

»Warten wir's ab!«, spöttelte Tarchunies und zwinkerte ihm zu. »Ich glaube, du wirst kotzen! – He, Männer, belegt die Brassen!«, brüllte er unvermittelt los. »Klar zum Halsen! Ruder hart Steuerbord! Woll'n doch mal sehn, wie wendig sie ist!«

»Komm herum, meine Schöne!«, sang Hvlave und drückte das Ruder von sich, während die Männer sich in die Brassen legten und die Rah herumfierten. Und das Schiff nahm die Halse weich und willig und ging anstandslos auf neuen Kurs, ohne dabei spürbar abzufallen.

»Hast du je eine Frau gesehen, die sich eleganter in

ihrem Bett herumdreht, Tarchunies?«, rief Hvlave begeistert.

»Nein, wahrhaftig nicht!«, pflichtete dieser ihm strahlend bei. »Sie macht ihrem Namen alle Ehre!«

Bis zum Mittag erprobten sie so in zahlreichen und zum Teil waghalsigen Manövern die Segeleigenschaften des Schiffes, doch wurden ihre Erwartungen in jeglicher Hinsicht und dazu in höchstem Maße zufrieden gestellt. Zum Schluss wollte sich Tarchunies noch von der Belastbarkeit der Mannschaft im Rudern unter Kampfbedingungen überzeugen und ließ deshalb das Segel einholen und die Riemen ausbringen.

»So! Nun kannst du beweisen, wie viel Kraft und Ausdauer in dir steckt!«, wandte sich Tarchunies an Cairteach, der sich schon während der vorausgegangenen Segelmanöver ausgezeichnet bewährt hatte, und wies ihn an seinen Platz an den Ruderbänken.

Eine bronzene Kesselpauke wurde auf dem Achterdeck bereitgestellt, und Puzra bezog mit zwei Schlegeln dahinter Position.

»Alle Mann, klar bei Riemen!«, skandierte er mit seiner tragenden Stimme. »Riemen auf! Und Jagd-geschwin-dig-keit!«

Dabei begann er seine Schlegel abwechselnd auf die straff gespannte Ziegenhaut der Pauke fallen zu lassen, worauf sich die Männer zu dem dumpf monotonen Rhythmus der Schläge wiegend in die Riemen legten.

»Angriffs-geschwindig-keit!«, gab er nach einer Weile vor und erhöhte gleichzeitig die Taktfolge um das Doppelte, doch noch immer zeigten die Ruderer keinerlei Ermüdungserscheinungen.

»Rammgeschwindigkeit!«, hieß es zuletzt, und Puzras Schlagtempo vervierfachte sich.

Wie ein Pfeil flog das Schiff nun, vorangetrieben von seinen im Gleichtakt wirbelnden Riemenschwingen, über das Wasser, welches sich in einer weiß brodelnden Bugwelle vor ihm teilte.

Mit einem unmerklichen Zeichen gab Tarchunies Puzra zu verstehen, diese mörderische Geschwindigkeit, die den Männern all ihren körperlichen Einsatz abforderte, länger als üblich durchzuhalten. Er wollte feststellen, wo die Grenze der Belastbarkeit seiner Leute lag – und sie darüber hinausführen.

Aber sie waren zäher, als er gedacht hatte, denn es verging eine erstaunlich lange Zeit, bevor der Erste atemlos keuchend den Riemen fahren ließ und von seiner Bank fiel.

Sofort hob Tarchunies die Hand, worauf Puzra das Rudern mit drei kurzen, harten Wirbeln einstellen ließ.

»Das Ganze … Halt! Ab Riemen! Bremst … das … Schiff!« Die Riemen klatschten einheitlich ins Wasser, und die breiten Blätter verlangsamten schnell die Fahrt des Schiffes, bis es endlich fast gänzlich zum Stillstand kam.

Tarchunies befahl daraufhin, bei einem kleinen Eiland unweit der Küste vor Anker zu gehen, damit sich die Besatzung von ihrer kräftezehrenden und schweißtreibenden Aufgabe, die sie trotz der Hitze tadellos gemeistert hatte, erholen konnte. Nachdem das Segel geborgen war und das Schiff ruhig in der

Dünung dümpelte, ließ Tarchunies eine üppige Ration an Braten, Brot und bestem Wein an die Mannschaft verteilen, die er eigens für diese Jungfernfahrt hatte beladen lassen.

Ob dieser noblen und unerwarteten Geste brachen die Leute in Jubel aus und priesen lautstark ihren neuen Kommandanten, bevor sie sich mit verständlichem Heißhunger über die ausgegebenen Leckereien hermachten.

»Du hast dich wacker gehalten, Sohn des Cataman!«, sprach Tarchunies dem Senonen seine Anerkennung aus, als sie sich, nachdem sie gesättigt waren, nebeneinander am Bug ausgestreckt hatten und die wärmende Sonne genossen. »Wie wäre es jetzt mit deiner ersten Lektion im Schwimmen?«

Cairteach richtete sich auf und blinzelte auf die glitzernde Meeresoberfläche.

»Warum nicht?«, meinte er schließlich. »Das sieht doch sehr einladend aus, und ein wenig Erfrischung würde mir nach dieser Hatz gewisslich gut tun.«

»Na, dann auf ins kühle Nass!«, forderte Tarchunies ihn unternehmungslustig auf und sprang mit einem Satz über die Reling kopfüber ins Wasser, wo er Cairteach, nachdem er wieder aufgetaucht war, auf dem Rücken schwimmend zuwinkte.

»Das musst du mir nicht nachmachen«, rief er prustend. »Lass dich lieber langsam an der Bordwand hinab ins Wasser gleiten, wo ich dich erst einmal halten werde.«

Mittlerweile waren auch die übrigen Besatzungsmitglieder auf das Geschehen aufmerksam geworden und drängten sich, soweit sie nicht selbst über Bord gesprungen waren, johlend an der Backbordreling, um Cairteach bei seinen ersten Schwimmversuchen anzufeuern. Dieser hatte inzwischen mutig die Bordwand losgelassen und wurde von Tarchunies, der ihn an den Händen gepackt hatte, durch das Wasser gezogen, während die anderen ihm vormachten, wie er seine Arme und Beine zu bewegen hatte, um das Gleichgewicht zu halten.

»Du hast doch sicher einmal einen Frosch beobachtet, wenn er schwimmt. Mach es ihm einfach nach!«, belehrte ihn Tarchunies. »Das Wichtigste aber ist das Atmen. Du musst einatmen, wenn du die Arme zur Seite führst, und ausatmen, wenn du sie wieder nach vorne streckst.

Cairteach verfügte über eine schnelle Auffassungsgabe, und so dauerte es auch nicht lange, da konnte er sich ohne fremde Hilfe über Wasser halten und fing an, zunächst zwar noch etwas ungelenk, aber immerhin selbstständig, neben Tarchunies herzuschwimmen. Mit der Zeit wurde er immer sicherer, und als Tarchunies ihm vorschlug, es für heute genug sein zu lassen, lehnte er fröhlich ab.

»Ich hätte nie gedacht, dass mir Schwimmen so viel Spaß machen würde! Es ist, als würde ich schweben! Ein wunderbares Gefühl!«

»Nun, wenn du unbedingt willst!«, ließ ihn Tarchunies gewähren. »Aber entferne dich nicht zu weit vom Schiff, damit wir dich im Auge behalten und gegebenenfalls rausholen können, sollten deine Kräfte plötzlich erlahmen!«

Damit kehrte er mit den meisten anderen an Bord zurück, während Cairteach unverdrossen seine Übungen fortsetzte. Plötzlich spürte dieser, wie etwas unter ihm hinwegstrich und dabei seinen linken Oberschenkel berührte. Noch bevor er sich darüber Gedanken machen konnte, was das wohl gewesen sein könnte, schnellten neben ihm auf einmal die silberbraun schimmernden Leiber riesiger Fische aus dem Wasser und begannen in einigem Abstand langsam ihre Kreise um ihn zu ziehen.

Niemals hätte Cairteach sich bis dahin vorstellen können, dass es Fische von dieser enormen Größe geben würde, doch flößten sie ihm eigenartigerweise überhaupt keine Furcht ein, sondern vermittelten ihm im Gegenteil das beruhigende Gefühl, von zutraulicher Friedfertigkeit beseelt zu sein.

Als eines der Tiere sich ihm spielerisch und offenbar ohne jede Scheu näherte, hatte er Gelegenheit, es eingehender zu betrachten. Für einen Fisch ganz ungewöhnlich, hielt es den großen, gewölbten Kopf mit der unter der Stirn deutlich abgesetzten stumpfen, schnabelartigen Schnauze, um die ein feines, wissendes Lächeln zu spielen schien, die ganze Zeit über Wasser. Auf dem dunkelbraun gefärbten Rücken, der in einer breiten, waagerechten Schwanzflosse auslief, hatte es eine einzelne, dreieckige und leicht nach hinten gekrümmte fleischige Finne, und seitlich seines hellen Bauches wuchsen ihm ein Paar ähnlich geformter Brustflossen.

Schließlich tauchte Cairteachs Blick in die großen, unendlich sanften Augen des Tieres ein, welche sich knapp oberhalb des Schnauzenansatzes befanden und die so gar nichts mit den kalten, ausdruckslosen Sehorganen gemein hatten, wie sie normalerweise bei Fischen zu erwarten gewesen wären.

Neben der wachen Intelligenz, die er in ihnen las, wohnte ihnen auch noch ein Ausdruck von schalkhafter Verschmitztheit inne, was ihn unwillkürlich an menschliche Augen erinnern ließ. Auf eine für ihn noch nicht erklärliche Weise kam ihm das alles irgendwie sehr vertraut vor, da er sich plötzlich bewusst wurde, solches schon einmal erlebt zu haben, nur lag das lange zurück, in den Zeiten, als er noch ein Junge war und die Wälder seiner Heimat durchstreift hatte.

Vorsichtig streckte Cairteach die Hand aus und berührte sachte die feste, glatte Haut des Tieres, was dieses auch ohne zurückzuweichen zuließ. Es schmiegte sich darauf sogar förmlich an ihn, rieb die Schnauze an seiner Halsbeuge, und für einen Moment durchströmte ihn ein bis dahin nie erlebtes Gefühl von Glück und Geborgenheit.

»Was bist du nur für ein sonderbares Wesen?«, dachte er ganz ergriffen bei sich. »In dir ist so viel Liebe und Güte. Seid ihr vielleicht die Menschen der Meere oder bist du am Ende gar göttlicher Natur?«

Da löste sich das Tier von ihm, stieß ein leise meckerndes, entfernt menschlich klingendes Lachen aus und tauchte unter ihm weg.

Als Cairteach sich umsah, waren auch die anderen Tiere verschwunden und blieben es zu seinem Leidwesen auch.

»He, kommt zurück!«, schrie er enttäuscht, »Ich mag euch! Ich möchte euch alle kennen lernen und mit euch sprechen!«

Es war vergebens, aber als er hastig und innerlich aufgewühlt zum Schiff zurückschwamm, vermeinte er eine Stimme zu hören, die wispernd durch sein Gehirn drang: »Wir sehen uns wieder, Cairteach! Du bist uns freundlich gesonnen, denn du kennst unsere Verwandten, die in den Wäldern deiner Heimat leben.«

Nachdem er wenig später wieder an Bord geklettert war, nahm er instinktiv wahr, dass die Haltung der Mannschaft sich ihm gegenüber irgendwie verändert hatte. In ihren Blicken, die sie scheu vor ihm zu Boden senkten, erkannte er eine achtungsvolle Ehrfurcht, wie sie ihm bis zu diesem Zeitpunkt noch nie gezollt worden war.

Da trat Tarchunies auf ihn zu und legte ihm die Hände auf die Schultern.

»Wir haben alles beobachtet, Cairteach!«, sagte er bewegt. »Und was wir gesehen haben, erfüllt uns alle mit großem Staunen, denn du stehst ganz offensichtlich in der Gunst unserer höchsten Gottheit. Diese Wesen, denen du begegnet bist, sind nämlich die besonderen Schützlinge Velthunes. Es sind die guten Geister der Meere und gelten uns, aber auch den Craeces und Phoiniki, als heilig und unantastbar, denn es ist schon häufig vorgekommen, dass sie Schiffbrüchige aus Todesnot gerettet und sicher ans Ufer gebracht haben. Indem sie dir ihre Zuneigung geschenkt und dich sogar berührt haben, was einem normalen Sterblichen nur sehr selten widerfährt, haben sie auch dich geheiligt. Das bedeutet für dich, wie aber auch für uns, ein starkes und Glück bringendes Omen, und wir sind stolz, dich in unserer Mitte zu haben.«

Zuerst wusste Cairteach gar nicht, was er darauf antworten sollte, so unwirklich und verwirrend erschien ihm das, was Tarchunies ihm gerade eröffnet hatte. Dann aber erinnerte er sich wieder an die geheimnisvollen Worte, welche sich vorhin in seinen Geist gebrannt hatten, und jetzt erst verstand er deren Sinn und damit auch das, was Tarchunies und die anderen ihm mit ihrem Verhalten zum Ausdruck hatten bringen wollen.

»Es scheint mir, dass dir derlei Begegnungen mit dem Überirdischen nicht ganz fremd sind«, vermutete Tarchunies.

Cairteach nickte stumm und fuhr sich mit der Hand durch das nasse Haar.

»Lass mich nur ein wenig zur Ruhe kommen«, bat er ihn matt, »dann werde ich dir bei einem Becher Wein davon erzählen.«

»Auch wir glauben, dass manche dienstbaren Geister unserer Götter tierische Gestalt annehmen, um unerkannt unter uns zu wandeln und über uns zu wachen«, erklärte er kurze Zeit darauf, als sie wieder gemeinsam auf dem Achterdeck lagen. »Vor allem von Cernunnos, dem mit einem Hirschgeweih gekrönten Gott der Wiesen und der Wälder, dem Herren über alles, was da lebt und wächst, ist bekannt, dass er seine Sendboten in dem Körper einer schneeweißen Hirschkuh des Nachts ausschickt, um all denjenigen, die sich in der weglosen Düsternis seines Reiches verirrt haben, den Weg hinauszuweisen.«

Cairteach unterbrach sich und stierte sinnend in seinen Becher.

»Ich war damals elf oder zwölf Jahre alt und fasziniert von der Vielfalt der Tiere und Pflanzen, die es in unseren Wäldern zu bestaunen gab«, fuhr er dann nachdenklich weiter fort. »Eines Tages nun beschloss ich, das Herz des Waldes aufzusuchen, um seine Geheimnisse zu ergründen, und dabei vergaß ich, auf den Weg zu achten, sodass ich bald nicht mehr wusste, wo ich mich befand. Dann glaubte ich mich am Ziel, denn ich gelangte in einen Tobel, der von uralten und sehr hohen, knorrigen Eichen bewachsen war, durch deren dichtes Blattwerk kaum ein Sonnenstrahl drang. Kein Vogelgesang brach die dumpfe Stille, die an diesem Ort herrschte, zumal die dicken Moospolster, die überall den Boden bedeckten, jedes Geräusch erstickten.

Ich hatte längst jedes Zeitgefühl verloren, doch musste es wohl schon spät am Nachmittag gewesen sein, und ich war weit gewandert. Es war sehr heiß an jenem Tag, und ich wurde, wohl auch angeregt durch das beruhigende, braungrüne Halbdunkel, was mich umgab, auf einmal sehr schläfrig. Also streckte ich mich wohlig auf dem Moos unter einem der Baumriesen aus und war bald schon tief und fest eingeschlafen.

Als ich wieder erwachte, war es stockdunkel, sodass ich die Hand vor meinen Augen nicht sehen konnte. Eine bis dahin nie gekannte Furcht übermannte mich, denn mir wurde schlagartig bewusst, dass ich zumindest bis zum Morgengrauen an diesem Orte gefangen war. Wie gelähmt saß ich an dem Baum gelehnt und stellte mir all die Schrecken der Nacht vor, die mich hier heimsuchen könnten.

Plötzlich bemerkte ich, wie sich ein weiß schimmernder Schemen aus der Dunkelheit löste und sich mir näherte. In meinem ersten Schrecken dachte ich, dass es ein übler Nachtmahr sein würde, der sich meiner zu bemächtigen gedachte, um mir das Blut auszusaugen, doch dann erkannte ich, dass es eine wunderschöne Hirschkuh war. Aus ihren großen, blau leuchtenden Augen, die denen einer Frau glichen, schaute sie mich unverwandt an und augenblicklich war jede Angst von mir gewichen. Ich stand auf und wollte sie berühren, doch sie entzog sich mir und lief ein paar Schritte weg, um sich dann wieder zu mir umzudrehen. Etwas in meinem Herzen sagte mir, Vertrauen zu haben und ihr zu folgen, und so ging ich wie im Traum hinter ihr her.

Irgendwann, es war kurz vor dem Morgengrauen, hatten wir endlich den Waldrand erreicht, und zu meiner Erleichterung erspähte ich in der Ferne die vertrauten Umrisse der Mauern meines Dorfes. Überglücklich wollte ich mich ihr zuwenden, um mich bei ihr für meine Rettung zu bedanken, doch sie war schon verschwunden, gerade so, als ob sie sich in Luft aufgelöst hätte.«

Tarchunies, der dieser Erzählung mit atemloser Spannung gelauscht und gar nicht bemerkt hatte, dass er dabei den Inhalt seines Bechers über seine Oberschenkel verschüttet hatte, klappte den Mund wieder zu und sah seinen neuen Freund nachdenklich an.

»Das ist ... das ist eine wundersame Erfahrung, die du machen durftest und um die ich dich beneide!«, brachte er schließlich, um seine Fassung bemüht, hervor. »Doch ich kann mich glücklich schätzen, die Freundschaft eines Menschen errungen zu haben, der zu den Lieblingen der Götter zählt!«

»Ich habe übrigens noch nie so große Fische gesehen«, versuchte Cairteach, ein wenig peinlich berührt, von dem Thema abzulenken.

»Es sind auch keine Fische! Sie bringen lebende Jungen zur Welt!«

Kapitel 6

Es war nun über zwei Jahre her, dass Tarchunies sein erstes eigenes Kommando erhalten hatte. In dieser Zeit waren seine Männer zu einer verschworenen Einheit zusammengewachsen und hatten sich schon in etlichen schweren Gefechten auf See bewährt. Fette Prisen hatten sie in dieser Zeit aufgebracht, und wann immer das rote Wolfssegel des schwarzen Schiffes sich am Horizont zeigte, verbreitete es Furcht und Schrecken unter den Handelsfahrern der Phoinikes und Craeces. Aber auch die Kauffahrteischiffe aus Chaisrie und Fufluns blieben nicht verschont, da diese Städte mit den beiden fremden Völkern verbündet waren.

Offiziell verurteilte der Rat Tarchnals zwar in schöner Regelmäßigkeit die Übergriffe Tarchunies auf die Schiffe der Rasna, aber insgeheim billigte er sie, während er sie gleichzeitig mit dem Hinweis zu entschuldigen versuchte, dass Tarchunies eigenmächtig und ohne Wissen und Zustimmung des Rates handeln würde.

Dies kam den Interessen Tarchunies sehr entgegen, der sich mittlerweile gänzlich darauf verlegt hatte, Jagd auf einzelne Handelsschiffe zu machen, die unvorsichtig genug waren, ohne Begleitschutz zu fahren. Das machte es allerdings für ihn auch notwendig, in einem Seegebiet zu operieren, das sehr viel größer war als das, in welchem die reguläre Flotte Tarchnals normalerweise zu patrouillieren pflegte. Dieses erstreckte sich nämlich lediglich auf einen Raum, der im Norden mit der kleinen Inselgruppe, welche Fufluns vorgelagert war, abschloss und im Westen von den zwei großen Inseln der Sarden begrenzt wurde, welche sich zu dieser Zeit wegen ihrer Erzvorkommen nahezu vollständig in den Händen der Phokäer und Phoinikier befanden.

Tarchunies hingegen suchte seine Opfer in einem Raum, der sich von den Küsten des Stammlandes der Craeces über den gesamten westlichen Teil des Meeres ausdehnte und auch den Einflussbereich Karthagos, einer gerade neu gegründeten Kolonie der Phoinikier auf dem südlichen Festland, berührte. Das hatte natürlich zur Folge, dass Tarchunies und seine Besatzung nicht selten mehr als einen Mond unterwegs waren, aber wenn sie dann zurückkehrten, war das Schiff bis zum Rand mit kostbarem Beutegut beladen.

Um sich während dieser Zeit mit dem Lebensnotwendigsten zu versorgen, hatten sie sich einen Schlupfwinkel in einer versteckt gelegenen Bucht auf einem namenlosen Eiland westlich der sardischen Inseln angelegt. Dort fanden sie ausreichend Trinkwasser, und die wenigen Menschen, die dort hausten, belieferten sie mit Brot und Fleisch.

Seitdem sie so begonnen hatten, die Meere unsicher

zu machen, ließen die Craeces, wie auch die Karthager und die betroffenen Rasnastädte nichts unversucht, um ihrer habhaft zu werden. Deren Flotten kreuzten jetzt überall auf dem Meer und versuchten, sie in einen Hinterhalt zu locken, doch wie sie es auch anstellten, es wollte ihnen nicht gelingen, denn die wendige Schnelligkeit und die vorzüglichen Segeleigenschaften, über die die *Tarchons Freude* verfügte, und die ihren großen und damit schwerfälligeren Kriegsschiffen weit überlegen waren, ließ sie bisher immer das Nachsehen haben.

Dazu kam, dass Cairteach der Mannschaft seine überragenden Nahkampftechniken vermittelt hatte, sodass sie sich nun auch nicht mehr scheuten, selbst einen viel größeren gegnerischen Kriegsruderer, der das Pech hatte, ihnen einzeln auf See zu begegnen, anzugreifen, zu kapern und zu versenken – oder ihn, wenn er ihnen für die Verstärkung der heimatlichen Flotte geeignet schien, mit einem Prisenkommando nach Tarchnal zu schicken.

In diesem Falle wurde die gesamte Besatzung, soweit sie noch am Leben war – mit Ausnahme der Rudersklaven, denen es sowieso egal war, wer über ihnen die Peitsche schwang –, entwaffnet und gefesselt unter Deck verbracht, denn zumindest für die höheren Schiffsführer konnte man ein gutes Lösegeld einfordern. Ansonsten aber überließen sie die unterlegene Mannschaft ihrem Schicksal, und wer von ihr nicht schwimmen oder sich auf andere Weise über Wasser halten konnte, wurde unweigerlich mit dem sinkenden Schiff in die Tiefe gerissen.

Tarchunies und seine Männer hatten zum ersten Mal nach diesen zwei Jahren einen längeren Urlaub in der Heimat genossen, denn das Schiff musste dringend überholt werden. Vor allem galt es, den Rumpf von den lästigen Bohrmuscheln zu befreien, die sich im Laufe der Zeit daran festgesetzt hatten. Diese Weichtiere hatten nicht nur die unangenehme Eigenschaft, die hölzernen Planken an der Unterseite des Schiffes dermaßen zu durchlöchern, dass vermehrt Wasser in die Bilge einsickerte, sondern darüber hinaus klebten sie in solch dichten Trauben zusammen, dass sie allein schon durch ihre bloße Masse einen Widerstand im Wasser verursachten, was die Fahreigenschaften und damit die Geschwindigkeit des Schiffes erheblich beeinträchtigte.

Heute waren die Reparaturarbeiten endlich abgeschlossen worden, und jetzt, am späten Abend machten sie sich bereit, in See zu stechen.

Seitdem sie wussten, dass ihre Gegner ein hohes Kopfgeld für ihre Ergreifung oder Vernichtung ausgesetzt hatten, vermied Tarchunies es, den Heimathafen bei Tage anzulaufen, oder eben auch wieder zu verlassen, da immer eine größere Anzahl feindlicher Kriegsschiffe vor den Hoheitsgewässern Tarchnals auf Lauer lagen.

Des Nachts jedoch ließ deren Wachsamkeit erheblich nach, denn viele dieser Schiffe, vor allem die der Craeces, welche sich bei Einbruch der Dunkelheit nur höchst ungern auf die offene See wagten, kehrten gegen Abend wieder zu ihren Basen zurück, sodass große Lücken in dem an sich sehr eng gespannten

Fangnetz entstanden, durch die zu schlüpfen es Tarchunies bislang immer mit traumwandlerischer Sicherheit verstanden hatte.

Tarchunies pflegte seinen Kurs zum Ein- oder Auslaufen immer nach den jeweiligen Wind- und Wetterverhältnissen festzulegen, wobei er stets darauf achtete, dass der Himmel wolkenbedeckt war und der Wind in seinen Rücken wehte, wenn er wie ein dunkler Schatten, sogar bisweilen in Sichtweite, an den mit lodernden Fackeln beleuchteten Wachschiffen vorbeirauschte. Noch bevor der Gegner, wenn er das Schiff überhaupt bemerkte, reagieren konnte, hatte es die Schwärze der Nacht längst wieder verschluckt.

Auch heute meinten es die Götter wieder gut mit ihm, denn in der vergangenen Nacht war das bis dahin schöne Wetter zu seinen Gunsten drastisch umgeschlagen. Ein starker, böiger Ostwind war aufgekommen und trieb dunkle Regenwolken vor sich her.

Aufgrund dessen entschloss sich Tarchunies, nachdem sie den Hafen verlassen hatten, zunächst direkten Kurs auf den Isthmus zwischen den beiden sardischen Inseln zu nehmen, ihn zu passieren, um dann weiter nach Westen zu segeln.

Das war ein nicht ganz ungefährliches Unterfangen, denn dieser schmale Isthmus wurde erfahrungsgemäß immer besonders gut bewacht, weil er die kürzeste Verbindung von Tarchnal zum offenen westlichen Teil des Meeres darstellte.

»Ein ziemlich verrückter Plan!«, knurrte Hvlave deshalb auch kopfschüttelnd, nachdem Tarchunies ihm sein Vorhaben mitgeteilt hatte. »Ich meine, gerade da haben sie doch den größten Teil ihrer Flotte postiert.«

Tarchunies grinste breit.

»Verrückt heißt, entrückt der Norm zu sein. Und was ist Norm?«, zerstreute er mit einer wegwerfenden Handbewegung Hvlaves Bedenken. »Eben weil sie davon ausgehen, dass wir das wissen, werden sie kaum annehmen, dass wir so unverfroren sein könnten, ausgerechnet dort durchzustoßen. Im Übrigen erfuhr ich kurz vor unserer Abfahrt von einem unserer Handelskapitäne, der heute Mittag im Hafen festgemacht hatte, dass sie sogar einige ihrer Schiffe von dort abgezogen haben, um ihre Verbände im Süden und Norden zu verstärken. Du siehst also, dass sie uns dort gar nicht erwarten, sodass der Moment der Überraschung ganz auf unserer Seite sein wird.«

Inzwischen war die Nacht hereingebrochen, und der Wind hatte sich zu einem ausgewachsenen Sturm entwickelt, während sich gleichzeitig ein schweres Gewitter über dem Meer entlud. Auf den schwarzen, weißmähnigen Wogen, die wie rasende Rosse nach Westen flogen, ritt *Tarchons Freude* hart vorm Wind und pfeilschnell dahin, und immer wenn sie stampfend durch ein Wellental pflügte, fegten haushoch gischtende Wassermassen über das Deck.

Die in immer kürzer werdenden Abständen um sie herabzuckenden, fahlhellen Blitze machten die Nacht zum Tag, und schon bald waren vor ihnen am Horizont die Umrisse der beiden großen Inseln deutlich auszumachen.

»Ruder zwei Strich nach Steuerbord!«, brüllte

Tarchunies in das heulende Inferno. »Der Isthmus … Er ist weiter nördlich!«

Die zwei Rudergasten, die sich – wie auch die übrige Mannschaft – mit Tauen an der Reling gesichert hatten, legten sich schwer gegen die Pinne, und langsam und leicht nach Luv krängend schwenkte das Schiff willig auf den neuen Kurs ein.

»Das ist vielleicht ein Wetterchen!«, schrie Tarchunies Cairteach zu, der sich neben ihm an die Reling klammerte. »Besser könnte es gar nicht sein!«

Cairteach lachte laut auf und reckte den Kopf nach achtern in den Sturm. Er hatte die Übelkeit, die er anfangs bei einem solchen Seegang immer in seinem Magen verspürt hatte, längst überwunden, da er frühzeitig gelernt hatte, die stampfenden und schlingernden Bewegungen des Rumpfes breitbeinig und in den Knien federnd auszugleichen. Auch hielt er den Blick dabei immer gerade auf den Horizont gerichtet, denn das Schwindelgefühl, was den anhaltenden Brechreiz verursachte, entstand nur dann, wenn seine Augen dem Auf und Ab der Wellen folgten.

»Schiffe voraus!«, vermeldete da plötzlich die überschnappende Stimme des Toppsgasten. »Sie bringen ihre Riemen aus!«

Tarchunies und Cairteach hangelten sich daraufhin mühsam an der Reling entlang nach vorne zum Bug. Vor ihnen öffnete sich jetzt der Isthmus, und in der Tat hatten acht mächtige Dreißigruderer phokäischer Bauart davor Posten bezogen. Der Gegner hatte sie zweifelsfrei ausgemacht, denn die acht Schiffe kamen in einer Linie rudernd auf sie zu.

»Was sind das nur für Schwachköpfe?«, hustete Tarchunies verächtlich, da ihm ein Schwall Wasser ins Gesicht geschlagen war. »Sie können keine Segel setzen, weil ihnen der Sturm entgegenbläst, wollen es aber dennoch mit uns aufnehmen! – Bleib hier!«, rief er Cairteach noch zu. »Ich werde denen da jetzt eine Lektion erteilen, die sie ihr Leben lang nicht vergessen werden!«

Damit stolperte er wieder zum Achterdeck und stellte sich neben das Ruder.

»Haltet genau auf ihre Mitte!«, zischte er den zwei Männern zu. »Wir werden ihnen die Flügel stutzen!«

In voller Fahrt preschte *Tarchons Freude* nun den Angreifern entgegen, welche sich aufgrund ihrer zahlenmäßigen Überlegenheit und ihrer Kampfkraft im Vorteil wähnten und daher wohl glaubten, dass Tarchunies sich ergeben oder doch wenigstens die Flucht ergreifen würde. Aber dem war nicht so, denn stattdessen mussten sie erkennen, dass sich ihnen der verhasste Pirat mit unverminderter Geschwindigkeit näherte und gar nicht daran dachte, dieser tödlichen Konfrontation auszuweichen.

»Wahrschau am Ruder!«, gellte da der Warnruf des Toppsgasten. »Einer der Kähne im Mittelfeld kommt dwars auf!«

Tatsächlich hatte eines der gegnerischen Schiffe beigedreht und driftete mit seiner Breitseite in Fahrtrichtung von *Tarchons Freude*, um ihr den Weg zu verlegen. Anscheinend nahmen die Phokäer die Gefahr, die ihnen drohte, überhaupt nicht ernst.

»Ich steuere selbst!«, ergriff darauf Tarchunies

grimmig die Initiative – und die Ruderpinne. »Alle Mann festhalten! Sie werden ein Auge einbüßen!«

Ursprünglich hatte er vorgehabt, einfach zwischen den beiden in der Mitte fahrenden Schiffe durchzustoßen und dabei so dicht querab zu kommen, dass wenigstens einem von ihnen die Riemen abrasiert würden. Doch nun entschloss er sich, das Schiff, welches ihm so frech die Breitseite zeigte, zu rammen.

Hochkonzentriert zog er einen halben Strich nach backbord und zielte mit dem Vordersteven auf das große Auge, das seitlich am Bug des Feindes aufgemalt war.

Und dann waren sie heran.

Mit einem dumpfen Krachen fuhr der Rammsporn mitten in das Auge, und die Wucht des Stoßes war so gewaltig, dass der hochragende Rumpf des Gegners in die Fahrtrichtung der *Tarchons Freude* mitgerissen wurde.

Während dieses Schwenks kam der Rammsporn wieder frei, indem er wie ein Hebel die Bugspante brechen ließ, wodurch dann auch der Bug vollständig aufbarst und augenblicklich Wasser in das klaffende Leck schlug, was von einem panischen Angstgeschrei der Besatzung, welches sogar das Tosen des Unwetters übertönte, begleitet wurde.

Tarchons Freude selbst hatte hingegen keinen Schaden genommen, und unter dem frenetischen und höhnischen Triumphgeheul seiner Leute steuerte Tarchunies das Schiff unbeirrt und ohne dem schwer havarierten Gegner zunächst weitere Beachtung zu schenken, in den Isthmus, der nun frei vor ihm lag.

Nachdem er das Ruder wieder übergeben hatte, stand er mit Cairteach und Hvlave an der Heckreling und spähte zu dem phokäischen Verband, der in einer immer größer werdenden und inzwischen kaum aufholbaren Entfernung hinter ihnen zurückgeblieben war.

Die Phokäer hatten wohl einige Zeit gebraucht, um sich von dem Schock, den sie durch dieses tollkühne und für sie völlig überraschende Manöver erlitten hatten, zu befreien, denn erst jetzt begannen fünf ihrer Schiffe die Segel zu setzen und die Verfolgung aufzunehmen, während sich die übrigen zwei um ihre in Seenot geratenen Kameraden kümmerten.

Das leckgeschlagene Schiff war nämlich schon bis zur Hälfte des Rumpfes unter die Wasseroberfläche abgesunken, und auf dem nun im schrägen Winkel hochragenden Heck klammerten sich die Männer in dichten Trauben verzweifelt fest. Bedingt durch den hohen Seegang, war es den beiden zu Hilfe kommenden Schiffen unmöglich, an dem Havaristen längsseits zu gehen, um die Besatzung aufzunehmen, sodass nur diejenigen von ihnen, die schwimmen konnten und den Mut hatten, sich der tobenden See anzuvertrauen, eine Chance auf Rettung besaßen, denn sie konnten mit wenigen Zügen durchaus die Taue erreichen, die man ihnen über die Bordwände geworfen hatte.

Aber, soweit Tarchunies es beobachten konnte, waren es nur sehr wenige, die den Sprung in die brodelnden Fluten wagten, und dann sackte der Rumpf unvermittelt vollends in die Tiefe und riss in dem Strudel, der dabei entstand, alle, die sich noch auf ihm befanden, unweigerlich mit sich.

»Das wär's!«, wandte sich Tarchunies wieder schulterzuckend nach mittschiffs. »Die haben ganz offensichtlich genug! Seht selbst, sie geben ihren lächerlichen Versuch, uns zu verfolgen, auf!«

In der Tat hatten die fünf Schiffe beigedreht und gingen zusammen mit den zwei übrigen, die sich der Schiffbrüchigen angenommen hatten, hart am Wind auf Südkurs. Noch vor Anbruch des nächsten Tages – sie hatten den Isthmus längst durchquert – flaute der Sturm dann merklich ab und unter den wärmenden Strahlen der Morgensonnen löste sich auch die dichte Wolkendecke rasch auf, sodass bald nur noch ein paar vereinzelte weiße Quellwolken, getrieben von dem allerdings immer noch recht frischen Wind, über den tiefblauen Himmel zogen.

Nachdem sie die Meerenge passiert hatten, hatte Tarchunies einen neuen Kurs befohlen. Jetzt segelten sie nach Südwest, in Richtung auf die alte Seehandelsroute, die von den Phoiniki benutzt wurde, um Güter zwischen Karthago und Gades zu transportieren. Gades war eine Kolonie, die die Phoiniki lange vor Karthago am äußersten westlichen Ende der bekannten Welt gegründet hatten, dort, wo sich die gewaltigen Wogen jenes grenzenlos weiten Ozeans brachen, den die Craeces »den Atlantischen« nannten.

Diesen und auch noch die drei darauf folgenden Tage behielten sie den Kurs bei, und mit dem kräftigen, nunmehr beständig aus Nordost wehenden Wind machten sie gute Fahrt, doch hatte sich zu ihrer großen Enttäuschung während dieser Zeit auch nicht das kleinste Segel am Horizont zeigen wollen.

Dann aber, es war am frühen Nachmittag ihres fünften Tages auf See und Tarchunies spielte schon mit dem Gedanken, ihren Schlupfwinkel aufzusuchen, um die arg zur Neige gegangenen Vorräte zu ergänzen, wandte sich das Glück ihnen doch noch zu.

»Schiff vier Strich an backbord voraus!«, hallte endlich der erlösende Ausruf des Toppsgasten über Deck.

»Was für ein Schiff ist das?«, schrie Tarchunies erregt.

»Ein ziemlich großer und schwerfälliger Pott! Könnte ein phokäischer Frachter sein. Er macht langsame Fahrt nach West!«

»Ist er allein?«

Der Toppsgast ließ sich mit der Antwort etwas Zeit.

»Ja, Herr!«, meldete er dann. »Kein anderes Segel im weiteren Umkreis auszumachen!«

»Na, bestens!«, erwiderte Tarchunies lachend und rieb sich die Hände. »Ruder hart steuerbord! Hvlave, lass unsere *Freude* fliegen!«

Es dauerte nicht lange, da waren sie dem Schiff – es war tatsächlich ein Phokäer – so nahe gekommen, dass sie die grünen und blauen Ziermalereien an Bug und Heck deutlich erkennen konnten.

»Wieso streicht der sein Segel nicht?«, verwunderte sich Cairteach gegenüber Tarchunies, als dieser gerade den Befehl zum Beidrehen gegeben hatte, und kaute nervös auf seinen Bartspitzen. »Normalerweise ergeben sich doch diese fetten Kauffahrer, wenn sie uns sehen!«

Er hatte kaum zu Ende gesprochen, als ein Pfeilhagel über dem Deck niederging und einige der Männer, wenn auch nur leicht, verletzte.

»Der wehrt sich ja!«, stellte Puzra entgeistert fest. »Ist der völlig übergeschnappt?«

»Scheint so!«, brüllte Tarchunies in hellem Zorn. »Hvlave, wieder auf Kurs gehen! Wir rammen sie – und alle Mann zu den Waffen! Sie wollen es ja nicht anders!«

Wenig oberhalb der Wasserlinie bohrte sich kurz darauf der Rammsporn in den bauchigen Rumpf des Frachters, während die Besatzung der *Tarchons Freude*, allen voran Tarchunies, gleichzeitig mit einem ohrenbetäubenden Kampfgeschrei und die auf sie meist ziel- und wahllos abgeschossenen Pfeile und Speere nicht achtend, über die hohe Bordwand des Phokäers enterte. Es währte dann auch nicht lange, da hatten sie die gegnerische Mannschaft niedergekämpft, und ihr Kapitän stand, die Klinge Tarchunies' an der Kehle, vor dem Mast.

»Was ist, Craeces?«, schnaubte Tarchunies schwer atmend. »Willst du immer noch den Helden mimen?«

»N… nein, Herr!«, presste der Mann heiser und vor Todesangst schlotternd hervor. »D… das Schiff … es … es gehört euch!«

»Danke, sehr freundlich von dir!«, bedankte sich Tarchunies übertrieben höflich und steckte sein Schwert wieder in die Scheide. »Oh, da fällt mir übrigens ein, dass ich es vorhin im Eifer des Gefechts versäumt habe, dich zu fragen, ob es erlaubt ist, an Bord kommen zu dürfen, wie es ja unter uns Seeleuten so üblich ist. Ich hole es hiermit in aller Form nach. Aber nun sage mir doch«, und dabei legte er seinen Arm vertraulich um die Schulter des völlig verstörten Mannes, »was hat dich nur bewogen, uns Widerstand zu leisten? Ich meine, ich erkenne euren Heldenmut durchaus an, aber … na ja!« Er vollführte eine vielsagende Geste über die Leichen der phokäischen Matrosen, die auf dem Deck herumlagen. Tatsächlich hatte über die Hälfte der Besatzung des Frachtschiffes bei dem kurzen Handgemenge das Leben verloren, während Tarchunies' Leute den Kampf weitgehend unversehrt überstanden hatten.

»Du hättest dir doch eigentlich denken müssen, dass dies ein ziemlich aussichtsloses Unterfangen sein würde«, fuhr er sanft weiter fort, »oder könnte es vielleicht sein«, und seine Miene nahm einen Ausdruck von spöttischem Erstaunen an, »dass du gar nicht wusstest, mit wem du es zu tun hast?«

Hierauf brachen seine Leute in schallendes Gelächter aus, denn die *Tarchons Freude* und ihre Mannschaft war in den vergangenen zwei Jahren längst zu einer Legende geworden. Von Gades über Naukratis bis zu den östlichen Kolonien der Craeces erzählte man in den Hafenschenken von ihren Taten und jedem, der zur See fuhr, war das blutrote Segel mit dem Wolfskopf nur zu gut bekannt.

Ein Anflug von Trotz erschien jetzt über den wettergegerbten Zügen des alten Kapitäns, und seine dunklen Augen unter der von eisgrauem Haar umwehten Stirn blickten Tarchunies gerade und kalt ins Gesicht.

»Doch Herr! Ich wusste wohl, wer ihr seid, als ich

euer Segel ausgemacht hatte. Und unter anderen Umständen hätte ich mich auch kampflos ergeben – obwohl das wahrscheinlich auf das gleiche Ergebnis hinausgelaufen wäre, nur dass meine Männer nicht auf diese Weise umgekommen wären, sondern ertrunken oder, noch schlimmer, in die Sklaverei verkauft worden wären. Doch in diesem Falle hatte ich darüber nicht zu entscheiden, denn ich erhielt den Befehl vom Eigner des Schiffes, der auf dieser Fahrt mit uns gereist ist, euch Widerstand zu leisten, wiewohl ich ihm dringend davon abgeraten hatte.«

»Aha, das verstehe ich«, erwiderte Tarchunies süffisant. »Wo ist denn nur dieser tapfere Mann? Ist er möglicherweise an der Seite seiner Leute gefallen?«

Der Kapitän lachte bitter auf und schüttelte den Kopf.

»Er hat sich unter Deck verkrochen, glaube ich. Zwischen seinen Weinkrügen, nehme ich an.«

Tarchunies gab seinen Männern einen kurzen Wink, worauf diese eilig im Bauch des Frachters verschwanden, um nach ihm zu suchen.

»Dann hast du letztlich dennoch Mut bewiesen«, sagte Tarchunies anerkennend. »Bisher hat es nur sehr wenige Schiffsführer gegeben, die es wagten, uns die Stirn zu bieten – und denen habe ich, samt ihrer Besatzung, noch immer das Leben und die Freiheit geschenkt. Selbst ihr Schiff habe ich ihnen gelassen, wenn es noch seetüchtig war. Ansonsten aber habe ich die Männer an einer bewohnten Küste an Land gesetzt. Du wirst also zusammen mit deinen dir verbliebenen Männern ebenfalls in die Freiheit entlassen, nachdem wir die Ladung gelöscht haben.«

In diesem Moment wurde der Schiffseigner von rohen Fäusten an Deck gezerrt, und mit ihm noch zwei Frauen und ein halbwüchsiger, pickliger Knabe. Zitternd vor Furcht, schmiegten sich die Frauen und der Knabe aneinander, wobei die Frauen ihre Gesichter züchtig mit den Falten ihres Obergewandes verhüllt hielten.

Der Reeder indes, ein schlanker, gut proportionierter Mann um die vierzig, mit geradezu langweilig ebenmäßigen Gesichtszügen, die von einem von den schon ergrauten Schläfen bis unter das Kinn reichenden Bart umrahmt wurden, stand aufrecht mit geschürzten Lippen und arrogant abschätzendem Blick vor Tarchunies. Wie üblich bei den Craeces, fiel ihm das ölig schwarze Haar in langen ondulierten Flechten über den Rücken.

Dafür, dass er sehr begütert sein musste, sprach schon die ausgesprochen erlesene Kleidung der Gefangenen. Er, wie auch der Junge, der offenbar sein Sohn war, trugen einen gold bestickten Chlamys aus feinster, purpurgefärbter Wolle, und die Frauen waren mit fußlangen, schneeweißen und sorgfältig gefältelten Gewändern angetan, über welchen sie sich eben jene fast durchsichtigen Schleier geworfen hatten, mit denen sie ihre Gesichter vor den zudringlichen Blicken der Fremden zu verbergen suchten.

»Sei mir gegrüßt, o edler Craeces!«, ahmte Tarchunies salbungsvoll die traditionelle Grußformel in der Sprache dieses Volkes nach. »Wie ist dein

Name, auf dass ich dich gebührend anzusprechen weiß!«

Doch der Mann zog es vor, erst gar nicht darauf zu antworten, sondern schaute angewidert nach oben.

»Er heißt Eurypylos, Herr«, beeilte sich stattdessen der Kapitän zu antworten. »Und das sind seine Gemahlin Ismene, seine Tochter Polymele und Laogenes, sein Sohn. Unser Heimathafen ist Cyme.«

»Aber dann sind wir ja fast Nachbarn!«, rief Tarchunies in gespielter Überraschung aus. »Wer hätte das gedacht? Wie klein doch die Welt ist! – So, und nun mach gefälligst dein Maul auf, wenn ich mit dir rede«, fuhr er dann mit einem gefährlich scharfen Unterton fort. »Einem Mann, der seine Leute auf so schmähliche Weise im Augenblick höchster Gefahr im Stich gelassen und sich dann lieber hinter Weiberröcken versteckt hat, statt zu kämpfen, steht eine solche Überheblichkeit, die du mir so offensichtlich entgegenbringst, wohl kaum an.«

»Es ist unter meiner Würde, mit einem dreckigen, thyrsenischen Piraten zu verhandeln. Im Übrigen bin ich nicht geflohen, sondern habe meine Familie verteidigt!«, erwiderte Eurypylos herablassend.

»Was dir ja auch gelungen ist, wie man sieht«, entgegnete Tarchunies sarkastisch. »Und was den dreckigen Piraten betrifft, so möchte ich dich daran erinnern, dass Kaufleute bei eurem Volk kein besonders gutes Ansehen genießen, gelten sie doch nur wenig mehr als ein gemeiner Bauer. Ich aber bin der Sohn des Lukomonen von Tarchnal und daher von weit edlerer Herkunft, als du es bist. Und genau das ist es, worüber du dich glücklich preisen kannst. Ich habe deinem wackeren Kapitän nämlich mein Wort gegeben, euch allen die Freiheit zu schenken, und ich pflege mein Wort stets zu halten. Sobald wir das, was wir von eurer Ladung als wertvoll erachten, an Bord gebracht haben, dürft ihr weiterfahren. Bis dahin betrachtet euch als unsere Gäste.«

Damit ließ er ihn stehen und würdigte ihn keines Blickes mehr.

»Was ist eure Fracht … äh, wie heißt du eigentlich?«, wandte er sich an den Kapitän.

»Mein Name ist Leukippos, Herr. Wir führen Wein und Tafelgeschirr aus Attika mit uns.«

»Es scheint, dass heute unser Glückstag ist, Männer!«, rief Tarchunies enthusiastisch. »Das Wetter ist schön, die See ist ruhig, und wir haben fette Beute gemacht! Lasst uns also alle von dem zweifellos hervorragenden Wein probieren und unsern Sieg feiern. Worauf wartet ihr? Werft die Leichen über Bord und dann lasst es euch gut gehen! Die Schänke ist eröffnet!«

Während seine Mannschaft daraufhin mit einem begeisterten Jubelgeschrei den Frachtraum stürmte und begann, die dort gelagerten Weinamphoren an Deck zu schaffen, winkte Tarchunies Cairteach und Hvlave an seine Seite.

»Wir wollen trotz allem den Anstand unseren Gastgebern gegenüber wahren, und bei den Craeces ist es nun mal Sitte, dass Frauen und Kinder von den Gelagen der Männer ausgeschlossen sind«, sagte er und zwinkerte ihnen zu. »Begleitet also die Damen und den Knaben in die kleine Kabine unter dem Achterdeck und habt hin und wieder ein Auge auf sie. Unsere Seewölfe mögen zwar einigermaßen diszipliniert sein, aber wenn der Wein erst mal seine Wirkung zeigt, dann könnte der eine oder andere sich vielleicht doch von dem unbändigen Trieb seiner Lenden dazu hinreißen lassen, sich den Frauen oder dem hübschen Jungen auf wenig schickliche Weise zu nähern.«

Als die beiden mit ihren Schutzbefohlenen gegangen waren, trat Eurypylos vor Tarchunies und streckte ihm die Hand entgegen.

»Das war sehr edelmütig von dir«, murmelte er sichtlich bewegt und schaute verlegen auf die Decksplanken. »Und ich werde dir das nie vergessen. Wenn du mir also meine beleidigenden Worte von vorhin nur verzeihen wolltest, ich sprach sie im Zorn. Aber versuche mich zu verstehen, dir eilt immerhin der Ruf voraus, ein blutrünstiger Pirat zu sein, für den das Leben seiner Opfer wenig zählt.«

»Das entspricht auch im Großen und Ganzen der Wahrheit, Eurypylos aus Cyme«, erwiderte Tarchunies grinsend und ergriff die ihm dargebotene Rechte. »Nur vergreife ich mich niemals an Wehrlosen, vor allem nicht an Frauen und Kindern, zumal Letztere mehr Gold einbringen, wenn sie unberührt sind. In eurem Falle aber habe ich Leukippos mein Wort gegeben, euch unbehelligt ziehen zu lassen, und dazu stehe ich, auch wenn ich zu dem Zeitpunkt, als ich dies versprach, nicht ahnen konnte, welch kostbare Passagiere sich hier an Bord aufhalten würden.«

»Willst du nicht dennoch mein Gold annehmen, als

dankbare Geste dafür, dass du mich und meine Familie verschont hast?«, fragte Eurypylos unsicher, so, als ob er sein unverhofftes Glück immer noch nicht fassen könnte.

»Behalte dein Gold, Phokäer!«, wehrte Tarchunies lachend das Angebot ab. »Rühme dich stattdessen, dass du dem blutrünstigen Piraten unversehrt entkommen bist! Wer weiß, zu was es irgendwann einmal gut ist? Und jetzt will ich deinen Wein genießen.«

Unterdessen hatten Cairteach und Hvlave die Frauen und den Knaben unter Deck gebracht und wollten sich gerade wieder entfernen, als Cairteach sich noch einmal zu ihnen umdrehte. Er wollte sich nur erkundigen, ob er ihnen noch etwas zu essen und zu trinken besorgen sollte, doch da fiel sein Blick auf das nunmehr unverhüllte Antlitz Polymeles, der Tochter des Eurypylos. Als ob ein Blitz ihn getroffen hätte, stand er wie angewurzelt da und starrte sie mit offenem Mund an. Doch auch ihre silbrig blauen Augen, die einen eigenwilligen Kontrast zu ihrer weißen Haut und ihrem streng über der Stirn gescheitelten blauschwarzen Haar bildeten, welches sie sich am Hinterkopf mit einem goldfarbenen Band zu zwei hintereinander liegenden Knoten aufgebunden hatte, ruhten fasziniert und in mädchenhaft scheuer Bewunderung auf seiner kraftstrotzenden, muskulösen Gestalt.

»Ich heiße Cairteach«, konnte er schließlich nur noch rau und unbeholfen hervorbringen. »Wenn ihr irgendetwas braucht, sagt es mir nur, ich werd's dann schon besorgen.«

»Vielen Dank, Cairteach, bringe uns nur etwas Wasser und Wein und dazu noch Käse und Brot«, vernahm er die weiche, warmherzige Stimme ihrer Mutter, der natürlich nicht entgangen war, mit welch liebevoller Zuneigung der ungeschlachte, aber dennoch attraktive Riese aus dem Norden ihrer Tochter begegnete. Ismene selbst, obwohl körperlich etwas fülliger, hätte man auf den ersten Blick gut und gerne für die ältere Schwester Polymeles halten können, sosehr ähnelten sie sich in ihrem Aussehen, und nur die winzigen Lachfältchen um ihre Augenwinkel und der graue Flor in ihrem Haar zeugten davon, dass sie im Sommer ihres Lebens stand.

»Selbstverständlich, Herrin!«, hörte er sich sagen. »Euer Wunsch wird sogleich erfüllt.«

Damit wandte er sich abrupt um und stolperte hastig wieder an Deck.

Eiligst suchte er sich die gewünschten Speisen zusammen, stopfte sie in einen Beutel und vergaß auch nicht, noch jeweils einen Krug mit Wasser und Wein zu füllen. Damit bepackt, begab er sich wieder in die Kabine und stellte alles sorgfältig auf einen kleinen runden Tisch, der in einer Ecke des Raumes stand.

»Willst du uns nicht ein wenig Gesellschaft leisten, Cairteach?«

Es war das erste Mal, dass er *ihre* Stimme vernahm. Die Sprache der Craeces klang ohnehin schon so viel feiner und eleganter als die der Rasna, die, wie übrigens auch seine eigene, von harten Schnalz- und Zischlauten durchsetzt war, aber über ihre Lippen perlten die Worte so melodiös in sein Ohr, dass es ihm abwechselnd heiß und kalt über den Rücken lief.

»J… ja … äh … nein! Besser nicht!«, wand er sich errötend und überrumpelt von seinen sich widerstrebenden Gefühlen. »Meine Leute warten auf mich. Ich werde aber darauf achten, dass euch niemand belästigt.«

Mit einer linkischen Verbeugung verabschiedete er sich und flüchtete sich mit weichen Knien zurück an Deck. Dort schnappte er sich eine Amphore, setzte sich auf eine Taurolle vor der Bugreling des Frachters und begann, nachdem er den wächsernen Verschlusspfropfen aus dem Amphorenhals entfernt hatte, den Wein unvermischt direkt aus dem Gefäß in sich hineinzuschütten.

»He, mein senonischer Freund!«, sprach ihn Tarchunies an, der sich zu ihm gesellt hatte, da er den bedrückten Gemütszustand Cairteachs sehr wohl bemerkt hatte. »Davon bekommst du Kopfweh.«

»Ach, lass mich doch in Ruhe«, knurrte Cairteach und starrte mürrisch auf das Meer hinaus. »Ob ich Kopfweh bekomme, ist mir jetzt sowieso egal!«

»Sachte, sachte, ich wollte dir wirklich nicht zu nahe treten, aber willst du mir nicht anvertrauen, was der Grund dafür ist, dass du hier so einsam dein Trübsal ertränkst?«

Doch Cairteach schwieg und trank zunächst beharrlich weiter, bis Tarchunies schließlich achselzuckend aufstand und ihn seinem Schwermut überlassen wollte.

»Es ist dieses Mädchen!«, presste Cairteach da gepeinigt hervor und schaute ihn aus wässrigen Augen an.

»Ach, ich verstehe«, sagte Tarchunies mitfühlend und klopfte ihm begütigend auf die Schulter. »Du hast dich in sie verliebt. Aber das ist doch wunderbar! Warum in aller Welt bist du dann so übellaunig? Es werden sicher noch ein paar Tage vergehen, bevor wir diese Phokäer wieder an Land bringen können, und bis dahin hast du genügend Zeit, sie näher kennen zu lernen und dich ihr mitzuteilen. Oder fürchtest du einfach nur, eine Abfuhr von ihr zu erhalten, wenn du ihr sagst, wie es um dich steht?«

»Nein, ganz und gar nicht«, seufzte Cairteach. »Vielleicht erwidert sie sogar meine Zuneigung. Aber dennoch ist es hoffnungslos – eben weil es sehr unwahrscheinlich ist, dass ich sie irgendwann danach noch einmal wiedersehen werde. Und selbst wenn, gäbe es auch keine Zukunft für uns, denn ich werde bald wieder in meine kühle Heimat zurückkehren müssen, und ich kann mir nicht vorstellen, dass sie, die doch ein Kind dieses von der Sonne verwöhnten Landes ist, mir dorthin folgen wollte, zumal sie in einem Luxus lebt, den ich ihr in meinen wilden Wäldern kaum würde bieten können.«

»Das Schicksal geht oft verschlungene Pfade, mein Freund«, sinnierte Tarchunies und rieb sich mit dem Zeigefinger unter der Nase, »und wenn es wirklich Liebe ist, wer weiß, vielleicht wendet sich doch alles zum Guten für dich. Mir ist es ja ganz ähnlich ergangen, wie du dich erinnern kannst.

Auch ich dachte in Tanachvil die Frau meines Lebens gefunden zu haben – und meine es immer noch –, aber unsere Wege haben sich, bevor noch alles angefangen hatte, leider wieder getrennt. Sei's drum, Cairteach, trinken wir auf das Schicksal und hoffen, dass unsere Träume dereinst doch noch wahr werden dürfen.«

Inzwischen war die Dämmerung hereingebrochen, und bis auf die wenigen Männer, die auf den beiden Schiffen, welche immer noch miteinander verkeilt auf dem Wasser dümpelten, zur Wache eingeteilt waren, lag die übrige Besatzung bereits restlos betrunken an Deck, grölte herum, oder war schon vom Schlaf übermannt worden. So kam es, dass zunächst kaum jemand, auch Tarchunies und Cairteach nicht, den Alarmruf der beiden Toppsgasten registrierte, der in dieser Situation plötzlich aus den Krähennestern erschallte.

»Schiff an achtern! Es kommt schnell auf!«

Als sie es aber dann doch gewahr wurden, weil die noch einigermaßen nüchtern gebliebenen Wachen mit allen Mitteln versucht hatten, ihre Kameraden aus deren weinseliger Lethargie zu reißen, war es bereits zu spät. Der fremde Kampfsegler war an der *Tarchons Freude* längsseits gegangen, und seiner Besatzung war es im Handstreich gelungen, auf die Schiffe zu entern und Tarchunies' Leute ohne große Gegenwehr zu überwältigen und sie gefesselt auf das Deck des Phokäers zu verbringen.

Das Einzige, was Tarchunies dabei noch halbwegs mitbekam, war, dass eine weibliche Gestalt mit blondem Haar lächelnd über ihm stand und ihren Fuß auf seine Kehle gestellt hatte.

»Ich glaube, ich träume«, lallte er in seinem Rausch entrückt. »Tanachvil! W… was … nein, das kann ja gar nicht … ein Trugbild.«

Und damit schwanden ihm erneut die Sinne.

Kapitel 7

Der heftige kalte Regen, der am nächsten Morgen aus dem wolkenverhangenen Himmel auf das Deck des phokäischen Handelsschiffes herniederprasselte, ließ Tarchunies allmählich wieder zur Besinnung kommen. Im Verlaufe der vergangenen Nacht hatte sich das Wetter drastisch verändert. Es war merklich kühler geworden, und ein böiger Nordwind wühlte das Meer auf.

Aufgrund der Tatsache, dass er die Nacht über auf den harten Planken gelegen hatte, waren seine Glieder taub und steif geworden, und es kostete ihn einige Mühe, sich wenigstens so weit aufzurichten, dass er sitzen konnte. Während Tarchunies so an der Heckreling lehnte und seine schmerzenden Gelenke massierte, versuchte er sich zu erinnern, was am gestrigen Tage geschehen war, doch außer ein paar wirren und schemenhaften Bilderfetzen war nichts in seinem Gedächtnis haften geblieben.

Jetzt erst wurde ihm bewusst, dass er sich auf dem geenterten Frachter befand, und als er mit den Augen unwillkürlich nach seinem Schiff suchte, musste er erschreckt feststellen, dass es verschwunden war. Auch von seiner Mannschaft war nichts zu sehen. Er war offenbar ganz allein auf diesem Schiff, *»einem Schiff«*, durchzuckte es ihn jäh, *»das ein großes Leck hat und jetzt steuerlos in diesem hohen Seegang treibt!«*

Etwas Entsetzliches musste sich in der letzten Nacht ereignet haben, etwas, was seine Leute, vielleicht weil sie ihn für tot gehalten hatten, veranlasst hatte, ihn hier, auf diesem dem Untergang geweihten Schiff zurückzulassen.

Mit aller Macht zwang er sich dazu, jetzt nicht die Nerven zu verlieren, und dachte fieberhaft darüber nach, wie er sich am besten aus dieser für ihn äußerst prekären Lage befreien könnte. Tarchunies beugte sich über die Reling und musste erkennen, dass seine schlimmsten Befürchtungen sich bewahrheitet hatten, denn durch das Leck war inzwischen schon so viel Wasser eingedrungen, dass der Rumpf bedrohlich tief abgesunken war.

In diesem Augenblick vermeinte er dumpfe Stimmen aus dem Laderaum zu hören, die immer wieder seinen Namen riefen. Von neuer Hoffnung beseelt rannte er, so schnell er konnte, über das glitschig nasse und schlingernde Deck zum Vorschiff und entfernte in atemloser Hast den Pflock, der die Luke zum Laderaum verschlossen hielt. Dann öffnete er die Luke und spähte in das diffuse Halbdunkel hinab, während er gleichzeitig nunmehr ganz eindeutig das angstvolle Geschrei seiner Leute vernahm, die sich irgendwo da unten befinden mussten. Er kletterte eilends herab und stand sofort bis zu den Knien im Wasser.

»He! Wo seid ihr?«, machte er lautstark auf sich aufmerksam und watete ein paar Schritte in die Richtung, aus der das Geschrei zu ihm herüberdrang. »Ich bin's, Tarchunies!«

»Hier sind wir!«, erklang da die überschnappende Stimme Hvlaves. »Im Stauraum an achtern! Beeil dich, sonst ersaufen wir wie die Ratten!«

Tarchunies' Augen hatten sich mittlerweile an die Dunkelheit gewöhnt, und so konnte er jetzt auch das trennende Holzgitter ausmachen, hinter dem seine Männer gefangen waren. Nachdem er den Verschlag, der glücklicherweise nicht verriegelt war, geöffnet hatte, bot sich ihm ein jämmerlicher Anblick.

Die Männer knieten gefesselt und eng zusammengepfercht am Boden, und das Wasser reichte ihnen bereits bis unter das Kinn.

Mit fliegenden Händen begann Tarchunies ihnen die Fesseln zu lösen, wobei er bald von denen unterstützt wurde, die er als Erste befreit hatte. Als das getan war und sich alle wieder auf dem Oberdeck versammelt hatten, stellte sich Tarchunies vor sie und bot den überschwänglichen Dankesovationen, welche sie ihm entgegenbrachten, energisch Einhalt.

»Spart euch euren Jubel auf, bis wir wieder festen Boden unter den Füßen haben!«, rief er ihnen zu. »Aber bis dahin gibt es noch viel zu tun! – Puzra, nimm dir ein paar Leute und versuche das Leck, so gut es eben geht, abzudichten. Cairteach, du besorgst Eimer, Kübel oder von mir aus auch Amphoren, und dann versuchst du mit so vielen Männern, wie du brauchst, das Schiff zu lenzen. Am besten, ihr bildet eine Kette, dann geht es am schnellsten. Notfalls werft ihr allen überflüssigen Ballast über Bord. Alle Übrigen entern in die Takelage und setzen das Segel!«

»Das Schlimme ist, dass ich nicht die leiseste Ahnung habe, wo wir uns augenblicklich auf See befinden«, sagte er zu Hvlave, als er wenig später mit ihm am Ruder stand. »Wir können nur hoffen, dass wir bald Land sehen werden. Nun aber erzähle mir, was gestern passiert ist und vor allem, was aus meinem schönen Schiff geworden ist, wir hatten ja bis jetzt keine Gelegenheit dazu.«

In groben Zügen berichtete ihm Hvlave von dem gestrigen Überfall, den er auch nur nachträglich von den Wachen geschildert bekommen hatte, da er sich, genau wie Tarchunies, zu diesem Zeitpunkt im Vollrausch befunden hatte.

»Dann habe ich also doch nicht geträumt!«, sagte Tarchunies lachend, als Hvlave geendet hatte, und schlug mit der Faust auf die Ruderpinne. »Dieses verfluchte Weibsstück! Schnappt mir die Beute weg und klaut obendrein noch mein stolzes Schiff! Damit hat sie uns dem Gespött aller Seeleute preisgegeben, und deren schallendes Gelächter wird bald von Poseideion bis Gades aus den Hafenschenken zu hören sein! Pah – aber wir waren ja selbst daran schuld. Was saufen wir uns auch mitten auf hoher See die Köpfe zu! Aber, Hvlave, so wahr ich hier stehe: Diese Geschichte ist noch nicht zu Ende! Mit der *Tarchons Freude* im Schlepptau kommen die bei diesem Wetter ebenso langsam voran wie wir. Wer weiß, vielleicht ist uns das Schicksal freundlich gesinnt und wir kreuzen ihren Weg, noch bevor sie wieder im Hafen von Chaisrie anlegen wird.«

Einige Zeit darauf erschien Puzra auf dem Achterdeck. Er war völlig erschöpft, und seine Arme und Hände wiesen tiefe, blutende Kratzer auf.

»Das Leck ist abgedichtet, Herr«, keuchte er. »Notdürftig zwar, aber es wird halten. Wenn der Seegang allerdings stärker wird …« Er deutete mit dem rechten Zeigefinger einen Kehlschnitt an.

»Gut! Sehr gut sogar«, lobte ihn Tarchunies. »Jetzt gönnt euch fürs Erste eine Ruhepause.«

Nachdem Puzra wieder gegangen war, warf Tarchunies einen Blick auf Cairteach und seine Männer, die sich immer noch unermüdlich die Seele aus dem Leib schufteten.

»Heda, Cairteach! Wie sieht's bei euch aus?«, rief er zu ihnen hinüber. »Bekommt ihr das Wasser aus der Bilge?«

»Wir tun unser Bestes, Kapitän!«, meldete Cairteach und winkte ihm zu. »Jetzt, wo das verdammte Loch gestopft ist, geht es besser. Es ist nur schade um den schönen Wein. Wir mussten die ganze Ladung über Bord gehen lassen.«

»Mach dir nichts draus! Er ist uns eh schlecht bekommen!«, gab Tarchunies zurück und nickte ihm aufmunternd zu.

Am späten Nachmittag dann hörte es auf zu regnen, der Wind flaute ab, und mit einem wunderschön gespannten Regenbogen lugte auch wieder die Sonne zwischen den Wolken hervor.

»Nethune ist durch unser Weinopfer offenbar gnädig gestimmt worden«, freute sich Tarchunies. »Wir segeln auf Kurs Nordost. Meines Dafürhaltens müsste bald die Küste der Sikilier am Horizont auftauchen.«

Er sollte Recht behalten, denn noch bevor die Sonne ihren Tageslauf im Westen beendet hatte, rief der Ausguck Land an Backbord voraus aus. Es handelte sich dabei um das äußerste von einer Gruppe kleiner, namenloser Eilande, die westlich vor der Insel der Sikilier gelegen waren, wie es Tarchunies kurze Zeit darauf anhand der Umrisse bestimmen konnte.

»Wir gehen unter Land!«, befahl Tarchunies. »Toppsgast, halte Ausschau nach einem geeigneten Ankerplatz – und achte auf die Riffe!«

Es dauerte zwar noch eine Weile, aber schließlich hatten sie Glück und konnten das Schiff in eine kleine felsige und windgeschützte Bucht steuern, in der sie unweit des Strandes Anker warfen. Nachdem das Segel eingeholt worden war, versammelte Tarchunies noch einmal seine Besatzung um sich.

»Also, Männer!«, fing er an, sie einzuweisen. »Wir schwimmen jetzt alle an den Strand, denn ein Schiff mit einem Loch im Bug wird uns sicher keiner stehlen wollen. Dort, auf der Hochfläche oberhalb der Bucht, werdet ihr ausreichend Feuerholz finden. Und vergesst auch nicht, ein paar Wasserschläuche mitzunehmen, denn ihr werdet sicher auf eine Süßwasserquelle stoßen. Leider müssen wir heute wohl mit leerem Magen schlafen gehen, denn es ist bereits zu spät, um nach etwas Essbarem zu suchen, und an den Lebensmittelvorräten dieses Frachters erfreuen sich jetzt die Fische. Und nun los, Leute, ehe die Nacht vollends hereinbricht.«

Einige Zeit darauf kauerten sie stumm und fröstelnd am Strand und warteten auf die Rückkehr ihrer Gefährten, die sich auf die Suche nach Holz und Wasser gemacht hatten. Doch diese kamen, kaum dass sie sich auf den Weg gemacht hatten, unversehens und mit leeren Händen zurück.

»Was ist los mit euch?«, fuhr Tarchunies sie barsch an. »Habt ihr Angst vor der Dunkelheit, oder seid ihr Gespenstern begegnet?«

»Das nicht gerade«, entgegnete Titele, der Maat, der den Trupp geführt hatte, betont leise. »Aber wir sind offenbar nicht allein auf dieser Insel. Etwas weiter weg von hier und gleichsam neben der unseren, befindet sich eine weitere Bucht, aus welcher wir Feuerschein gesehen und lautes fröhliches Singen und Johlen gehört haben. Ich denke, wir sollten uns das vorsichtshalber einmal genauer ansehen, bevor wir es uns hier bequem machen und unsere Feuer entzünden.«

»Da hast du verdammt Recht!«, gab ihm Tarchunies betroffen zu. »Nur wer, bei Vanth, könnte …«, und dabei überfiel ihn plötzlich eine vage, hoffnungsvolle Ahnung. »Wer könnte sich außer uns noch diese von den Göttern vergessene Insel ausgesucht haben, um nach diesem schweren Wetter für die Nacht einen sicheren Unterschlupf zu finden, wenn nicht …«

»Wenn nicht Tanachvil, wolltest du sagen«, ergänzte Cairteach seinen Gedankengang.

»Genau!«, stimmte ihm Hvlave begeistert zu. »Sie

muss es sein! Bei diesem Wind war sie wie wir gezwungen, auf diesen Kurs zu gehen, und wenn sie die *Tarchons Freude* nicht als lästiges Anhängsel versenkt haben, dann muss auch sie dort liegen.«

»Versenkt werden sie unser Schiff nicht haben«, überlegte Tarchunies kühl. »Dafür ist es ihnen schon als Trophäe zu wertvoll. Andererseits besteht auch die Möglichkeit, dass es jemand ganz anderes ist, der dort sein Lager aufgeschlagen hat, immerhin wird die Route zu dieser Jahreszeit von vielen Schiffen befahren. Auf jeden Fall werden wir uns aber trotzdem vergewissern, wer unsere Nachbarn sind. – Also schön, Männer!«, entschied er dann. »Wir klettern jetzt alle diese Klippen hinauf zur Hochfläche und nähern uns der Bucht von oben. Nutzt jede Deckung, die sich euch bietet, es könnte ja sein, dass sie vorsichtiger sind, als wir es auf See gewesen waren, und Wachen oberhalb ihres Lagers aufgestellt haben. Außerdem besitzen wir keine Waffen mehr. Wir müssen deshalb besonders auf der Hut sein, auf dass sie uns nicht vorzeitig bemerken.«

Nachdem sie den steinigen Abhang erklommen hatten, hieß Tarchunies sie zunächst flach auf den Boden legen und rannte selbst in gebückter Haltung zu einer kleinen, von Buschwerk bewachsenen Anhöhe, um von dort aus das Gelände zu sondieren.

Die beiden Buchten waren von einer breiten, gewölbten Landzunge voneinander getrennt, deren felsige Flanken jeweils relativ steil zu den Stränden abfielen und deren schroffes Kap vom Meer umspült wurde. Von seinem Beobachtungspunkt aus konnte

Tarchunies jetzt ganz deutlich den an den Felswänden flackernden Widerschein der Lagerfeuer und das ausgelassene Gelächter wahrnehmen, welches von der gegenüberliegenden Seite der Landzunge zu ihm herüberdrang.

Parallel zu dem Steilhang, der die Bucht säumte, zog sich eine Felsformation entlang, die entfernt an eine Brüstung erinnerte. Bis zu diesem natürlichen Wall wies das karstige Gelände so gut wie keinen Bewuchs auf, was Tarchunies insofern erleichtert zur Kenntnis nahm, da er aufgrund dieser Übersichtlichkeit feststellen konnte, dass sich zumindest hier keine Wachen aufhielten.

Er richtete sich auf und winkte seine Männer mit einem leisen Pfiff zu sich heran.

»Auf mein Kommando lauft ihr alle zu diesem Wall da vorne und geht dahinter in Deckung!«, raunte er ihnen zu, nachdem sie sich alle atemlos bei ihm eingefunden hatten. »Und dass mir keiner den Kopf darüber erhebt, bevor ich es euch erlaubt habe, ist das klar?«

Mit einem stummen Nicken bestätigten die Männer seinen Befehl, um dann, nachdem er das Zeichen gegeben hatte, unter seiner Führung die freie Fläche in raumgreifenden Sprüngen zu überwinden und in einer flachen Senke vor der Felsbarriere in Stellung zu gehen.

Ganz vorsichtig schoben sich Tarchunies, Cairteach und Hvlave so weit die Böschung hinauf, dass sie die Bucht problemlos einsehen konnten.

»Deine Ahnung hat dich nicht getrogen, Tarchunies«, murmelte Hvlave zwischen den Zähnen. »Sieh, da liegt unser Schiff!«

In der Tat war es *Tarchons Freude*, die da Reling an Reling mit dem weißen Segler Tanachvils vertäut, im glitzernden Wasser unweit des Strandes in der seichten Dünung dümpelte. Auf dem Strand selbst herrschte Festtagsstimmung. Über den Feuern drehten sich ganze Zicklein am Spieß, und darum herum lagen oder tanzten die Frauen und Männer, die zu Tanachvils Mannschaft gehörten. Auch Tanachvil, die deutlich an ihrem hellblond wehenden Haar zu erkennen war, gab sich ausgelassen dem Tanz hin und wirbelte wie ein Irrwisch in einem wilden Reigen mit ihren Gefährten zwischen den Feuern umher.

»Die scheinen sich aber sehr sicher zu fühlen«, kommentierte Cairteach trocken das fröhliche Treiben am Strand. »Wahrscheinlich wähnen sie uns auf dem Grunde des Meeres. Aber wo sind die Craeces? Ich kann weder Eurypylos und seine Familie noch den Kapitän und die Besatzung des Phokäers unter diesen Bastarden ausmachen.«

»Wahrscheinlich befinden sie sich auf einem der Schiffe«, vermutete Tarchunies. »Wenn ihr genau hinseht, könnt ihr die Wachen auf den Decks erkennen.«

»Das wäre aber ziemlich ungewöhnlich!«, verwunderte sich Hvlave. »Immerhin sind die Chaisrier mit den Cymern verbündet.«

»Du lässt dabei aber außer Acht, dass Tanachvil auf die gleiche Weise ihre Jagd betreiben könnte, wie wir es zu tun pflegen«, entgegnete ihm Tarchunies. »Jetzt aber lasst uns zur Tat schreiten.«

Sie ließen sich wieder hinter die Böschung gleiten und knieten sich vor den gespannt wartenden Männer hin.

»Das Beste wird sein, wenn wir sie von der Seeseite her angreifen«, begann Tarchunies ihnen seinen Plan zu erläutern. »Dazu ist es notwendig, dass wir uns wieder in unsere Bucht zurückbegeben. Von dort aus werden wir das Kap umschwimmen, um uns zunächst den Schiffen, ohne dass es die Wachmannschaft merkt, zu nähern und sie in unsere Gewalt zu bekommen. Das heißt, wir werden uns, nachdem wir das Kap umrundet haben, zumeist unter Wasser fortbewegen müssen. Wenn wir dann die Schiffe erreicht haben, werden wir sie möglichst geräuschlos entern, die Wachen überwältigen und uns bewaffnen. Wenn das erfolgreich geschehen ist, werden wir denen da einen kleinen Besuch abstatten und uns für die nette Überraschung, mit der sie uns gestern beehrt hatten, gebührend revanchieren.«

Auf diese Weise motiviert, stürzten sich die Männer mit neu erwachtem Mut und voller Tatendrang in das nicht ganz ungefährliche Abenteuer. Aber ihr Unternehmen stand von Anfang an unter einem glücklichen Stern.

Unbemerkt erreichten sie die Schiffe, und noch ehe die ahnungslosen Wachen es sich versahen, waren sie überwältigt worden und lagen geknebelt und gefesselt an Deck. Das alles war so schnell und lautlos vor sich gegangen, dass auch nicht einer der auf diese Weise völlig überrumpelten Wachen einen Warnruf hätte ausstoßen können. Um dennoch zunächst keinen Argwohn bei denen, die sich auf dem Strand aufhielten, zu erwecken, postierte Tarchunies sicherheitshalber seine Leute an den Plätzen an Bord, die vorher Tanachvils Wachen eingenommen hatten.

Als Nächstes öffnete Puzra die Luke auf dem Vordeck der *Tarchons Freude*, unter welcher in einer kleinen Kammer die Waffen der Besatzung lagerten, und ließ sie an die Männer verteilen.

»Cairteach! Mach dich auf die Suche nach den Craeces!«, beauftragte Tarchunies den Senonen, nachdem sie wieder bewaffnet waren. »Hier sind sie nicht. Ich denke, sie werden auf Tanachvils Schiff gefangen gehalten. Durchstöbere es von Bug bis Heck, und habe dabei ein wachsames Auge, denn es könnte ja durchaus sein, dass sich doch noch ein paar Wachen, die sich, wie auch immer, unserem Zugriff entzogen haben, unter Deck versteckt halten und auf eine Gelegenheit warten, zu fliehen, um den Rest der Bande da drüben zu warnen.«

»Du kannst dich ganz auf mich verlassen, mein Freund!«, erwiderte Cairteach grinsend und klopfte mit der Hand gegen den Knauf seines Schwertes. »Wenn sich da unten noch einer von den Halunken aufhält, werde ich ihn finden und ihn hübsch verschnürt zu seinen Kumpanen gesellen.«

Dann enterte er mit drei weiteren Männern auf Tanachvils Schiff hinüber und verschwand mit ihnen unter Deck. Dort schickte er die drei in Richtung Bug, während er selbst sich den heckwärtigen Teil vornahm. Während er sich so behutsam auf dem schmalen Mittelgang, der zwischen den an Backbord und Steuerbord befindlichen Duchten nach achtern führte, voranbewegte, gewahrte er plötzlich einen schwachen Lichtschein, der unter der Fußleiste einer Tür am Ende des Ganges hervorschimmerte. Auch vernahm er jetzt ein leises, angstvolles Wimmern sowie ein gequältes, offenbar durch einen Knebel erstickt klingendes Stöhnen und dazwischen immer wieder die gedämpften Stimmen von mindestens zwei Männern, die rau und zischend auf ihre Opfer einredeten.

Wie er sehr schnell feststellte, verschloss die Tür den Zugang zu einer Kabine, die den ganzen Raum unter dem Achterdeck einnahm und augenscheinlich das Privatgemach Tanachvils darstellte. Als er sich herangeschlichen hatte, spähte er durch ein Astloch, welches eine der Bohlen aufwies, die zu beiden Seiten der Tür die Wand der Kabine bildeten.

Was er dann in dem nur dürftig von einer einzelnen Öllampe erhellten Raum zu sehen bekam, war so widerwärtig, dass ihm zunächst der Atem stockte.

Auf dem Boden lagen Ismene und Polymele, beide nackt und mit einem Knebel im Mund. Vor ihnen, mit dem Rücken zu Cairteach, knieten zwei ebenfalls nackte Männer, die sich gerade mit aller Kraft bemühten, die Schenkel der sich heftig wehrenden Frauen auseinander zu zwingen, während ein dritter Mann den Knaben Laogenes von hinten um die Hüften gefasst hielt und ihn im Stehen mit brutalen Stößen vergewaltigte.

Von rasender Wut gepackt, riss Cairteach sein Schwert aus der Scheide, rannte mit dem Gewicht seines Körpers die Tür ein und stürmte mit einem heiseren Aufschrei in die Kammer. In einem einzigen, fließenden und tänzerisch anmutenden Bewegungsablauf spaltete er zuerst den beiden knienden Männern den Rücken vom Hals bis zur Mitte ihrer Oberkörper, um danach mit einer blitzschnellen Drehung, dem kraftvollen Schwung seiner Waffe folgend, den Kopf des Knabenschänders vom Rumpf zu trennen.

Das alles hatte nur wenige Lidschläge gedauert, sodass die Übeltäter schon der Tod ereilt hatte, noch bevor sie hätten gewahr werden können, wer ihre schwarzen Seelen zu den Schatten geschickt hatte.

Aus den Augenwinkeln heraus erkannte Cairteach dabei schräg hinter sich in einer Ecke die Gestalt des Eurypylos, der fest gebunden und geknebelt auf dem Boden kauerte und das furchtbare Treiben hilflos hatte mit ansehen müssen. Rasch durchschnitt er die zwingenden Riemen des Unglücklichen, um sich dann wieder um die Frauen und den Jungen zu kümmern, die immer noch stumm und mit schreckgeweiteten Augen neben den entseelten Körpern ihrer Peiniger knieten und sich angstvoll aneinander schmiegten. Sie waren, wie auch Cairteach, über und über mit Blut besudelt, welches aus den immer noch leicht zuckenden Leibern der drei Erschlagenen herausströmte.

»Es ist vorbei«, versuchte Cairteach sie mit sanfter Stimme zu beruhigen. »Ihr seid nun in Sicherheit, dafür bürge ich mit meinem Leben. Aber jetzt kommt mit an Deck, damit ihr euch waschen könnt.«

In diesem Moment kamen nun auch die drei Männer hinzu, die auf Cairteachs Geheiß das Vorschiff untersucht hatten, und nachdem ihnen Cairteach kurz erklärt hatte, was geschehen war, traten sie sogleich heran und halfen den bedauernswerten Menschen aufzustehen. Aber der erlittene Schock saß ihnen noch zu tief in den Gliedern, als dass sie sich selbstständig hätten auf den Beinen halten können. Also hoben die Männer die Frauen und den Knaben kurzerhand mit ihren starken Armen auf und trugen sie hinauf an Deck, während Cairteach sich den Arm des Eurypylos um die Schultern legte und ihn so stützend nach oben führte.

Dort standen auch schon Leukippos und seine Besatzung, die, wie Tarchunies richtig vermutet hatte, im Bugraum von Tanachvils Schiff gefangen gehalten und von Cairteachs Leuten befreit worden waren.

»Cairteach und Puzra, ihr bringt die Phokäer auf *Tarchons Freude* und versorgt sie mit allem, was ihr hier noch an Ess- und Trinkbarem findet«, ordnete Tarchunies an. »Danach macht ihr unser Schiff klar zum Auslaufen, sodass wir, wenn wir mit Tanachvil fertig sind, sofort unter Segel gehen können.«

Mit Hvlave und zehn weiteren ausgesuchten Männern ließ Tarchunies sich dann über die dem Strand abgewandte Bordwand ins Wasser gleiten, und zusammen schwammen sie, einer hinter dem anderen, im Schatten der Klippen zum Strand hinüber.

Von Tanachvil, wie auch von all den anderen, die dort immer noch heiter ihr Gelage abhielten, war das kühne Manöver, mit dem Tarchunies und seine Leute die Schiffe in ihre Hände bekommen hatten, bis jetzt gänzlich unbemerkt geblieben. Als nun die zwölf Männer, gleich einer Horde entfesselter Unterweltsdämonen, mit wildem Geschrei und gezückten Schwertern über sie herfielen, war ihre Überraschung so groß, dass sie sich, vor Entsetzen gelähmt, nahezu kampflos ergaben.

Allein Tanachvil besaß noch so viel Geistesgegenwart, dass sie sich ein herumliegendes Schwert griff und mit kalter Wut gezielt auf Tarchunies losstürmte. Doch der Klingenwechsel währte nur kurz, denn auch sie war schon zu betrunken, um diesen Zweikampf konzentriert durchzustehen. Stattdessen schlug und stach sie wahllos auf ihren Gegner ein und vernachlässigte dabei zunehmend ihre Deckung, sodass es Tarchunies am Ende gelang, ihr mit der flachen Klinge einen Hieb gegen die linke Schläfe zu verabreichen, der sie auf der Stelle besinnungslos zu Boden stürzen ließ.

Als sie wenig später wieder zu sich kam, lag sie mit gebundenen Händen und Füßen in dem weichen Sand, und Tarchunies kniete mit einem spöttischen Lächeln neben ihr.

»Du verfluchter Bastard!«, zischte sie ihn hasserfüllt an und spie ihm ins Gesicht. »Durch welch argen Zauber kann es sein, dass du noch am Leben bist, und wie, bei Vanth, hast du uns gefunden?«

»Ach, das Erstere, glaube ich, verdanke ich dir«, erwiderte Tarchunies unbeeindruckt und wischte sich gelassen den Speichel von den Lippen. »Denn immerhin hast du doch wohl veranlasst, dass mich deine

Leute bar jeder Fessel auf dem Deck des Phokäers haben liegen lassen, und …«

»Ich hielt dich für tot, du Ratte!«, unterbrach sie ihn giftig. »Mein Fehler war es nur, mich davon nicht ausreichend überzeugt zu haben!«

»Und dass wir euch hier ausfindig gemacht haben, war reiner Zufall«, fuhr er darauf unbeirrt weiter fort. »Wir waren mit diesem lecken Kahn gezwungen, das erstbeste Land anzusteuern, was in Sicht kam, und das war nun einmal diese herrliche Insel. Du siehst also, dass das alles nichts mit Zauberei zu tun hat – falls du nicht den Zufall mit Zauberei gleichsetzt.«

»Was hast du jetzt mit uns vor?«, fragte sie ihn lauernd. »Wirst du uns nach Tarchnal schleppen und uns euren Hunden zum Fraß vorwerfen?«

Tarchunies beugte sich zu ihr herab und gab ihr, ehe sie es sich versah, einen schmatzenden Kuss auf die Lippen.

»Mitnichten, du holde Rose der Spuriana!«, sagte er dann leise lachend, während er sich gleichzeitig erhob. »Unsere armen Hunde! Sie würden sich an euch zweifellos den Magen verderben. Nein, ich werde mich an das Wort halten: ›Wie du mir, so ich dir‹! Somit erhaltet ihr dieselbe Überlebenschance, wie du sie uns, ob beabsichtigt oder nicht, zugestanden hast. Deine Fesseln sind nicht allzu straff, und mit ein bisschen Mühe wirst du dich ihrer bald entledigt haben und kannst dann deine Spießgesellen befreien. Ich rate dir übrigens zur Eile, denn, wie ich schon erwähnte, gedenke ich Gleiches mit Gleichem zu vergelten – und zwar in jeder Beziehung!«

»Das wirst du nicht wagen!«, heulte sie in heller Verzweiflung auf, als ihr brennend bewusst wurde, auf was seine Bemerkung anspielte. »Wenn mein wunderbares Schiff auch nur einen Kratzer abbekommt, dann, bei den Göttern, werde ich nicht ruhen, bis ich dich gestellt und deine stinkende Haut an meinen Mast genagelt haben werde!«

»Welch ein ehrgeiziges Trachten!«, amüsierte sich Tarchunies. »Das jagt mir ja richtig Angst ein! Aber ich hoffe doch sehr, dass sich unsere Besatzungen dann – sollte es je zu diesem Treffen kommen – in einem halbwegs nüchternen Zustand befinden, denn es ist schon sehr entwürdigend, sich mit einem Gegner zu messen, dessen Kräfte durch den Genuss von allzu viel Wein geschmälert wurden, wie wir beide ja nun misslich erfahren mussten. Für diesmal aber sage ich dir Lebewohl. Wir sind uns nach alldem, wie ich meine, nichts schuldig geblieben, doch sei gewiss, dass du nicht mehr so leicht davonkommst, solltest du noch einmal meinen Kurs kreuzen!«

Damit wandte er sich von ihr ab, rief seine Männer zu sich und schwamm mit ihnen zu seinem Schiff zurück.

»Setzt das Segel!«, befahl er, als er wieder auf dem Achterdeck stand. »Wir fahren nach Hause!«

»Hattest du nicht vorgehabt, das Schiff Tanachvils mit einem hübschen Loch zu versehen?«, erinnerte ihn Cairteach grimmig, als sie schon aus der Bucht ausgelaufen waren.

»Eigentlich schon«, antwortete ihm Tarchunies nachdenklich. »Aber andererseits hat sie unsere *Tar-*

chons Freude auch nicht angetastet. Und außerdem«, schloss er achselzuckend ab, »ist ihr Schiff wirklich zu schön, um es so brutal zu beschädigen!«

»Wo willst du die Craeces an Land gehen lassen?«, wollte Hvlave nun wissen.

»In Tarchnal!«, sagte er nur grinsend und wies mit dem Kopf und einem listigen Augenzwinkern zu Cairteach hin, der gerade eilig zum Vorschiff lief, da er dort Eurypylos und seine Familie sah, die gerade an Deck gekommen waren.

Da Tarchunies' Leute es in der Eile versäumt hatten, auf Tanachvils Schiff nach weiblichen Kleidungsstücken zu suchen, hatte man den Frauen zwei der kurzen, rockähnlichen Schurze sowie zwei wollene Umhänge, wie sie die Männer der Rasna zu tragen pflegten, überlassen, um damit ihre Blöße zu bedecken. Sie hatten sich mittlerweile zwar gereinigt und auch etwas gegessen und getrunken, doch lastete der Schrecken, dem sie in dieser Nacht ausgesetzt waren, immer noch schwer auf ihren Seelen.

So kam es, dass Ismene und Polymele sich hemmungslos schluchzend in Cairteachs Arme warfen, als dieser zu ihnen getreten war, nicht fähig, ihren Dank in Worte zu fassen. Das ließ auch dem Riesen aus dem Norden die Tränen in die Augen steigen, und unendlich sachte, wie um sie nicht mit seiner Kraft zu zerbrechen, hielt er die beiden grazilen Frauen an die breite Brust gedrückt, küsste immer wieder ihre Haare und sang ihnen in seiner Sprache leise ein melancholisch klingendes Lied aus der Heimat vor.

Auch Eurypylos war von dieser Szene sichtlich berührt, denn er stand weinend hinter seiner Frau und seiner Tochter und schloss den tröstenden Kreis, indem er mit den Händen die muskulösen Oberarme des Senonen, der ihn um Haupteslänge überragte, umklammerte und seine Stirn in der Halsbeuge Ismenes barg.

Nur Laogenes stand abgewandt an der Reling und starrte in apathischer Teilnahmslosigkeit zu dem sichelförmigen Mond hinauf, der zwischen den schnell dahinziehenden Wolken hervorschien.

Kurz nach Mitternacht des darauf folgenden Tages liefen sie in den Hafen Tarchnals ein.

Ein Gott schien seine Hand schützend über sie gehalten zu haben, denn sie waren mit gutem Wind gesegelt und hatten während der ganzen Fahrt auch kein gegnerisches Kampfschiff zu Gesicht bekommen.

Nach ihrer Ankunft geleitete Tarchunies Eurypylos und dessen Familie in ein kleineres Haus in der Nähe des Kais, welches er mit Cairteach gemeinsam bewohnte, wenn er sich hier aufhielt, denn Tarchnal selbst lag eine weite Wegstrecke entfernt vom Hafen im Hinterland.

Er selbst verbrachte den Rest der Nacht mit seiner Besatzung und den übrigen Phokäern auf dem Schiff.

Gleich am nächsten Morgen kaufte er bei einem Händler Frauengewänder, wie sie bei den Craeces üblich waren, und machte sich dann zu seinem Haus auf.

»Macht euch nun reisefertig«, forderte er Eurypylos und die Seinen freundlich auf, nachdem er ihnen die Sachen ausgehändigt hatte. »Ich werde jetzt Leukippos und seine Männer zu euch schicken, und dann mögt ihr in Frieden nach Cyme gehen. Außer ihnen«, und dabei bedachte er Polymele mit einem bedeutsamen Blick, »wird euch zudem Cairteach begleiten, denn nach allem, was euch widerfahren ist, fühlt er sich für euch verantwortlich und besteht darauf, sein gutes Werk zu Ende zu führen und euch sicher nach Hause zu bringen. Auch will ich sehen, dass ich euch noch einen Eselskarren besorgen kann, damit wenigstens die Frauen und der Junge nicht zu Fuß gehen müssen.«

Befriedigt und mit einem unmerklichen Schmunzeln registrierte er das freudige Aufleuchten, welches nach seinen Worten in den Augen Polymeles erschien.

Da trat Eurypylos vor ihn hin, umfasste seinen Unterarm und schaute ihm offen und ernst in die Augen.

»Du beschämst mich, Tarchunies Tarchna«, begann er mit bebender Stimme zu sprechen. »Nie zuvor bin ich einem Sterblichen begegnet, der von einer ähnlich edlen Größe und Gesinnung beseelt wäre, wie sie dir innewohnt. Ich weiß nicht, ob mein Leben noch so lange währt, um meine tiefe Schuld bei dir abtragen zu können, doch verfüge ab heute über mein gesamtes Vermögen und auch über mich selbst, denn ich werde von nun an dein Diener sein. Auch werde ich, wenn ich nach Cyme zurückgekehrt sein werde, den Göttern hundert weiße Stiere opfern, damit sie dir für alle Zeit ihre Gunst schenken mögen.«

Tarchunies runzelte darauf die Stirn und sah ihn halb belustigt an.

»Kann ich dich für einen Moment unter vier Augen sprechen?«, fragte er dann, worauf sich die Frauen und Laogenes auch sogleich entfernten.

»Lass die armen Tiere am Leben, Eurypylos!«, sagte er kopfschüttelnd, als sie allein waren. »Und behalte auch dein Vermögen. Du schuldest mir nichts, denn immerhin habe ich dein Schiff gekapert, und du bist einiger deiner Leute und der kostbaren Fracht verlustig gegangen. Dein Dank gebührt allein Cairteach, und ich weiß auch, wie du dich ihm erkenntlich zeigen könntest.«

»Was auch immer es ist, er soll alles bekommen, was er sich wünscht!«, ging Eurypylos überglücklich auf den Vorschlag ein.

»Gilt das auch für deine Tochter?«

»Wie meinst du das?«, erwiderte Eurypylos konsterniert.

»Oh, sollte dem Vater tatsächlich entgangen sein, dass die beiden sich verliebt haben? Hast du denn während unserer Fahrt hierher überhaupt nicht bemerkt, welch sehnsüchtige und liebevolle Blicke und Worte die beiden miteinander gewechselt haben?«

»Doch, schon. Aber es ist doch nur natürlich, dass ein junges Mädchen seinen Retter anhimmelt. Eine jugendliche Schwärmerei, nichts weiter. Das wird vergehen.«

»Da bin ich aber ganz anderer Meinung, mein lieber Mann!«, ließ sich da hinter ihnen die energische Stimme Ismenes vernehmen. »Ich habe rein zufällig mit angehört, was ihr zwei da zu besprechen habt, und ich kann dir mit Gewissheit sagen, Eurypylos, dass es Liebe, und nicht Verliebtheit ist, was die beiden verbindet.«

»Er … na ja … Cairteach ist … er ist so anders«, stammelte Eurypylos ertappt.

»Du wolltest doch wohl eher sagen, dass er nur ein primitiver Wilder aus dem Norden ist, nicht wahr?«, brachte es Tarchunies sarkastisch auf den Punkt. »Ein Barbar, wie ihr in eurer selbstherrlichen Arroganz solche Menschen zu bezeichnen pflegt. Nun, so höre, dass Cairteach der Sohn eines mächtigen Fürsten ist, der Erbe riesiger Ländereien und künftiger Gebieter über zahlreiche Untertanen. Und«, fügte er, den gierigen Ausdruck, den die Miene des phokäischen Kaufherren dabei angenommen hatte, sehr wohl wahrnehmend, hinzu, »in seinem Land wird Gold gefunden! Sehr viel Gold!«

Es war Eurypylos förmlich anzusehen, wie es hinter seiner Stirn arbeitete, während er seine Blicke prüfend zwischen Tarchunies und Ismene umherwandern ließ.

»Ein Fürstensohn also«, murmelte er schließlich und leckte sich über die Lippen. »Hm, das ändert natürlich alles. Cairteach wird mir in meinem Hause ein willkommener und geehrter Gast sein, und wenn Polymele und er es wirklich wollen, sollen sie meinethalben zueinander finden. Ich zumindest werde ihnen meinen Segen geben.«

»Das ist eine sehr weise Entscheidung!«, zollte ihm Tarchunies scheinheilig Beifall. »Ich wusste doch, dass dein väterlich sorgendes Herz am Ende ein Einsehen mit den beiden Liebenden haben würde! Nun aber lebt wohl und, wenn ich dir noch einen guten Rat in aller Freundschaft geben darf, lass auf die Segel deiner Schiffe in großen Lettern schreiben: *Ich gehöre Eurypylos aus Cyme!* Dann weiß ich beim nächsten Mal Bescheid und lasse sie unbehelligt!«

Er grüßte noch einmal und wandte sich dann zur Eingangstür um.

»Auf ein Wort noch, Tarchunies!«, rief Eurypylos und hielt ihn am Arm zurück. »Meinst du, meine Tochter wird es auf Dauer gut haben bei Cairteach?«

»Verschaffe dir selbst einen Eindruck von ihm!«, erwiderte Tarchunies lachend. »Du hast ja während der nächsten Tage ausreichend Gelegenheit dazu. Doch kann ich dir sagen, dass in der mächtigen Brust dieses nordischen Bären ein treues, weiches Herz schlägt.«

»Und kann ich dich nicht doch mit irgendetwas erfreuen, um deine Großzügigkeit uns allen gegenüber zu vergelten?«

Eurypylos sah ihn dabei schon fast flehend an.

»Wenn du es denn unbedingt willst!«, seufzte Tarchunies ergeben. »Also gut! Sende mir und meiner Mannschaft ein Fuder von dem köstlichen Wein, den dein Unglücksschiff geladen hatte, und wir werden dich damit in preisender Erinnerung behalten.«

Damit schritt er aus der Tür und schlenderte vergnügt zum Hafen zurück.

Cairteach war überglücklich, als er von Tarchunies erfuhr, mit welcher Mission er ihn betraut hatte, und machte sich, nachdem die beiden sich herzlich voneinander verabschiedet hatten, zusammen mit Leukippos und den übrigen Phokäern unverzüglich auf den Weg, um den Schiffsherren und seine Familie abzuholen.

Tarchunies aber blieb noch bis zum Mittag im Hafen und beaufsichtigte die abschließenden Arbeiten am Schiff. Als das erledigt war und er noch die ständige Wache an Bord eingeteilt hatte, entließ er den Rest der Männer für zehn Tage in ihren Urlaub. Darauf begab er sich zu dem Mietstall, in dem er während seines Aufenthaltes im Hafen sein Pferd unterzustellen pflegte, zäumte die Stute auf und ritt wenig später wohlgemut und froh, die Seinen bald wiederzusehen, gen Tarchnal.

Kapitel 8

Tarchunies hatte es wohlweislich vermieden, seiner Familie von dem unrühmlichen Zusammentreffen mit Tanachvil zu berichten, und erklärte seine frühe und beutelose Rückkehr stattdessen lediglich damit, dass er nach einem schweren Sturm die in Seenot geratene Besatzung eines cymeischen Handelsschiffes an Bord genommen hätte. Darunter seien auch Frauen und Kinder gewesen, was sein Mitleid erregt und ihn letztendlich bewogen hätte, diese armen Leute im Hafen Tarchnals an Land gehen zu lassen.

Er musste dabei nicht befürchten, dass der wahre Sachverhalt jemals ans Licht kommen würde, denn er konnte mit Sicherheit davon ausgehen, dass Tanachvil diesen für sie ebenso beschämenden Vorfall gleichfalls verschweigen würde.

Es war am zweiten Morgen nach seiner Ankunft im elterlichen Haus, als ihn sein Vater davon in Kenntnis setzte, dass er an diesem Abend ein kleines Fest auszurichten gedachte.

»Du kennst doch meinen alten Freund Sethre Macstrna aus Velathri, nicht wahr?«, begann ihm Laris seine Gründe darzulegen. »Nun, stell dir vor, er hat sich auf seine alten Tage noch einmal verheiratet und ist mit seiner jungen Frau nach Tarchnal gezogen, und jetzt, wo sie sich häuslich eingerichtet haben, fand ich es an der Zeit, die beiden zu uns einzuladen.«

Tarchunies konnte sich noch sehr gut an den kahlköpfigen und ziemlich korpulenten Mann erinnern, der dazu noch vier Jahre älter als sein Vater war.

»Und wer ist seine Frau?«

»Sie heißt Larthi und entstammt der altehrwürdigen Familie der Vipinie.«

Tarchunies stutzte daraufhin einen Moment, runzelte die Stirn und sah seinen Vater ungläubig und verständnislos an.

Die Vipinie gehörten zum höchsten Adel Tarchnals, und Larthi, die er von einigen flüchtigen Begegnungen her kannte, war, obwohl sie die dreißig schon weit überschritten hatte, immer noch von selten ätherischer Schönheit. Sie hatte damals einen reichen Craeces, einen Kaufmann aus Pithecoussai, geheiratet, doch ihrem Eheglück war nur eine kurze Zeit beschieden gewesen, denn schon zwei Jahre nach der Hochzeit verstarb ihr Mann unter mysteriösen Umständen, die bis heute ungeklärt geblieben waren. Insgeheim bezichtigte man die Witwe deshalb sogar des Gattenmordes, was aber nie hatte bewiesen werden können.

Auf jeden Fall lebte sie seither allein und zurückgezogen in Tarchnal und führte die Geschäfte ihres Mannes weiter, doch keiner hatte es bisher gewagt, um sie zu freien, eben weil sie mit diesem dunklen Ruch behaftet war.

»Ich glaube übrigens, dass an diesen üblen Gerüchten, die sich um Larthi spannen, nicht das Geringste wahr ist!«, versuchte Laris lächelnd die Bedenken seines Sohnes, die er in dessen argwöhnischer Miene so offenkundig las, zu zerstreuen. »Meines Dafürhaltens ist sie eine ehrbare und rechtschaffene Frau, die hart und ganz auf sich gestellt für den Erhalt ihres ererbten Vermögens gearbeitet hat und es sogar noch um ein Vielfaches vermehren konnte. Wenn sie also jetzt, nachdem sie von allen anderen hier über all die Zeit hinweg gemieden und angefeindet wurde, zu einem Mann gefunden hat, der ihr seine ganze Liebe und Zuneigung uneingeschränkt zu Füßen legt, dann ist ihr das doch nur zu gönnen.«

»Aber Vater«, gab Tarchunies zu bedenken, »Sethre ist dreißig Jahre älter als Larthi! Ich meine … na ja … ach, du weißt schon, was ich meine!«

»Wenn ich dich so höre, könnte ich fast glauben, du seist eifersüchtig!«, spöttelte Laris warmherzig und klopfte ihm auf die Schulter. »Aber, mein Junge«, lenkte er dann wieder ernst und belehrend ein, »du sprichst in der Hitze der Jugend, welche die geschlechtliche Vereinigung als den wichtigsten Bestandteil einer zwischenmenschlichen Beziehung ansieht, was nur natürlich ist. Doch mit fortschreitendem Alter kommen noch andere, vor allem geistig-seelische Werte hinzu, die fur den liebevollen Umgang eines Paares von nicht minderer Bedeutung sind. Das heißt nun nicht, dass die körperliche Lust aufeinander im Alter irgendwann gänzlich versiegt, sie erfährt nur im Laufe der Zeit eine Reifung, durch die sie ruhevoller und damit intensiver erlebt werden kann.«

Tarchunies dachte einen Moment darüber nach, dann schüttelte er heftig den Kopf.

»Es mag wohl so sein, wie du es gesagt hast, Vater, und wenn ich dich und Mutter betrachte, die ihr ja fast gleichaltrig seid, trifft das auch zweifellos zu. Aber ich kann mir beim besten Willen nicht vorstellen, was eine so schöne Frau wie Larthi an diesem alten, fetten und faltigen Greis begehrenswert finden kann!«

Laris bedachte ihn darauf mit einem nachsichtigen Lächeln.

»Wahre, reife Liebe fragt nur sehr geringfügig danach, wie ein Mensch äußerlich gestaltet ist«, mahnte er ihn milde, »sondern sucht vor allem nach dessen inneren Qualitäten! Wenn deine Mutter zum Beispiel einen Unfall erlitten hätte, durch den sie entstellt wäre, glaubst du, ich würde sie deswegen weniger lieben?«

»Selbstverständlich nicht«, gab Tarchunies zu. »Dennoch könnten es doch weit weniger hehre Beweggründe gewesen sein, die die beiden haben heiraten lassen, als jene, die du gerade angeführt hast. Wie, wenn sie es nur auf seinen Reichtum abgesehen hätte?«

»Das glaube ich nicht, denn, wie ich es schon erwähnt habe, verfügt auch sie über ein nicht unbeträchtliches Vermögen. Aber wie auch immer es zu dieser Heirat gekommen ist, im Grunde geht es uns überhaupt nichts an. Vielleicht erfahren wir heute Abend mehr darüber.«

Damit war die Unterhaltung beendet, und während Laris sich zu seiner Frau begab, um sich mit ihr und dem Koch über die abendliche Speisenfolge abzusprechen, beschloss Tarchunies, aus der Stadt zu reiten und die Einsamkeit seiner Wiese aufzusuchen.

Kurz nach Sonnenuntergang trafen die ersten Gäste ein.

Außer Sethre und Larthi hatte Laris noch drei weitere Ehepaare eingeladen, wovon zwei, nämlich Vel und Ravnthu Huzcnai und Kilnie und Taituri Meacnas, die zukünftigen Schwiegereltern von Thivarie und Nerie, den beiden älteren Brüdern Tarchunies', waren. Diese wurden natürlich von ihren Töchtern Ramatha und Culnai begleitet. Bei dem dritten Paar handelte es sich um Mamarce und Murui Seianti, den Eltern jenes raufiustigen Larth, der zu den Freunden der drei Spuriana-Brüder zählte und damals gemeinsam mit ihnen Tarchunies in der Schänke bedroht hatte.

Doch wie Tarchunies von seinem Vater mittlerweile erfahren hatte, hatte sich das Verhältnis der Seianti gegenüber den Spuriana im letzten Jahr aus unerfindlichen Gründen wohl merklich abgekühlt, sodass Mamarce seither nicht nur im Rat die Partei von Laris ergriff, sondern auch dessen freundschaftliche Nähe suchte.

Für diesen Abend hatten sich alle besonders prächtig zurechtgemacht, wobei ihre Kleidung, wie es jüngst Mode geworden war, nach Art der Craeces zugeschnitten war. So trugen die Männer über ihrem weißen, knielangen Chiton, der über der linken Schulter von einer goldenen Spange gehalten wurde, die aus feinsten Stoffen gewebte Tabenna, einen zumeist blau oder rot gefärbten kurzen Mantel, welcher mit kostbaren Goldstickereien versehen war und ihnen über die Oberarme, Brust und Rücken bis zum Gürtel fiel. Weich gegerbte lederne Halbstiefel, deren Spitzen leicht nach oben gebogen waren, vollendeten die tadellose Eleganz ihrer Erscheinung.

Die Frauen nahmen sich dagegen eher schlicht aus, denn sie waren nur mit einer weißen, kurzärmligen Leinentunika bekleidet, über welcher sie ein ebenfalls dünnes und fast durchsichtiges Obergewand mit asymmetrischem Faltenwurf in derselben Farbe trugen. Ihre Füße steckten in schmalen Pantoffeln aus farbigem Tuch, und ihre aufwändig gestaltete Frisur verschwand zum Teil unter einem kegelförmigen weißen Hut, der den Hinterkopf bedeckte.

Die wenigen, aber dafür überaus erlesenen Schmuckstücke, die sie angelegt hatten – in Gold gefasste Edelsteinketten, fein ziselierte oder granulierte Ringe und Armreifen – , wirkten unauffällig an ihren Körpern und unterstrichen so die Schlichtheit ihrer Kleidung.

Der große Speiseraum war festlich hergerichtet worden. Acht breite Liegen gruppierten sich schräg um einen niedrigen, schon reichlich mit schmackhaft aussehenden kalten und warmen Vorspeisen gedeckten Marmortisch. Die Wände, welche in diesem Raum mit bunten, lebensfrohe Jagdszenen darstellenden Fresken bemalt worden waren, hatte man ringsum mit herrlich duftenden Blumengirlanden geschmückt. Etliche aus Bronze geschmiedete Kohlebecken, über deren Glut blauweiße Flammen huschten, sowie zahlreiche, zum Teil aus Silber gefertigte Lampen, die mit herb parfümiertem Öl gefüllt waren, erfüllten den Raum mit warmem Licht, was das massiv silberne Tafelgeschirr hell erglänzen ließ.

Nachdem alle Gäste eingetroffen waren, ließen sie sich paarweise auf den Liegen nieder, wobei Laris und Squria als Gastgeber traditionsgemäß den Platz am Kopfende des Tisches einnahmen. Ihnen zur Rechten, ebenfalls am Kopfende, lagerten Sethre und Larthi, die Ehrengäste des heutigen Abends.

An den beiden Längsseiten verteilten sich die anderen Ehepaare und Tarchunies' Brüder mit den ihnen anverlobten Mädchen, während sich Tarchunies allein, seinen Eltern gegenüber, am anderen Ende des Tisches ausgestreckt hatte.

Nachdem Laris einige begrüßende Worte gesprochen und alle danach den Göttern ein Trankopfer dargebracht hatten, klatschte der Hausherr in die Hände, worauf die drei Musiksklaven, die in einer kleinen Nische im Hintergrund saßen, eine heitere, leise Melodie auf ihren Doppelflöten und Lyren zu spielen begannen. Kaum hatte die Musik eingesetzt, als die Küchensklaven, angeführt vom Koch, die auf großen Silberplatten fürs Auge höchst dekorativ angerichteten Hauptspeisen auftrugen. Die Gaumengenüsse, mit denen der Lukomone von Tarchnal seine Gäste bei solchen Anlässen zu verwöhnen pflegte, wurden seit langem im ganzen Lande gerühmt, und auch heute hatte der Koch, dem Laris aufgrund dessen unlängst die Freiheit geschenkt hatte, sein hervorragendes Können wieder unter Beweis gestellt und die exquisitesten Gerichte für die Tafel seines Herren gezaubert.

Neben Geflügel, wie gebratenem Hähnchen mit einer Sauce von Pfeffer und Feigen oder Wildente, die mit Honig und Korianderkörnern glasiert war, konnten die Gäste auch wählen zwischen in Kräutern und Oliven geschmortem Kalbfleisch auf gedünstetem Kohl, mit gewürztem Eigelb überbackener Seezunge, sowie gebratenem Hasen, der tags zuvor in einer geheimnisvoll wohl mundenden Marinade eingelegt worden war. Danach gab es Trauben, diverse Käse und mit Honigsahne gefüllte Granatäpfel. Zu allen Gängen wurden ausgesuchte, zum Teil schwer gewürzte Rot- und Weißweine kredenzt.

So nahm es nicht wunder, dass die Gespräche der Anwesenden während des opulenten Mahles nur um ein Thema kreisten, nämlich auf welch raffinierter Art und Weise es dem Koch wohl gelungen sein mochte, all diese Speisen zu solch einer magen- und gaumenbetörenden Harmonie zusammenzustellen.

»Wie ich dich um diesen Sinnenverführer beneide, Laris!«, schwärmte Sethre und leckte sich schmatzend die fetten Finger, während ihm der Bratensaft von den feisten Wangen troff. »Hättest du ihn nicht freigelassen, bei den Göttern, ich würde dir sonst was für ihn geben, nur um ihn für mich arbeiten zu lassen. Wie ist noch sein Name?«

»Zicu«, antwortete Laris ihm geschmeichelt. »Doch wie du schon richtig bemerkt hast, ist er ein freier Mann und darf selbst entscheiden, wem er seine Dienste anbieten will. Du magst ihn immerhin fragen, doch glaube ich seine Antwort jetzt schon zu kennen.«

»Einen Versuch ist es wert!«, ging Sethre auf diesen Vorschlag begeistert ein. »Höre, Zicu, du Gott der Töpfe und Pfannen, was auch immer dir dieser edle Herr über Tarchnal zum Lohne gibt, du wirst von mir das Dreifache erhalten! Was sprichst du?«

»Ich spreche gar nichts, Herr!«, entgegnete Zicu bescheiden. »Ich fühle mich, obwohl frei, meinem ehemaligen Herren tief verbunden, und niemals werde ich, wenn er es nicht von mir verlangt, aus seinen Diensten scheiden.«

Das hatte er so artig und treuherzig vorgebracht, dass alle ihm wohlgefällig Applaus spendeten.

»Du hast einen Schatz, der nicht mit Gold aufzuwiegen ist, Laris!«, gab sich Sethre daraufhin seufzend geschlagen. »Dennoch erlaube mir, ihn wenigstens fragen zu dürfen, wie er diesen köstlichen Hasen zubereitet hat, damit ich den Stümpern, die sich in meiner Küche tummeln, zumindest ein Rezept lehren kann, womit sie mich gnädig ihnen gegenüber stimmen würden.«

»Nun, Zicu?«, wandte sich Laris verschwörerisch an seinen Koch. »Du hast gehört, um was mich unser Ehrengast gerade gebeten hat. Bist du also willens, das Geheimnis um die Zubereitung deines zu Recht so gelobten Hasen zu lüften?«

In Zicus Augen erschien ein genießerisches Glitzern, doch antwortete er nicht gleich, und es war ihm anzusehen, wie er mit sich rang, ob er der Bitte wirklich nachkommen sollte. Denn er war ein sehr verschlossener Mann, der die Zusammensetzung seiner raffinierten Gerichte eifersüchtig hütete und sie allenfalls mit Laris teilte, der selbst oft und gerne mit ihm am Herd stand, wo sie gemeinsam neue Küchenideen ausprobierten.

Den Gästen war das zögerliche Verhalten Zicus nicht entgangen, und da sie es als ein eitles Zieren des Meisters missdeuteten, fingen sie an, ihn über alle Maßen zu rühmen und flehten ihn geradezu an, ihnen doch nur dieses eine Mal Einblick in sein Können zu gewähren.

»Also gut!«, willigte er dann schließlich, der übertriebenen Lobhudelei überdrüssig, ein und hob abwehrend die Hände. »Ich werde eurer Bitte willfahren, doch werde ich euch nur das Rezept für den Hasen verraten, und das auch nur, um meinem edlen Herren einen persönlichen Gefallen zu tun und ihn damit zu ehren.«

»Als Erstes müsst ihr die Sauce herstellen«, begann er darauf nach einem kurzen Räuspern und mit geschlossenen Augen umständlich zu erklären. »Dafür zerstoßt Pfeffer, Samen von Sellerie und Liguster, sowie Silphion in einem Mörser und gebt dazu reichlich Wein, Öl und die Eingeweide von Meeresfischen. In diese Marinade legt den Hasen ein und lasst ihn darin einige Tage mürbe werden. Danach schmort ihr den Hasen in Öl und Gewürzen an und kocht ihn anschließend sehr lange in seiner Marinade auf kleinem Feuer zu Ende. Dann serviert.«

Obwohl er dies in aller Kürze zusammengefasst hatte, war ihm doch anzumerken, mit welcher tiefen Hingabe er sein Handwerk ausübte, denn seine Stimme nahm einen schwärmerischen Tonfall an, und die Hände unterstrichen mit zusammengefügten Daumen und Zeigefingern jedes einzelne Detail seiner Ausführungen, sodass die Zuhörer ihm gebannt an den Lippen hingen.

»Das ist … wie soll ich es nur ausdrücken … einfach genial!«, rief Sethre verzückt aus und nestelte einen ledernen Beutel von seinem Gürtel. »Hier, nimm von mir diesen Beutel mit Gold als kleine Anerkennung dafür, dass du dich, auch wenn es dir nicht leicht gefallen ist, überwunden hast, uns mit der Zubereitung dieser wahrhaft göttlich mundenden Speise vertraut zu machen.«

Zicu schaute darob betreten zu Laris und zauderte zunächst schamvoll, diese unverhoffte Gabe anzunehmen.

»Nur zu, mein guter Zicu«, ermunterte dieser ihn jedoch voll heimlichen Stolzes. »Ehre, wem Ehre gebührt! Du hast dir dieses Gold redlich verdient, glaube mir, denn was du nicht wissen konntest, ist, dass die Küche Sethres in Velathri ein ebenso hohes Ansehen genoss wie die meine hier. Nun, da er nach Tarchnal gezogen ist, wird er, wie ich ihn kenne, alles daransetzen und seinen Koch mit dir wetteifern zu lassen, um mir diesen Ruf streitig zu machen.«

»Nie wird ihm dies gelingen, mein Freund«, winkte Sethre mit einem tragisch wirkenden Gesichtsausdruck ab. »Davon wirst du dich zu meinem Leidwesen gewiss überzeugen müssen, wenn ihr alle mich, wie ich hoffe, an einem der nächsten Tage besuchen werdet.«

Mit einer achtungsvollen Verbeugung nahm Zicu daraufhin den Beutel an sich und beeilte sich erleichtert, wieder in sein Reich zurückzukehren.

Nachdem späterhin alle Gäste gesättigt waren, spielten die Musiker auf das Zeichen Laris' hin eine lustige Tanzweise auf, worauf Thivarie und Nerie sich mit Ramatha und Culnai einander gegenüber zum Tanz aufstellten.

Zum dumpfen, dreitaktigen Schlag der Handtrommel und dem trillernden Spiel der Flöten stampften sie, beginnend mit dem rechten Fuß, auf den Boden, während sie gleichzeitig das linke Knie zum nächsten Schritt erhoben und den rechten Arm hochschwingen ließen. Die beiden Mädchen hatten sich zudem noch an ihren Händen jeweils zwei kleine, flache Silberschälchen an Daumen und Mittelfinger befestigt, die sie im Kontratakt zur Trommel gegeneinander klingen ließen.

Mit anmutiger Leichtigkeit drehten sie sich so, ihre Partner immer wieder mit den Hüften berührend, durch den Raum, sodass sie schon bald von allen Anwesenden, auch den diensteifrig herumeilenden Sklaven, erregt von der subtilen Laszivität ihrer Bewegungen, mit rhythmischem Händeklatschen angefeuert wurden.

Nur Tarchunies schaute dem Geschehen scheinbar

teilnahmslos zu, doch in seiner Fantasie malte er sich dabei aus, dass Tanachvil jetzt an seiner Seite wäre und er sich mit ihr diesem ekstatischen Tanz hingeben könnte.

Auf einmal hatte er das Gefühl, beobachtet zu werden, und als er irritiert seinen Blick wandte, gewahrte er Larthi, die ihn, die Schläfe auf ihre schmalgliedrige, ringgeschmückte Linke gestützt, unter den Lidern ihrer halb geschlossenen mandelförmigen Augen heraus mit unverhohlenem Interesse betrachtete. Ein feines, kaum merkliches Lächeln glitt über ihre vollen und feuchtrot bemalten Lippen, als sie offenbar befriedigt registrierte, dass er sie bemerkt hatte. Nachdem sie ein paar Worte mit Sethre und Tarchunies' Eltern gewechselt hatte, erhob sie sich und kam langsam und sich dabei lässig in den Hüften wiegend, auf ihn zugeschritten.

»Möchtest du nicht auch tanzen?«, fragte sie ihn mit einem verführerischen Augenaufschlag, als sie endlich vor ihm stand.

Das sinnlich dunkle Timbre ihrer Stimme erregte ihn auf eine nie gekannte Weise, und er fühlte, wie ihm das Blut heiß in die Wangen schoss.

Da sie ihr Obergewand abgelegt hatte, konnte er die makellosen Proportionen ihres nackten Körpers erkennen, die sich konturenhaft vor dem flackernden Schein der Öllampen unter dem Gazegewebe ihrer Tunika abzeichneten. Üppige, weiche Brüste spannten den dünnen Stoff ihres Dekolletees, und die schmale Taille mit der flachen Bauchdecke ging in ein festes, tropfenförmig gerundetes Gesäß über.

Der erotische Reiz, den diese schöne, reife Frau auf ihn ausübte, und dazu ihr süßlich duftendes Parfum, was ihm betörend in die Nase stieg, verwirrten zunehmend seine Sinne, sodass er nicht mehr wusste, wie er sich nun ihr gegenüber verhalten sollte. Da er schon seit einer geraumen Zeit nicht mehr das Vergnügen gehabt hatte, sich eines erquickenden Liebesspiels mit einem weiblichen Wesen zu erfreuen, keimte in ihm für einen Moment die lüsterne Vorstellung auf, dass sie es vielleicht darauf angelegt haben könnte, ihn zu verführen. Doch verwarf er diesen Gedanken sofort wieder, da ihm bewusst wurde, dass sie ja nicht alleine hier waren und sie es wohl nicht wagen würde, solches unter den Augen ihres frisch angetrauten Ehemannes und der übrigen Gäste zu versuchen.

»Mir ist nicht nach Tanzen zumute«, murmelte er deshalb, senkte den Blick und spielte verlegen mit ein paar Brotkrümeln auf dem Tisch.

»Aber du wirst doch nichts dagegen haben, ein wenig mit mir zu plaudern?«, insistierte sie unbeeindruckt davon und legte sich, noch ehe er etwas dazu sagen konnte, wie selbstverständlich zu ihm, wobei er Gelegenheit bekam, ihre langen, vollendet gerundeten Beine zu bewundern, die alabastern zwischen dem zur Seite gerutschten Schlitz ihrer Tunika hervorschimmerten.

Er rückte ein wenig von ihr ab und richtete seinen Oberkörper so weit auf, dass er ihr ins Gesicht sehen konnte. Sie trug keinen Hut mehr, und so ringelten sich ihre schweren schwarzen Flechten ungebändigt über das Kissen, auf dem ihr Kopf ruhte.

»Hä … hm, darf ich dir etwas zu trinken anbieten?«, erkundigte er sich betont höflich und suchte damit seine Verunsicherung, die die plötzliche körperliche Nähe dieser faszinierenden Frau in ihm verursachte, zu überspielen.

»Aber ich bitte doch darum!«, erwiderte sie sein Angebot mit einem strahlenden Lächeln.

Als er ihr darauf den gefüllten Pokal reichte, fuhr sie ihm wie zufällig mit ihren Fingerspitzen, deren schmale, längliche Nägel rot gefärbt waren, zärtlich über die Haut seines Handrückens, bevor sie den Henkel des Gefäßes ergriff.

Diese leise Berührung ließ ihn wohlig erschauern und sein Herz bis zum Hals pochen, wiewohl er daran zweifelte, dass sie es absichtlich getan hatte.

In diesem Moment kamen seine Brüder mit ihren Bräuten an den Tisch zurück.

»Warum tanzt ihr nicht auch einmal?«, wollte Nerie, sich an Larthi und Tarchunies wendend, wissen.

»Ich habe ihn darum gebeten«, antwortete Larthi betrübt, »aber er hatte keine Lust dazu.«

»Mach dir nichts draus!«, spöttelte Thivarie. »Er pflegt seit Jahren nur mit den Wellen des Meeres zu tanzen. Das kann bisweilen sehr wild sein, und deshalb ist er vielleicht auch so erschöpft, musst du wissen.«

»Du fährst zur See?«, fragte Larthi erstaunt und schaute ihn mit erwachender Neugier an. »Komm, erzähle uns von deinen Abenteuern, denn ich muss gestehen, dass ich noch nie das Glück hatte, einem Seemann zu begegnen!«

»Ja, Tarchunies!«, mischten sich jetzt auch seine Eltern und die übrigen Gäste in das Gespräch, »berichte uns von deinen Taten, die in Tarchnal so ruhmvoll besungen werden.«

»Das will ich gerne tun«, erklärte er sich sofort freudig bereit, sichtlich erleichtert, sich auf diese Weise Ablenkung von der ihn verwirrenden Präsenz Larthis verschaffen zu können.

»Ach, lass mir doch bitte eine Decke bringen«, begehrte da Larthi noch zuvor von ihm. »Es ist doch sehr kühl so nahe dem Eingang.«

Nachdem ihr Wunsch erfüllt worden war, richtete sich die uneingeschränkte Aufmerksamkeit der Anwesenden auf Tarchunies, der nun mit blumenreicher Sprache begann, seine Zuhörer in aller Ausführlichkeit mit den zahlreichen, teils spaßigen, teils aber auch sehr blutrünstigen Begebenheiten, die er während seiner Fahrten erlebt hatte, zu unterhalten.

Er hatte schon einige Zeit erzählt, und die Feuer in den Becken waren schon halbwegs erloschen, sodass das Licht im Raume merklich schwächer geworden war, als er mit einem Male spürte, wie Larthi damit begann, seine Waden unter der Decke mit ihrem zarten, kleinen Fuß zu streicheln, während sie gleichzeitig ihr Gesäß fordernd an seinen Schoß presste.

Diese unmissverständliche Geste ließ seine Lenden zwar augenblicklich reagieren, doch unterbrach er seine Rede nicht, sondern vergewisserte sich nur für einen Moment verstohlen in der Runde, dass niemand diese eindeutige Annäherung, die sich unter dem Schutz der Decke abspielte, beachten würde.

Als sein Blick jedoch auf den feisten Sethre fiel, der bereits, wohl durch ein Übermaß des von ihm getrunkenen schweren Rotweines vom Schlaf übermannt, auf seiner Liege schnarchte, war er entschlossen, sich auf das so verlockend erotische Angebot der älteren Frau vor aller Augen einzulassen.

Wie von selbst fand sein erigiertes Glied den Weg in ihre schon vor lustvoller Erwartung feucht gewordene Scheide und begann sich ganz langsam und sacht in ihr zu bewegen, wobei er, ohne sich auch nur das Geringste in Mimik oder Tonfall anmerken zu lassen, unbeirrt mit seinem Erzählen fortfuhr.

Auch Larthi war es äußerlich nicht anzusehen, mit welcher Inbrunst sie dieses heimliche und lang anhaltende Liebesspiel genoss, sondern hing, wie auch die Übrigen, weiter eifrig gespannt an seinen Lippen, und selbst als er sich schließlich in ihr verströmte, verriet nichts an ihrer beider Verhalten, dass sie soeben gemeinsam einen ungeheuer intensiven Höhepunkt erlebt hatten. Nur ein glückseliger Schleier, der sich danach über ihre Augen zog, legte Zeugnis davon ab, doch das nahm keiner der Anwesenden wahr.

Noch bis spät in die Nacht lagen sie so, als ob nichts geschehen wäre, beieinander und unterhielten sich in heiterer Zwanglosigkeit mit den anderen, bis Sethre, der inzwischen wieder wach geworden war, über arges Kopfweh klagte und zum Aufbruch drängte.

Nachdem sie sich höflich von allen verabschiedet hatten, begleitete Tarchunies das Paar noch zur Eingangstür.

Dort wandte sie sich zu ihm um und reichte ihm noch einmal die Hand.

»Es war ein wundervoller und erfüllender Abend!«, sagte sie mit einem seltsam hintergründigen Lächeln, während ihr eine einzelne Träne über die Wange rann. »Ich werde ihn wohl nie vergessen. Es war äußerst fruchtbar für mich, deinen … Erzählungen zu lauschen. Hab Dank dafür, und ich hoffe, dass ich recht bald wieder die Gelegenheit habe, von deiner Gegenwart beglückt zu werden.«

»Ja, junger Tarchna«, stimmte Sethre seiner Frau mit schwerer Zunge arglos zu, »es war wirklich ein besonderes Erlebnis, mit welch kraftvollem Ausdruck du deine Abenteuer geschildert hast. Mein Haus ist das deine, denn du bist uns jederzeit herzlich willkommen.«

Sie hauchte ihm noch einen Kuss auf die Lippen, dann folgten sie den zwei Sklaven, die ihnen mit ihren Fackeln voranschritten, um sie sicher nach Hause zu geleiten.

Als Tarchunies später in seinem Bett lag, konnte er kein Auge zutun, sondern wälzte sich unruhig in seinen Laken hin und her und versuchte, den bedeutungsschwangeren Sinn ihrer letzten Worte, welche von jener geheimnisvollen Träne begleitet worden waren und die ihm nicht aus dem Kopf gehen wollten, zu ergründen. Aber wie er es auch drehte und wendete, die Lösung dieses Rätsels blieb ihm verborgen, und so fiel er irgendwann in einen traumlosen Schlaf, aus dem er erst spät am nächsten Morgen erwachte.

Er konnte nicht ahnen, wie mächtig die Hand des Schicksals an diesem Abend in ihr, wie auch sein Leben eingegriffen hatte, denn sein Same, welchen er bei diesem verborgen zelebrierten Liebesakt in sie ergossen hatte, begann unter ihrem Herzen zu sprießen.

Doch sollte er das erst viele Jahre später erfahren, da das Schicksal ihn schon bald mit sich fortriss und es ihm nicht mehr vergönnt war, sie bis dahin noch einmal wiederzusehen.

Kapitel 9

Sechs Tage nach diesem denkwürdigen Gastmahl traf Cairteach am späten Vormittag wieder in Tarchnal ein und trabte geradewegs zum Haus der Tarchna.

»Wo ist Tarchunies?«, rief er den Sklaven, die sich im Vorhof aufhielten, zu, während er vom Pferd sprang und einem von ihnen den Zügel zuwarf.

»Hier, du senonisches Urviech!«, bekam er stattdessen von dem Gesuchten selbst zur Antwort, der sich, als er den Hufschlag gehört, eiligst zur Pforte begeben hatte und nun fröhlich grinsend an einem der Türpfeiler lehnte.

Nachdem die beiden Freunde sich zur Begrüßung umarmt hatten, trat Tarchunies einen Schritt zurück und sah ihm scharf in die Augen.

»Was ist? Deinem Gesichtsausdruck nach zu urteilen, könnte man denken, du hättest einen ganzen Topf Honig vertilgt!«, fragte er ihn, wobei er ihm mit dem Zeigefinger gegen die breite Brust tippte.

»Du weißt gar nicht, wie nahe du damit an der Wahrheit bist«, entgegnete Cairteach übermütig. »Ich werde nämlich heiraten!«

Für einen kurzen Moment nur starrte Tarchunies ihn völlig entgeistert an.

»Du … du wirst was?«, prustete er dann los. »Das will ich jetzt nicht glauben! Ich meine, dass du dir um die kleine Craeces Hoffnungen gemacht hast, war ja ganz verständlich, aber dass du es wirklich geschafft hast, ihren Vater rumzukriegen …? Also, darauf muss ich erst mal was trinken. Komm mit rein, beim Wein lässt sich die Geschichte besser verdauen.«

»Ich weiß gar nicht, was du daran so erheiternd findest?«, warf ihm Cairteach ein wenig gekränkt vor, als sie später im Lichthof zusammensaßen. »Immerhin hast du dich doch damals selbst bei Eurypylos für mich eingesetzt, wie ich hörte, und er hatte dir dabei wohl auch zu verstehen gegeben, dass er nichts gegen eine Heirat einzuwenden hätte.«

»Stimmt!«, erinnerte er sich und nickte bedächtig mit dem Kopf. »Ich hatte es schon wieder vergessen. Aber sei mir bitte nicht böse, es kam nur so … nun, sagen wir unerwartet. Jedenfalls freue ich mich für dich und wünsche euch alles Glück dieser Erde. Wann ist denn die Hochzeit?«

Cairteachs Miene verdüsterte sich plötzlich, während er sich gleichzeitig nach vorne beugte und verlegen seinen Becher in den Händen kreisen ließ.

»Was hast du denn?«, fragte Tarchunies besorgt. »Ehrlich, ich wollte mich nicht über dich lustig machen. Und wenn es dir peinlich erscheint, mich jetzt, zwei Tage vor unserer nächsten Fahrt kurzfristig um Urlaub zu bitten, dann ist es doch selbstverständlich, dass ich ihn dir gewähre! Im Übrigen würde ich in diesem Falle sogar das Auslaufen verschieben, oder sind wir nicht zu diesem Fest eingeladen? Welches nicht lösbare Problem bedrückt dich also? Nur heraus damit, schließlich sind wir wie Brüder!«

»Genau das ist das Problem, Tarchunies!«, presste er schmerzvoll hervor und schaute ihn mit tränennassen Augen an, in denen sich seine ganze Hilflosigkeit, die er in diesem Moment verspürte, widerspiegelte.

»Ich begreife das nicht ganz«, wunderte sich Tarchunies verstört und von dem ungewohnten Verhalten des Senonen zutiefst beunruhigt. »Was bedrückt dich denn nur so? Will Eurypylos uns Rasna, die er ja im Grunde seines Herzens verachtet, bei diesem Fest nicht sehen? Wenn es nur das ist, dann zerbrich dir den Kopf nicht weiter darüber, wir können damit leben. Wir werden eben deine Hochzeit ausgiebig feiern, wenn du wieder zurückgekehrt sein wirst.«

»Das ist es nicht!«, murmelte Cairteach verzweifelt und goss sich den Inhalt seines Bechers in die Kehle. »Ich meinte unsere brüderliche Freundschaft.«

»Was ist daran so schwierig? Wir haben uns doch bisher immer trefflich verstanden! Oder hat man dich gar gezwungen, sie um den Preis dieses Mädchens aufzugeben?«

»Nein, Tarchunies! Es ist ...«

Er hielt inne, und es war ihm anzusehen, wie er innerlich um seine nächsten Worte rang.

»Ich werde dich, euch, verlassen«, fuhr er schließlich gequält weiter fort, »denn wir werden in meiner Heimat heiraten. In ein paar Tagen wird Eurypylos mit seiner Familie und seinen Reisigen in Fufluns eintreffen. Dort werde ich zu ihnen stoßen, um dann gemeinsam mit ihnen die Heimreise anzutreten. Natürlich würde ich mich freuen, wenn du mich begleiten würdest, doch fürchte ich, dass du dafür keine Zeit haben wirst.«

Während er ihm diesen Entschluss mit tonloser Stimme enthüllte, wich das Blut schlagartig aus Tarchunies' Wangen, und als Cairteach geendet hatte, war er es, der sich hintereinander zwei Becher Wein in den ausgedörrten Schlund stürzte. Dann lehnte er sich mit geschlossenen Augen zurück und ließ seinen Geist Rückschau halten auf all jene kleinen und großen Begebenheiten, die sie seit ihrer ersten, folgenreichen Begegnung in der Schänke von Tarchnal zusammen erlebt hatten.

Eigentlich war ihm von Anfang an bewusst gewesen, dass Cairteach eines schönen Tages wieder in seine Heimat zurückkehren würde, aber er hatte es bislang erfolgreich verdrängen können und insgeheim sogar gehofft, dass sein Freund, vielleicht durch die Heirat mit einer Rasna, so viel Gefallen an dem Land und an dem Leben hier hätte finden können, dass er für immer hier geblieben wäre.

Doch das Schicksal hatte es anders gefügt, und er musste sich nun, ob er wollte oder nicht, mit der traurigen Tatsache abfinden, dass er seinen selbst in Momenten höchster Gefahr allzeit gut aufgelegten, lachenden und so herrlich singenden Cairteach nach dieser Hochzeit, zu der er ihn schon wegen seiner Ehrenpflicht als Freund auf jeden Fall begleiten wollte, wahrscheinlich nur sehr selten wiedersehen würde, denn nach den Schilderungen Cairteachs lag dessen Heimat zu weit entfernt, als dass sie sich regelmäßig würden besuchen können. Aber würde das auch das Ende ihrer Freundschaft bedeuten?

»Hör mir einmal gut zu, du Barbar!«, begann er ihn zu beruhigen und räkelte sich blinzelnd in der Sonne, die ihm jetzt gerade ins Gesicht schien. »Wie kannst du im Ernst annehmen, dass ich dich, der du mein einziger Freund bist, am Tage deiner Eheschließung allein lassen würde? Nur weil sich ein gewaltiges Gebirge zwischen unseren Ländern erhebt? Nein, nein, ich werde dich natürlich begleiten, zumal ich sehr daran interessiert bin, mehr über dein Volk zu erfahren. Und was unsere Freundschaft betrifft, so wird niemand und nichts sie zerstören können, am wenigsten eine große örtliche Entfernung zwischen uns, denn kein Weg ist zu steinig oder zu weit, wenn man das Verlangen hat, seinen Freund zu sehen, oder ihm, wenn nötig, beizustehen.«

Noch während er so gleichermaßen mahnend und tröstend zu ihm sprach, glätteten sich die Gramesfurchen in Cairteachs Gesicht zusehends, und am Ende strahlte er wieder genauso glücklich und befreit wie zu Beginn ihres Gespräches.

»Das … das hatte ich wahrlich nicht zu hoffen gewagt«, stammelte er gerührt und reichte ihm die Hand. »Wie konnte ich auch nur einen Moment an deiner lauteren Treue zweifeln?«

»Nun lass es aber gut sein, mein Lieber!«, winkte Tarchunies lachend ab und schüttelte dann kräftig die ihm dargebotene Rechte. »Sieh du nur zu, dass es mir in deinen Wäldern an nichts mangelt, vor allem nicht an Frauen, von deren wilder Schönheit du mir so oft schon vorgeschwärmt hast!«

»Oh, du wirst gewiss zufrieden sein!«, ereiferte sich Cairteach und rollte verschwörerisch mit den Augen. »Du sollst bei mir zu Hause alles bekommen, nach was dein Herz nur verlangt. Wir werden sehr viel Spaß haben in dieser Zeit, das kannst du mir glauben. Aber da wir gerade von Zeit sprechen«, fügte er mit einem neuerlichen Anflug von Sorge hinzu. »Was wird derweil aus deinem Schiff und der Besatzung? Du wirst womöglich mehr als ein halbes Jahr von hier fort sein! Könnt ihr es euch wirklich leisten, so lange untätig im Hafen zu liegen?«

»Nein, können wir nicht!«, pflichtete Tarchunies ihm leichthin bei. »Aber wozu habe ich denn Hvlave und Puzra? Die beiden verstehen doch ihr Handwerk genauso gut wie ich, wie du eigentlich wissen müsstest, und sind mithin durchaus in der Lage, auch ohne mich auf Fahrt zu gehen! Gleich morgen werden wir beide uns zum Hafen aufmachen, um alles Notwendige zu veranlassen, und bei dieser Gelegenheit kannst du dich dann auch ausgiebig von deinen Gefährten verabschieden!«

Nachdem dies also geklärt war, lehnten sie sich entspannt zurück und tranken auf Cairteachs glückliche Zukunft.

»Wie war eigentlich deine Reise nach Cyme?«, lenkte Tarchunies dann das Gespräch auf ein anderes Thema. »Verlief alles reibungslos?«

»Ja, bestens! Nur einmal, am Mittag des zweiten Tages, hatten ein paar zerlumpte Wegelagerer das Pech, ausgerechnet mir vor die Klinge zu kommen. Bevor ich ihnen den Garaus gemacht habe, konnte ich noch von einem dieser Strolche erfahren, dass sie aus einem etwas entfernt gelegenen Dorf stammten, welches sie …«

»Ruma nannten, nicht wahr?«, ergänzte ihn Tarchunies mit einem verächtlichen Zug um seine Mundwinkel.

»Ja, ganz recht!«, bestätigte Cairteach verblüfft. »Äh, woher weißt du …?«

»Na, das war nicht schwer zu erraten, nachdem du mir gesagt hast, wo und wann ihr auf die Kerle getroffen seid, denn es gibt südlich von Tarchnal in dieser Entfernung nur eine größere Siedlung, und das ist Ruma.«

»Und was hat es mit diesem Dorf auf sich, dass du so abfällig darüber sprichst?«

»Nun, vor mehr als hundert Jahren lebten hier in Tarchnal zwei Brüder. Sie waren Zwillinge, stammten aus der hochadligen Familie der Turna und hießen Romule und Reme. Aber sie machten ihrem Hause Schande, denn ähnlich wie die Spuriana-Brüder machten sie des Nachts die Stadt unsicher, trieben sich in Hurenhäusern herum und schreckten auch nicht vor Raub und Körperverletzung zurück. Als sie dann jedoch zwei unbescholtene Töchter aus ebenfalls sehr gutem Hause brutal vergewaltigten und anschließend bestialisch ermordeten, war das Maß voll. Man verhaftete sie und verurteilte sie zum Tode, doch gelang es ihnen, mit Hilfe ihrer Spießgesellen und viel Bestechungsgold aus dem Kerker der Stadt zu fliehen. Da sie es nicht wagen konnten, jemals wieder das Stadtgebiet Tarchnals zu betreten, flohen sie weiter nach Süden, wo sie in einer kleinen, armseligen Siedlung inmitten eines fieberverseuchten Sumpfgebietes an den Ufern des Tiberflusses Unterschlupf fanden. Die armen Bauern, die dort ihr karges Leben fristeten, waren Latiner, ein äußerst primitiver Stamm, der nicht einmal unsere Sprache spricht und uns bis heute kulturell weit unterlegen geblieben ist. Jedenfalls mussten ihnen diese beiden feinen Herren mit ihrem Gold und ihren prächtigen Gewändern wie leibhaftige Götter erschienen sein, denn sie trugen ihnen an, über sie zu herrschen. Doch da nur einer herrschen konnte, gerieten die Brüder in einen heftigen Streit miteinander, bei welchem Romule seinen Zwillingsbruder Reme kurzerhand erschlug. Romule nun, nachdem er dieses Problem auf eine so elegante Art und Weise gelöst hatte, ging tatkräftig daran, aus dieser schmutzstarrenden Ansammlung niedriger Hütten so etwas wie eine Stadt zu machen, in der er zumindest annähernd so gut leben konnte, wie er es in Tarchnal gewohnt war. Alsbald schon ging im Lande der Rasna das Gerücht um, dass außerhalb der Grenzen des Zwölfstädtebundes eine neue Stadt entstehen würde, die jeden, gleich welcher Herkunft und Vorleben, mit offenen Armen aufnähme, wenn er sich nur an ihrem Aufbau beteilige. Seit jener Zeit ist Ruma ein begehrter Zufluchtsort für all das lichtscheue Gesindel geworden, welches die Rasna für immer aus ihren Städten verbannt haben.«

»Was hält die Rasna davon ab, diese Eiterbeule ein für alle Male auszubrennen?«, erkundigte sich Cairteach grimmig.

»Ach, das wäre ein viel zu großer Aufwand für dieses elende Mückennest, und außerdem schaden sie uns nicht wirklich, da wir unseren Handel ja zumeist über See abwickeln. Stell dir übrigens bloß mal vor, sie haben diesen Romule nach seinem Tod zum Gott erhoben und beten ihn in einem eigenen Heiligtum an! Sag selbst, ob man diese Leute ernst nehmen kann!«

Beide mussten darauf herzhaft lachen, und nachdem sie sich mit neuem Wein versorgt hatten, setzte Cairteach seinen unterbrochenen Reisebericht fort. In seiner Erinnerung schwelgend, schilderte er begeistert, mit welch außerordentlicher Zuvorkommenheit er im Hause des Eurypylos empfangen worden war, und wie man ihn dort mit den auserlesensten Speisen und Getränken verwöhnt hatte. Und immer wieder pries er in den höchsten Tönen die liebevoll weibliche Zuneigung, die Polymele ihm während der Reise und auch zu Hause, in ihrem Schlafgemach, hatte zuteil werden lassen.

Er war gerade dabei, sich in allen Einzelheiten rühmend über ihre körperlichen Vorzüge und ihre erotische Kunstfertigkeit, mit der sie ihm, gerade in der letzten Nacht, zu ungeahnter Lust verholfen hatte, auszulassen, als jäh ein lautes und aufgeregtes Stimmengewirr vom Hof her zu ihnen drang und ihrer beschaulichen Unterhaltung ein vorläufiges Ende setzte.

Noch bevor sie der Ursache dieses störenden Lärmens auf den Grund gehen konnten, stürzte Thivarie völlig aufgelöst in den Lichthof und baute sich totenbleich und mit bebenden Mundwinkeln vor ihnen auf.

»Kommt mit nach draußen!«, brachte er nur mit tränenerstickter Stimme hervor. »Sie haben unseren Vater erstochen.«

Mit vor Entsetzen geweiteten Augen sahen sich die beiden Freunde für einen Moment bestürzt an, dann stürmten sie wortlos hinter Thivarie her ins Freie.

Auf einer Bahre am Boden lag der blutüberströmte Leichnam von Laris Tarchna, dessen Brust von mehreren Dolchstößen zerfetzt worden war. Zu seinen Füßen kauerte in fassungsloser Agonie Nerie, der seine sich in stummem Schmerz wiegende Mutter mit beiden Armen umfasst hielt.

Tarchunies und Thivarie knieten sich neben sie und starrten benommen, wie in Trance, auf den entseelten Körper ihres Vaters herab, während Cairteach sich achtungsvoll im Hintergrund hielt. Doch war ihm die ohnmächtige Wut, die in ihm tobte, anzumerken, denn seine rechte Hand war derart um den Griff seines Schwertes gekrampft, dass sich das Weiß seiner Fingerknöchel unter der braunen Haut deutlich abzeichnete.

Neben ihm stand ein würdiger Herr mit schlohweißem Haar, dem die Tränen hemmungslos über die welken Wangen rannen, und dessen Kleidung ihn als Mitglied des Ältestenrates von Tarchnal auswies.

»Weiß man, wie das passiert ist und wer vor allem diese Untat begangen hat?«, zischte Cairteach ihm leise zwischen den Zähnen zu.

»Es geschah auf offener Straße, kurz nachdem Laris die Ratsversammlung verlassen hatte«, bekam er unter Schluchzen zur Antwort. »Es war ein gemeiner Sklave ... gedungen von ... von den Spuriana.«

Die letzten Worte schrie er förmlich heraus, sodass Tarchunies und Thivarie sich wie ein Mann erhoben und auf ihn zutraten.

»Wiederhole bitte, was du da gerade gesagt hast, Zilath Arruns Saties!«, forderte ihn Thivarie förmlich, aber mit einem gefährlich lauernden Unterton auf.

»Es war ein gedungener Mörder aus Chaisrie, im Solde der Spuriana!«, bestätigte der Gefragte hasserfüllt.

»Und das ist ohne jeglichen Zweifel bewiesen?«

»Ja, Herr!«, erwiderte der alte Mann unerschütterlich. »Er hat alles freiwillig gestanden und schien sogar noch stolz darauf zu sein!«

»Dann, edler Arruns, der du der Älteste im Rate bist, bitte ich dich, die Amtsgeschäfte meines Vaters so lange zu übernehmen, bis wir ihn begraben haben und ich, als sein Erstgeborener, seine Stelle als Lukomone von Tarchnal einnehmen werde. Bis dahin aber würde es sehr hilfreich sein, wenn du veranlassen würdest, dass unsere Truppen mobilisiert werden. Wir werden den schmählichen Mord an meinem Vater rächen und Chaisrie mit Krieg überziehen. Im Übrigen sollten wir den Leichnam meines Vaters im

Ratsgebäude aufbahren, damit man ihm die letzte Ehre erweisen kann und auch dem Letzten offenbar wird, dass uns aus Chaisrie große Gefahr droht. Erwartet mich deshalb etwas später im Rate, damit ich diesbezüglich zu euch sprechen kann.«

Damit wandte sich Thivarie wieder ab und schickte sich an, zurück zu den Seinen zu gehen.

»Warte, mein Bruder, der du nun das Haupt der Tarchna bist!«, hielt ihn Tarchunies da mit flehentlichem Blick zurück. »Übergib mir den Oberbefehl über unsere Flotte, und ich werde ihre Schiffe verbrennen und ihren Hafen dem Erdboden gleichmachen!«

Thivarie sah ihn lange und nachdenklich an.

»Ja, Tarchunies!«, erwiderte er nickend und wischte sich unendlich müde über die Stirn. »Natürlich, die Flotte! Ich hätte sie fast vergessen. Mach sie bereit, doch sei in spätestens drei Tagen wieder hier, damit wir unserem Vater in einem ihm würdigen Leichenbegängnis die letzte Ehre erweisen können.«

Beide begaben sich nun wieder zu ihrer Mutter, und gemeinsam mit Nerie führten sie die in völliger Apathie versunkene Squria wieder ins Haus zurück. Ihnen folgten sechs Sklaven, die die Bahre mit den sterblichen Überresten ihres Herrn auf ihren Schultern trugen und sie vor dem Wasserbecken des Lichthofes absetzten, um die Leiche zu waschen.

Die Kunde von der Ermordung ihres Lukomonen hatte sich wie ein Lauffeuer in der Stadt verbreitet, sodass sich schon wenig später nicht nur sämtliche Freunde und Nachbarn im Vorhof des Hauses eingefunden hatten, sondern es hatte sich auch rasch eine unüberschaubare Menge fremder Menschen aus allen Bevölkerungsschichten vor den Mauern des Anwesens versammelt, die nun in fast schon hörbarem Schweigen und tiefer Trauer ihres geliebten Lukomonen gedachten.

Noch niemals in der Geschichte der Rasna hatte es ein Sterblicher bisher gewagt, Hand an die von den Göttern mit Blitzen erwählte und damit geheiligte Person eines Lukomonen zu legen. Heute nun hatte ein Mensch, der dazu noch ein geringer Sklave war, dieses bis dahin unvorstellbare und fluchwürdige Verbrechen begangen und das noch nicht einmal aus eigenen Motiven heraus, sondern allein als willfähriges Werkzeug in den Händen seines ränkesüchtigen und machthungrigen Gebieters, des regierenden Lukomonen von Chaisrie. Selbst wenn man später den Leib dieses elenden Sklaven dem qualvollen Kreuzestod überantworten würde, so könnte dieses Sakrileg doch damit in keinster Weise gesühnt werden.

Es verging so eine geraume Weile, in der die Zeit stillzustehen schien, doch dann öffnete sich die Eingangstür des Hauses wieder, und unter einem dumpf klagenden Aufstöhnen der Menge wurde der Leichnam Laris' von sechs hohen, schwarz gewandeten Ratsmitgliedern herausgetragen.

Man hatte ihn gesäubert und danach mit der weißen Tunika und der gold betressten purpurnen Tabenna, dem Zeichen seiner herrschaftlichen Würde, bekleidet. Auch waren sein Gesicht und seine Hände rot geschminkt, was nach einem uralten Brauch allein dem amtierenden Lukomonen vorbehalten blieb. Auch das goldene Diadem und die purpur gefärbten halbhohen ledernen Schnürstiefel zeugten von seinem fürstlichen Rang.

In kurzem Abstand hinter der Bahre schritten mit bloßen Füßen und ausdruckslosen Mienen Thivarie und Squria, gefolgt von Tarchunies und Nerie, die Brüder angetan mit einer schmucklosen schwarzen Tabenna, während ihre Mutter ein weites schwarzes Obergewand trug, von dem sie sich eine Falte verhüllend um ihren Kopf gelegt hatte.

Ihnen schlossen sich die nächsten Angehörigen und danach die engsten Freunde an, zu denen sich auch Cairteach gerade gesellen wollte, als Tarchunies ihn mit einer kurzen, unmissverständlichen Geste an seine Seite treten ließ.

So bewegte sich der Trauerzug gemessen durch die vor ihm in ehrerbietiger Scheu zu beiden Seiten der Straßen auseinander weichende Menge zum Ratsgebäude hin, welches sich neben dem großen Heiligtum des Tini befand. Dort wurde schließlich der Tote auf den Stufen des Podestes aufgebahrt, auf dem nun einsam und verwaist der elfenbeinerne, lehnenlose Klappstuhl stand, von dem aus er zu Lebzeiten die Geschicke der Stadt gelenkt und Recht gesprochen hatte.

Während sich nun seine Witwe und seine Söhne, sowie auch Cairteach, neben der Bahre auf die oberste Stufe des Podestes setzten, nahmen die Ratsmitglieder ihre Plätze auf den marmornen Bänken ein, welche vor den Seitenwänden der Halle aufgestellt worden waren.

»Das kann doch wohl nicht wahr sein«, raunte Thivarie plötzlich entgeistert seinen Brüdern zu und wies mit dem Kopf auf einen untersetzten, stiernackigen Mann mit grauem, schütteren Haar und einer fleischig roten, pockennarbigen Nase, der ziemlich weit vorne mit einem selbstzufriedenen Gesichtsausdruck und über dem dicken Bauch gefalteten Händen auf seiner Bank saß.

»Es ist Venel Spuriana, der Vater dieser drei Schläger aus der Schänke! Er hat es tatsächlich gewagt, hierher zu kommen«, klärte Tarchunies Cairteach flüsternd auf. »Das nenne ich Unverfrorenheit, gepaart mit Hochmut und Arroganz!«

»Soll ich ihn hinauswerfen?«, knurrte der Senone sofort streitlüstern und machte Anstalten, sich zu erheben und sein Schwert zu ziehen, als Thivarie ihn gerade noch rechtzeitig am Mantel fassen und auf seinen Platz zurückziehen konnte.

»Bei den Göttern, nein!«, mahnte er ihn darauf. »Er ist nun einmal ein gewähltes Mitglied dieses hohen Rates und hat somit das Recht, hier zu sein. Ob es uns nun passt oder nicht, wir können im Moment leider nichts gegen seine für uns beleidigende Anwesenheit unternehmen.«

Mit einem zornigen Grollen fügte sich der Riese zwar dem Geheiß Thivaries, aber er ließ kein Auge mehr von dem verhassten Mann.

Nachdem man die beiden mächtigen Türflügel der Halle geschlossen hatte, richtete sich der greise Arruns Saties mühsam von seiner Bank auf und stellte sich, auf seinen Amtsstab gestützt, vor dem Podest in der Mitte des Raumes auf.

»In unaussprechlicher Trauer grüßen wir, die hier

versammelten Väter der Stadt, die Familie unseres Lukomonen Laris Tarchna, der heute vor diesem Gebäude durch die frevelnde Hand eines gedungenen Mörders hingemeuchelt wurde!«, eröffnete er mit seiner hohen und vor Erregung zitternder Stimme seine Rede. »Diese abscheuliche und niederträchtige Bluttat ist seit Menschengedenken beispiellos in diesem Land geblieben, und deshalb sind die feigen Dolchstöße des Mörders auch in unsere Herzen gedrungen, denn sie haben die uns vom Schicksal gegebene Ordnung unserer städtischen Gemeinwesen in den Grundfesten erschüttert.«

»Doch«, fuhr er nach einer kurzen Atempause weiter fort, »wenngleich dieser … dieser Sklave auch den tödlichen Anschlag auf Laris Tarchna verübt hat, so ist er doch nicht in Wahrheit schuldig an diesem Verbrechen. Kein freier Rasna, und erst recht kein Sklave, wäre so wahnsinnig, die Götter zu versuchen und seine Waffe gegen einen Lukomonen zu erheben. Nein, dieser Unselige war, wie wir heute zu unserem Schrecken erfahren mussten, nur ein erbärmlicher Handlanger! Er war nur die willig ausführende Hand eines skrupellosen und machtbesessenen Despoten, dessen langer Arm schon seit vielen Jahren begehrlich nach Tarchnal greift.«

»So nenne uns jetzt noch einmal seinen Namen, Zilath!«, wurde er da von einem der Ratsmitglieder ungestüm unterbrochen.

»Ja, sage es uns, damit wir nie vergessen, wer unser Feind ist!«, forderten nach ihm noch andere und reckten empört ihre Fäuste.

»Oh, ihr kennt ihn alle!«, rief Arruns darauf triumphierend seinen aufgebrachten Kollegen zu. »Es ist niemand anderes als … Arnth Spuriana!«

Diesen förmlich ausgespienen Worten folgte eine tumultartige Szene. Die ehrwürdigen Ratsmänner sprangen von ihren Sitzen auf und begannen lautstark über einen Vergeltungsschlag gegen Chaisrie zu debattieren.

»Wer beweist euch eigentlich, dass mein Vetter Arnth tatsächlich hinter diesem gemeinen Mord steht?«, ließ sich da auf einmal mittendrin die durchdringende Bassstimme Venel Spurianas vernehmen, der die ganze Zeit über seelenruhig mit geschlossenen Augen und wie unbeteiligt den heftigen Diskussionen beigewohnt hatte.

Augenblicklich erstarb jedwedes Gespräch und aller Augen richteten sich erwartungsvoll auf Arruns, der ob dieses unerwarteten Einwurfs hilflos und verwirrt in die Runde blickte.

»Die Aussage dieses Sklaven war doch eindeutig!«, antwortete Mamarce Seianti statt seiner. »Er hat uns doch ganz zwanglos den Namen seines Auftraggebers preisgegeben.«

»Ach, und seit neuestem glaubt man in diesem hohen Haus einem Sklaven mehr als einem Lukomonen?«, höhnte Venel mit einem gurgelnden Lachen dagegen. »Wie denn, wenn dieser Bastard sich aus reiner Furcht diese abstruse Geschichte ausgedacht hat, um sein nichtswürdiges Leben zu retten, hm?«

Nach diesem nicht ganz so einfach von der Hand zu weisenden Argument sahen sich alle betreten an, und einige setzten sich darauf sogar wieder wortlos auf ihre Plätze. Doch da geschah etwas, was dem weiteren Verlauf dieser dadurch nunmehr kleinlaut abgebrochenen Debatte eine unvorhergesehene, aber entscheidende Wendung gab.

Thivarie stand plötzlich auf und kniete sich neben seinem Vater nieder. Mit Hilfe von Tarchunies richtete er den schon steif gewordenen Oberkörper des Toten auf und zog ihm die purpurne Tabenna aus, die er sich, nachdem er die seine sorgsam über der Brust des Ermordeten drapiert hatte, selbst anlegte. Dann erhob er sich und setzte sich zu guter Letzt auch noch das Diadem seines Vaters auf die Stirn.

»Seht mich an, ihr ehrwürdigen Väter!«, begann er darauf, ihre Aufmerksamkeit heischend, zu sprechen. »Ich, Thivarie Tarchna, erstgeborener Sohn des Lukomo Laris Tarchna, stehe hier, bekleidet mit den Insignien meines Vaters, um von euch als Nachfolger in seinem Amt bestätigt zu werden. Wie lautet eure Entscheidung?«

Und noch bevor Venel Spuriana ein Wort des Protestes einlegen konnte, proklamierte der Rat Thivarie einstimmig und unter ohrenbetäubendem Beifall zum neuen Lukomo von Tarchnal.

»Euer Vertrauen, das ihr mir im Andenken an meinen Vater entgegengebracht habt, ehrt mich«, sagte er, nachdem sich die euphorische Stimmung im Saale ein wenig gelegt hatte. »Laris Tarchna hatte bei euch, wie überhaupt in dieser Stadt, einen tadellosen Ruf. Er galt als ein weiser Herrscher, der jeden vor dem Gesetz gleich behandelte, ob er nun arm war, oder reich.

Mehr noch! Wie ihr ja wisst, hat er sich jüngst in diesem hohen Hause dafür eingesetzt, die Sklaven menschenwürdiger zu behandeln und ihnen sogar gewisse Rechte zuzugestehen, die ihr Los erträglicher machen. So ist es ein schicksalhafter Aberwitz, dass ausgerechnet ein Sklave ihn ermordet hat!«

»Schlagt ihn ans Kreuz!«, schrien da einige empört dazwischen.

»Ja«, pflichtete Thivarie ihnen bei, »das werden wir an dem Tage tun, an dem wir Laris Tarchna beisetzen. Nur bin ich der gleichen Meinung wie der ehrwürdige Zilath Arruns Saties! Wir schlagen damit den Falschen ans Kreuz! Es ist Arnth Spuriana, der diese Strafe erleiden müsste, doch der sitzt sicher in Chaisrie und reibt sich zufrieden die Hände!«

»Ich wiederhole, es gibt keinerlei Beweise, dass mein geschätzter Vetter hinter diesem Mord steht«, warf Venel da ungehalten ein. »Ich glaube eher, dass dieser junge Mann sich in seinem neuen Amte rasch profilieren will. Und das könnte er am besten in einem Krieg mit Chaisrie! Machen wir uns doch nichts vor, denn wie jeder von uns weiß, waren Laris und Arnth Todfeinde, und unsere Familien verbindet schon seit langem eine herzliche Abneigung gegeneinander. So denke ich, dass unser neuer Lukomo den feigen Mord an seinem Vater, der mich, wie alle anderen Menschen in dieser Stadt, zutiefst betroffen gemacht hat, meinem Vetter nur deshalb anlastet, um einen Grund für einen Krieg zu haben. Nur, ehrwürdige Väter, was haben die braven Bewohner Tarchnals oder Chaisries mit dieser ganz persönlichen Familienfehde zu tun? Wenn Thivarie nun durchaus diese Fehde auszufechten gedenkt, dann sollte er Arnth zum Zweikampf fordern und nicht das Leben Unschuldiger dafür einsetzen, denen er diesen Unsinn mit dem Mordkomplott einredet. Ich habe den Eindruck, dass ihr diesen gefährlich ehrgeizigen jungen Tarchna zu voreilig in diesem verantwortungsvollen Amt bestätigt habt. Wenn ich an deiner Stelle wäre Thivarie Tarchna«, richtete er sich nun direkt an ihn, »dann würde ich fürderhin meine Zunge im Zaum halten und mich aus dem öffentlichen Leben zurückziehen.«

Betont langsam und wortlos schritt Thivarie darauf die fünf Stufen hinab, ging an Arruns vorbei und stellte sich genau vor Venel Spuriana, zu dem er sich dann leicht herabbeugte und ihm einen Moment direkt in die Augen sah.

»Venel Spuriana!«, sprach er ihn leise und honigsüß an. »Und wenn ich an deiner Stelle wäre, würde ich meine Sachen packen und schleunigst aus dieser Stadt verschwinden. Ich bin sicher, dass dein liebender Vetter dir gerne Asyl gewähren wird!«

»Wieso sollte ich das tun?«, entgegnete ihm Venel mit einem unschuldigen Augenaufschlag, aber einem impertinenten Lächeln, welches um seine wülstigen Lippen spielte. »Ich habe nichts getan, was das rechtfertigen würde.«

»Doch, das hast du, wie du gleich hören wirst!«, erwiderte Thivarie sanft, richtete sich wieder auf und drehte sich wieder Arruns zu, der, wie alle Übrigen, diesem Dialog mit atemloser Spannung gefolgt war.

»Ratsherr Venel Spuriana behauptet, dass ich seinen Vetter zu Unrecht verurteile!«, begann Thivarie ruhig seine Beweisführung. »Nun, wir wollen im Folgenden feststellen, ob das der Wahrheit entspricht. Wenn ja, gebe ich mein Amt zurück, wenn nein, empfehle ich, Venel Spuriana aus dem Ältestenrat auszuschließen und ihn aus Tarchnal zu verbannen. Mein Vater hat mich in den letzten zwei Jahren intensiv auf dieses Amt vorbereitet. Er hat mir immer seine Gedanken und Überlegungen mitgeteilt und mich nach meiner Meinung gefragt, wenn er eine Entscheidung in diesem hohen Hause zu treffen hatte. Vor einiger Zeit nun hatte er sich mit mir über unser immer höher werdendes Handelsdefizit unterhalten, für dessen Ursache er keine plausible Erklärung finden konnte. Ich habe mich darauf entschlossen, diesem Phänomen auf den Grund zu gehen – und ich bin dank meines seefahrenden Bruders Tarchunies fündig geworden. Tarchunies, würdest du so freundlich sein, diesem hohen Hause deine Beobachtungen bezüglich der ansteigenden Verlustquote unserer Schiffe genau so offen zu schildern, wie du es bei mir getan hast?«

»Ja, gerne!«, kam Tarchunies sogleich der Bitte seines Bruders nach und erhob sich. »Versammelte Väter! Das, was ich jetzt berichten werde, betrifft nicht nur mich, sondern jeden Kapitän unserer Handels- oder Kriegsflotte. Seitdem dieser Handelskrieg, den wir mit den Phokäern und Chaisrie nun schon einige Jahre führen, ausgebrochen ist, verlieren wir im Vergleich zu unseren Gegnern ungewöhnlich viele, gute Schiffe, obwohl sie fast alle mit Geleitschutz gefahren sind. Allen diesen Schiffen war eins gemeinsam: Sie hatten durchweg äußerst kostbare Güter geladen. Die meisten gingen mit Mann und Maus unter, aber von einigen konnten sich Männer aus der Besatzung retten und zu uns zurückkehren. Nur die wenigsten gaben ein Unwetter als Grund für den Untergang ihres Schiffes an, die meisten erklärten übereinstimmend, dass sie kurz nach dem Auslaufen, sei es aus unserem Hafen oder einem anderen, von überlegenen gegnerischen Kampfschiffen aufgebracht und versenkt worden seien. Ich selbst erlebe es, dass jedes Mal, wenn ich ein- oder auslaufen will, gegnerische Schiffe vor dem Hafen kreuzen. Ich habe das zunächst darauf zurückgeführt, dass ich bei denen als berüchtigter Pirat gelte und sie deshalb gezielt Jagd auf mich machen würden, aber für unsere harmlosen Kauffahrer trifft das ja nun nicht zu. Trotzdem wird ihnen gezielt aufgelauert, so, als ob unsere Gegner bestens unterrichtet wären, wann eines unserer Schiffe den Hafen verlässt. Anfangs habe ich mir das so erklärt, dass der Feind unausgesetzt mit massiven Kräften vor unserer Küste patrouilliert, aber dann ist mir bewusst geworden, dass das nicht der einzige Grund sein kann, denn das Meer ist groß, und über so viel mehr Schiffe als wir verfügt der Gegner nicht, um gleichzeitig überall zu sein. Das lässt nur einen Schluss zu, und diese Meinung teile ich mit all unseren Kapitänen: Wir haben einen Spion in Tarchnal, der jedes Schiff, das aus unserem Hafen zum Auslaufen bereitliegt, samt dessen Bestimmungshafen nach Chaisrie verrät, sodass es ein Leichtes ist, dieses

Schiff gezielt abzufangen. Urteilt selbst, mehr habe ich nicht zu sagen!«

Damit setzte er sich wieder hin, während die Ratsherren – sichtlich beeindruckt – verstohlen in die Runde blickten.

Nur Venel Spuriana schien das alles nicht berührt zu haben, denn er saß weiterhin lässig zurückgelehnt auf der Bank und betrachtete gelangweilt seine sorgfältig manikürten Fingernägel.

»Ja, ihr vermutet ganz richtig, ehrwürdige Väter!«, setzte Thivarie schließlich seine Rede weiter fort, wobei seine Stimme einen schärferen Tonfall annahm. »Einer aus unserer Mitte muss der elende Verräter sein! Und ich glaube auch zu wissen, wer das ist!«, fügte er hinzu und wandte sich ostentativ zu Venel um.

Als dieser bemerkte, dass aller Blicke plötzlich feindselig auf ihn gerichtet waren, schaute er auf und fing lauthals an zu lachen.

»Das ist doch wohl der Gipfel der Tollheit!«, rief er dann, mühsam nach Atem ringend. »Spätestens jetzt müsste euch allen doch klar geworden sein, dass die aberwitzige Anklage dieses offenbar geistig verwirrten jungen Mannes jeglicher Grundlage entbehrt! Warum sollte ich, der ich selbst meine Handelsgüter unseren Schiffen anvertraue, dem Feind derartige Informationen zukommen lassen? Ich würde mich doch damit nur selbst schädigen! Das ist doch alles Wahnsinn!«

Verunsichert sahen nun alle wieder auf Thivarie, der aber diesen polemischen Ausbruch gleichmütig über sich hatte ergehen lassen und seinen Blick währenddessen weiter amüsiert auf seinen Widersacher geheftet hielt.

»Tja, ich muss zugeben, das klingt ganz stichhaltig, Ratsherr Venel Spuriana!«, ging er zunächst scheinbar überzeugt auf das Argument Venels ein. »Allerdings«, und dabei runzelte er nachdenklich die Stirn, »allerdings ist es unter diesen Umständen schon bemerkenswert, dass, soviel ich weiß, bisher noch keines der Schiffe, die deine Fracht geladen hatten, behelligt wurde. Ein wahrlich seltsamer Zufall, nicht wahr?«

»Wie lange«, schrie er ihn dann unvermittelt mit schneidender Stimme an, »wie lange willst du uns alle hier, im Angesicht unseres meuchlings ermordeten Lukomonen, meines Vaters, eigentlich noch für dumm verkaufen? Und wenn es noch eines weiteren Beweises deiner verräterischen Schuld bedarf, so bräuchte dieses hohe Haus nur anzuordnen, den Mörder deinem Gesinde gegenüberzustellen! Ich bin mir sicher, dass zumindest einer von ihnen den Mut hätte, auszusagen, diesen Sklaven in deinem Haus gesehen zu haben!«

Lähmendes Entsetzen hatte die Anwesenden während dieser feurig vorgebrachten Anklage ergriffen, und mit fassungslosem Schweigen starrten sie auf Venel Spuriana, der mit hochrotem Kopf und in sich zusammengesunken auf seinem Platz kauerte.

Er hatte das Spiel verloren, dessen war er sich bewusst. Nun kreisten seine Gedanken fieberhaft darum, wie er sein nacktes Leben retten konnte, das nach diesen Enthüllungen nur noch an einem seidenen Faden hing. Wie aus weiter Entfernung nahm er wahr, wie Thivarie, der sein Interesse an ihm längst verloren hatte, den Ältestenrat mit einer flammenden Ansprache aus seiner Lethargie riss und ihn aufforderte, hier und jetzt über den Krieg mit Chaisrie abzustimmen.

Gehetzt blickte er um sich und leckte sich über seine ausgedörrten Lippen, doch keiner schien in dieser Situation Notiz von ihm zu nehmen. Da sprang er auf und hastete, schneller als man es seiner Dickleibigkeit zugetraut hätte, zum Eingangsportal. Noch während er die schweren Torflügel aufschwang, hörte er, wie der Rat vehement gegen seine Flucht protestierte, doch entging es ihm auch nicht, dass Thivarie sie beschwor, ihn einfach gehen zu lassen, weil von ihm sowieso nichts mehr zu befürchten sei. Als er dann endlich im Freien und die Tür hinter ihm zugefallen war, ging die Abstimmung ungestört weiter:

»Krieg! Krieg! Krieg!«

Kapitel 10

Venel Spuriana hatte sich an Thivaries Rat gehalten und die Stadt noch am selben Tage mit den Seinen verlassen. Er hatte nur das Notwendigste und natürlich sein Gold mitgenommen und war, wie nicht anders zu erwarten war, zu seinem Vetter nach Chaisrie gezogen.

Zwei Tage später trug man die sterblichen Überreste Laris Tarchnas zu Grabe.

Fast die gesamte Einwohnerschaft Tarchnals folgte der Bahre hinaus vor die Stadt auf die Hochebene, wo unter gewaltigen Hügeln die prachtvoll ausgestatteten Grabkammern der reichen Familien Tarchnals errichtet worden waren. Diese Kammern waren im Inneren den Häusern der Lebenden nachempfunden, zum Teil sogar mit einem aus Stein geformten Mobiliar, sodass die Seelen der Toten sich gleichsam wie zu Hause fühlen konnten.

Über mehrere Generationen schon hatten die Tarchna, wie auch die anderen großen Familien, diese Anlage als letzte Ruhestätte für ihre Toten genutzt, und heute nun würde Laris Tarchna mit seinen Ahnen vereint werden.

In Sichtweite der Gräber blieben die meisten Leute

achtungsvoll stehen, denn es war nur der trauernden Familie und deren engsten Angehörigen und Freunden erlaubt, das Grab mit dem Toten zu betreten.

Als Cairteach den schmalen Zugang durchschritten hatte und im zentralen Raum des Grabes stand, wollte er seinen Augen nicht trauen, denn er konnte sich nicht erinnern, je so wunderbare Malereien gesehen zu haben, wie sie hier die Wände säumten.

Die Öllampen, die wie in einem richtigen Haus auf Tischen standen oder von den Decken hingen, gaben genug Licht, um diese Kunstwerke bewundern zu können.

Insgesamt waren es fünf Kammern, eine große, in der er sich jetzt befand, und vier kleinere. Zwei davon lagen seitlich des Zugangs, und zu den anderen zwei gelangte man, wenn man durch eine der beiden trapezförmigen und türlosen Pforten ging, die gegenüber dem Eingang, jeweils links und rechts in die Stirnwand der rechteckig geschnittenen Hauptkammer eingelassen worden waren.

Jede Kammer war mit farbenprächtigen Malereien zu einem ganz bestimmten Thema verziert worden. So sah man an den Wänden der großen Kammer die fröhlichen Szenen eines großen Gelages, während zum Beispiel die rechte der beiden hinteren Kammern Jagdmotive aufwies, die linke hingegen Sequenzen einer sportlichen Veranstaltung wie Wagenrennen und Faustkämpfe.

Das alles war von dem Künstler meisterlich lebensnah und detailgenau dargestellt worden, sodass man die mannigfaltigen Speisen, die vor den Festenden aufgetischt waren, geradezu riechen konnte und die Musik, die dazu gespielt wurde, zu hören glaubte. Nichts an diesen Bildern erweckte beim Betrachter den Eindruck, dass diese Räume eigentlich als Totenstatt dienten, und nur der süßlich moderige Verwesungsgeruch, der Cairteach trotz des reichlich verbrannten Weihrauchs in die Nase stieg, ließ daran gemahnen.

Schon zu Lebzeiten hatte Laris sich und seiner Frau, wie seine Vorfahren auch, einen mit kunstvoll herausgemeißelten Reliefen verzierten marmornen Sarkophag anfertigen lassen, auf dessen schwerem Deckel er selbst mit ihr, wie bei Tische mit halb aufgerichteten Oberkörpern hintereinander liegend, naturgetreu bemalt und in Lebensgröße dargestellt war. Der Bildhauer hatte ihre Gesichtszüge leicht idealisierend aus dem Marmor herausgearbeitet, sodass sie nun mit einem verklärten Lächeln und entrücktem Blick in die Ewigkeit schauten.

Nachdem man den Leichnam in den Sarkophag gebettet hatte, begannen der Priester und die Priesterin, die dem Leichenzug bis hierher vorangeschritten waren, in einem leisen und monotonen Singsang die Totengebete zu sprechen. Beide waren maskiert, wobei sie die Maske der geflügelten Totenbegleiterin Vanth trug und er die des Unterweltsfährmannes Charun. Nach dem Glauben der Rasna führten diese beiden Furcht erregend aussehenden Dämonen die Seele des Toten in das Reich des Aita, des Herrschers der Unterwelt.

Das nahm einige Zeit in Anspruch, doch als sie damit fertig waren und ein jeder der Anwesenden dem Toten eine letzte Blumengabe auf den Körper gelegt hatte, hoben Sklaven den Deckel auf und verschlossen den Sarkophag. Nun wurden auf einem bronzenen Tisch allerlei Speisen und Getränke bereitgestellt, wovon alle ein paar Bissen zu sich nahmen und einen Becher Wein auf das Wohl des Verstorbenen tranken. Auch die Musiker hatte man nicht vergessen, die dazu mit einer heiter gestimmten Weise aufspielten.

Nach diesem letzten gemeinsamen Mahl mit dem Toten verließen sie die Grabstätte, die hinter ihnen mit einer schweren bronzenen Tür verschlossen wurde. Dann machten sie sich wieder auf den Weg in die Stadt, wo sich die Menge, die ihrem ermordeten Lukomonen das letzte Geleit gegeben hatte, bald darauf schweigend verlief.

Im Hause der Tarchna war im Lichthof eine riesige Tafel eingedeckt worden, um die sich nun die Familie und die nicht unbeträchtliche Anzahl der geladenen Gäste zum Trauermahl versammelten. Die Familie der Tarchna war weit verzweigt, und in fast jeder Stadt des Bundes residierten Angehörige dieses alten hochadligen Geschlechtes. So lagerten nunmehr über sechzig Personen, darunter auch die engsten Freunde der Familie, um die Tafel, und wieder einmal hatte es Zicu unnachahmlich verstanden, ein köstlich mundendes Menü zusammenzustellen.

Nur Sethre und Larthi hatten sich zum Leidwesen Tarchunies' entschuldigen lassen, da unaufschiebbare Geschäfte sie nach Zancle, einem Handelsposten auf der Insel der Sikilier, gerufen hatten.

Ganz anders als bei den Craeces oder Ulthese, wie die im Süden lebenden latinischen Völker von den Rasna genannt wurden, war es bei ihnen üblich, den Toten nach seiner Beisetzung mit einem fröhlich ausgelassenen Festmahl zu ehren. Thivarie, der als neues Haupt der Tarchna mit seiner Mutter seines Vaters Platz am Kopfende der Tafel eingenommen hatte, eröffnete das Bankett mit einer Lobrede, in der er Laris' Leben und dessen Verdienste um das Gemeinwohl noch einmal allen rühmend in Erinnerung rief, um dann, nachdem er am Ende dem Toten und seinen Ahnen ein Trankopfer dargebracht hatte, mit einem Wink an die Musikanten das Fest beginnen zu lassen.

Viel später danach, die Nacht hatte sich schon längst über Tarchnal gelegt, hatten sich Thivarie und Nerie nebst ihren Verlobten mit Tarchunies und Cairteach zusammengefunden und begannen, ein uraltes Tischorakel zu spielen. Dabei wurde von einem der Beteiligten eine Frage, zumeist erotischer Natur gestellt, worauf der Befragte mit Daumen und Zeigefinger einen Tropfen Wein aus seinem Becher gegen einen Silberteller schnippte. Aus der Tonlage des Klangs schloss er dann, bisweilen sehr anzüglich, was das Schicksal dem jeweils Fragenden in Zukunft zugedacht hatte.

Als die Reihe wieder einmal an Tarchunies war, wollte ihm zunächst auf die Schnelle keine gescheite Frage einfallen, bis er sich dann endlich an Thivarie wandte und von ihm wissen wollte, ob ihm in der nächsten Zeit auch das Glück vergönnt sei, die Frau seines Herzens kennen zu lernen. Gespannt lauschten darauf alle, mit welchem Ton der Tropfen wohl auf das Metall treffen würde.

Es war ein dunkler, nachhallender Klang, zu dem Thivarie lange nachdenklich den Kopf wiegte.

»Allem Anschein nach wirst du schon sehr bald der Frau begegnen, die dir bestimmt ist«, formulierte er dann bedächtig. »Und sie wird dich zu ihrem König krönen, wie sie aber auch deine Herrscherin sein wird!«

Während die anderen ihm auf diese nebulös poetische Auslegung hin erheitert Beifall spendeten, war es Tarchunies plötzlich intuitiv so, als ob sein Bruder, ob bewusst oder unbewusst, in diesem Falle der Wahrheit wohl sehr nahe gekommen war.

»Entschuldigt mich«, sagte er daraufhin und erhob sich von seiner Liege. »Ich möchte mich zurückziehen, denn ich bin schrecklich müde.«

Doch in dieser Nacht konnte er nur schwer Schlaf finden. In seinem Kopf hämmerten unausgesetzt die Worte seines Bruders, von denen er seltsamerweise völlig überzeugt war, dass sie in naher Zukunft tatsächlich in Erfüllung gehen würden. Nur wer *SIE* sein könnte, davon hatte er auch nicht die leiseste Ahnung.

Schon kurz nach dem Morgengrauen des nächsten Tages, nach einem kurzen traumlosen Schlummer, war er aufgestanden, hatte sich ausgiebig gebadet und stand nun in der Küche, um sich ein kleines Frühstück zu bereiten. Seine Familie und auch die Gäste, die hier übernachteten, schliefen noch fest, sodass er zu seinem Glück ungestört war.

Obwohl er in dieser Nacht kaum ein Auge zugetan hatte, fühlte er sich, gerade nach dem Bade, sehr erfrischt. Mit seinem tönernen Teller, auf den er sich einen Kanten Käse und in Olivenöl getränktes und danach geröstetes Weißbrot gelegt hatte, sowie mit einem Becher gewässerten Weines, ging er sodann in den hinter dem Haus gelegenen Garten.

Auf einer kleinen steinernen Bank setzte er sich hin, streckte die Beine aus und genoss den Anblick der gerade im Osten über den fernen Bergen aufgehenden Sonne. Er liebte diese frühe Zeit und diesen Ort, über dem der die Nase schmeichelnde Duft der verschiedensten Blumen und Gewürzkräuter lag, und schon als Kind war er oft hierher gekommen, um morgens träumend diesem herrlichen Naturschauspiel beizuwohnen.

Während so die Sonne allmählich himmelan stieg, begann er seine Gedanken für diesen Tag zu ordnen. Jetzt, wo sein Vater begraben war und Thivarie seine würdige Nachfolge angetreten hatte, hielt ihn hier nichts mehr. Er hatte nur noch vor, so lange zu warten, bis seine Mutter und seine Brüder aufgewacht waren, damit er sich bei ihnen verabschieden konnte. Danach wollte er unverzüglich mit Cairteach zum Hafen aufbrechen und ...

Cairteach!

Während der dramatischen Geschehnisse der letzten Tage hatte er völlig vergessen, dass er Cairteach versprochen hatte, ihn zu seiner Hochzeit zu begleiten. Das war nun, da ihm sein Bruder Thivarie als Lukomo von Tarchnal formell das Kommando über die Flotte übertragen hatte und der Krieg gegen Chaisrie erklärt war, unmöglich geworden. Angestrengt dachte er darüber nach, wie er dies seinem Freund so schonend wie möglich beibringen könnte, als er unvermittelt die vertraute Stimme Cairteachs hinter sich vernahm.

»Ich dachte mir schon, dass ich dich hier finden würde!«

Überrascht fuhr er herum und bemerkte sofort, dass der Senone sich bereits reisefertig angekleidet hatte.

»W... was bringt dich denn schon so frühmorgens auf die Beine? Nachdem, was du gestern getrunken hast, dachte ich, dass du noch tief und fest schlafen würdest.«

Cairteach lachte leise.

»Das Gleiche hatte ich auch bei dir angenommen, mein Freund! Da ich mir vorgenommen hatte, mit dem Sonnenaufgang nach Fufluns zu reiten, wollte ich mich, ohne dich zu wecken, aus dem Staub machen, denn rührselige Abschiedsszenen sind nun mal nicht meine Sache. Also bin ich leise in dein Zimmer gekommen, um dir das« – er hielt ihm einen in sich gedrehten goldenen Halsreif, wie er selbst ihn zu tragen pflegte, vor die Augen – »neben dein Bett zu legen. Ich dachte mir, dass dies mehr aussagen würde als viele Worte. Aber du warst nicht da, und so kam ich hierher, da ich wusste, wie sehr du diesen Ort liebst. Begleitest du mich jetzt in den Stall?«

»Nein, aber wir treffen uns gleich dort«, erwiderte Tarchunis. »Ich habe nämlich auch noch etwas für dich, was ich rasch holen will!«

Kurze Zeit später kam er, bepackt mit einem ziemlich großen und offensichtlich auch ziemlich schweren Bündel, zum Stall. Cairteach hatte sein Pferd schon aufgezäumt und erwartete ihn im Hof vor der Stalltür. Tarchunies setzte sein Bündel vorsichtig vor ihm ab, kniete sich davor und öffnete es mit zitternden Händen. Als Erstes holte er eine sorgfältig zusammengelegte Tabenna aus dunkelblauem Tuch hervor, über deren gesamte Oberfläche üppige Goldstickereien prangten.

»Damit es dir in deinen Wäldern nicht kalt wird!«, sagte er und versuchte ein Lächeln zustande zu bringen.

Dann klappte er den Deckel einer aus Ebenholz gefertigten Schatulle auf, in der sich, in dickem Wollstoff eingeschlagen, ein vollständiges Tafelgeschirr für zwei Personen aus fein ziseliertem Silber befand.

»Mein Hochzeitsgeschenk für euch beide!«, murmelte er, während er sich seiner Tränen kaum noch erwehren konnte.

Auch Cairteach hatte sich nun hingekniet und betastete mit fassungslosem und auch ungläubigem Staunen die reichen Gaben, die da vor ihm ausgebreitet lagen.

Als Letztes reichte er ihm einen schmucklosen Becher, der aus schwarz glasierter Tonerde gebrannt war und dadurch aussah, als ob er aus Metall bestünde.

Um den Fuß des Gefäßes lief eine in den Ton geritzte Inschrift, die mit den bei den Rasna gebräuchlichen Lettern verfasst war und lautete: *MINI TARCHUNIES MULUVANICE.*

»Was heißt das?«, fragte Cairteach und drehte den Becher in seinen Händen. »Du weißt doch, ich kann das nicht lesen.«

»Da steht: Mich hat Tarchunies geschenkt«, brach es mit versagender Stimme aus ihm heraus. »Es ist zwar nur ein einfacher Tonbecher, wie er in den Schänken Tarchnals benutzt wird, aber er soll dich an unsere erste Begegnung erinnern, die unsere tiefe Freundschaft begründet hat.«

»Und gerade deshalb ist er mir wertvoller als die anderen Dinge, die du mir geschenkt hast, mein Freund!«, sagte Cairteach rau und begann, das Bündel umständlich wieder zu verschnüren.

Nachdem er es an dem Lastriemen, der seinem Pferd über die Kruppe gebunden war, befestigt hatte, wandte er sich Tarchunies zu und umarmte ihn kurz.

»Ich bin kein Mann großer Worte«, sprach er mühsam beherrscht, »und so lass uns jetzt einfach still voneinander Abschied nehmen. Ich werde die schöne Zeit, die ich mit dir verbringen durfte, nie vergessen und hoffe, dass dich dein Weg doch eines Tages einmal zu mir führen wird. Bis dahin aber gib gut auf dich Acht und denke an mich, wie auch ich stets an dich denken werde.«

Damit sprang er aufs Pferd und trabte zum Tor, wo er noch einmal anhielt und sich zu ihm umdrehte.

»Wenn du das große Gebirge, das unsere beiden Länder trennt, überquert hast, reite weiter nach Norden, bis du den senonischen Gau erreicht hast! Dann frage nach dem Hause Catamans, und jedermann wird dich bereitwillig zu mir führen!«

Dann hob er grüßend die Hand und sprengte mit wehendem Mantel davon.

»Ja, irgendwann werde ich kommen!«, rief Tarchunies ihm nach, als er schon nicht mehr zu sehen war, doch er ahnte, dass dies ein endgültiger Abschied gewesen war.

»Ein bemerkenswerter Mann und ein guter Freund!«, ließ sich da Thivarie vernehmen, der in diesem Moment unbemerkt an seine Seite getreten war.

»Den besten, den ich je hatte!«, gab ihm Tarchunies beklommen Recht. »Aber eigentlich habe ich ja immer gewusst, dass der Tag kommen wird, an dem er wieder in seine Heimat zurückkehren würde.«

»Warum hat er nur nicht noch so lange gewartet, bis wir ihm gemeinsam Lebewohl sagen konnten? Immerhin ist er uns allen hier in den vergangenen Jahren ans Herz gewachsen, und gerade Mutter hätte sich sicher gefreut, ihn noch ein letztes Mal in die Arme zu schließen.«

Tarchunies zuckte ergeben mit den Achseln.

»Er hatte es sogar vorgehabt, sich von mir ungesehen davonzumachen und wollte mir sein Abschiedsgeschenk, da er mich noch schlafend wähnte, still und heimlich neben das Bett legen. Ich denke, dass es ihm noch schwerer gefallen wäre, von hier fortzugehen, wenn wir alle ihn verabschiedet hätten, denn auch er liebte uns über alle Maßen.«

»Was hast du jetzt vor?«

»Nun, ich werde zum Hafen reiten und mich um die Flotte kümmern. Das wird mich vielleicht ein wenig davon ablenken, dass Cairteach ab heute nicht mehr an meiner Seite sein wird.«

»Eine gute Idee, Bruder!«, stimmte ihm Thivarie zu. »Und da auch ich mir schon lange nicht mehr die gute Seeluft habe um die Nase wehen lassen, werde ich dich begleiten, zudem es auch von Vorteil wäre, wenn ich mich in dieser angespannten Situation bei unserer Flotte sehen lasse.«

Als sie dann gegen Mittag im Hafen eintrafen, merkten sie sehr schnell, dass irgendetwas Ungewöhnliches geschehen sein musste. Auf der Kaimauer hatte sich eine große Menge Menschen versammelt, die wild gestikulierend durcheinander schrie. Plötzlich löste sich ein einzelner, gut gekleideter Mann aus der Menge und kam schnellen Schrittes auf sie zu.

Es war Caile Maecnas, ein Bruder von Neries zukünftigem Schwiegervater, welcher bis heute den Oberbefehl über die Flotte Tarchnals innegehabt hatte.

»Ihr seid zur rechten Zeit gekommen, edle Tarchna!«, sprudelte er atemlos hervor, als er schließlich vor ihnen stand. »Kurz vor eurer Ankunft ist eines unserer Handelsschiffe eingelaufen. Es wurde gestern Abend gerammt und gekapert, sodass es einem Wunder gleichkommt, dass die arg dezimierte Besatzung es dennoch geschafft hat, das leckgeschlagene Schiff sicher in den Hafen zu bringen.«

»Waren es Craeces?«, wollte Tarchunies wissen.

»Nein. Soviel ich ihrem eher konfusen Gefasel entnehmen konnte, waren es Rasna, möglicherweise aus Chaisrie oder Fufluns.«

Die beiden Brüder saßen wortlos ab und gingen mit Caile zum Anleger. Als die Leute wahrnahmen, dass ihr Lukomo unter ihnen war, erstarb das Geschrei augenblicklich, und sie bildeten eine Gasse, um den Fürsten den Weg freizumachen.

Die Besatzung des Unglücksschiffes, oder vielmehr das, was von ihr übrig geblieben war, stand stoppelbärtig, bleich und schlotternd vor Angst auf der Kaimauer. Nachdem Tarchunies als Erstes einen prüfenden Blick auf das havarierte Fahrzeug, dessen Rumpf bedenklich tief im Wasser lag, geworfen hatte, wandte er sich den Männern zu.

»Wer von euch ist der Kapitän?«, fragte er emotionslos.

Jeder von ihnen kannte und bewunderte ihn, und seine schon charismatische Autorität, die er bei den Seeleuten Tarchnals genoss, bewirkte, dass die Männer sich beruhigten und ihre stumpfen, matten Augen wieder zu glänzen begannen.

»Der Kapitän ist tot, Herr!«, warf sich endlich einer aus ihrer Mitte zum Sprecher auf. »Ich heiße Pitna und bin ... war der Bootsmann auf diesem Schiff.«

Tarchunies musterte den hageren, wettergegerbten Fahrensmann einen Moment und bedeutete ihm dann mit einer Handbewegung, weiter zu berichten.

»Also, Herr, wir segelten gestern Nacht bei mittlerem, aus Südost wehendem Wind mit Kurs auf Tarchnal«, begann er zaghaft, den Überfall zu schildern. »Der Mond schien klar, die See war nur mäßig bewegt, und wir befanden uns etwa in halber Höhe zwischen Ulbia und Chaisrie, als der Toppsgast plötzlich ein fremdes Schiff ausrief, welches von dwars achtern schnell aufkam.

Grauen befiel uns alle, als wir es ausmachten, denn wir dachten, ein Geisterschiff nähere sich uns, da es so weiß schimmernd wie Schnee über die Wellen flog.

Und noch ehe wir uns von unserem Schrecken erholt hatten, waren sie heran, und ihr Rammsporn bohrte sich dröhnend mittschiffs in den Rumpf, während die Besatzung gleichzeitig wie eine heulende Horde entfesselter Dämonen über unsere Reling enterte. Ihr Anführer muss wohl wirklich ein leibhaftiger Dämon gewesen sein, den sein langes Haar glänzte im Mondlicht genauso fahl wie das Schiff. Mehr kann ich nicht sagen, denn bald darauf verlor ich das Bewusstsein.«

Tarchunies nagte nach diesem Bericht nervös an seinen Lippen und ließ eine Weile angestrengt seinen Verstand arbeiten.

»Sage mir, Pitna«, hakte er dann, einer plötzlichen Eingebung folgend, nach und schaute ihn scharf an. »Ist dir an diesem … na ja … diesem Dämon sonst noch irgendetwas aufgefallen, was dir, sagen wir, widernatürlich erschien?«

»Nein, Herr!«, bekannte sein Gegenüber bedauernd. »Wie ich schon sagte, ich habe von all dem nichts mehr mitbekommen.«

»Verzeiht, Herr!«, meldete sich da ein kaum dem Knabenalter entwachsener Jüngling schüchtern zu Wort. »Aber ich habe etwas an ihm bemerkt, was mich sehr verwirrt hat. Der Dämon, oder der Mann, wie auch immer, hatte etwas … etwas Weibliches an sich, aber möglicherweise haben mich auch nur meine Sinne getrogen.«

»Möglicherweise«, wiederholte Tarchunies gedankenverloren. »Möglicherweise.«

»Sag mal, Bruder«, raunte ihm da Thivarie zu und zog ihn ein Stück weit weg aus der Hörweite der anderen. »Ich kenne dich zu gut, um dir nicht anzusehen, dass du eine Vermutung bezüglich der Identität dieses geheimnisvollen Dämons hegst. Also, lass sie mich hören!«

»Tanachvil!«, murmelte er nur zwischen den Zähnen. »Verflucht, es ist Tanachvil.«

»Bist du sicher?«

»Oh, ich glaube, sicherer war ich mir noch nie. Hör zu, Thivarie, wenn du mir einen großen Gefallen tun würdest, dann lass Caile weiterhin das Kommando über die Flotte haben und mich stattdessen diesen Dämon jagen. Sie ist Arnth Spurianas Tochter, und wenn ich diese widerwärtige Missgeburt zu fassen bekomme, dann wird es mir ein Vergnügen sein, sie vor dem Grab unseres Vaters eigenhändig zu kreuzigen.«

»Mir auch, mein Bruder, mir auch! Also dann, gute Jagd!«

Ohne noch ein Wort zu verlieren, rannte Tarchunies zu seinem Schiff, sprang an Deck und scheuchte die Wachen auf, den Rest der Mannschaft unverzüglich an Bord zu beordern.

Es dauerte auch nicht lange, dann standen die Männer erwartungsvoll an Deck.

»Segel setzen und Leinen los!«, schrie er, ohne sie begrüßt zu haben. »Hvlave! Wenn wir aus dem Hafen heraus sind, gehen wir auf Kurs Südwest.«

Hvalave sah ihn darauf verständnislos an.

»Ich bitte um Vergebung, Herr, aber wir sind noch nie unter Segel aus dem Hafen gelaufen!«

»Dann wird es heute das erste Mal sein! Du hast meinen Befehl gehört! Lass außerdem nach dem Segelsetzen zusätzlich die Riemen ausbringen, ich will, dass wir sofort volle Fahrt aufnehmen!«

»Aber mein Gebieter!«, beschwor ihn Hvlave, jetzt auch unterstützt von Puzra. »In dieser Hitze halten das die Männer nicht lange durch! Ich bitte dich ...«

Weiter kam er nicht.

»Meine Befehle werden befolgt, ist das klar?«, fauchte er sie an. »Also, worauf wartet ihr?«

Als sie wenig später auf Kurs gegangen waren und die Männer sich trotz des windgeblähten Segels schwitzend im Rudertakt schwangen, wagte es Hvlave noch einmal, an Tarchunies, der mit steinerner Miene neben dem von gischtenden Wellen umsäumten Bugsteven stand, heranzutreten.

»Herr, was machen wir? Und wohin fahren wir?«, fragte er ihn verunsichert. »Haben wir uns etwas zu Schulden kommen lassen, dass du uns so hart bestrafst?«

»Ich bestrafe euch nicht, Hvlave!«, kam es hart über seine Lippen, während er unbewegt und mit verschränkten Armen vorausschaute. »Wir müssen nur einen gefährlichen Feind jagen – und wir müssen eine große Liebe töten!«

Kapitel 11

Sobald sie die Küstengewässer Tarchnals verlassen hatten, ließ Tarchunies die Riemen streichen, da der Wind inzwischen so stark angeflaut war, dass sie auch ohne Riemenkraft genug Fahrt machten.

Tarchunies hatte den Ausguck gleich zu Anfang doppelt besetzen lassen. »Haltet Ausschau nach dem Schiff Tanachvils!«, hatte er den Toppsgasten eingeschärft. »Es ist euch ja von unserem letzten Abenteuer bekannt. Aber es hat nicht nur einen weißen Rumpf, sondern auch ein weißes Segel, wie wir jetzt wissen. Und ich will, dass ihr nur dieses Schiff meldet! Jedes andere, und wenn es auch ein fetter phoinikischer Handelsfahrer ist, interessiert mich nicht!«

Am späten Nachmittag begannen sich beunruhigend dunkle Wolken am östlichen Horizont aufzutürmen, die von einem rasch heranziehenden Unwetter kündeten.

»Das sieht nicht gut aus, Herr!«, gab Hvlave zu bedenken. »Wir sollten besser unter Land gehen!«

»Auf gar keinen Fall!«, widersprach ihm Tarchunies entschlossen. »Sie hat fast einen Tag Vorsprung. Wahrscheinlich kreuzt sie jetzt irgendwo vor den äolischen

Inseln, die wir spätestens im Laufe des morgigen Vormittages erreicht haben müssten, und dort werden wir sie stellen. Also bleiben wir auf Kurs, ganz gleich, wie stark sich dieser Sturm auch entwickeln mag.«

»Aber könnte sie doch nach diesem Überfall nicht auch Chaisrie angelaufen haben?«, versuchte ihn Hvlave noch einmal umzustimmen.

»Könnte sie!«, erwiderte Tarchunies trocken. »Die Frage ist: Wollte sie? Ich kann dir das zwar nicht erklären, aber ich habe nun mal das unbestimmte Gefühl, dass sie nach Süden abgedreht ist. Sieh mal, unterstellen wir, sie geht bei ihren Kaperfahrten auf die gleiche Weise vor wie wir, dann würde sie doch ihr Opfer mitsamt der Ladung nach Chaisrie bringen lassen, nachdem sie die Besatzung massakriert hat, oder sich doch im anderen Falle wenigstens vergewissern, dass der Kahn auch wirklich zu den Fischen geht. Wie auch immer, sie würde mit Sicherheit alle Spuren beseitigen und dafür sorgen, keine überlebenden Zeugen zurückzulassen, die sie identifizieren könnten. So aber habe ich den Eindruck, sie hat es geradezu darauf angelegt, uns darüber in Kenntnis zu setzen, dass sie es war, die dieses Schiff aufgebracht hat. Ja, es kommt mir so vor, als sei diese ›Botschaft‹ ganz gezielt an mich gerichtet, um mich zu provozieren und zu einem Duell herauszufordern.«

Hvlave bedachte ihn darauf mit einem nachdenklich zweifelnden Blick.

»Verzeih, Herr, aber bei allem nötigen Respekt, meinst du allen Ernstes, dass das ihre Absicht war? Gewiss, seit der Ermordung deines Vaters liegen unser aller Nerven blank, und ich kann deinen berechtigten Hass auf sie verstehen, doch vermag ich mir nicht vorzustellen, dass sie so verrückt ist, dich auf diese dreiste Art und Weise zu einem Spiel zu verlocken, das für beide Seiten tödlich enden kann!«

Tarchunies fasste ihn an den Schultern und schaute ihm tief in die Augen.

»Doch, Hvlave, sie ist so verrückt!«, sagte er mit einem grimmigen Lächeln. »Sie ist nicht minder verrückt, als ich es bin, und das weiß sie. Und das Spiel, das sie uns zu spielen anbietet, ist das älteste Spiel der Menschheit. Es heißt Katz und Maus! Man muss nur wissen, wer die Katz ist!«

Damit ließ er ihn los und spähte, ohne ihm noch weiter Beachtung zu schenken, wieder angespannt auf das Meer hinaus, während Hvlave resigniert und verständnislos auf das Achterdeck zurückkehrte, wo er Puzra besorgt von dieser Unterredung berichtete.

Schneller als vermutet, war das pastellene Blau des nachmittäglichen Himmels hinter den dräuend heranziehenden Wolken verschwunden, und das Licht der schon sehr tief stehenden Sonne tauchte die Luft über dem Wasser in ein eitriges Gelbgrün. Schlagartig flaute damit einhergehend der bis dahin kräftig aus Nordost wehende Wind ab, bis sich kein Lüftchen mehr rührte und die See in bleiern glitzernder Bewegungslosigkeit erstarrte. Es war die berüchtigte Ruhe vor dem nun bald zu erwartenden Sturm.

Tarchunies befahl daraufhin, die Riemen auszubringen und das Schiff mit Muskelkraft weiter auf dem festgelegten Kurs voranzutreiben.

»Er ist besessen!«, raunte Puzra Hvlave zu und deutete mit dem Kopf hinüber zum Vorschiff, wo sich Tarchunies danach wieder wie eine Statue neben den Bugsteven gestellt hatte und seinen Blick in die Ferne schweifen ließ. »Und er wird uns noch alle umbringen! Ich fühle es in meinen Knochen, dass sich da ein gewaltiger Orkan zusammenbraut, wie wir ihn, den Göttern sei Dank, nur selten erlebt haben, doch er denkt gar nicht daran, die Küste anzulaufen. Ich meine, es war gewiss ein grausamer Schicksalsschlag für ihn, so kurz hintereinander den Vater und seinen besten Freund zu verlieren, aber wenn er schon deswegen nicht mehr am Leben hängt, warum muss er dann auch noch uns mit ins Verderben reißen?«

»Halts Maul, Puzra, und mach deine Arbeit«, wies Hvlave ihn darauf scharf zurecht. »Der Kapitän weiß, was er tut, und wie ich das sehe, ist er alles andere als lebensmüde!«

Zu dem harten, monotonen Riementakt, den Titele, der Maat, mit seinen schweren Klöppeln auf dem hölzernen Schlagblock zwischen seinen Beinen vorgab, ließen die von der stehenden, schwülen Hitze schweißgebadeten Männer *Tarchons Freude* noch eine geraume Weile über die spiegelglatte See fliegen, bis unvermittelt eine heftige Windböe als erster Vorbote des heranrasenden Orkans das bis dahin schlaff herabhängende Segel blähte und der Flaute ein jähes Ende setzte. Gleichzeitig spalteten vieladrige Blitze, anfangs nur vereinzelt, dann aber immer schneller aufeinander folgend, die giftgrüne Atmosphäre, und das Grollen des Donners, der ihnen folgte, schwoll bedrohlich an. Nachdem die ersten, schweren Regentropfen auf das Deck gefallen waren, dauerte es nicht mehr lange, bis der Himmel seine Pforten öffnete und die Wolken sich ihrer Last in dichten Schauern über dem Meer entledigten, während die die Regenschwaden vor sich hertreibenden Böen rasch und unerbittlich Sturmstärke annahmen.

Binnen kürzester Frist hatte sich die zuvor so ruhige See in einen brodelnden Hexenkessel verwandelt, und von der heulenden Wut des Orkans gepeitscht, jagten die Wogen von dwars achtern backbords heran und ließen ihre schäumenden Kronen mit ungebändigter Gewalt über das Deck fegen.

Längst hatte die Mannschaft die Riemen eingeholt und sich mit Seilen an der Reling gesichert, um nicht Gefahr zu laufen, von einem der zum Teil haushohen Brecher über Bord gespült zu werden.

»Tarchunies, Herr«, schrie Hvlave, der sich in der von Blitzen durchzuckten Düsternis dieses Infernos zu ihm aufs Vorschiff gearbeitet hatte. »Das Segel ... wir sollten es zumindest bis zur Hälfte bergen! Sonst wird es unter der Wucht des Sturmes zerreißen!«

»Kommt gar nicht in Frage!«, brüllte Tarchunies zurück. »Wir machen so schnelle Fahrt wie nie! Und wenn es reißt, schlagen wir eben das Ersatzsegel an! Das Unwetter zieht nach Westen, und je weiter wir nach Süden vorstoßen, desto eher haben wir es hinter uns! Ach, wenn doch nur Cairtcach bei uns sein könnte, er hätte seinen Spaß daran!«

Den Befürchtungen Hvlaves und Puzras zum Trotz, hielt das Segel, und *Tarchons Freude* ritt mit atemberaubender Geschwindigkeit über die von achtern unter ihren Rumpf rollenden Wogenkämme. So verrann die Zeit in quälend arbeitsamer Langsamkeit, und bald wussten sie nicht mehr, ob es noch Nacht oder der nächste Tag schon angebrochen war, als plötzlich der Ruf der Toppsgasten das furiose Tosen des, entgegen der Vermutung Tarchunies', immer noch in unverminderter Stärke anhaltenden Orkans gellend durchschnitt: »Weißes Schiff in Seenot voraus! Sie haben ihren Mast verloren!«

In der Tat war es Tanachvils Schiff, wie Tarchunies, der sich seit Ausbruchs des Sturmes wieder bei Hvlave auf dem Achterdeck aufhielt, leicht feststellen konnte. Hilflos den Naturgewalten preisgegeben, trieb es, offenbar steuerlos und den Mast noch an seinen Haltetauen hinter sich herziehend, in der aufgewühlten See.

»Nethune hat dir die Arbeit abgenommen, Herr!«, rief Hvlave schadenfroh. »Die werden das Chaos nicht überleben!«

»Doch, werden sie, Hvlave!«, widersprach ihm Tarchunies. »Wir werden sogar dafür sorgen! Jetzt bringen wir uns zunächst so nah wie möglich querab zu ihnen! – Puzra, lass das Segel um die Hälfte reffen!«

Dann stemmte er sich mit Hvlave gegen die Ruderpinne, und allmählich schwenkte der Bug so weit nach Backbord ein, dass sie in einem sehr spitzen Winkel auf das havarierte Schiff zuliefen. Das Manöver war nicht ungefährlich, da *Tarchons Freude* dabei den tobenden Wellen für einige Momente die Breitseite zeigte und somit hätte zum Kentern gebracht werden können.

Als sie nahezu auf Rufweite herangekommen waren, konnten sie auch ganz deutlich Tanachvil ausmachen, die mittschiffs an der Reling stand und voller Schrecken zu ihnen herüberstarrte.

»Wahrschau, Tanachvil!«, schrie Tarchunies ihr zu. »Wir werden euch ein Seil hinüberwerfen. An ihm ist ein Tau befestigt, mit dem wir euch in Schlepp nehmen werden!«

Er musste sich beeilen, denn es blieben ihm nur wenige Augenblicke, ihr das Seil zuzuwerfen, und wenn der Versuch misslang, dann gab es keinen zweiten, denn sie konnten es unter diesen Bedingungen nicht wagen, das Schiff zu wenden.

»Hvlave! Ich mache das selbst! Wenn ich das Seil geworfen habe, gehst du wieder auf Kurs, egal ob sie es gefangen haben oder nicht.«

Dann hangelte er sich nach vorne und suchte sich jeweils ein Seil und ein Tau. Mit fliegenden Fingern knotete er die Enden zusammen, stellte sich an die Bugreling und passte konzentriert und mit zusammengekniffenen Lidern den richtigen Moment ab. Als er schon fast das Weiße in ihren Augen sehen konnte, warf er die Seilrolle mit aller Kraft auf das Deck des mastlosen Hulks. Zu seiner Befriedigung konnte er noch beobachten, dass Tanachvils Leute das Seil geistesgegenwärtig belegt hatten und nun damit das armdicke Schlepptau über die Bordwand zogen, doch da war *Tarchons Freude* auch schon an ihrem Bug vorbeigerauscht.

Tarchunies wartete so lange, bis er den heftigen Ruck spürte, der durch den ganzen Rumpf ging, als das Tau straff zog, dann ließ er das Segel wieder zu seiner vollen Größe herabfallen und begab sich wieder zu Hvlave, der mit verständnisloser Miene am Ruder stand.

»Warum hast du das getan, Herr?«, fuhr Hvlave ihn wütend an. »Erst fährst du wissentlich in diesen Sturm und bringst uns alle in Gefahr, nur um diese Spuriana zu töten, und jetzt, wo du dein Ziel erreicht siehst, bewahrst du sie vor dem sicheren Untergang. Erlaube mir, dass ich das nicht begreifen will!«

»Nun, es gibt einen sehr einfachen Grund für mich, so gehandelt zu haben!«, begann Tarchunies ihm zu erklären, nachdem er sich zuvor davon überzeugt, hatte dass die beiden Schiffe nun fest miteinander vertäut waren. »Es ist meine Sache, mich an ihr zu rächen, und ich lasse es nicht zu, dass jemand anderes sie tötet, selbst wenn dieser Jemand Nethune heißt und ein Gott ist! Im Übrigen, weiß ich, ob sie diesem Inferno nicht doch noch entkommen kann? Nein, Hvlave, ich überlasse in diesem Falle nichts dem Zufall. Jetzt, wo ich sie sicher hinter meinem Heck weiß, kann ich mir in Ruhe einen Ort suchen, an dem ich diese Angelegenheit mit ihr, wie auch immer, bereinigen werde.«

»Ich verstehe, Herr, aber indem wir dieses Wrack ins Schlepptau genommen haben, haben wir uns noch einer neuen Gefahr ausgesetzt. Da ihm mit dem Mast der Schwerpunkt genommen worden ist, tanzt der Rumpf hinter uns auf den Wellen herum wie eine

Hure auf dem Bett. Das macht ihn unberechenbar, und es könnte durchaus passieren, dass er plötzlich zu dicht aufkommt und sein verdammter Rammsporn unserem schönen Schiff ein großes Loch in den Bauch schlitzt, was bei diesem Wetter zweifellos auch unser Ende bedeuten würde!«

»Du hast ja Recht, Hvlave, aber ich vertraue auf mein Glück, und das sagt mir, dass wir hier alle heil herauskommen werden.«

Es sollte sich auch bewahrheiten, denn nachdem sie sich noch eine längere Zeit durch das brüllende, heulende Chaos kämpfen mussten, hatten sie dann doch irgendwann das Zentrum des Orkans hinter sich gelassen und gelangten endlich weiter südlich in ruhigere Gewässer. Wenig später brach auch die Wolkendecke mehr und mehr auf, und schon bald schien die Sonne hell und heiß von einem klaren blauen Himmel auf sie herab. An ihrem Stand las Tarchunies, dass es wohl später Vormittag sein musste und nahm dabei mit großer Erleichterung zur Kenntnis, dass sie offenbar kaum vom Kurs abgewichen waren.

Die Männer waren nach dieser grauenhaften und nervenaufreibenden Sturmfahrt verständlicherweise völlig erschöpft und lagen nun bis auf den Toppsgasten und Tarchunies, der Hvlave am Ruder abgelöst hatte, wie erschlagen an Deck und genossen die warmen Sonnenstrahlen, die ihren ausgekühlten Leibern wieder allmählich Leben einhauchten. Kurz nachdem die Sonne ihren mittäglichen Zenit überschritten hatte, schallte endlich der so sehnlichst erwartete Ruf des Ausgucks über Deck:

»Land voraus!«

Tatsächlich tauchten am dunstig blauen Horizont mehrere, weit auseinander liegende Inseln auf, die sich anhand ihrer markant ragenden Umrisse ganz eindeutig als die Äolischen zu erkennen gaben. Prägend war auch eine nun an Backbord in Sicht kommende Insel, auf der sich ein mächtiger und zuweilen Feuer speiender Berg erhob, über dessen abgeflachten Krater ständig eine zarte, weiße Rauchwolke schwebte.

Tarchunies nahm daraufhin Kurs auf ein Eiland, welches dieser Insel weiter südwestlich direkt benachbart war, da er dort eine geeignete Bucht wusste, in der sie sicher vor Anker gehen konnten. Vorher wandte er sich zu Tanachvils Schiff um, das immer noch wie ein kranker Fisch an der Angel am Schlepptau hing.

»Tanachvil!«, schrie er ihr zu. »Wenn ihr seht, dass wir das Segel reffen und die Riemen ausbringen, dann kappt das Tau und rudert uns nach. Hast du mich verstanden?«

»Laut und deutlich!«, bestätigte sie knapp seinen Befehl.

»Und … *dass ihr nicht auf die Idee kommt, einen Fluchtversuch zu unternehmen!*«, wollte er noch hinzufügen, besann sich aber noch rechtzeitig, als er jetzt bei Tageslicht die furchtbaren Verstümmelungen sah, die der Orkan dem einstmals so stolzen Schiff zugefügt hatte. So hatte beispielsweise der umstürzende Mast mittschiffs fast die gesamte Steuerbordreling zerschlagen, und auch das Ruder war fortgerissen worden.

Doch der bitterste Verlust, den Tanachvil zu verschmerzen hatte, wurde erst erkennbar, als die beiden Schiffe später nebeneinander in der Bucht vor Anker gegangen waren. Über die Hälfte ihrer Mannschaft war dem gierigen Schlund des Meeres zum Opfer gefallen, und einige von denen, die das Glück hatten, ihr Leben gerettet zu haben, waren zum Teil so schwer verwundet worden, dass sie nicht mehr in der Lage waren, mit eigener Kraft zu dem schmalen Sandstreifen zu schwimmen, der das Innere der Lagune säumte.

Auch Tanachvil war offenbar am Kopf verletzt worden, denn das Haar an ihrer linken Schläfe war von einer dicken Schicht geronnen Blutes überkrustet.

Eigentlich hatte Tarchunies vorgehabt, sich mit ihr in einem Zweikampf auf See zu messen, sein Schiff gegen ihr Schiff und seine Mannschaft gegen die ihre. So aber hatte das Schicksal anders entschieden. Sein wilder Hass auf sie war seltsamerweise restlos verflogen, als Puzra sie ihm in ihrer zerfetzten und über der linken Schulter blutverklebten Tunika vorführte.

Ihr eingefallenes Gesicht war geisterhaft bleich, und der Schrecken der vergangenen Nacht schrie immer noch aus ihren Augen und hatte ihnen jeden Glanz genommen. Sie hatte alles verloren, was ihr in ihrem Leben etwas bedeutet hatte, und das, wie auch die hilflose Hoffnungslosigkeit, die ihm ihr abgehärmtes Äußeres signalisierte, erweckte Tarchunies Mitleid.

»Nimm ihr die Fessel ab, Puzra!«, befahl er mit

spröder Stimme. »Du siehst doch, dass wir darauf verzichten können.«

»Ich weiß nicht, ob ich dir dafür danken soll, dass du uns da rausgeholt hast«, sagte sie leise und schaute wie durch ihn hindurch. »Das Meer und der Orkan hätten deine Rache vollendet, ohne dass du dafür einen Finger hättest rühren müssen. Aber wahrscheinlich bist du so ehrgeizig in deinem Hass, dass du lieber das Risiko eingegangen bist, uns den Naturgewalten abzutrotzen, als es dir entgehen zu lassen, unsere Leiber an den Kreuzen vor den Toren Tarchnals verdorren zu sehen.«

Tarchunies sah ihr darauf offen ins Gesicht.

»Du hast mein Handeln vollkommen richtig gedeutet!«, entgegnete er ihr ruhig. »Doch jetzt weiß ich merkwürdigerweise nicht mehr, ob ich meine ursprüngliche Absicht wirklich in die Tat umsetzen soll! Ich frage mich nämlich, warum das Schicksal, wenn es wirklich deinen Tod gewollt hätte, erlaubt hat, dass ich dein Leben retten konnte? Darüber muss ich noch nachdenken, und dafür ist auch genügend Zeit, da ich beschlossen habe, erst dann nach Tarchnal zurückzukehren, wenn dein Schiff wieder instand gesetzt ist. Wir werden also einige Zeit auf dieser Insel verbringen und daher Muße haben, gemeinsam nach einer Lösung für mein Dilemma zu suchen.«

In ihren Augen glomm nach diesen Worten plötzlich ein kleiner Hoffnungsfunke auf, was Tarchunies auch nicht entging.

»Wenn ihr allerdings auch nur den Versuch unternehmt, von hier zu fliehen«, warnte er sie, ihre Gefühlsregung missdeutend, »fallen eure Köpfe auf der Stelle!«

Sofort erlosch dieser Funke wieder. Sie schloss ihre Lider und senkte ergeben den Kopf.

»Ich schwöre dir, dass du unsererseits nichts dergleichen zu befürchten hast, wie sollte das bei eurer Überzahl wohl auch gelingen?«, murmelte sie tonlos. »Ich hatte mich nur für einen Moment darauf gefreut, mit dir zu reden, denn ich habe mir bezüglich unserer Rettung ähnliche Gedanken gemacht wie du. Gestatte mir nun, mich zu entfernen, da ich mich weiter um meine Leute kümmern will.«

Tarchunies nickte nur und schaute ihr ein wenig irritiert hinterher, während sie leicht hinkend zu ihrem Schiff hinüberging. Dann wandte er sich Hvlave und Puzra zu, um mit ihnen das weitere Vorgehen zu besprechen.

»Als Erstes werden wir das Wrack auf den Strand ziehen und den Rumpf, so gut es geht, abstützen!«, begann er seinen Plan zu erläutern. »Morgen früh segelt ihr nach Zancle und besorgt Planken und vor allem einen neuen Mast, und vergesst auch nicht, genügend Lebensmittel für die Zeit unseres Aufenthaltes hier mitzubringen. Wenn ihr zurück seid, werden wir unverzüglich die Reparaturarbeiten an Tanachvils Schiff aufnehmen, um es, so schnell es eben geht, wieder seetüchtig zu machen, denn ich habe nicht die Absicht, unsere Zeit auf dieser trostlosen Insel zu vertrödeln. Gibt es eurerseits noch irgendetwas Schlaues anzumerken?«

»Ja, Herr!«, meldete sich Hvlave voller Unmut zu Wort. »Warum ersparen wir uns diesen ganzen Aufwand nicht, brennen das Wrack stattdessen nieder und segeln noch heute mit den Gefangenen nach Tarchnal zurück?«

»Ganz einfach, Hvlave!«, klärte Tarchunies ihn sanft, aber mit warnend hochgezogenen Brauen auf. »Dieses Schiff ist nämlich das einzige auf diesen Meeren, welches sich aufgrund seiner vortrefflich gelungenen Konstruktion und seinen damit hervorragenden Segeleigenschaften mit dem unseren messen kann. Es ist deshalb zu wertvoll, um es zu verbrennen, zumal es eine gute Prise abgibt, wenn es wieder instand gesetzt sein wird. Und auf das Gold wirst du doch wohl nicht verzichten wollen?«

»Nein, natürlich nicht!«, gab sich daraufhin Hvlave geschlagen.

»Gut, dann steht hier nicht weiter herum, sondern macht euch an die Arbeit!«

Auf dieses endgültige Machtwort hin trollten sie sich, um der übrigen Mannschaft ihre Befehle zu geben.

Kurz darauf hatten die Männer die Duchten auf Tanachvils Schiff besetzt, die Riemen ausgebracht und das Wrack so weit an den Strand gerudert, bis ein Knirschen unter dem Kiel anzeigte, dass es in dem flachen Wasser auf Grund gelaufen war. Nachdem Tanachvil und ihre Leute ausgebootet waren, gingen sie daran, das Schiff mit vereinten Kräften auf den Strand zu ziehen. Aus Trümmerhölzern schlugen sie danach Balken zurecht, mit denen sie den Rumpf notdürftig abstützten, sodass er am Ende waagerecht im Sand ruhte.

Noch vor Sonnenuntergang waren sie mit dieser schweißtreibenden Arbeit fertig geworden und begannen nun eifrig damit, sich für die Nacht einzurichten. Feuer wurden entfacht, und es fand sich unter den Vorräten des Wracks sogar eingelegtes Fleisch, was sie darüber braten konnten, denn aufgrund ihres eiligen Aufbruchs aus dem Hafen Tarchnals hatten sie keine Gelegenheit mehr gehabt, zusätzlich zu den paar Krügen Wein und etlichen trockenen Brotlaiben, von denen sich die Bootswachen während der Liegezeit zu ernähren pflegten, noch weiteren Proviant zu beladen.

Jetzt erst, nachdem sie ihren ersten Heißhunger und ihren brennenden Durst gelöscht hatten, fiel die enorme Anspannung der letzten zwei Tage allmählich von ihnen ab. Sie spürten, wie eine ungeheure Müdigkeit sich ihrer bemächtigte, und bis auf die Wachen bei den Gefangenen, die ebenfalls große Mühe hatten, ihre Augen offen zu halten, sank bald einer nach dem anderen in einen tiefen, traumlosen Schlummer.

Tarchunies hingegen war innerlich zu sehr aufgewühlt, um an Ruhe zu denken. Abseits von seiner Mannschaft saß er, mit dem Rücken an einen der Stützpfeiler gelehnt, neben dem Wrack und schaute gedankenverloren auf die glitzernde Wasserfläche der Lagune, in der sich die unzähligen funkelnden Sterne des nächtlichen Firmaments spiegelten.

Auf einmal bemerkte er die ranke Gestalt Tanachvils, die sich mit ihren Armen balancierend, vorsichtig über eine Reihe spitzer, schroffer Klippen bewegte, die ihm gegenüber, am Ende des schmalen, halbmondförmigen Strandes weit ins Wasser hinausführten. Auf der letzten Klippe, die etwas breiter und höher als die anderen war, ließ sie sich nieder und ihre Füße ins Wasser hinabbaumeln. Dann warf sie, sich mit den Armen hinter ihren Hüften abstützend, den Kopf in den Nacken und betrachtete andächtig das prächtige Himmelszelt, das sich über ihr wölbte, während der leise, laue Abendwind in ihrem hellen Haar spielte.

Tarchunies war so gefangen von diesem traumhaften Anblick, dass er seine Augen gar nicht mehr davon losreißen wollte. Es war ihm, als sei eine Meeresgöttin den Fluten entstiegen, um sich hier für eine Weile und umgeben von der warmen mitternächtlichen Ruhe, in der die Sterblichen normalerweise den Schlaf suchten, von der Kälte ihres dunklen Reiches zu erholen.

Während sich ihm dieser Vergleich aufdrängte, musste er sich daran erinnern, dass er sie schon bei ihrer ersten Begegnung auf seiner Wiese zunächst für eine Göttin gehalten hatte, als sie ihn damals so unsanft aus seinen Träumen geweckt hatte. Ob er es wollte oder nicht, er musste sich eingestehen, dass er sich auf eine nicht zu erklärende Art und Weise zu ihr hingezogen fühlte und wusste gleichermaßen, dass sie es ihm gegenüber ebenso empfand. Aber es war ihm auch bewusst, dass sie, selbst wenn sie sich ihre Liebe gegenseitig offenbaren würden, doch niemals zueinander finden dürften, zu vieles stand zwischen ihnen.

Sie war eine Spuriana und er ein Tarchna.

Beide Familien verfolgten sich seit langem schon in unversöhnlichem Hass, und nun war es auch noch so weit eskaliert, dass ihr Vater die Ermordung seines Vaters veranlasst hatte. In diesem Familienkrieg war zum ersten Mal Blut geflossen, und das schrie wiederum nach Blut, diesmal nach dem der Spuriana. Indem sein Bruder, als neuer Lukomone Tarchnals, Chaisrie daraufhin den Krieg erklärt hatte, war das Ende dieser unseligen Blutfehde in eine unabsehbare Ferne gerückt.

Aber war es Gesetz, dass der Hass der Eltern sich auf die Kinder übertragen musste? Musste er, nur weil er dem Hause Tarchna angehörte, ab jetzt jeden töten, der den Namen Spuriana trug, in der Hoffnung ihm damit zuvorzukommen? Gewiss, stellte er bitter fest, er selbst hatte sich schon zu diesem Irrsinn hinreißen lassen, denn nur aus diesem Grunde war er ja auf die Jagd nach Tanachvil gefahren, und nicht, weil sie irgendein Handelsschiff gekapert hatte.

Doch inwieweit war Tanachvil tatsächlich mitschuldig am Tode seines Vaters? Dieser furchtbare Kreis aus Mord und Rache, der sich nun immer schneller zu drehen begann, konnte er nicht durchbrochen werden? Wenn er es recht überlegte, hatte das Schicksal schon mehrfach gezeigt, dass es willens war, es zu tun.

Warum hatte sie ihn damals auf dem phokäischen Frachter am Leben gelassen, und ihm nur das Schiff gestohlen? Wieso hatte er sich danach nicht dazu überwinden können, sie zu töten, als er es sich zurückgeholt hatte? Und weshalb schließlich hatte das Schicksal es ihm ermöglicht, sie letzte Nacht den tödlichen Fängen des Orkans zu entreißen? Doch wohl kaum zu dem Zweck, sie ein paar Tage später den schmachvollen Tod am Kreuz erleiden zu lassen. Nein, und dessen war er sich jetzt ganz sicher, das Schicksal wollte es eindeutig verhindern, dass sie sich gegenseitig umbrachten!

Aber aus welchem Grunde?

Hatte es sie gar dazu ausersehen, dass sie, indem sie ihre Liebe füreinander entdeckten und ein Paar würden, damit den blutigen Zwist beenden und eine Versöhnung der beiden Familien herbeiführen sollten? Dieser Gedanke faszinierte ihn zunehmend, und je mehr er darüber nachsann, desto wahrscheinlicher erschien es ihm, dass dies der ihnen bestimmte Weg war. Er schüttelte leicht den Kopf und lächelte, während seine Blicke, nun voller Liebe, auf seiner Göttin geheftet blieben.

So musste es sein, dachte er, ganz offenbar hielt das Schicksal in Zukunft noch einiges für sie beide bereit, und dabei fiel ihm jäh etwas Rätselhaftes an ihr auf, etwas, was sich in ihrer Körperhaltung ausdrückte.

Warum, so fragte er sich, habe ich vorhin die Sterne nur auf der Wasseroberfläche bewundert und meine Augen nicht von Anfang an direkt zu ihnen erhoben, so wie sie es getan hat?

Kapitel 12

Gleich am nächsten Morgen, nachdem *Tarchons Freude* nach Zancle abgesegelt war, begab Tarchunies sich zu Tanachvils Zelt, welches er gestern eigens für sie hatte aufschlagen lassen. Er war fest entschlossen, ihr all seine Gedanken, die er sich letzte Nacht gemacht hatte, aber auch seine Gefühle, die er für sie empfand, rückhaltlos zu offenbaren und hoffte, dass sie diesem Gespräch, vielleicht aus gekränktem Stolz heraus, nicht ablehnend gegenüberstehen würde.

Sie saß mit überkreuzten Beinen vor ihrem Zelt und war gerade dabei, sich mit einer Mischung aus Meerwasser und Wein das verkrustete Blut aus ihren Haaren zu entfernen, als er vor sie hin trat.

»Wie ist das passiert?«, fragte er sie besorgt.

»Es sieht schlimmer aus, als es ist«, erwiderte sie tapfer, obwohl ihre verzogenen Mundwinkel verrieten, dass diese Prozedur ihr doch einige Pein verursachte. »Als der Mast brach, fiel die Rah so unglücklich herab, dass sie mich backbords an Kopf und Schulter streifte. Jedenfalls sind diese Schmerzen weitaus geringfügiger als die, welche ich wohl bald in Tarchnal zu erdulden habe.«

»Ha … hmm!«, räusperte er sich daraufhin gedehnt. »Ich habe nicht die Absicht, dich dem Henker auszuliefern.«

Jetzt erst blickte sie zu ihm auf und sah ihn verblüfft und verständnislos an.

»Heißt das, du hast dich entschieden … mich gleich hier zu töten?«

»Nein! Begreife doch! Ich habe kein Interesse mehr an deinem Tod! Fühlst du dich in der Lage, mich auf einem Spaziergang über die Insel zu begleiten?«

»J… ja, natürlich. Allerdings verstehe ich nicht so recht, was die Ursache für deinen unverhofften Sinneswandel ist.«

»Genau das wirst du bei dieser Gelegenheit von mir erfahren. Doch ganz gleich, wie du dich nach dieser Unterredung auch entscheiden magst, du wirst frei sein und kannst mit deinem Schiff, sobald es wieder seetüchtig ist, fahren, wohin immer auch es dich verlangt.«

Sie musterte ihn für eine Weile aus schmalen Augen.

»Du meinst es ernst!«, sagte sie endlich leise, aber bestimmt. »Komm, lass uns gehen.«

Während sie dann gemächlich über die nicht sehr große und nur spärlich bewachsene Insel wanderten, erzählte er ihr, wie er sie gestern am Strand beobachtet hatte und was ihm dabei alles durch den Kopf gegangen war.

Sie hörte ihm sehr aufmerksam zu, und als er fertig war, ging sie eine Zeit lang schweigend neben ihm her und erwog das Gehörte sorgsam in ihrem Verstand – und in ihrem Herzen. Dann stellte sie sich plötzlich vor ihn hin und schaute ihm fest in die Augen, wobei ihr eine einzelne Träne über die Wange rann.

»Warum bist du damals nicht zu unserer Wiese gekommen?«, fragte sie ihn mit bebenden Lippen. »Ich habe sehr lange auf dich gewartet!«

Tarchunies war es nach diesen Worten, als würde in ihm eine Welt zusammenstürzen, und er musste sich auf einen Felsbrocken setzen, da ihm die Beine nachzugeben drohten.

Sie also hatte sich an ihr Wort gehalten und war zum vereinbarten Zeitpunkt tatsächlich dort erschienen, während er zu feige und zu schwach gewesen war, um sich einfach über den Befehl seines Vaters hinwegzusetzen, der ihm nach ihrer ersten Begegnung verboten hatte, sie jemals wiederzusehen.

»Meine Familie hat mir auch strengstens untersagt, mich mit dir zu treffen!«, erriet sie intuitiv seine Gedanken. »Aber ich habe mich nicht darum geschert. Es war mir wichtiger, dich wiederzusehen, da du der erste Mann bist, an dem mir wirklich etwas liegt!«

Es brauchte einen Moment, bis ihm gänzlich klar geworden war, was sie ihm gerade mit ihren letzten Worten hatte zum Ausdruck bringen wollen.

»So liebst du mich also auch?«, schluckte er heiser. »Und es ist noch nicht zu spät?«

»Natürlich liebe ich dich, du dummer Mann!«, lachte sie ihn aufmunternd an. »Und ich habe nie aufgehört, dich zu lieben, denn wenn es wirklich Liebe ist, gibt es kein ›zu spät‹. Nur aus einer solchen Liebe heraus flicht sich jenes unsichtbare, feste Band zwischen zwei Menschen, das sie befähigt, wenn auch zumeist unbewusst, geistig miteinander in Verbindung zu treten, selbst dann noch, wenn widrige Umstände sie dazu zwingen, für eine lange Zeit körperlich voneinander getrennt zu leben. Allein die Tatsache, dass du meine ›Botschaft‹, die ich dir sandte, indem ich euer Handelsschiff nicht versenkt, sondern es nach Tarchnal habe zurückkehren lassen, verstanden hast, ist der beste Beweis, dass dieses Band zwischen uns existiert, wenn du auch daraus den falschen Schluss gezogen hast. Als ich nämlich erfahren musste, dass mein Vater den feigen Mord an dem deinen in Auftrag gegeben hat, war ich darüber so empört, dass ich mit ihm und meiner Familie gebrochen habe. Ich kann nicht weiter unter Menschen leben, die auf so niederträchtige und unehrenhafte Art und Weise das Haus und den Namen Spuriana mit Schande besudelt haben. Ich wollte mit dir darüber reden, doch konnte ich ja unter diesen Umständen schlecht mit meiner *Adler* in eurem Hafen einlaufen. Also musste ich irgendetwas Spektakuläres unternehmen, bei dem ich sicher davon ausgehen konnte, dass du selbst dich auf die Suche nach mir machen würdest, was mir ja auch gelungen ist.«

Nach diesen klaren Ausführungen Tanachvils hatte es Tarchunies zunächst die Sprache verschlagen.

Ganz ohne Zweifel, diese schöne, faszinierende Frau war nicht nur von einer seltenen Klugheit und einem bewundernswert edlen Charakter beseelt, sie verfügte zudem auch noch über eine Willensstärke, wie er sie vordem selbst bei den hartgesottensten Männern nicht erlebt hatte.

In aller Deutlichkeit erkannte er jetzt auch, mit welch mächtiger und vorsehender Hand das Schicksal gewirkt hatte, denn selbst die schrecklichen Ereignisse der vergangenen Tage, sei es die Ermordung seines Vaters oder eben auch das grauenhafte Unwetter, hatten nur dem Zweck gedient, sie zusammenzuführen. Denn hätte er sich wirklich so schnell und gezielt auf die Suche nach Tanachvil begeben, wenn die Spuriana diesen Mordanschlag nicht unternommen hätten? Und wenn er sie nicht aus Seenot gerettet hätte, wäre es wohl je zu diesem klärenden Gespräch gekommen?

So aber hatten sie sich endlich in Liebe gefunden, auch wenn darüber nun zwei Jahre vergangen waren.

Er stand wieder auf und schloss sie fest in seine Arme.

Da er immer noch keine Worte finden konnte, die seinem tief empfundenen Glück hätten Ausdruck verleihen können, hielt er sie einfach nur, ihren Kopf in seiner Halsbeuge bergend, an sich gedrückt und streichelte mit seinen Fingern zärtlich durch ihr feines Haar.

»Willst du mich nicht endlich küssen?«, hauchte sie schließlich und wandte ihm mit einem seltsam verschleierten Blick ihr Gesicht zu.

Ganz sanft berührte er darauf ihre Lippen, die sich ihm sogleich willig öffneten, und ihre Zungenspitzen begannen, zunächst spielerisch tastend, dann aber immer fordernder umeinander zu tanzen. Er spürte, wie sich ihre Brustwarzen dabei unter dem dünnen Stoff der Tunika aufrichteten, was seine Erregung nur noch steigerte und er sein berstend pralles Glied verlangend an ihren Schoß presste.

»Warte, nicht hier!«, stieß sie da atemlos hervor und löste sich abrupt aus seiner Umarmung. »Suchen wir uns lieber einen Ort, der weniger steinig ist als dieser.«

Hand in Hand und beflügelt von ihrer just erwachten Lust, machten sie sich in traumverlorenem Schweigen wieder auf den Weg, bis sie schließlich auf der der Bucht gegenüberliegenden Seite der Insel eine Stelle fanden, die sie aufgrund ihrer natürlichen Beschaffenheit zum Verweilen geradezu einlud. Es war eine flache, sandige und von Felsblöcken umfriedete Mulde, von der aus man auf das Meer herabblicken konnte, dessen Wellen sich direkt darunter schäumend an den bizarr geformten Klippen brachen.

Nachdem sie sich gegenseitig in fahriger Hast ihrer Kleidung entledigt hatten, ließen sie sich in den warmen Sand fallen und setzten wie ausgehungert ihr Liebesspiel da fort, wo sie es vorhin unterbrochen hatten, und nur die Sonne, die heiß auf ihre sich bald in ekstatischer Vereinigung windenden Leiber herabschien, schaute ihnen dabei zu.

»Wie werden es deine Leute nur aufnehmen, wenn sie erfahren, dass wir uns lieben und von nun an zusammenleben wollen?«, fragte sie ihn, als sie sehr viel später in seliger Erschöpfung nebeneinander lagen. »Immerhin bin ich für sie ja nach wie vor die Tochter des verhassten Arnth Spuriana, die sie am liebsten heute noch kreuzigen würden.«

Tarchunies dachte eine Weile nach.

»Ich weiß es, ehrlich gesagt, nicht«, seufzte er dann stirnrunzelnd. »Es wird jedenfalls schwierig werden, sie davon zu überzeugen, dass du nun auf unserer Seite stehst.«

»Und was ist mit deiner Familie?«

»Auch darüber lässt sich nur schwer mutmaßen!«, erwiderte er leise und mit einem Anflug von Sarkasmus. »Aber wie immer sie darauf auch reagieren mögen, ich werde sicherlich nicht noch einmal so feige sein, mich ihrem Spruch zu beugen, sollten sie sich gegen unsere Verbindung entscheiden.«

»Das wollte ich von dir hören, Liebster!«, sagte sie erleichtert und küsste ihn auf die Stirn. »Aber jetzt sollten wir langsam wieder zu den anderen zurückkehren, sonst könnten deine Männer womöglich noch auf die Idee kommen, nach uns zu suchen, weil sie fürchten, ich hätte dich verführt und hernach umgebracht!«

Sie hatte es kaum ausgesprochen, als wirklich aus einiger Entfernung Stimmen zu ihnen herüberdrangen, die immer wieder lauthals nach Tarchunies riefen.

Er grinste sie breit an.

»Du solltest daran denken, dich zur Seherin ausbilden zu lassen, denn ganz offensichtlich verfügst du über diese rare Fähigkeit!«, spottete er gutmütig und zwinkerte ihr liebevoll zu.

In aller Eile schlüpfte sie in ihre Tunika, während

er sich seinen Rock um die Hüften wickelte, dann gingen sie so, als ob nichts geschehen wäre, in die Richtung, aus der die Rufe zu hören waren.

Sie brauchten auch nicht lange zu suchen, da trafen sie auf vier der acht Männer aus Tarchunies' Besatzung, die Hvlave zur Bewachung der Gefangenen zurückgelassen hatte.

»Gibt es einen besonderen Anlass, dass ihr hier so herumbrüllt?«, herrschte Tarchunies sie in gespieltem Zorn an. »Was kann denn nur so dringlich sein, das bis zu meiner Rückkehr ins Lager nicht Aufschub geduldet hätte?«

Die vier sahen sich daraufhin betreten an und wussten ganz offensichtlich nicht, wie sie auf diese scheinbare Zurechtweisung reagieren sollten.

»Verzeih, Herr«, fasste sich schließlich einer von ihnen ein Herz, »aber du warst lange fort, und da dachten wir ... wir dachten ...«

»Dass mir etwas zugestoßen sein könnte!«, vollendete Tarchunies lachend den Satz. »Aber das ist doch absurd, Leute! Ich bin ja zutiefst gerührt, dass ihr euch um meinetwillen Sorgen gemacht habt, aber wieso konntet ihr euch allen Ernstes zu dieser irrigen Befürchtung versteigen, dass mir diese Frau, die uns doch auf Gedeih und Verderb ausgeliefert ist, noch gefährlich werden könnte, zumal ihr wisst, dass ich mich meiner Haut sehr wohl zu wehren verstehe?«

»Weil sie eine Spuriana ist!«, versetzte der Matrose mit vielsagender Verachtung und warf ihr dabei einen hasserfüllten Blick zu.

»Nun gut, wie auch immer«, beließ es Tarchunies

dabei und zog es vor, in dieser Situation noch nicht näher darauf einzugehen. »Jetzt, da ihr euch davon überzeugt habt, dass ich noch unversehrt unter den Sterblichen weile, könnt ihr uns getrost zu den anderen vorauseilen und ihnen die frohe Botschaft mitteilen. Wir werden auch bald wieder im Lager sein.«

»Du wirst es schwer haben, deinen Männern begreiflich zu machen, dass ich nun auf eurer Seite stehe!«, gab Tanachvil ihm zu Bedenken, nachdem die Männer gegangen waren, und spielte dabei auf das rüde und ablehnende Verhalten des Matrosen ihr gegenüber an.

»Mag sein! Aber warten wir ab, bis Hvlave und die anderen wieder aus Zancle zurück sind. Dann erst werde ich sie alle von der neuen Lage unterrichten, und ich bin mir fast sicher, dass sie dich danach vorbehaltslos akzeptieren werden, wenn sie erfahren haben, aus welchen Gründen du die Seiten gewechselt hast.«

»Und wenn nicht?«

»Macht es auch nichts aus, denn schließlich bin ich der Kapitän, und sie werden meinen Befehlen anstandslos gehorchen. Komm, lass uns nun auch wieder ins Lager gehen.«

Sie machten sich auf den Weg, doch kurz bevor sie es erreicht hatten, blieb Tanachvil plötzlich stehen und hielt ihn am Arm zurück.

»Tarchunies!«, sprach sie und schaute ihn ernst an. »Deine Männer hier auf der Insel sind misstrauisch geworden, ich fühle das. Ich denke, dass es besser ist, wenn wir vor ihnen unsere Liebe noch so lange verbergen, bis dein Schiff wieder eingetroffen ist und du deiner Mannschaft den wahren Sachverhalt erläutert hast. Deshalb sollten wir, so schwer es uns auch fallen mag, unter anderem darauf verzichten, diese Nacht gemeinsam zu verbringen, sonst könnte, noch bevor du zu ihnen gesprochen hast, das Gerücht in Umlauf gesetzt worden sein, dass ich, die Gift spritzende Spinne aus dem Hause Spuriana, dich so in mein Netz gezogen habe, dass du nicht mehr Herr deines Willens bist.«

Alles in ihm sträubte sich im ersten Moment, auf diesen Vorschlag einzugehen, doch dann siegte die Vernunft über seine Lenden, und er sah ein, dass es in der Tat zu diesem Zeitpunkt äußerst ungünstig wäre, seine Männer auf diese Weise zu provozieren, zumal seine Mittler zu ihnen, Hvlave und Puzra, nicht da waren.

»Du hast ja Recht!«, gab er sich denn auch ohne Murren darein. »Wir haben so lange aufeinander gewartet, da kommt es auf diese Nacht nun auch nicht mehr an. Außerdem haben wir ja unser inneres Band, wie du es so bildhaft beschrieben hast. Tragen wir also ruhig noch eine Weile unsere Masken, bis wir sie morgen vor allen fallen lassen können.«

Sie küssten sich noch einmal innig, dann gingen sie ins Lager – und äußerlich auf Distanz.

Am nächsten Morgen lief *Tarchons Freude* erwartungsgemäß wieder in die Bucht ein. Nachdem der Proviant und das Holz auf den Strand verbracht worden waren, hieß Tarchunies die gesamte Besatzung sich an Bord versammeln.

»Jetzt hört mir alle einmal gut zu!«, begann er zu ihnen zu sprechen, nachdem sich die verständliche Unruhe ob dieser so unvorhergesehen anberaumten Zusammenkunft bei seinen Männern gelegt hatte. »Da ihr euch hier an Bord ohne Ausnahme eingefunden habt, werdet ihr euch gewiss fragen, warum ich unsere Gefangenen ganz ohne Bewachung am Strand zurückgelassen habe. Nun, sie haben keine Waffen, ihr Schiff ist ein Wrack, und selbst wenn sie sich irrwitzigerweise gegen uns erheben sollten, um sich unseres Schiffes zu bemächtigen, so würde dieses Unterfangen an unserer Überzahl kläglich scheitern. Folglich erscheint es mir völlig unnötig, sie bewachen zu lassen, denn sie können unter diesen gegebenen Umständen gar nicht von diesem kleinen Eiland fliehen. Aber es gibt noch einen anderen, weitaus triftigeren Grund für meine Entscheidung! Wie ich gestern nämlich während einer äußerst aufschlussreichen Unterhaltung mit Tanachvil erfahren habe, wollen sie auch gar nicht fliehen, geschweige denn uns Schaden zufügen. Sie haben ganz im Gegenteil die Absicht, sich uns anzuschließen!«

Er hielt kurz inne, um festzustellen, wie die Besatzung gerade seine letzten Worte aufgenommen hatte, doch zu seiner Enttäuschung las er in den meisten Mienen der in eisigem Schweigen verharrenden Männer nur Unglauben oder sogar entrüstete Ablehnung. So beeilte er sich, sie über die näheren Hintergründe aufzuklären, die Tanachvil zu ihrer unerhört anmutenden Entscheidung veranlasst hatten, aber am Ende wollte sich auch danach keine rechte Begeisterung einstellen, zu tief hatte sich das aus ihrem Hass gegen die Spuriana geborene Misstrauen in ihre Herzen gefressen.

Daran änderte sich auch nichts, als er ihnen daraufhin einlenkend vorschlug, den Chaisriern wenigstens ihre Waffen so lange vorzuenthalten, bis ein Gericht in Tarchnal sich von der Lauterkeit ihrer Absichten überzeugt hatte. Erst als er ihnen befahl, Tanachvil und ihre Leute nun nicht mehr als Gefangene, sondern als Verbündete zu behandeln, fügten sie sich, wenn auch unter murrendem Protest.

Nachdem er die Männer unter Puzras Führung wieder an Land geschickt hatte, um mit den Reparaturarbeiten an Tanachvils Schiff zu beginnen, wandte er sich Hvlave zu, den er gebeten hatte, noch für eine Weile bei ihm an Bord zu bleiben, weil er sich mit ihm über das für ihn befremdliche Verhalten der Besatzung auszusprechen wünschte.

»Deinem angesäuerten Gesichtsausdruck entnehme ich, dass auch dir meine Entscheidung bezüglich des weiteren Umgangs mit den Chaisriern missfällt«, kam Tarchunies ohne Umschweife zur Sache. »Wir sind jetzt unter uns, also sage mir, was du daran anstößig findest. Und nimm dabei, wenn ich bitten dürfte, kein Blatt vor den Mund!«

Seit Tarchunies dieses Schiff führte, hatte er Hvlave, der von seinem Alter her gut und gerne sein Vater hätte sein können, nicht nur als hervorragenden Steuermann, sondern auch als weisen und erfahrenen Ratgeber schätzen gelernt und ihm deshalb von Anfang an sein uneingeschränktes Vertrauen geschenkt, was er in der Vergangenheit auch nie zu bereuen gehabt hatte.

Der alte Fahrensmann nahm sich für seine Antwort Zeit und strich sich, während er angestrengt nach den passenden Worten suchte, mehrmals mit seiner blauädrigen Rechten vom Nacken her durch sein grausträhniges, wildes Lockenhaar, welches, nur von einem Stirntuch gezähmt, sein von Wind und Wetter gegerbtes, braun gebranntes Gesicht umrahmte.

»Du willst also wirklich, dass ich dir unverbrämt meine Meinung zu dieser Sache sage, Herr?«, knurrte er schließlich und sah ihn von unten mit gerunzelter Stirn an.

»Ja, nur zu, Hvlave!«, ermunterte Tarchunies ihn. »Du hältst damit ja auch sonst nie hinter dem Berg!«

»Na, gut! Also, die ganze Mannschaft, mich eingeschlossen, sind darüber entsetzt, dass du so schnell vergessen konntest, dass die Spuriana am Tod deines, von uns so verehrten Vaters schuldig sind. Wir können und wollen nicht glauben, dass ausgerechnet Tanachvil, die doch die Tochter seines Mörders ist und zudem für den Tod von so vielen braven Seeleuten aus Tarchnal verantwortlich ist, auf einmal von Gewissensbissen geplagt wird und zu uns überlaufen will. Ich denke, das ist eine Finte. Sie weiß, dass es für sie kein Entkommen mehr vor dem Henker gibt, also setzt sie, um sich und ihre Leute vor dem Kreuz zu retten, das Einzige ein, was ihr in dieser Situation noch bleibt. Und das sind ihre nicht zu übersehenden weiblichen Reize, denen du ganz offensichtlich erlegen bist, wie uns deine vorbehaltlose Schwärmerei bewiesen hat, mit der du uns ihren ach so hehren Gesinnungswandel hattest schmackhaft machen wollen. Sie hat dich mit ihren Worten und, wer weiß, vielleicht auch mit ihren körperlichen Vorzügen dermaßen eingelullt, dass du nicht mehr in der Lage bist, Wahrheit von Lüge zu unterscheiden. So, jetzt ist es heraus, Herr, und mehr gibt es darüber nicht zu sagen!«

Tarchunies hatte zwar geahnt, dass er dergleichen zu hören bekommen würde, doch diese ernüchternde und mit einfachen Worten vorgetragene Erklärung Hvlaves hinterließ eine so nachhaltige Wirkung auf ihn, dass sein Glauben an Tanachvils Ehrlichkeit einigermaßen ins Wanken geriet.

Die Argumente, die Hvlave gegen sie ins Feld führte, waren fürwahr nicht von der Hand zu weisen, doch andererseits verweigerte sich in ihm der Gedanke, dass die offenherzige und hingebungsvolle Zweisamkeit, die sie beide erlebt hatten, ihr nur einzig und allein zu dem Zwecke gedient haben sollte, sich ihn gefügig zu machen, um sich aus ihrer aussichtslosen Lage zu befreien.

»Was aber«, fragte er vorsichtig nach, »wenn das, was sie vorgibt, der Wahrheit entspricht?«

»Das herauszufinden ist Sache des Gerichtes in Tarchnal!«, erwiderte Hvlave unerbittlich. »Und bis dahin rate ich dir, Herr, sie als unsere Gefangene zu betrachten.«

Tarchunies' Augen verengten sich daraufhin bedrohlich, und seine Lippen schürzten sich zu einem Lächeln, das auf jeden Fall nichts Gutes verhieß.

»Nein, Hvlave!«, widersprach er ihm mit unüberhörbarer Arroganz. »Das werde ich nicht tun! Achte nur darauf, dass die Mannschaft sich an meinen Befehl hält, denn wer dagegen verstößt, hat mit schmerzhaften Konsequenzen zu rechnen.«

»Ja, Herr, aber ...«

Lautes, aggressives Geschrei, das plötzlich vom Strand zu ihnen herübergeweht wurde, unterbrach ihn, und beide fuhren aufgeschreckt herum, um die Ursache dafür zu ergründen.

Die Männer der *Tarchons Freude* hatten sich um Tanachvil und ihre Leute zusammengerottet, beschimpften sie und prügelten zum Teil schon auf sie ein. Höchste Eile war geboten, und so sprangen Tarchunies und Hvlave ins Wasser und schwammen, so schnell sie konnten, zum Strand hinüber. Mit ihren Fäusten bahnten sie sich dann rücksichtslos einen Weg durch den fest geschlossenen Kreis, den die aufgebrachten Männer um ihre Opfer gezogen hatten, und stellten sich mit erhobenem Schwert schützend vor die Chaisrier.

Ihr Erscheinen allein genügte, dass die Männer von ihrem Tun abließen und zurückwichen.

»Was soll das bedeuten?«, brüllte Tarchunies sie mit überschnappender Stimme an. »Habt ihr mich vorhin nicht verstanden, dass ihr euch so dreist meinem Befehl widersetzt? Wenn ihr nicht ...«

»Du hast uns nichts mehr zu befehlen, Tarchunies Tarchna!«, schnitt ihm da Puzra, der sich offenbar zu ihrem Rädelsführer aufgeschwungen hatte, in kühler Gelassenheit das Wort ab. Auch er hatte jetzt sein Schwert gezückt und hielt es auf Tarchunies gerichtet, während in seinen Augen die wilde Entschlossenheit funkelte, selbst bis zum Äußersten gehen zu wollen.

»Einem Mann, der so ehrvergessen mit den Mördern seines Vaters paktiert, gehorchen wir nicht mehr!«, fuhr er ruhig weiter fort. »Wo ist jener stolze Sohn der Tarchna, der mit uns ausgefahren ist, den schmachvollen Tod unseres geliebten Lukomonen zu rächen und diese Dämonin ihrer gerechten Strafe zuzuführen? Stattdessen brauchte es nur eines kummervollen Augenaufschlags und einer rührseligen Geschichte, und schon wird der große Seeheld Tarchnals Wachs in den Fingern dieser Spurianahure! Wie könnten wir dir fürderhin folgen, der du dich hier vor unser aller Augen zum ergebenen Spielzeug unserer ärgsten Feindin gemacht hast? Du hast nicht nur Schande über deine Familie gebracht, sondern auch über uns und ganz Tarchnal. Du verdienst unser Vertrauen nicht mehr, und deshalb haben wir beschlossen, dich als unseren Kapitän abzusetzen und bestimmt, dass Hvlave uns fortan führen soll!«

Tarchunies nahm diese Erklärung Puzras bleich und mit versteinerten Gesichtszügen auf.

»Ihr macht euch damit eines schweren Verbrechens schuldig!«, sagte er gefasst. »Wenn wir wieder in Tarchnal sind, werde ich euch der Meuterei anklagen, und darauf steht der Tod! Also besinnt euch lieber, dann werde ich das hier vielleicht vergessen!«

Er blickte in die Runde, doch wie er es erwartet hatte, prallten diese Worte wirkungslos an ihnen ab.

»Du verkennst offenbar den Ernst der Lage, in der du dich befindest!«, entgegnete ihm Puzra mit einem höhnischen Lachen. »Du kannst dich glücklich schätzen, dass wir übereingekommen sind, dich im Andenken an deinen Vater nach unserer Rückkehr in Tarchnal deinem Bruder auszuliefern, der dann über dich urteilen mag! Wenn du uns aber bis dahin weiterhin Schwierigkeiten zu machen gedenkst, richten wir dich gleich hier. Nur ein unbedachtes Wort noch von dir, und dein Kopf rollt in den Sand!«

»Schluss jetzt!«, donnerte Hvlave nun dazwischen. »Puzra, du bist entschieden zu weit gegangen! Niemals werde ich mit euch gemeinsame Sache machen, denn ich habe Tarchunies, genau wie ihr, damals unverbrüchliche Treue geschworen. Er ist unser Schiffsführer, und es ist uns nicht erlaubt, seine Autorität in Frage zu stellen, und noch weniger, Hand an ihn zu legen! Wenn ihr euch dennoch dazu hinreißen lasst, müsst ihr auch mich töten, denn ich werde sein Leben mit dem meinen verteidigen! Bedenkt dabei aber, dass keiner von euch Gesindel in der Lage ist, ein Schiff zu steuern! Wenn euch also euer Leben lieb ist und ihr wieder nach Hause kommen wollt, dann lasst auf der Stelle von diesem Wahnsinn ab, sonst, bei den Göttern, werdet ihr auf ewig verflucht sein!«

Die Männer standen nach diesem heftigen und unerwarteten Zornesausbruch ihres Steuermanns mit vor Schreck geweiteten Augen und offenen Mündern da und blickten, da sie nicht mehr wussten, wie sie sich nun weiter verhalten sollten, eingeschüchtert und verängstigt auf Puzra, den aber ebenfalls der Mut verlassen zu haben schien, da er als einzige hilflose Reaktion sein Schwert kapitulierend zu Boden fallen ließ.

»Was ist jetzt?«, rüttelte Hvlave sie aus ihrer Erstarrung auf. »Macht euch wieder an die Arbeit, und wenn ihr sie gut macht, dann verspreche ich euch, mich bei Tarchunies trotz allem für euch einzusetzen!«

Dieser Befehl erzielte endlich die gewünschte Wirkung, denn wie ein Mann wandten sie sich um und trotteten kleinlaut und ohne Murren zu dem aufgebockten Schiffsrumpf zurück.

»Das war verdammt knapp, Hvlave!«, sagte Tarchunies erleichtert und streckte ihm die Hand entgegen. »Ich weiß nicht, wie ich dir dafür danken soll, dass du dich so beherzt an meine Seite gestellt hast!«

»Ich bin nicht auf deiner Seite, Herr!«, zischte Hvlave und übersah demonstrativ die ihm gebotene Rechte. »Und deinen Dank brauche ich auch nicht! Ich habe das nur getan, weil ich mich meinem Eid dir gegenüber verpflichtet fühlte und weil in diesem Falle das Recht nun einmal auf deiner Seite ist. Hättest du allerdings die Gefangenen freigelassen, ohne sie vorher nach Tarchnal zu bringen, dann wäre auch ich trotz meines Eides gegen dich aufgestanden, denn im Großen und Ganzen teile ich die Meinung der Besatzung! Sei also gewarnt, Tarchunies Tarchna, und halte dich daran, die Chaisrier der Gerichtsbarkeit Tarchnals zu überstellen!«

Damit ließ er ihn stehen und stapfte hoch erhobenen Hauptes hinter seinen Leuten her.

»Es tut mir so Leid, dass es dazu kommen musste!«, hörte Tarchunies die Stimme Tanachvils neben sich. »Aber versuche sie zu verstehen! Wenn ich an ihrer Stelle wäre, würde ich vielleicht genauso handeln.«

»Oh, und wie gut ich mich in sie hineinversetzen kann, Liebes!«, sagte er und drehte den Kopf zu ihr. »Nur nützt das herzlich wenig bei ihrer Halsstarrigkeit. Der Fall ist noch nicht ausgestanden, denn obgleich Hvlave sie heute gerade noch rechtzeitig in ihre Schranken gewiesen hat, schwelt ihr Hass doch weiter. Sie werden jetzt jeden Schritt, den wir machen, mit scharfen Augen beobachten. Und bei dem geringsten Anzeichen dafür, dass ich dir gegenüber Schwäche zeige, werden sie wieder zuschlagen, und dann wird Hvlave mir nicht mehr helfen. Wir werden erst wieder miteinander reden können, wenn wir in Tarchnal sind. Bis dahin gehen wir uns besser aus dem Weg.«

»Natürlich! Und wir werden uns weiterhin wie gute Gefangene benehmen. Du wirst sehen, es ist bald überstanden, und dann wird alles gut. Geh jetzt zu ihnen und denke ganz fest an unser Glück!«

Zwei Tage später war die *Adler* Tanachvils wieder seetüchtig gemacht worden, und beide Schiffe segelten nun bei gutem Wind und ohne weitere Zwischenfälle nach Tarchnal, in dessen Hafen sie wiederum zwei Tage darauf einliefen. Sie kamen nebeneinander herein, Tarchunies' schwarzes Schiff neben Tanachvils weißem – ganz so, wie es der Priester des Nethune Tarchunies einst, vor dem ersten Auslaufen von *Tarchons Freude*, mit seiner Vision vorausgesagt hatte …

Kapitel 13

Bevor ich diese Tabenna anlege und nachher als Lukomone dieser Stadt offiziell den Prozess gegen Tanachvil eröffnen werde, möchte ich jetzt, als dein Bruder, ein letztes Mal von dir wissen, ob du dir wirklich sicher bist, dass sie aufgrund des Mordanschlags auf unseren Vater mit ihrer Familie gebrochen hat und deshalb aus freien Stücken bei uns um Asyl ersucht?«

Thivarie sah Tarchunies ernst, aber auch ein wenig gequält an. Seit die Chaisrier vor drei Tagen nach Tarchnal gebracht worden waren, glich die Stadt einem angestochenen Wespennest. Der Hass auf sie, der in der Bevölkerung zudem noch fleißig geschürt wurde, schlug mittlerweile so hohe Wellen, dass die auf ein Höchstmaß verstärkten Sicherheitskräfte Tag und Nacht damit beschäftigt waren, die Gefangenen vor spontanen und gewalttätigen Übergriffen aufgehetzter Volksmengen zu beschützen, die sich immer wieder vor dem Gefängnis zusammenrotteten und lautstark skandierend deren sofortige Hinrichtung einforderten.

Thivarie, der diese äußerst gefährliche Situation, die sich innerhalb so kurzer Zeit auf dramatische

Weise zugespitzt hatte und zunehmend drohte, vollends außer Kontrolle zu geraten, mit angespannter Besorgnis beobachtete, befand sich in einer verzweifelten Lage. Einerseits war er sich darüber im Klaren, dass kein Mensch in der Stadt, ob im Rat oder auf der Straße, den Beteuerungen Tanachvils Glauben schenken würde, sondern sie lieber heute als morgen am Kreuz sehen wollte. Andererseits kannte er seinen Bruder zu gut, als dass er hätte annehmen müssen, dessen unumstößliches Vertrauen, welches er in Tanachvil setzte, beruhe einzig und alleine auf einer blind machenden Verliebtheit. Wenn er also heute Tanachvil und ihre Leute freisprach, dann riskierte er damit womöglich einen Volksaufstand, bei dem das Schicksal der Gefangenen in jedem Falle besiegelt sein würde. Außerdem würde er sein großes Ansehen, welches er bislang bei der Bevölkerung genoss, gänzlich einbüßen, sodass er gezwungen wäre, auf sein Amt zu verzichten. Wenn er sich jedoch, vielleicht sogar wider besseren Wissens, dem Willen des Volkes beugen würde, dann würde er sich, und auch das war ihm schmerzlich bewusst, die unversöhnliche Feindschaft seines Bruders zuziehen. Welches Urteil er heute auch immer fällen mochte, ihm selbst würde aus beiden letztendlich größtes Leid erwachsen.

»Thivarie, es gibt für mich keinen Grund, an ihrer Ehrlichkeit zu zweifeln!«, bestätigte ihm Tarchunies, der um den furchtbaren Gewissenskonflikt seines Bruders wusste, noch einmal. »Ich kann mir vorstellen, wie schwer es heute für dich sein wird, unter diesen Umständen der Wahrheit zu ihrem Recht zu verhelfen, denn außer mir hat Tanachvil keinen Fürsprecher in dieser verblendeten Stadt. Ich bitte dich nur, dass wenigstens du ihr unvoreingenommen zuhörst, wenn sie sich nachher vor euch rechtfertigen wird. Vielleicht geschieht das Wunder, dass es ihr gelingt, nicht nur dich, sondern auch die übrigen Ratsmitglieder von ihrer ehrenhaften Gesinnung zu überzeugen.«

»Das hoffe ich – für uns alle!«, seufzte Thivarie und zog sich die Tabenna über den Kopf. »Komm, lass uns jetzt gehen, es ist Zeit! Die blutgierige Meute wartet sicher schon mit geifernden Lefzen.«

»Nein, Thivarie! Wenn du erlaubst, möchte ich den Ausgang des Prozesses lieber hier, zu Hause, abwarten. Ich kann den Anblick dieses grölenden Mobs einfach nicht ertragen. Meine Anwesenheit im Rat ist sowieso nicht vonnöten, und würde zudem die Stimmung gegen Tanachvil nur noch mehr aufheizen.«

»Ja, du hast Recht, Bruder!«, stimmte ihm Thivarie traurig zu und legte ihm die Hand auf die Schulter. »Bleib hier und bete zu den Göttern, dass sich alles zum Guten wenden möge. Ich für meinen Teil werde, das verspreche ich dir, so gut es geht dazu beitragen.«

Bevor er aus der Tür schritt, drehte er sich noch einmal zu Tarchunies um.

»Was wirst du tun, wenn ich … versage?«, fragte er leise und mit brüchiger Stimme.

»Ich weiß es nicht. Frage mich das, wenn es so weit ist. Bis dahin aber vertraue ich der Gerechtigkeit – und dir!«

Nachdem Thivarie gegangen war und Tarchunies sich mit seinem Becher und einem Krug Wein im Lichthof auf einer Liege am Rand des Wasserbeckens niedergelassen hatte, um durch den Rausch, den er sich anzutrinken gedachte, dem entnervenden Warten auf die Rückkehr seines Bruders zu entfliehen, trat unvermittelt seine Mutter auf ihn zu und setzte sich neben ihn.

»Ist sie es wert?«, fragte sie ihn und strich ihm zärtlich über die Wange.

»Was meinst du? Ob sie es wert ist, zu sterben, oder ob sie es wert ist, am Leben zu bleiben?«, gab er ihr ironisch zur Antwort. »Für dich müsste das doch eigentlich ziemlich eindeutig sein, denn immerhin ist sie ja die Tochter jenes Mannes, der deinen Mann – meinen Vater – hat umbringen lassen.«

»Dein Gram lässt dich mich missverstehen, Kind! Ich wollte nur wissen, ob sie deiner Liebe wert ist«, besänftigte sie ihn warmherzig und sah ihn mitfühlend an.

Da endlich schmolz das Eis, das sein Herz seit seiner Rückkehr wie ein enger, undurchdringlicher Panzer umschlossen hielt und floss in heißen Tränen über sein Gesicht, welches er daraufhin hemmungslos schluchzend im Schoß seiner Mutter barg.

Er hatte es bislang vermieden, ihr davon zu erzählen, was er mit Tanachvil auf jener Insel hatte erleben und erfahren dürfen, weil er meinte, dass das, so kurz nach dem Tod seines Vaters, ihre Gefühle verletzen könnte, und nur Thivarie hatte er sich darüber notgedrungen anvertraut.

Jetzt aber, da sie ihm ihre mütterliche Nähe so liebevoll und vorbehaltlos angedeihen ließ, verspürte er nur noch das Verlangen, sich ihr nicht nur was Tanachvil betraf, sondern mit allem, was ihm seit langem schon auf der Seele brannte, mitzuteilen.

Nachdem der Tränenstrom dieser ersten Gefühlsaufwallung versiegt war, setzte er sich so mit überkreuzten Beinen auf die Liege, dass er Squria ins Antlitz schauen konnte, und begann, zuerst zögerlich, dann aber immer flüssiger, seine Gedanken vor ihr auszubreiten.

Er hatte in den vergangenen Jahren, ganz im Gegensatz zu seiner Kindheit, nur sehr selten Gelegenheit gehabt, sich mit seiner Mutter über seine Gefühle, seine Freuden und Ängste oder was ihn sonst noch bewegte oder belastete, auszutauschen.

Das gedachte er jetzt ausgiebig nachzuholen.

Sie ließ seiner Rede freien Lauf, hörte ihm aufmerksam zu und unterbrach ihn nur dann, wenn sie etwas nicht ganz verstanden hatte, oder er sie bat, ihm zu irgendeinem Problem einen Rat oder einfach nur ihre Meinung zu sagen.

»Es scheint mir nun auch so, dass das Schicksal euch wohl füreinander bestimmt hat«, sagte sie in anerkennender Nachdenklichkeit, als er ihr am Ende schließlich davon erzählt hatte, auf welch sonderbare Weise Tanachvil und er endlich zusammengekommen waren und vor allem, was Tanachvil ihm dazu erklärt hatte, bevor sie sich beide ihrer lang ersehnten Liebe hingegeben hatten.

»Wenn dein Vater eure Liebe damals zugelassen

hätte und dadurch vielleicht mit Arnth Spuriana wieder ins Gespräch gekommen wäre, dann wäre er heute noch am Leben, und uns allen wären diese schmerzensreichen Ereignisse erspart geblieben«, sinnierte sie weiter. »Eure erste Begegnung auf der Wiese war ein Wink des Schicksals, den Laris aber damals offenbar nicht hatte wahrnehmen können – oder wollen. Daraus ist uns großes Leid erwachsen, doch das Schicksal hat sein Ziel unbeirrt verfolgt, und deshalb glaube ich, dass es auch heute dafür sorgen wird, dass sie frei ausgeht und ihr euch bald wieder in den Armen liegen werdet. Ich freue mich jetzt sogar darauf, sie kennen zu lernen, und als Schwiegertochter ist sie mir schon deshalb willkommen, weil ich mir immer neben euch auch noch eine Tochter gewünscht habe.«

Diese verständnisvollen und tröstenden Worte seiner Mutter trieben Tarchunies erneut die Tränen in die Augen, und davon überwältigt umschlang er dankbar ihren Hals, um sich daran auszuweinen.

Sie wiegte ihn dabei sanft in ihren Armen, wie sie es schon mit ihm getan hatte, seit er als Säugling an ihrer Brust gelegen hatte, und auf diese Weise beruhigt, fand sein gepeinigter Geist alsbald zu einem tiefen Schlaf.

Lange saß Squria so gedankenverloren da, streichelte seinen Nacken und genoss, ganz in ihren Erinnerungen versunken, diese so selten gewordene innige Zweisamkeit mit ihrem Sohn.

Es war schon weit nach Mittag, als plötzlich laute Stimmen vor dem Haus sie jäh aus ihrem ruhevollen Beisammensein herausrissen. Kurz darauf betrat

Thivarie mit eiligen, federnden Schritten den Lichthof.

»Freue dich, Bruder, es ist überstanden!«, rief er und strahlte über das ganze Gesicht. »Das Wunder ist geschehen! Der Rat hat befunden, dass Tanachvil in keinem Fall mitverantwortlich für die Tat ihres Vaters gemacht werden könne, und einstimmig beschlossen, ihr und ihren Leuten hier Asyl zu gewähren.«

Tarchunies, der bei Thivaries Erscheinen zunächst leichenblass von seiner Liege hochgefahren war, blieb stehen, als hätte ihn der Blitz getroffen, und erst ganz allmählich schob sich in sein Bewusstsein, was er soeben gehört hatte. Er starrte seinen Bruder wie aus einem schwarzroten Nebel an, während seine Lippen tonlos bebend Worte zu formulieren suchten.

Dann aber zerplatzte der Nebel, und die unglaubliche Kunde hallte deutlich in seinen Ohren nach.

Mit einem Satz war er vor Thivarie gesprungen und hatte ihn hart an den Oberarmen gepackt.

»Wiederhole das!«, keuchte er, immer noch um seine Fassung ringend.

»Tanachvil ist frei, Tarchunies!«, lachte Thivarie und schüttelte ihn. »Komm wieder zu dir, Mann, wie oft soll ich es dir noch sagen, es ist vorbei!«

Tarchunies' Knie gaben nach, und er torkelte rückwärts zur Liege zurück, wo er sich erst einmal wieder hinsetzen musste.

»Wie ist das nur zugegangen?«, sprudelte es dann aus ihm heraus, wobei er sich immer wieder mit der Rechten durchs Gesicht rieb. »Wo ist sie, und wie geht es ihr?«

»Oh, so viele Fragen auf einmal, kleiner Bruder?«, erheiterte sich Thivarie. »Warum stellst du sie ihr nicht persönlich?«

»Du hast sie … sie ist hier?«

»Ganz recht! Dein Einverständnis voraussetzend, Mutter, habe ich mir erlaubt, sie mit hierher zu bringen. Sie wartet draußen, darf ich sie rufen?«

»Aus ganzem Herzen, ja, mein Sohn!«, kam sie begeistert seiner Bitte nach. »Ich kann es kaum noch erwarten, dieser außergewöhnlichen jungen Frau endlich von Angesicht zu Angesicht gegenüberzustehen.«

Auf Thivaries Ruf hin, kam sie nun stolz erhobenen Hauptes und angetan mit einem bis zu den Füßen fallenden weißen Obergewand in den Lichthof geschritten. Die kunstvolle, von einem schmalen goldenen Gürtel bewirkte Fältelung ihres halbärmeligen Gewandes verbarg weitgehend ihre fraulichen Reize, und auch ihr zu vier langen Zöpfen geflochtenes Haar hatte sie züchtig mit einem Schleier verhüllt. So, vom Scheitel bis zur Sohle eine Fürstin der Rasna, kniete sie sich demutsvoll vor Squria nieder und streckte ihr wortlos flehend die Hände entgegen.

Squria umfasste darauf ihre Handgelenke, schaute ihr eine Weile tief und prüfend in die Augen und half ihr dann, während auch sie selbst sich erhob, wieder auf die Beine.

»Wenn sie vor unserer Mutter besteht, dann ist das der letzte und wichtigste Beweis für ihre Lauterkeit«, flüsterte Thivarie Tarchunies ins Ohr. »Das war auch ein Grund für mich, sie mit hierher zu bringen.«

»Wie du siehst, hat sie es offenbar!«, raunte er zurück und wies mit dem Kopf leicht zu Squria, die Tanachvil gerade in die Arme genommen hatte und ihre Wangen küsste.

Dann führte sie Tanachvil vor Tarchunies und legte deren Hand in die seine.

»Nachdem das Schicksal euch einst hatte finden lassen, musstet ihr dennoch für eine lange Zeit getrennte Weg gehen«, sagte sie und hielt beider Hände umfasst. »Nun ist ein jeder von euch an das leidvolle Ende seines dornenreichen Weges gelangt. Beginnt nun gemeinsam einen neuen, besseren Weg in eine glückliche Zukunft, die euch, wie ich glaube, verheißen ist.«

Immer noch etwas benommen von dieser unverhofften Wendung der Ereignisse, berührte er scheu ihre Lippen, worauf sie einen leisen, girrenden Schrei ausstieß, ihm stürmisch um den Hals fiel und ihn lange und leidenschaftlich küsste.

In stiller Freude zupfte Squria Thevarie am Saum seiner Tabenna und bedeutete ihm, mit ihr hinauszugehen.

»Überlassen wir sie jetzt erst einmal sich selbst!«, sagte sie draußen. »Wir treffen sie später, beim Abendessen, zu dem Nerie und du bitte auch Culnai und Ramatha einladet.«

»Was war es, dass dich ihr gewogen gemacht hat, Mutter?«, wollte er noch wissen, bevor er ging, um sich darum zu kümmern.

»Ich sah es in ihren Augen«,, erwiderte sie und schloss ihre Lider. »Ich las in ihnen den qualvollen

Schmerz eines Kindes, dessen Eltern plötzlich vom Tode dahingerafft wurden. Physisch leben ihre Eltern zwar noch, doch in ihrem Herzen und ihrem Bewusstsein sind sie gestorben. Ihr Schmerz ist nicht minder groß als der meine, Thivarie, und mit einem furchtbareren Fluch, als für sein Kind tot zu sein, kann eine Mutter oder ein Vater nicht belegt werden. Das allein ist schon die schlimmste Strafe für Arnth Spuriana.«

Als sie sich am frühen Abend dann alle zu einem einfachen Mahle im kleinen Speiseraum zusammengefunden hatten, schilderte Thivarie im Einzelnen den Hergang des Prozesses.

Es hatte einhundert Schwerbewaffneter bedurft, um die Chaisrier sicher durch die tobende Menschenmenge, die das Ratsgebäude belagerte, zu geleiten, und da man aufgrund des wütenden und ohrenbetäubenden Geschreis selbst hinter den geschlossenen Türen kaum das eigene Wort im Saale verstehen konnte, mussten die Waffenträger gewaltsam gegen sie vorgehen, um wenigstens halbwegs wieder Ruhe und Ordnung zu schaffen.

Schon gleich nachdem Thivarie den Prozess eröffnet und die Anklage vorgebracht hatte, hatte er Tanachvil aufgerufen und ihr Gelegenheit gegeben, sich dazu zu äußern.

In einer wohlgesetzten und schnörkellosen Rede hatte sie im Folgenden dem Rat dargelegt, dass sie die fluchwürdige Tat ihres Vaters auf Schärfste verurteilen würde und sich deshalb, da sie von nun an nichts mehr mit ihm und ihrer Familie gemein haben wollte, entschlossen hätte, nach Tarchnal zu kommen, weil sie dort den einzigen Menschen wusste, dem sie noch vertraute und überdies auch noch liebte. Glaubhaft hatte sie in diesem Zusammenhang auch ihren Angriff auf das Handelsschiff erklären können, nämlich dass dies ihr in dieser Situation als die einzig gangbare Möglichkeit erschienen war, just mit diesem Mann an einem neutralen Ort vorab in Verbindung zu treten, um ihm ihre wahren Absichten zu offenbaren.

Nicht wenige Ratsmitglieder hatten sich nach dieser Rede ziemlich beeindruckt gezeigt, und Thivarie hatte schon zu hoffen gewagt, dass der Prozess doch noch günstig für Tanachvil ausgehen würde, als Vethre Cuthna das Wort ergriff, der Mann, der im Rat dafür bekannt und gefürchtet war, mit der Stimme des Pöbels zu sprechen.

Mit seiner ihm eigenen, wortgewaltigen Polemik bezichtigte er Tanachvil, nichts weiter als eine ehr- und gewissenlose Dirne zu sein, die es, als sie dem edlen Tarchunies ausgeliefert gewesen sei, wohl zu verstehen gewusst hätte, ihm mit ihrem hurenhaften Verhalten den Verstand zu vernebeln, um sich so, indem sie auf diese infame Weise sein Vertrauen erschlichen hätte, ihrer verdienten Strafe zu entziehen.

Tatsächlich war es ihm damit gelungen, die Mehrzahl der Ratsmitglieder wieder gegen Tanachvil einzunehmen, sodass nun fast alle bereit waren, für ihre Hinrichtung zu stimmen.

»Doch dann ereignete sich das Unfassliche«, kam Thivarie schließlich zum Ende. »Etwas, womit keiner im Rat hatte rechnen können, weil dergleichen seit Menschengedenken noch nie vorgekommen war. Das erste Anzeichen dafür war, dass das immer noch laute, raunende Stimmengewirr der Menge draußen urplötzlich verstummte. Wenig später schwangen die beiden Türflügel des Saales auf, und herein schritt gemessen, sich auf seinen bronzenen Krummstab stützend, Arruns Pulenas, welcher Thesu, dem Onkel unseres Vaters, als Priester Velthunes nach dessen Tod im Amte nachgefolgt war.

Er vermittelte einen wahrhaft achtungsgebietenden Eindruck, wie er so, ganz in Schwarz gehüllt und die anderen nicht achtend, auf mich zukam. Aus seinen dunklen Augen, die sein von ergrauten Locken umwehtes, asketisches Gesicht beherrschten, leuchtete das Feuer des heiligen Eifers, der ihn wohl beflügelt hatte, vor dem Rat in Erscheinung zu treten. Er stellte sich vor mich hin, nahm meinen Blick gefangen und wies mit der Krümme seines Stabes auf Tanachvil.

›Höre meine Worte, Lukomo von Tarchnal, der du der Nachfahre Tarchons bist, jenes großen Mannes, der diese Stadt einst gegründet hat‹, begann er mit schneidender Stimme zu verkünden. ›Hast du, habt ihr alle vergessen, dass Tarchon mit einer Frau verheiratet war, deren Vater der Ahnherr der Spuriana war? Wisst ihr denn nicht mehr, was Velthune einst den Rasna in seinem Hain offenbart hat? Wir sind das einzige Volk auf Erden, das den Zeitpunkt seines Unterganges kennt. Das gilt für die Menschen, die Städte und alles, was wir je geschaffen haben. Noch bleiben uns sieben von acht Zeitaltern, doch wenn ihr diese Frau, die an dem Verbrechen ihres Vaters keinerlei Anteil hat und nur ihrem Herz und ihrem Gewissen gefolgt ist, umbringt und damit diese Velthune beleidigende Blutfehde fortsetzt, dann wird das für euch und eure Stadt schon jetzt das Ende bedeuten! Seid gewarnt, denn aus mir spricht die Gottheit!‹

Dann ging er, so wie er gekommen war, wieder davon und ließ uns in entsetzter Erstarrung zurück. Das Wunder war geschehen! Alles Weitere wisst ihr ja.«

»Glaubst du, dass die Bevölkerung den Spruch des Priesters und das Urteil des Rates so ohne Weiteres akzeptieren wird und Tanachvil sich nunmehr frei in Tarchnal bewegen kann, ohne um ihr Leben fürchten zu müssen?«, fragte Tarchunies, der aufgrund der bitteren Erfahrungen der letzten Tage diesem so unverhofft herbeigeführten Frieden immer noch nicht so recht zu trauen vermochte.

»Nun, es wird gewiss noch einige Zeit brauchen, bis sich die Wogen wieder einigermaßen geglättet haben werden«, schätzte Thivarie die Lage realistisch ein. »Aber dann, denke ich, müssen wir uns keine Sorgen mehr darüber machen. Vor allem aber gilt es jetzt, unsere Kriegsvorbereitungen gegen Chaisrie einzustellen, um damit Arnth Spuriana zu signalisieren, dass wir bereit sind, mit ihm über einen für beide Seiten annehmbaren Frieden zu verhandeln.«

»Oh, ich erkenne dich kaum wieder, mein gestrenger Bruder!«, warf Nerie spitzzüngig ein. »Noch gestern drohte in deiner Faust das Schwert der Rache, und heute wedelst du mit dem Ölzweig! Was war es, das dich zu diesem weisen Entschluss geführt hat?«

Thivarie würdigte ihn darauf nur eines indignierten Blickes.

»Das, was dir am meisten zu fehlen scheint, Nerie, Vernunft!«, sagte er. »Als Vater ermordet wurde, war ich, wie alle hier, von blindem Hass erfüllt und habe nur danach getrachtet, seinen Tod dadurch zu rächen, indem ich mit meiner ersten Amtshandlung als Lukomo von Tarchnal Chaisrie den Krieg erkläre. Doch das war falsch, denn wie ich heute einsehen muss, habe ich zu diesem Zeitpunkt dieses verantwortungsvolle Amt dazu missbraucht, um als erstgeborener Sohn eine Schmach zu rächen, die ja in Wahrheit allein unserer Familie zugefügt wurde. Als Lukomo jedoch wäre ich verpflichtet gewesen, trotz meines persönlichen Schmerzes, an erster Stelle an das Wohl unserer Stadt zu denken. Obgleich Venel Spuriana als ein übler Verräter entlarvt wurde, so hatte er mir damals im Rat gleichwohl zu Recht vorgeworfen, dass ich diesen Zwist zwischen unseren Familien gewillt war, auf dem Rücken unschuldiger Menschen auszutragen. Ich habe lange darüber nachgedacht, und spätestens nach den unheilschwangeren Worten Arruns heute bin ich zu der Erkenntnis gelangt, dass dieser Krieg, ganz gleich wer ihn gewinnt, sowohl uns als auch Chaisrie letztendlich nur zum Schaden gereichen kann. Die Einzigen, die davon profitieren würden, wären die Craeces und Phoiniki, die uns hämisch dabei zusehen würden, wie wir uns gegenseitig zerfleischen.«

Daraufhin sahen sie alle ihn staunend und voller Bewunderung an.

»Dieses hohe Amt verlangt wahrlich nach Größe und Weitsicht!«, lobte Squria ihn stolz. »Dass du dir beides in so kurzer Zeit erworben hast, beweist mir, dass du der würdige Nachfolger deines Vaters bist, da du ihm in seinem fortwährenden Bemühen um Frieden und Eintracht unter den Rasna nachzueifern suchst. Das ist ein wunderbares Geschenk, denn es lässt mich den Verlust meines Mannes leichter ertragen, weil ich jetzt weiß, dass er nicht umsonst gestorben ist und sein Lebenswerk von dir fortgesetzt wird.«

Noch bis in die Nacht hinein blieben sie zusammen und gedachten des Toten, indem sie nicht müde wurden, Tanachvil, als jüngstem Mitglied der Familie, von all den kleinen und großen Begebenheiten zu erzählen, die die Ehefrau mit ihrem Mann und die Söhne mit ihrem Vater erlebt hatten.

»Meinst du, dass dein Vater den Friedensvorschlag Thivaries annehmen wird?«, fragte Tarchunies späterhin, als er, nachdem sie sich in sein Zimmer zurückgezogen hatten, neben Tanachvil auf dem Bett hockte.

»Hättest du mich das gefragt, bevor ich erfuhr, dass er diesen Mord in Auftrag gegeben hatte, so wäre meine Antwort ›ja‹ gewesen, so aber weiß ich es einfach nicht«, erwiderte sie niedergeschlagen. »In jedem Falle aber würde ich ihm an Thivaries Stelle nicht vertrauen, selbst wenn er seine Bereitschaft zum Frieden beteuern sollte. Ich habe so eine

Ahnung, dass er nicht ruhen wird, einen Anlass zu finden, Tarchnal doch noch zu einem Krieg zu provozieren. Jetzt aber genug davon! Ich habe nicht zwei Jahre auf dich gewartet, um unsere erste gemeinsame Nacht mit politischen Betrachtungen zu vergeuden!«

Tarchunies setzte eine Unschuldsmiene auf.

»So? Mit was denn sonst?«

»Das wirst du gleich spüren, du Unhold!«, gurrte sie, schwang sich auf seinen Schoß und presste seinen Kopf zwischen ihre Brüste, während sie sich gleichzeitig nach vorne fallen ließ, sodass er rücklings auf das Bett zu liegen kam.

Als sie ihn in sich fühlte, richtete sie sich wieder auf und begann ihn mit zurückgeworfenem Kopf und immer schneller werdenden kreisenden Hüftbewegungen zu reiten, bis sich ihr Höhepunkt in einem heiseren Schrei entlud.

Diese Nacht sollte sie nicht schlafen sehen.

Es war Tanachvil und Tarchunies jedoch nicht vergönnt, sich nun auf ein glückliche Zukunft in Tarchnal freuen zu dürfen, denn schon zwei Monde später sollte die Ahnung Tanachvils grausame Wirklichkeit werden.

Thivarie hatte seine Absicht, Arnth Friedensverhandlungen anzubieten, sofort in die Tat umgesetzt und Arnth war zunächst auch darauf eingegangen. Ein Ort im Grenzgebiet zwischen den beiden Städten wurde bestimmt, und schon zwei Monde nach der

Ermordung Laris' trafen sich dort die Abgesandten, um die Bedingungen für einen dauerhaften Frieden auszuhandeln. Wider den Erwartungen Thivaries zogen sich die Verhandlungen nicht in die Länge, sondern die Delegationen wurden sich rasch einig, da die Chaisrier den von ihm vorgeschlagenen Plan im Großen und Ganzen annahmen und nur auf unwesentliche Änderungen bestanden.

So kam es, dass sich die Abordnungen bereits zwei Tage nach Beginn der Verhandlungen wieder auf den Rückweg in ihre Heimatstädte machen konnten. Thivarie hatte zehn Männer beauftragt, die Verhandlungen für ihn zu führen, fünf davon waren hohe Ratsmitglieder, darunter Vel Huzcnai, sein künftiger Schwiegervater und Arruns Saties, der die Delegation führte.

Sie alle sollten Tarchnal nie wiedersehen.

Arnth Spuriana war zu keiner Zeit bereit gewesen, Frieden zu schließen, sondern hatte die Verhandlungen lediglich als willkommenen Vorwand genommen, um die Parlamentäre Tarchnals in eine tödliche Falle zu locken und so doch noch Thivarie zum Krieg zwingen zu können.

Auf halbem Wege zurück, gerieten die zehn dann auch in den geschickt gelegten Hinterhalt und wurden von den Soldaten Arnths ohne Ausnahme niedergemetzelt.

Wahrscheinlich wäre ihre Ermordung erst viele Tage später entdeckt worden – genug Zeit für Arnth also, sein Heer aufzustellen – ,wenn nicht ein Bauer, der in der Nähe in seinem Weingarten gearbeitet hatte, Zeuge dieser grauenvollen Tat gewesen wäre. Dieser rannte, so schnell er konnte, nach Tarchnal, wo er von der Stadtwache vor den eilig zusammengerufenen Rat geführt wurde, um ihm den genauen Hergang des Verbrechens zu schildern.

Doch die schreckliche Kunde verbreitete sich wie ein Lauffeuer durch die Stadt, und da erst zwei Monde seit der Ermordung Laris' vergangen waren, brachen die kaum verheilten Narben wieder auf, und daraus floss heiß das Blut des Hasses. Das Maß war voll, und die Ersten, die das zu spüren bekamen, waren die Chaisrier, die mit Tanachvil in die Stadt gekommen waren. Sie wurden erbarmungslos aus ihren Unterkünften gezerrt und ohne Urteil vor den Mauern kurzerhand ans Kreuz gehängt.

An Tanachvil selbst, die sich gerade zum Einkaufen auf dem Markt befand, als die Nachricht in der Stadt die Runde machte, wagten sie zunächst nicht direkt Hand anzulegen, doch als sie darauf schnell nach Hause eilte, warf man ihr Steine hinterher, von denen einer sie auf den Mund traf, ihr aber glücklicherweise nur die Oberlippe aufplatzen ließ.

»Ihr seid hier nicht mehr sicher!«, warnte Thivarie sie und seinen Bruder, nachdem er aus der Ratsversammlung zurückgekehrt war. »Zumindest du, Tanachvil, musst die Stadt auf jeden Fall sofort verlassen, denn nach diesem Vorfall kann selbst meine Macht dein Leben vor dem Pöbel nicht mehr schützen, und wenn ich es auch versuchen würde, sie würden mich und unsere Familie erschlagen. Da ich aber annehme, dass ihr in eurer Liebe untrennbar geworden seid, gehe ich davon aus, dass auch du, mein lieber Bruder, Tarchnal verlassen wirst.«

»Ja, Thivarie, so schnell als möglich! Am besten heute Nacht schon!«, pflichtete Tarchunies ihm bei und wies auf Tanachvils blutverschmierten Mund. »Das da reicht mir vollkommen!«

»Habt ihr schon eine Vorstellung, wie und wohin ihr fliehen wollt?«, erkundigte sich Thivarie besorgt. »Denn eines ist sicher, eure Schiffe könnt ihr dafür nicht benutzen, da deine Besatzung, Tarchunies, dir den Befehl verweigern wird, und die deine, Tanachvil, am Kreuz hängt. Ihr seid also auf den Landweg angewiesen.«

»Wir wissen es noch nicht genau, vielleicht nach Süden, in eine der Kolonien der Craeces! Hauptsache, erst einmal raus aus der Stadt!«

»Gut!«, stimmte ihm Thevarie zu. »Ich werde euch für heute Nacht einen Wagen vorbereiten lassen, auf dem ihr alles mitnehmen könnt, was euch lieb und teuer ist. Außerdem werde ich dir neben deinem Erbteil noch zwei Truhen Gold mitgeben, damit ihr in der Fremde ein neues Leben beginnen könnt, ohne jemals Mangel leiden zu müssen.«

»Danke, Thivarie! Aber es wird uns nicht darüber hinwegtrösten, dass wir unsere Heimat und vor allem euch, die ihr ja auch Tanachvils Familie geworden seid, wohl so bald nicht mehr wiedersehen können.«

Um Mitternacht war alles zu ihrer Abreise gerichtet worden.

Da Squria es nicht übers Herz bringen konnte, die beiden davonfahren zu sehen, hatten sie sich im

Hause von ihr verabschiedet. Sie schien vor Gram wie um Jahre gealtert, und ihr Schmerz war so groß, dass sie noch nicht einmal mehr weinen konnte. Als die beiden aus der Tür waren, brach sie ohnmächtig zusammen.

Draußen dann warteten Thivarie und Nerie auf sie, um ihnen Lebewohl zu sagen.

Es wurde ein stummer Abschied, denn es gab keine Worte, die ihre schneidende Trauer darüber hätten zum Ausdruck bringen können. Nur die Tränen, die ihre Augen erblinden ließen, zeugten beredt davon.

Eskortiert von zehn bewaffneten Reitern, die ihnen bis zum Stadttor sicheres Geleit geben sollten, rumpelte der Wagen schließlich vom Hof in die Nacht hinaus, und bald darauf hatte der feuchte Nebel, der jetzt, im Frühherbst, durch die Straßen zog, auch das Geräusch der Räder verschluckt.

»Leb wohl, kleiner Bruder!«, flüsterte Thivarie erstickt, als der Wagen schon längst nicht mehr zu sehen und zu hören war. »Mögen die Götter dich zu einem Ort führen, an dem du mit deiner wunderschönen Frau in Glück und Frieden sorglos leben kannst. Auf uns, die wir hier zurückbleiben, warten nur Krieg und Verderben.«

Kapitel 14

Nachdem Tanachvil und Tarchunies die Stadt verlassen hatten, fuhren sie zunächst zu ihrer Wiese, weil sie übereingekommen waren, dort, auf dem ihnen vertrauten Platz, darüber zu beraten, wohin sie sich nur wenden könnten. Der Mond schien hell, sodass sie problemlos ihren Weg dahin fanden. Als sie die Wiese erreicht hatten, schirrten sie die Pferde aus und setzten sich mit einem Krug Wein auf einer Decke in das tauig warme Gras.

»Willst du wirklich, dass wir uns in einer der Craecesstädte niederlassen?«

Tanachvils Frage verriet, dass sie von diesem Gedanken nicht sonderlich erbaut war.

»Na ja, ich wollte möglichst weit weg von Chaisrie und Tarchnal, und da kam mir als Erstes Cyme in den Sinn, da dort ja Eurypylos wohnt, der uns sicher eine erste Zuflucht gewähren wird, da er sowieso noch eine Schuld bei mir abzutragen hat.«

»Du vergisst dabei die Tatsache, dass die Craeces ein Kopfgeld auf dich ausgesetzt haben, und wenn es unter ihnen einmal ruchbar geworden ist, wer da in ihren Mauern lebt, kann dich auch Eurypylos nicht vor dem Henker retten. Dafür hast du zu oft an ihrem Lebensnerv gekratzt, als du noch Jagd auf ihre Handelsschiffe gemacht hast.«

»Stimmt! Daran habe ich schon gar nicht mehr gedacht!«, gab er ihr kleinlaut Recht. »Was schlägst du also sonst vor?«

Tanachvil dachte eine Weile angestrengt nach.

»Schließen wir zunächst aus, wo wir uns auf gar keinen Fall sehen lassen können«, teilte sie ihm dann ihre Überlegungen mit. »Das sind in erster Linie alle Städte des Bundes, die an der Westküste liegen, wie Fufluns, Vethluns und Velchal, weil sie entweder auf Seiten Tarchnals oder Chaisries stehen. Dasselbe gilt auch für die meisten Städte im Inland, also Velathri, Velznal, Clevsin und Veia. Bleibt der Nordosten. Da haben wir die Wahl zwischen Vipsul, Curtun und Perusna. Ich persönlich bevorzuge Vipsul, da es die nördlichst gelegene Stadt unseres Landes ist und …«

»… und die ärmste und dreckigste dazu!«, wandte Tarchunies bitter ein.

»Genau, aber gerade das könnte uns zum Vorteil gereichen!«, ließ sie sich nicht beirren. »Mit unserem Reichtum wir man uns sicher bestens aufnehmen.«

»Nun befindest du dich in einem schweren Irrtum, denn ganz offensichtlich warst du niemals dort gewesen. Ich hingegen habe diese drei von dir zuletzt erwähnten Städte mit meinem Vater bereist und kann dir deshalb sagen, dass ich um nichts in der Welt dort mit dir leben wollte. Erstens verhalten sich die Menschen in dieser Gegend jedem Fremden gegenüber kalt und abweisend, und zweitens, und das ist das Entscheidende, auch wenn sie sich, wie anzunehmen ist, offiziell aus dem Krieg zwischen Chaisrie und Tarchnal heraushalten werden, so gelten ihre Sympathien doch eher Tarchnal. Wir müssen uns also etwas Anderes einfallen lassen.«

Nach dieser ernüchternden Erklärung wusste Tanachvil zunächst auch keinen Rat mehr und kaute verdrossen an ihren Fingernägeln.

»Und wenn wir in den Süden zu den Ombrern, Sabinern oder Faliskern fahren?«, versuchte sie es noch einmal zaghaft.

»Willst du dein Leben in einer verräucherten Lehmhütte unter stinkenden Kuhhirten fristen, die unsere Sprache nicht sprechen und uns zudem hassen wie die Pest?«

Sie schüttelte heftig den Kopf, nahm den Krug und trank daraus mit langen, kräftigen Zügen.

Plötzlich wurden ihre Augen groß und sie verschluckte sich.

»Ruma!«, hustete sie. »Das ist es! Wir werden nach Ruma fahren!«

»Bist du von Sinnen?«, höhnte er und wollte sich schier ausschütten vor Lachen. »Das kann doch nicht dein Ernst sein! Kannst du dir wirklich vorstellen, in diesem fieberverseuchten Drecknest zu leben, das von all dem menschlichen Abschaum bevölkert wird, den wir aus unseren Städten verbannt haben? Also, lieber würde ich in letzter Konsequenz den beschwerlichen Weg über das große Gebirge auf mich nehmen, um bei meinem Freund Cairteach eine neue

Heimstatt zu finden, als mein Leben unter Räubern und Verfemten zu beenden.«

»Und? Würden wir uns da nicht in bester Gesellschaft befinden?«, erwiderte sie unbeeindruckt. »Sind wir auf See etwas anderes als Räuber gewesen, und mussten wir uns heute nicht gleich Verbannten aus Tarchnal davonschleichen?«

Tarchunies musste sich trotz seines anfänglichen Widerwillens eingestehen, dass sie damit ihre Situation sehr treffend beschrieben hatte.

»Sieh mal!«, spann sie, von der Idee auf einmal entflammt, ihren Gedankenfaden weiter fort, wobei sie dicht an ihn heranrückte. »Wie wir festgestellt haben, werden uns sowohl die Städte der Rasna verschlossen bleiben als auch die der Craeces. Und da wir auch keine Lust haben, in Lehmhütten unter Leuten zu leben, die uns nicht verstehen, ist Ruma meiner Ansicht nach der einzige Hoffnungsschimmer in unserer ansonsten ziemlich ausweglosen Situation. Es ist eine junge, wachsende Stadt, in der Rasna und Ulthese friedlich zusammenleben, und es ist völlig gleichgültig, welcher Herkunft und welchen Standes du bist, denn du musst dir dort deinen Adel erst verdienen! Viele von denen, die du Abschaum genannt hast, gehörten einst zu unseren edelsten Familien und wurden, wie wir, aus den verschiedensten Gründen davongejagt. Sie alle haben in Ruma eine neue Heimat und die Möglichkeit zu einem Neuanfang gefunden. Von einem Vetter, der dort lebt, habe ich erfahren, dass viele von ihnen es durch ihre Tatkraft zu beträchtlichem Vermögen und hohem Ansehen gebracht haben. Selbst ihr jetziger

König, Ancus Marcius, stammt, wie vor ihm Numa Pompilius, ursprünglich aus Cures, der Hauptstadt der Sabiner, und wurde dennoch in dieses höchste Amt gewählt. Wenn das also für einen Fremden möglich ist, dann zweifele ich nicht daran, dass du es mit deinem Durchsetzungsvermögen und deinem Reichtum in Ruma sehr weit bringen kannst!«

Von dieser Seite aus hatte er das noch nie betrachtet, vielleicht schon deshalb nicht, weil es für ihn bisher einfach unvorstellbar gewesen war, woanders als in Tarchnal, in der Nähe seiner Familie zu leben. Er erinnerte sich mit einem Mal daran, dass zu der Zeit, als sein Großvater noch gelebt hatte, auch einige Tarchna, darunter auch dessen jüngster Bruder, ganz freiwillig nach Ruma gezogen waren, um dort ihr Glück zu machen.

Je länger er diesen ungewöhnlichen Vorschlag überdachte, desto klarer sagte ihm sein Verstand, dass der Weg nach Ruma tatsächlich die einzig vernünftige Lösung für sie darstellte.

»Einverstanden!«, willigte er schließlich überzeugt ein. »Wir fahren nach Ruma!«

Darauf fiel sie ihm um den Hals, küsste ihn und zog ihn dann auf sich herab.

Es war das erste, aber eben auch das letzte Mal, dass sie sich auf ihrer Wiese lieben durften.

Mit dem Morgengrauen fuhren sie in Richtung Süden los und benutzten dabei den alten Handelsweg, der genau zwischen den Stadtgebietsgrenzen von Chaisrie und Veia verlief. Nachdem die Sonne aufgegangen war und den über den Feldern und Auen wabernden Frühnebel aufgelöst hatte, strahlte sie, trotz der fortgeschrittenen Jahreszeit, heiß von einem wolkenlosen blauen Himmel.

Jetzt, da sie eine Entscheidung getroffen und ein Ziel vor Augen hatten, fühlten sie sich wie neu geboren. In tiefen Zügen sogen sie die würzige Morgenluft ein und erfreuten sich an der herbstlichen Farbenpracht, in welche die sanft hügelige Landschaft um sie her getaucht war.

Um die Mittagszeit etwa erreichten sie den Tiber, dessen Wasser sich glitzernd und träge gen Westen wälzte, um sich in Ostia, dem kleinen, neu angelegten Hafen Rumas ins Meer zu ergießen. Nun fuhren sie in östlicher Richtung weiter, und nur kurze Zeit darauf erblickten sie in der Ferne ein auf einem Hügel errichtetes hölzernes Vorwerk, welches zweifellos zu den sich dahinter befindlichen Befestigungsanlagen Rumas gehörte.

In dem Augenblick, als sie es gewahr wurden, stieß plötzlich ein Adler vom Himmel auf sie herab und ergriff mit seinen Klauen den breitkrempigen Hut, den Tarchunies zum Schutz gegen die Sonne trug. Mit seiner Beute schwang sich der Vogel mit einem gellenden Jagdruf wieder in die Lüfte empor und kreiste ein paar Mal über ihnen. Während Tarchunies ihm dabei ein wenig ärgerlich zuschaute, kam er unvermittelt mit einer weiten Schleife wieder heruntergesegelt, setzte ihm den Hut wieder auf den Kopf und flog dann in Richtung Ruma davon.

Verblüfft blickte er daraufhin zu Tanachvil und wollte schon anfangen, darüber zu lachen, als er ihren in staunender Fassungslosigkeit erstarrten Gesichtsausdruck bemerkte, mit dem sie ihn ansah.

»Was ist denn nur?«, erkundigte er sich beunruhigt und davon gleichermaßen eigenartig berührt.

»Das war Tinis geflügelter Bote!«, murmelte sie in seltsamer Entrücktheit, während auf einmal ein feines, wissendes Lächeln um ihre Lippen spielte. »Der Gott hat dir durch ihn ein Glück verheißendes Zeichen gesandt. Soweit ich es zu deuten vermag, will er dir damit zu verstehen geben, dass du unter seinem besonderen Schutz stehst und er dir dereinst die höchsten Würden zuteil werden lässt, vielleicht sogar die Krone Rumas!«

Diese Worte ließen ihn bis ins Mark erschauern, und in demütiger Ehrfurcht vor der Gottheit richtete er seinen Blick gen Himmel.

»Glaubst du wirklich, dass dies der Sinn ist, der sich hinter dieser Botschaft verbirgt?«, flüsterte er ergriffen.

»Ja!«, erwiderte sie einfach und sah ihn aus ihren nun wieder klaren Augen unverwandt an.

Noch ganz benommen von dem erhabenen Eindruck der göttlichen Gegenwart, die sich ihnen soeben offenbart hatte, setzten sie schweigend ihre Fahrt weiter fort, bis sie das zwischen zwei aus Holz errichteten Türmen eingelassene Bohlentor erreicht hatten, durch welches man in das Innere der von einem mit hohen Palisaden bestückten Wall umfriedeten Siedlung gelangte. In der Tat verdiente es Ruma nicht, als »Stadt« bezeichnet zu werden, dafür war es zu klein und zu unterentwickelt, wie sie bald feststellen mussten.

Vor dem Tor standen zwei mit Schwert und Lanze bewaffnete Posten, wovon einer, wohl, weil er sie anhand ihrer Kleidung unschwer als Rasna erkannt hatte, auf sie zutrat und sie nahezu akzentfrei in ihrer Sprache danach befragte, woher sie kämen und was sie hier wollten.

»Wir wollen uns hier niederlassen«, klärte ihn Tarchunies freundlich auf. »Es heißt, dass Ruma jedem offen steht, der gewillt ist, sich mit seiner Tatkraft und seinem Vermögen am Aufbau des Gemeinwesens zu beteiligen.«

»Wie ist dein Name, Herr?«, wollte der Mann wissen.

Tarchunies sagte es ihm, worauf der Posten die Augenbrauen hochzog und ihn respektvoll musterte.

»Dann bist du … der Rote Wolf?«, brachte er anerkennend hervor. »Und die Herrin an deiner Seite ist Tanachvil, die Geißel der Karthager? Euer beider Name hat einen guten Ruf in unserer Stadt! Ich habe zwar nicht darüber zu befinden, ob ihr hier bleiben dürft, aber ich heiße euch dennoch in Ruma willkommen.«

»Und wer, bitte, hat darüber zu befinden?«

»In deinem Fall der König selbst! Aber wendet euch doch zunächst an eure Verwandten! Die Tarchna hier haben großen Einfluss und genießen die Gunst des Königs. Ich werde euch zu ihnen führen.«

»Das ist sehr zuvorkommend von dir!«, bedankte sich Tarchunies. »Wie heißt du übrigens?«

»Lucius Postumus, Herr!«

Während der Posten ihnen nun eifrig voranschritt, hatten Tarchunies und Tanachvil Muße, sich ihre neue Wahlheimat näher zu betrachten.

Der Palisadenwall umschloss ein am Ufer des Tiber gelegenes und teilweise recht sumpfiges Gelände, in dem sich in einem Halbkreis nebeneinander vier flache lang gezogene Hügel gruppierten. Zwei weitere, die sich in ihrer Form jedoch eher rund und dazu auch steiler gestalteten, waren ihnen in Ufernähe vorgelagert.

Über diese Hügel verstreuten sich die Behausungen der Bewohner, am Saum der Hügel sehr dicht beieinander, nach oben hin dann immer freizügiger. Zum größten Teil handelte es sich dabei um schilfgedeckte Lehmhütten, aber gerade auf der oberen Hälfte der Hügel gab es auch große, ansehnliche Häuser, die, wie bei den Rasna üblich, mit einem weiß verputzten Mauerwerk aus gebrannten Tonquadern errichtet und mit einem aus breiten, roten Ziegeln bestehenden Dach versehen worden waren. Auf dem einen der beiden runden Hügel, den sie den kapitolinischen nannten und welcher auch der höchste von allen war, hatten die Rumaer dem Gott Tini, oder Iupiter, wie er in ihrer Sprache hieß, ein kleines Heiligtum mit hölzernen Säulen erbaut, und direkt daneben ragten die Mauern einer wehrhaften Festung. Auch auf dem anderen, der sich ihm gegenüber erhob und auf dem der König seine Wohnstatt hatte, prangte eine Wehranlage. Zu ihren Füßen befand sich ein schmuckloses, quadratisches Gebäude, welches der Amtssitz des Königs war, der dort mit dem Ältestenrat zusammenkam, um die Geschicke dieses aufstrebenden Gemeinwesens zu lenken. Davor erstreckte sich, zentral zwischen den Hügeln gelegen, ein großer freier Platz, dessen nackter, gestampfter Lehmboden mit unzähligen Tonscherben befestigt war und der der Bevölkerung sowohl als Markt als auch als allgemeiner Versammlungsort diente. Als sie sich ihm näherten, hatten sie den Eindruck, als hätte sich die gesamte Einwohnerschaft Rumas hier eingefunden, so dicht wuselten die Menschen umeinander. Doch im Unterschied zu den öffentlichen Plätzen und Märkten der Rasnastädte ging es hier sehr ruhig und gesetzt zu. Die Bauern und Händler priesen zwar auch laut ihre Waren an, aber das lärmende Getümmel, wie sie es von zu Hause her kannten, fehlte hier völlig.

Von diesem Platz aus, den die Rumaer Forum nannten, nahmen die breiten, allerdings ungepflasterten Straßen ihren Ausgang, die sternförmig aus der Siedlung hinausführten.

Sie überquerten das Forum und folgten, während Lucius ihnen alles beflissen zeigte und erklärte, einer dieser Straßen, auf der sie recht bald zu ihrer Linken eine Anzahl ausgesprochen prachtvoller Häuser sahen, die sich lose auf dem sanft ansteigenden Hang des Esquilins, wie Lucius diesen Hügel bezeichnete, verteilten.

Dorthin führte er sie und ließ sie wenig später vor dem Tor eines dieser Häuser halten.

»Wir sind am Ziel!«, bedeutete er ihnen. »Das ist das Anwesen der Tarchna.«

Tarchunies wollte ihn darauf mit einem Goldstück für seine Mühe entlohnen, doch Lucius lehnte es ab.

»Ich habe nur meine Pflicht gegenüber den Fremden erfüllt«, sagte er stolz. »Euer Dank ist mir Lohn genug.«

Damit hob er seinen Arm zum Gruß und ging wieder seiner Wege.

»Ich fürchte, wir müssen unsere Meinung, die wir bislang von diesen Leuten hier hatten, gründlich überdenken!«, äußerte sich Tarchunies beifällig zu der zurückhaltenden Höflichkeit, die dieser einfache Mann ihnen entgegengebracht hatte. »Wenn nur die Hälfte der Rumaer geartet sind wie dieser da, dann herrscht hier mehr Tugend und Manneszucht als in allen Städten der Rasna zusammen.«

Ihre Ankunft war indessen nicht unbemerkt geblieben, denn ein Torflügel öffnete sich knarzend, und heraus trat ein nur mit einem blauen Lendenschurz bekleideter, buckliger junger Mann, der offenbar das Amt des Pförtners versah.

Doch wie die blutigen Striemen auf seinem Rücken ihnen bewiesen, als er sich tief vor ihnen verneigte, musste er noch vor kurzem den Unmut seines Herren herausgefordert haben.

»Melde deinem Herren, dass Tarchunies, Sohn des Lukomo Laris Tarchna und seine Frau Tanachvil Spuriana darum ersuchen, von ihrem Verwandten empfangen zu werden!«, befahl er dem geschundenen

Sklaven, nachdem dieser sie untertänigst nach ihren Wünschen befragt hatte.

»Mein Herr, Velthur Tarchna, wird entzückt sein, euch begrüßen zu dürfen!«, erwiderte er tonlos und verbeugte sich womöglich noch tiefer als zuvor. »Wenn ihr mir bitte in den Hof folgen wollt?«

Er riss das Tor vor ihnen auf und verschwand sofort im Inneren des Hauses, um Velthur ihr Eintreffen mitzuteilen.

Sie waren gerade vom Wagen heruntergestiegen, als ein halb nackter und wohlbeleibter älterer Mann mit einem schütteren grauen Haarkranz um seinen ansonsten kahlen und von Schweißperlen übersäten Schädel aus der Tür auf sie zuhastete und sie, ohne zuvor ein begrüßendes Wort zu verlieren, erst ihn, dann Tanachvil, überschwänglich an seine Brust drückte.

»Ach, dass ich das noch erleben darf, Kinder!«, rief er mit einer zitternden hohen Stimme, als er danach vor Rührung händeringend vor ihnen stand. »Seid mir herzlich willkommen, und betrachtet mein Haus als das eure! Ihr kommt zur rechten Zeit, denn ich habe mir gerade ein spätes Mittagsmahl zubereiten lassen, und da ihr wahrscheinlich den ganzen Tag noch nichts gegessen und getrunken habt, wäre ich glücklich, wenn ihr mir dabei Gesellschaft leisten würdet.«

Dies alles floss so schnell über seine fleischigen Lippen, dass den beiden, die von dieser unerwartet herzlichen und intimen Begrüßung völlig überrumpelt waren, keine Zeit gegeben war, sich noch einmal vorzustellen und ihr Anliegen vorzutragen.

Und schon hatte er ihnen seine Arme um die Schultern gelegt und führte sie in einen mit drei Bronzeliegen ausgestatteten kleinen Raum, der nur durch zwei Säulen vom Lichthof getrennt war.

Soweit Tarchunies es bis jetzt beurteilen konnte, hatte der Hausherr die Innenräume sehr geschmackvoll ausgestaltet, aber dabei fiel ihm auch etwas auf, was ihm völlig neu und auf eine gewisse Weise sogar fremd erschien. An einigen Wänden, wie etwa im Empfangssaal vor dem Lichthof, hatte der Maler es mit einer sehr realistischen und plastischen Darstellung verstanden, dem Betrachter die Illusion zu vermitteln, zum Beispiel durch ein offenes Fenster in eine sonnenbeschienene Landschaft zu schauen oder, indem er Tische, Schränke und andere Einrichtungsgegenstände naturgetreu und perspektivisch auf die Wand gemalt hatte, den Raum viel tiefer und damit größer zu empfinden.

Auch dieses kleine Speisezimmer wirkte durch jene Kunst viel größer, als es eigentlich war.

»Ihr müsst das Hähnchen mit der Feigensoße probieren!«, machte Velthur ihnen den Mund wässrig, und noch immer hatte er sie nicht gefragt, was sie nach Ruma verschlagen hatte.

Stattdessen erzählte er ihnen, während sie sich mit Heißhunger über den reichlich gedeckten Tisch hermachten, wie harmonisch die Rasna hier mit den Ulthese zusammenlebten. Zwar wohnten die Rasna wegen ihrer Sprache, aber auch deswegen, weil sie zumeist begüterter waren als die übrige Bevölkerung, abgesondert in einem eigenen Viertel unter sich, bildeten aber im Ältestenrat, der hier Senat hieß, eine bestimmende Mehrheit.

Was die Menschen hier, die doch fast alle unterschiedlichster Herkunft waren, so eisern zusammenhalten ließ, war die Tatsache, dass sie ständig von den benachbarten Völkern mit Krieg bedroht wurden. So auch jetzt wieder, wo die Streitkräfte Rumas, darunter auch seine beiden Söhne, gegen Fidenae im Feld standen, das – wohl angestiftet von Veia – vor einigen Tagen mit einem starken Heer die Grenzen Rumas überschritten hatte.

Er leugnete nicht, dass die Leute, die hierher kamen, zumeist Verbrecher, Abenteurer und Ausgestoßene waren oder doch in der jetzigen Generation von ihnen abstammten, aber da ihnen an diesem unwirtlichen und von den übrigen Völkern dieses Landes gemiedenen Ort eine wirkliche Gelegenheit geboten wurde, sich am Aufbau eines eigenständigen Gemeinwesens zu beteiligen, in dem sie in Freiheit ein neues, unbelastetes Leben beginnen durften, unterwarfen sie sich dafür gerne den hier geltenden strengen Gesetzen, die sie woanders gebrochen hatten, und achteten scharf auf deren strikte Einhaltung. Diese Verantwortung, die jeder einzelne Freie in dieser Stadt für sich und die Allgemeinheit übernommen hatte, erfüllte sie mit großem Stolz, und es gereichte ihnen mittlerweile zu hoher Ehre, sich Rumaer nennen zu dürfen.

Doch obwohl alle sich nach Kräften darum bemühten, einigermaßen annehmbare Lebensbedingungen zu schaffen, erwies sich das als weitaus schwieriger, als sie sich das zu Anfang vorgestellt hatten. Es waren vor allem die widrigen Bodenverhältnisse des Umlandes, die es den Bauern so schwer machten, den allgegenwärtigen Sümpfen fruchtbares Ackerland abzuringen, und hatten sie es erst einmal getan, dann geschah es nur zu häufig, dass der Tiber über die Ufer trat, das hart gewonnene Ackerland überschwemmte und so ihre ganze Arbeit zunichte machte, was es folglich immer mehr erschwerte, die ständig wachsende Bevölkerung ausreichend mit Nahrung zu versorgen.

Auch die sommerlichen Mückenschwärme, die sich zu dieser Jahreszeit aus den Sümpfen und Flussauen erhoben, waren eine gefährliche Bedrohung, denn sie verbreiteten Fieber und Seuchen.

»Die einzige Möglichkeit für uns, sich aus dieser unsere Existenz gefährdenden Lage auf Dauer zu befreien, besteht darin, die Sümpfe trockenzulegen!«, beschloss Velthur betrübt seine Ausführungen. »Aber dafür fehlt uns nicht nur das Können, sondern vor allem Geld, denn die Mittel, die wir aus dem Handel mit unseren Bodenschätzen erwirtschaften, brauchen wir größtenteils, um Nahrungsmittel zu kaufen.«

»Warum hast du uns bisher eigentlich nicht gefragt, was uns dazu gebracht hat, dich aufzusuchen?«, lenkte Tarchunies, der sich nunmehr gesättigt zurücklehnte, von diesem heiklen Thema ab.

Velthur sah ihn darauf verschmitzt an und rieb seine kleine, sichelförmige Nase.

»Weil ich den Grund kenne, Vettersohn! Wir leben hier nicht so abgeschieden und weltfremd, als dass wir nicht erfahren hätten, was sich kürzlich so Schreckliches in Tarchnal ereignet hat und auch, wie das Schicksal euch dadurch zusammengeführt hat. Außerdem ist euer Ruhm, den ihr euch davor als unerschrockene Freibeuter im Kampf gegen die Craeces und Phoiniki, die auch unsere Feinde sind, erworben habt, längst auch bis hierher gedrungen. Noch gestern saß ich mit Freunden zusammen und habe fast darum gewettet, dass ihr irgendwann hier auftauchen würdet, womit wir bei einer sehr wichtigen Frage angelangt wären. Wie stellt ihr euch euer zukünftiges Leben hier vor? Dass ihr wieder zur See fahrt, halte ich unter den derzeitigen Umständen für ausgeschlossen, da es hier niemanden gibt, der in der Lage wäre, ein Schiff zu bauen, geschweige denn jemand, der damit umzugehen versteht. Das Einzige, was euch meines Erachtens bleibt, ist, euren Lebensunterhalt mit Handel zu verdienen. Aber dazu braucht ihr Gold, viel Gold! Verfügt ihr über ein solches Vermögen?«

»Überzeuge dich selbst!«, schlug ihm Tarchunies vor. »Lass die drei Truhen, die hinten auf meinem Wagen stehen, herbeitragen. Da du dich, wie mir scheint, bestens mit diesem Geschäft auskennst, kannst du mir ja dann sagen, ob unsere Mittel, die wir mit uns führen, dafür ausreichen.«

Kurz darauf hatten Sklaven auf Velthurs Geheiß das Gewünschte hereingetragen und auf dem inzwischen leer geräumten Tisch abgestellt. Nachdem Tarchunies die Deckel der Truhen geöffnet und Velthur einen ersten, oberflächlichen Blick auf deren Inhalt geworfen hatte, verzog sich seine Miene zu einem ungläubigen Staunen. Eine Truhe war mit Schmuck und Edelsteinen gefüllt, und in der zweiten stapelten sich spindelförmig gegossene Goldbarren, während sich in der letzten eine große Menge an Gold- und Silbermünzen befanden, die zum größten Teil craecischen und phoinikischen Ursprungs waren.

Für eine geraume Weile war Velthune nur damit beschäftigt, den ungefähren Wert dieser Schätze zu ermitteln, indem er einzelne Stücke einer sorgfältigen Prüfung unterzog, wobei er zwischendurch immer wieder, so, als könnte er es nicht fassen, den Kopf schüttelte.

»Das ... das übertrifft meine kühnsten Erwartungen!«, wandte er sich schließlich mit versagender Stimme an Tanachvil und Tarchunies, die ihm bei seinem andächtigen Tun mit steigender Belustigung zugesehen hatten. »So, wie ich das einschätze, seid ihr damit die reichsten Menschen in ganz Ruma, reicher noch als selbst der König!«

»Und, wirst du uns helfen, dieses Gold richtig anzulegen?«, fragte ihn Tanachvil geradeheraus.

Velthur überlegte einen Moment lang und leckte sich über die Lippen.

»Grundsätzlich würde ich das mit dem größten Vergnügen tun«, sagte er dann zögernd, »aber zuvor müsste ich wissen, ob ich dafür auch euer uneingeschränktes Vertrauen habe, denn ihr kennt mich ja überhaupt nicht! Ihr müsst nämlich wissen, dass ich hier in dem Ruf stehe, ein skrupelloser Geschäftsmann zu sein, der nur auf seinen Vorteil bedacht ist.«

»Du hast uns schon bewiesen, dass wir dir trauen können«, entkräftete Tarchunies seine Bedenken. »Als du uns vorhin so warmherzig begrüßt hast, konntest du ja von unserem Vermögen nichts ahnen, und dennoch hast du uns freigebig dein Haus zur Verfügung gestellt! Du bist ein Tarchna, und schon deshalb steht für mich außer Frage, ob du dich nicht vielleicht an uns bereichern oder uns gar betrügen könntest!«

»Doch, selbstverständlich werde ich mich an euch bereichern!«, widersprach er ihm mit einem gutmütigen Lachen. »Ich werde nämlich meine ganze Kraft einsetzen, dass euer Gold für euch höchst profitabel arbeitet, und diese Mühen werdet ihr mir sicherlich gerne bezahlen!«

»Jetzt bin auch ich davon überzeugt, dass unser Gold bei dir in den besten Händen ist, Velthur Tarchna«, stimmte Tanachvil in sein Lachen ein. »Denn hättest du anders auf Tarchunies familiäre Treuherzigkeit reagiert, dann wären mit Sicherheit meine Zweifel an deiner Ehrlichkeit geweckt worden. Was also rätst du uns, als Nächstes zu tun?«

»Nun, als Erstes sollten wir dafür sorgen, dass ihr ein eigenes und eurem Stand angemessenes Heim bekommt«, schlug er ihnen nach kurzem Nachdenken vor. »Zufälligerweise gibt es hier in der Nachbarschaft ein wunderschönes Anwesen, das zum Verkauf ansteht, da sein jüngst verstorbener Besitzer hoch verschuldet war und seine Erben deshalb dringend auf den Erlös angewiesen sind. Ich werde es euch nachher einmal zeigen, und wenn es euch gefällt, dann werde ich mit den Erben gleich morgen in Verhandlungen treten. Ich denke, dass ich unter diesen Umständen einen guten Preis für euch erzielen werde. Bis dann alles zu eurer Zufriedenheit umgebaut und eingerichtet ist, bleibt ihr selbstverständlich bei mir wohnen, zumal wir dabei Gelegenheit haben, uns näher kennen zu lernen. Alles Weitere werde ich erst dann mit euch besprechen, wenn ich mich mit meinen Geschäftspartnern ausgetauscht habe.«

»Ach, da wäre noch etwas!«, fiel Tarchunies in diesem Zusammenhang wieder sein eigentliches Anliegen ein, das ihn zu seinem Verwandten geführt hatte. »Die Torwache hat mir gesagt, dass in meinem Falle allein der König über unseren Wunsch, künftig in Ruma zu leben, zu entscheiden hätte. Man hat mir deshalb geraten, uns an dich zu wenden, da du das Ohr des Königs besitzt!«

»Das ist sehr treffend ausgedrückt!«, erwiderte Velthur geschmeichelt. »Ancus Marcius und mich verbindet eine langjährige Freundschaft. Ich werde ebenfalls schon morgen darum ersuchen, euch baldmöglichst zu empfangen. Doch sehe ich da keine Schwierigkeiten, denn wenn er von mir erfährt, wer ihr seid und welches Schicksal euch hierher geführt hat, wird er euch seine Genehmigung, euch hier anzusiedeln, bestimmt nicht verweigern. – Vor allem schon deswegen nicht«, fügte er augenzwinkernd hinzu, »weil ich ihn beiläufig davon in Kenntnis setzen werde, mit welch reichhaltigem Gepäck ihr hierher gereist seid!«

»Dann ist dieser Ancus Marcius also korrupt?«, hakte Tanachvil darauf misstrauisch nach.

»Oh nein!«, wehrte Velthur diesen Einwand vehement ab. »Er ist, wie vor ihm Numa Pompilius, ein weiser und friedliebender König, dem in der Vergangenheit bis heute zu seinem Leidwesen von unseren Feinden nur allzu oft das Schwert in die Hand gezwungen wurde. Aus diesem Grunde ist es ihm nicht zu verdenken, dass er geneigt ist, jede sich ihm bietende Hand zu ergreifen, die gewillt ist, sich mit ihren finanziellen Mitteln am Erhalt dieses noch sehr zerbrechlichen Gemeinwesens zu beteiligen!«

»Das ist, wie ich meine, sein gutes Recht!«, schloss sich Tarchunies ohne Umschweife der Ansicht Velthurs an. »Als König muss er vor allem das Wohl seiner Untertanen im Auge behalten, und wenn wir ihn dabei unterstützen können, soll mir das eine Ehre sein!«

»Dein Entschluss … ist, er ist sehr weitsichtig«, bekannte Velthur betroffen und bedachte ihn mit einem wohlwollenden Seitenblick. »Ich bin mir nunmehr sicher, dass der König euer beider Anwesenheit in Ruma sehr bald zu schätzen lernen wird. Doch nun«, beschwor er sie, »lasst uns von anderen Dingen sprechen! Erzählt mir von meinem unglücklichen Vetter und von den Hintergründen für diese abscheuliche Tat! Und vor allem erzählt mir eure wundersame Geschichte, die wahrscheinlich nur ansatzweise zu uns gedrungen ist. Meine Söhne sind im Krieg und meine Frau ist vor Jahren gestorben! Ich bin ganz allein, und ihr würdet mir altem Mann eine große Freude machen, wenn ihr mich an eurem Schicksal teilhaben lasst. Wir Rasna in Ruma haben zwar zumeist aus sehr schmerzhaften und bitteren Gründen unsere Heimat verlassen müssen, doch haben wir unser Interesse an ihr nicht gänzlich verloren.«

»Aber sehr gerne, Velthur!«, kam Tarchunies seiner Bitte nach. »Nur fürchte ich, dass dies ein abendfüllendes Thema wird!«

»Oh, dem steht nichts im Wege!«, freute sich Velthur und klatschte begeistert in die Hände. »Wenn ihr es nicht zu aufdringlich fändet, würde ich gerne einige enge Freunde hier aus der Nachbarschaft dazu einladen. Ich denke, auch sie würde es brennend interessieren, Neuigkeiten aus den Städten des Bundes zu hören!«

»Nur zu, du bist der Gastgeber!«, ermunterte ihn Tarchunies. »Und auch wir können gar nicht zu früh damit anfangen, neue Bekannte kennen zu lernen.«

Da stand Velthur auf, stellte sich vor die beiden, die gemeinsam auf der Liege ruhten, hin und legte ihnen jeweils die Hand auf die Schulter.

»Ihr seid nicht meine Gäste, ihr seid ab jetzt wie meine eigenen Kinder!«, stellte er liebevoll fest. »Vergesst nicht, dass Laris und ich Vettern waren! Das verpflichtet! Ich bin sicher, dass Laris im umgekehrten Falle genauso gehandelt hätte.«

Wie Tarchunies es vorausgesagt hatte, wurde es ein langer, aber nichtsdestoweniger sehr unterhaltsamer Abend. Velthur hatte sieben Ehepaare, zum Teil mit ihren erwachsenen Söhnen und Töchtern eingeladen, um seinen beiden jungen Verwandten zu ersparen, nur mit alten Leuten am Tisch zu liegen.

»Es war klug von dir, ihnen nichts von unserem Erlebnis mit dem Adler zu erzählen«, sagte Tanachvil, als sie endlich spät in der Nacht auf ihrem breiten, weichen Bett in dem geräumigen Zimmer, das Velthur ihnen zur Verfügung gestellt hatte, lagen. »Es hätte sie vielleicht beunruhigt, zumindest aber verwirrt.«

Sie küssten sich noch und sanken dann, nachdem sie ja nach den aufwühlenden Ereignissen in Tarchnal fast zwei Tage nicht mehr geschlafen hatten, fast augenblicklich in einen tiefen, traumlosen Schlummer.

Sie waren dem Ruf des Schicksals, sich nach Ruma zu begeben, gefolgt.

Was immer es auch hier für sie bereithalten mochte, es fing auf alle Fälle äußerst viel versprechend an.

Kapitel 15

So tief war ihre Erschöpfung gewesen, dass sie den ganzen Vormittag des folgenden Tages verschlafen hatten. Nachdem sie ein ausgiebiges Bad, das die Sklaven ihnen sofort nach ihrem Aufstehen bereiteten, genommen und danach noch eine Kleinigkeit gegessen hatten, begaben sie sich erfrischt und mit duftendem Öl gesalbt in den Lichthof, wo Velthur sie schon ungeduldig erwartete.

»Ich habe heute Morgen schon viel für euch erledigt und habe gute Nachrichten!«, begrüßte er sie geschäftig. »Als Erstes werden wir uns, da wir es gestern versäumt haben, jenes Haus meines verstorbenen Nachbarn ansehen. Ich habe mit dem Verkäufer vereinbart, dass wir uns um die Mittagszeit, also jetzt, dort mit ihm treffen werden, damit er euch die Räumlichkeiten zeigen kann.

Danach, ihr werdet es nicht glauben, sind wir schon mit Ancus Marcius verabredet. Ich habe heute früh im Senat über euch gesprochen und euch ihm wärmstens empfohlen, sodass er es kaum noch erwarten konnte, euch bei sich willkommen zu heißen. Nun, was sprecht ihr?«

Tanachvil und Tarchunies sahen sich verblüfft an, dann mussten sie vor Freude lachen.

»Wer hätte das gedacht?«, prustete Tanachvil. »Noch keinen Tag in Ruma, und schon ein eigenes Haus und eine Audienz beim König. Alle Achtung, Velthur, du musst uns in der kurzen Zeit wahrlich in dein Herz geschlossen haben, dass du dich so für uns einsetzt!«

»Habe ich auch«, erwiderte er, von ihrem Lachen angesteckt. »Aber nun kommt, wir wollen den guten Marce Suana nicht so lange warten lassen.«

Velthur hatte nicht übertrieben, es war wirklich ein großartiges Anwesen mit durchweg erlesenem Mobiliar, und die Böden von den meisten der achtzehn Zimmer, einschließlich des Lichthofes, waren mit farbenprächtigen Mosaiken belegt. Alles in allem glich es in seiner Ausstattung ganz den Häusern, wie sie beispielsweise in Tarchnal von der reichen Oberschicht bewohnt wurden, sodass die beiden sich sofort heimisch fühlten und dem Kauf zustimmten. Schnell war man sich mit dem Preis einig geworden, der für beide Seiten vorteilhaft war und in dem auch nahezu der gesamte Hausrat enthalten war, den Tarchunies in Absprache mit Tanachvil zu übernehmen gedachte. Das Einzige, was ihnen nun noch fehlte, waren ein paar Sklaven für den Haushalt, denn als der Besitzer gestorben war, waren dessen Sklaven als Erstes verkauft worden.

»Seid ihr übrigens auch an dem Land interessiert, was da hinten an das Grundstück grenzt?«, fiel es Marce noch ein, als der Kauf bereits getätigt war. Dabei zeigte er, mit der Rechten einen Bogen beschreibend, auf eine sich weit ausdehnende und nur von einigen Apfelbäumen bewachsene Grünfläche.

Tarchunies wollte schon dankend ablehnen, als Velthur rasch vor ihm das Wort ergriff.

»Selbstverständlich!«, entschied er. »Ich wusste gar nicht, dass das Land euch gehört! Was kostet es?«

Marce nannte seinen Preis, worauf Velthur ihn zwar noch etwas herunterhandelte, doch am Ende schlug er ein.

Nachdem sie übereingekommen waren, dass Marce sich das Gold im Verlauf des morgigen Tages abholen könnte, machten sie sich auf den Weg zum Hause des Ancus Marcius.

»Was soll ich denn nur mit dem ganzen öden Land anfangen?«, murrte Tarchunies später, als sie wieder unter sich waren.

Velthur hielt an und schaute ihm ernst in die Augen.

»Ein guter Kaufmann muss vorausschauend denken!«, belehrte er ihn. »Immer mehr Menschen kommen nach Ruma, und alle wollen sie ein Dach über dem Kopf haben. Schon jetzt ist das Gebiet rund um das Forum hoffnungslos überbaut, sodass die Neuankömmlinge und vor allem auch deren und unsere Nachkommen bald gezwungen sein werden, schrittweise auf das jetzt noch brachliegende Gelände innerhalb des Schutzwalles auszuweichen, um dort ihre Häuser zu errichten. Das wird in absehbarer Zeit dazu führen, dass es immer weniger bebaubare Flächen geben wird, die Nachfrage sich danach aber, bedingt durch den ständig anwachsenden Zuwandererstrom, unverhältnismäßig steigern wird. Und da der Preis des Angebots sich nach der Nachfrage richtet, erhöht er sich zwangsläufig in dem Maße, wie die Nachfrage steigt. Wenn du demnach dein Land heute für fünfzig Goldstücke kaufst, kannst du mit Sicherheit damit rechnen, dass du es irgendwann für ein Vielfaches dieser Summe wieder verkaufen kannst. Betrachte dein Land also ruhig als eine gewinnträchtige Geldanlage!«

»So, wie wir dich«, sagte Tanachvil, die, wie Tarchunies auch, seinen Erläuterungen fasziniert gefolgt war. »Du beherrschst deine Kunst meisterlich, Velthur! Wenn du unser Vermögen auf diese unnachahmliche Weise verwaltest, dann kann es sich ja nur vermehren!«

»Nun ja, ich werde tun, was ich kann«, wehrte Velthur bescheiden ab. »Aber da wir gerade von Vermehrung sprechen, Tanachvil, wie viel Zeit bleibt noch bis zu deiner Niederkunft?«

»Sechs Monde«, antwortete sie errötend.

»Was? Woher weißt du ... nein, ich fasse es nicht!«, schrie Tarchunies da in heller Aufregung. »Du bist schwanger, und ich bin der Letzte der es erfährt? Wieso weiß es Velthur und nicht ich?«

»Jetzt beruhige dich doch!«, versuchte sie ihn zu beschwichtigen. »Ich wollte es dir ja nicht verheimlichen. Vorgestern hatte ich vorgehabt, es dir zu sagen, doch dann mussten wir überstürzt aus Tarchnal fliehen. Heute nun, nachdem sich hier für uns alles so gut angelassen hat, dachte ich, dir endlich die freudige

Mitteilung machen zu können, doch Velthur ist mir leider zuvorgekommen.«

»Aber, wieso hast du dich dann zuerst ihm anvertraut?«, empörte er sich.

»Hat sie gar nicht!«, stellte Velthur ungerührt richtig. »Ich habe nur zwei gesunde Augen im Kopf! Und unterstellt, du hättest sie auch und dazu noch die Erfahrung meines reifen Alters, dann wäre auch dir die eindeutige Wölbung ihres Bauches nicht verborgen geblieben, mein Junge.«

Verunsichert, aber auch beschämt, ließ Tarchunies seine Blicke für einen Moment zwischen den beiden hin und her wandern, doch dann besann er sich und überwältigt von seinem unverhofften Glück nahm er sie wie mit übertriebener Vorsicht in seine Arme und küsste sie voll innig empfundener Dankbarkeit.

»He, hör mal!«, mahnte sie ihn schalkhaft. »Wenn ich auch schwanger bin, so bin ich doch kein heiliges Relikt. Du kannst mich gerne fester an dich drücken. Spätestens heute Nacht!«

»Ha … hmm! Ich kann ja durchaus verstehen, dass ihr jetzt am liebsten für euch sein wollt!«, räusperte sich Velthur und holte sie wieder unsanft in die Realität zurück. »Doch müssen wir uns jetzt eilen! Ein König hat es nicht gerne, wenn man ihn warten lässt!«

Mit einem resignierten Schulterzucken ließen sie voneinander ab und folgten Velthur, der ihnen nun wieder zielstrebig voranschritt. Er hatte zwar vom Palast des Königs gesprochen, doch in Wahrheit war der Wohnsitz des Ancus Marcius nur unwesentlich größer als das Haus, welches sie gerade gekauft hatten und, wie sie sich bald überzeugen konnten, nur halb so komfortabel eingerichtet wie dieses. An der Tür wurden sie von Sklaven erwartet, die ihnen zuerst Hände und Füße wuschen, um sie dann zum König zu geleiten.

Sie fanden ihn in dem großen ummauerten Garten, der sich wie ein zweiter Lichthof an den hinteren Teil des Hauses anschloss. Er kniete, nur mit einer schlichten roten Tunika bekleidet, vor einem der sehr gepflegten Beete und schnitt die dort üppig wachsenden, herrlich duftenden Küchenkräuter zurück. Als er ihre Anwesenheit bemerkte, stand er auf, wischte sich die Hände an einem Tuch, welches an seinem Gürtel hing, ab und begrüßte sie mit einem festen Händedruck, wobei seine wasserblauen Augen wie das milde Licht der Herbstsonne strahlten.

In der Tat glich er in seinem Äußeren mehr einem ackerständigen Bauern denn einem König. Sein braun gebranntes, wettergegerbtes und von schlohweißen Locken umrahmtes Gesicht, dessen hervorstechendstes Merkmal die über dem schmallippigen Mund sich kühn krümmende Adlernase war, ließ nur schwer auf sein Alter schließen, doch hatte er sicher sechzig Sommer erlebt. Er war von mittelgroßer, hagerer Statur, und seine schwieligen Hände bewiesen, dass er es gewohnt war, harte Arbeit zu verrichten.

»Man muss die Kräuter im Herbst zurückschneiden«, erklärte er mit einem warmen und leicht singenden Tonfall, der zeigte, dass seine Muttersprache eine andere als die der Rasna war. »Sonst gehen sie beim ersten Frost ein.«

Er lud sie ein, sich mit ihm um einen runden marmornen Tisch, der mitten im Garten stand, zu setzen, um sich bei einem Becher Wein ungezwungen mit ihnen unterhalten zu können.

Wie zuvor Velthur, mussten Tarchunies und Tanachvil nun auch ihm ihre Geschichte erzählen und auch, wie sie ihre Kindheit und Jugend verbracht hatten. Am meisten aber schienen ihn dabei ihre Abenteuer auf See zu interessieren, denn davon ließ er sich ausführlichst berichten.

»Ich beneide euch um diese Erlebnisse und Erfahrungen«, sagte er, umfasste ihre Handgelenke und sah ihnen eindringlich in die Augen. »Wisst ihr, mein Traum war es und ist es immer noch, einmal in meinem Leben ein Schiff zu besteigen und hinaus in die grenzenlose Weite zu fahren. Aber es hatte nicht sein sollen, denn spätestens, als ich vor nunmehr zwanzig Jahren die schwere Nachfolge des kriegerischen Tullus Hostilius antrat, war mir bewusst geworden, dass sich dieser Traum wohl nie erfüllen wird. Und deshalb mögt ihr mir verzeihen, wenn ich euch, wann immer wir uns sehen, darum bitten werde, mir mit euren aufregenden Abenteuern wenigstens auf diese Weise den Wind des Meeres um die Nase wehen zu lassen!«

»Wer war dieser Tullus?«, wollte Tanachvil wissen.

»Der Mann, der nach meinem Großvater Numa Pompilius König von Rom war«, erläuterte er ihnen. »Nur, im Gegensatz zu Numa und auch mir, liebte er den Frieden nicht, sondern war besessen vom Kriege.«

In der richtigen Annahme, dass seine Gäste, wenn überhaupt, dann nur über ein sehr spärliches Wissen über die Entstehung Rumas verfügten, begann er ihnen nun episch darüber zu erzählen.

Natürlich stellte sich ihnen diese Variante ganz anders dar als das, was bei den Rasna darüber berichtet wurde.

Nach Ancus waren die Vorfahren der Rumaer Trojaner, die unter der Führung des Aeneas, Sohn der Liebesgöttin Venus, die bei den Rasna Turan hieß, aus der brennenden Stadt geflohen und nach langen Irrfahrten hier in dieses Land gekommen waren. Natürlich zeigten sich die einheimischen Völker nicht gerade begeistert über die Ankunft der trojanischen Flüchtlinge und bekämpften sie seither unerbittlich.

Auch der Brudermörder Romulus, der Ruma gegründet haben soll und der erste König der Stadt gewesen war, war danach göttlicher Abstammung, denn dessen Vater war niemand Geringeres als der Kriegsgott Laran, oder rumäisch Mars, gewesen.

Nachdem Romulus in einer blitzumtosten Wolke in den Himmel aufgefahren war, hatten die Rumäer seinen Großvater Numa aus Cures, der Hauptstadt der Sabiner, geholt und ihn zu ihrem König erwählt. Da er kinderlos geblieben und er, Ancius noch unmündig war, wurde dann Tullus der dritte König in Ruma.

In seiner machtgierigen Kriegslüsternheit hatte er nicht nur das alte Alba Longa zerstört, sondern er hatte sich und den Rumäern damit nun endgültig die unversöhnliche Feindschaft der mächtigen Nachbarvölker wie den Fidenern, Veianern, Samniten und selbst den Sabinern zugezogen.

Als er dann nach Tullus' Tod König geworden war, hatte er sich vergeblich um Aussöhnung und Frieden bemüht und gerade Veia, die große Rasnastadt nördlich von Ruma, hörte nicht auf, gegen Ruma zu hetzen, wenn es nicht gerade selbst Truppen über die Grenze schickte.

»Das ewige Kriegführen ist einerseits zermürbend, härtet uns aber andererseits und schmiedet uns zusammen«, beendete er seine Erzählung. »Es ist nur schade, dass gerade die Rasna uns so tief verachten, obwohl sie zum Teil die gleichen Feinde haben wie wir. Von eurer hohen Kultur könnten wir viel lernen, die Seefahrt beispielsweise. Und deshalb bin ich um jeden eures Volkes froh, der seinen Weg zu uns findet, so wie ihr. Ich heiße euch also herzlich bei uns willkommen und hoffe, dass ihr euch bald heimisch fühlen werdet.«

»Wir danken dir, Herr«, erwiderte Tarchunies, »und wir versprechen dir, uns mit allen uns zur Verfügung stehenden Mitteln für den Aufbau und das Gemeinwohl dieser aufsprießenden Stadt einzusetzen. Auch werden wir uns bemühen, so schnell wie möglich eure Sprache zu erlernen, um uns besser mit den Menschen deines Volkes verständigen zu können.«

Der König bedachte ihn darauf mit einem wohlgefälligen Blick, in dem sowohl Staunen als auch hohe Achtung zu lesen war.

»Ich kenne nur sehr wenige deiner Rasse, die sich

dazu überwunden haben, sich mit unserem Lebenswandel und unserer Sprache vertraut zu machen«, sagte er melancholisch, »denn ich weiß ja sehr wohl, wie ihr in Wahrheit über uns denkt. Für euch, die ihr in euren reichen und mächtigen Städten lebt, sind wir Ulthese nur primitive Bauern und Ziegenhirten, die eure Beachtung nicht verdienen. Ihr Rasna seid uns in eurem Wissen und eurer Kunstfertigkeit zwar noch weit überlegen, doch sind wir, verglichen mit euch, ein junges, unverbrauchtes Volk, in dem noch ungeahnte Kräfte schlummern und das noch sehr lernfähig ist. So ist es natürlich ein seltener Glücksfall, wenn Rasna, gerade eures Standes, obgleich zumeist unfreiwillig, zu uns kommen und uns mit Rat und Tat beim Aufbau dieser Stadt zur Seite stehen.«

»Was ist es, das den Menschen hier seit doch nunmehr zwei Generationen die ungeheure Kraft und die Ausdauer verleiht, all diese Strapazen und Entbehrungen auf sich zu nehmen, um ausgerechnet an diesem vergessenen und unfruchtbaren Ort eine Stadt zu errichten?«, fragte Tanachvil.

»Eine Vision!«, antwortete Ancus und lächelte versonnen. »Fast alle Menschen, die hier leben, sind irgendwann aus ihrer Heimat – aus welchen Gründen auch immer – verjagt worden. Sie sind ihrer Wurzeln beraubt und haben nichts mehr zu verlieren, aber alles zu gewinnen. Diese Tatsache sowie der Hass auf die, die ihnen das angetan haben, beseelt sie mit dem unbeugsamen Willen, sich eine neue Heimat zu schaffen, in der es ihnen und ihren Nachfahren fürderhin vergönnt ist, in Freiheit ein menschenwürdiges Leben zu führen. Und jeder Krieg, der ihnen von denen, die sie einst vertrieben hatten, aufgezwungen wird, lässt sie, beflügelt durch diesen Willen und diesen Hass, noch stärker und geeinter daraus hervorgehen. Ich sehe den Tag kommen, an dem es unsere Feinde bereuen werden, uns auf diese Weise immer wieder herausgefordert zu haben.«

»Wenn ich noch irgendeinen Zweifel an unserer Entscheidung gehegt hätte, nach Ruma zu kommen«, sagte Tarchunies tief beeindruckt von dem, was er soeben gehört hatte, »so wäre er spätestens nach diesen Worten verflogen. Obwohl wir erst einen Tag hier sind, so fühlen wir uns euch jetzt schon zugehörig, und es erfüllt uns mit großem Stolz, von nun an dazu beitragen zu dürfen, dass diese hehre Vision dereinst Wirklichkeit wird.«

»Darauf lasst uns trinken!«, freute sich Ancus und ergriff seinen Becher. »Ich danke unserem Schutzgott Iupiter, dass er euch hierher geführt hat, denn ich habe das Gefühl, dass ihr Großes bewirken werdet und sich in Ruma nun Vieles zum Guten wenden wird!«

Nachdem sie ihre Becher in Andacht geleert hatten, wandte sich Tarchunies in aller Offenheit an den König.

»Wenn ich dich beim Wort nehmen darf, Herr, dann möchte ich gleich damit anfangen, etwas für das Gemeinwohl zu tun. Nach allem nämlich, was ich von Velthur und von dir gehört habe, sind die Sümpfe wohl das größte Problem für diese Stadt. Es erscheint mir deshalb von vordringlicher Wichtigkeit zu sein, Ruma von diesem Seuchenherd zu befreien. Velthur erklärte mir bereits, dass dazu neben dem technischen Können auch das Geld fehlen würde. Nun, das Geld werde ich zur Verfügung stellen, und was den Baumeister betrifft, so kenne ich einen Mann, der für dieses Vorhaben bestens geeignet ist. Er heißt Rutile Hipukrates und wohnt in Tarchnal. Schon sein Vater, ein Craeces, war ein berühmter Architekt und hat unter anderem das sehr effiziente Abwassersystem Tarchnals erdacht und bauen lassen. Morgen früh werde ich ihm einen berittenen Boten schicken, um mich seiner Dienste zu versichern.«

Ancus Marcius und Velthur sahen ihn darauf mit glänzenden Augen an.

»Das willst du wirklich für uns tun?« Der König konnte dieses unverhoffte Glück kaum fassen.

»Ja, Herr!«, bestätigte ihm Tarchunies und sagte dann, zu Velthur gewandt: »Meinst du, dass mein Vermögen dafür ausreichend ist?«

»Du besitzt viel mehr, als dieses ehrgeizige Unterfangen an Kosten verschlingen wird«, beruhigte ihn Velthur. »Nur, warum auf einmal diese Eile? Wenn wir das Projekt im nächsten Jahr in Angriff nehmen würden, hätte ich mit deinem Geld vielleicht schon so viel Gewinn erwirtschaftet, dass du es allein schon damit finanzieren könntest.«

Tarchunies schüttelte energisch den Kopf.

»Es ist Frühherbst, und die Bauern haben nicht mehr so viel zu tun«, begründete er sachlich seine Entscheidung. »Also stehen mehr Arbeitskräfte zur Verfügung als im Frühling und Sommer. Das Trockenlegen der Sümpfe duldet keinen Aufschub mehr, zu lange schon belastet und hemmt dieses Problem den Aufbau der Stadt. Also beginnen wir sofort mit der Planung und der Durchführung dieses Unternehmens.«

»Da hast du nun auch wieder Recht«, lenkte Velthur ein. »Die Stadt, und damit auch die Wirtschaft, kann sich erst dann zur vollen Blüte entwickeln, wenn aus den Sümpfen guter Boden geworden ist.«

In diesem Augenblick kamen zwei halbwüchsige Knaben aus dem Haus in den Garten gerannt und warfen sich ungestüm in die Arme des Königs.

»Meine Söhne!«, erklärte er stolz und küsste sie auf die Stirn. »Leider ist ihre Mutter im vorletzten Jahr am Fieber gestorben. – Iunius, Marcus, geht und begrüßt unsere Gäste, wie es sich gehört!«

Sofort kamen sie dem Gebot ihres Vaters nach und reichten zuerst Tanachvil, dann Tarchunies und am Schluss auch Velthur höflich die Hände.

Marcus, der Jüngere von den beiden, nahm ganz scheu eine Strähne von Tanachvils Haar zwischen die Finger.

»Solches Haar«, flüsterte er ehrfürchtig. »So etwas habe ich noch nie gesehen. Ist es aus Gold?«

»Nein, kleiner Mann!«, lächelte sie ihn an. »Es sieht nur so aus!«

»Nun geht wieder spielen«, bat ihr Vater sie daraufhin. »Wir sehen uns später beim Essen.«

Gehorsam zogen sich die beiden in eine andere Ecke des Gartens zurück und begannen mit kleinen Bronzesoldaten im Sand zu spielen.

»Wie kommt es, dass sie unsere Sprache so gut beherrschen?«, verwunderte sich Tarchunies.

»Weil ich sie ihnen beigebracht habe«, bekannte Velthur zufrieden.

Den ganzen Nachmittag verbrachten sie noch, sich angeregt mit dem König unterhaltend, im Garten, bis gegen Abend ein Sklave verkündete, dass das Mahl bereitet wäre, zu dem sie Ancus dann auch herzlich einlud, es mit ihm zu teilen.

»Ancus hat euch bereits in sein Herz geschlossen«, stellte Velthur anerkennend fest, als sie später nach dem Essen zu seinem Haus gingen. »Dass du ihn von einer Sorge erlöst hast, die ihm schon immer so brennend auf der Seele gelegen hatte, wird er dir wohl nie vergessen. Ich denke, er wird dich dafür in den Senat berufen.«

»Ich habe nun einmal zufällig die Mittel, um die Entwässerung der Sümpfe bezahlen zu können«, spielte Tarchunies das Lob herunter. »Und ich bin ihm zu großem Dank verpflichtet, dass er uns hier aufgenommen hat. Außerdem tue ich mir ja selbst einen Gefallen damit, wenn ich diese Arbeiten durchführen lasse. Ich möchte nämlich nicht erleben, dass meine Frau und meine Kinder an Sumpffieber sterben. Kennst du übrigens einen vertrauenswürdigen Mann, den wir nach Tarchnal senden können, um mit Rutile darüber zu verhandeln?«

»Ja, mach dir keine Sorgen«, sagte Velthur. »Der Mann wird schon vor Sonnenaufgang unterwegs sein. Aber jetzt sollten wir unsere Betten aufsuchen, denn es war doch ein ziemlich anstrengender Tag.«

Wie erhofft kam der Bote schon am übernächsten Tag in Begleitung Rutiles wieder nach Ruma zurück und führte ihn geradewegs zu Tarchunies, den er in seinem neu erworbenen Haus antraf, welches das Paar inzwischen notdürftig bezogen hatte.

Der Architekt war mittleren Alters und von kräftiger, sehniger Statur. Die etwas schwermütig dreinblickenden graugrünen Augen sowie die gerade, leicht abgeflachte Nase und der fein geschwungene, von einem braun gekräuselten Vollbart umrahmte Mund ließen eindeutig seine väterlicherseits fremdländische Abkunft erkennen. Sein volles dunkelbraunes Haar floss ihm lang unter einem schmalen Stirnband über die breiten Schultern seines von einer einfachen blauen Tunika bekleideten Oberkörpers.

Tarchunies war ihm schon einige Male auf Gastmählern begegnet, zu denen befreundete Familien eingeladen hatten, und so wusste er, dass Rutile zwar im Allgemeinen ein zurückhaltender und zur Einsilbigkeit neigender Mann war, mit dem man aber auch, wenn er einmal aufgetaut war, durchaus humorvolle Gespräche führen konnte. Seine baumeisterliche Befähigung war über jeden Zweifel erhaben, galt er doch, wie vor ihm schon sein Vater, als der beste Architekt Tarchnals, der es auf eine unnachahmliche Art und Weise verstand, die praktische Funktionalität seiner Bauwerke mit Elementen künstlerisch verspielter Ästhetik unauffällig hervorzuheben.

»Ich danke dir, dass du meiner Bitte, mich hier aufzusuchen, trotz der Schwierigkeiten, die dir daraus in Tarchnal erwachsen könnten, so kurzfristig entsprochen hast«, empfing ihn Tarchunies herzlich. »Aber wenn du erst einmal erfahren haben wirst, weshalb ich deinen Rat hier so dringend benötige, dann wird es dich vielleicht reizen, das gewaltige Vorhaben, was wir geplant haben, in die Tat umzusetzen, zumal du meines Dafürhaltens der Einzige bist, der dazu in der Lage ist.«

»Es steht dir nicht gut an, mir schmeicheln zu wollen, Tarchunies Tarchna!«, sagte Rutile stirnrunzelnd, nachdem er ihm bis dahin aufmerksam, aber ohne eine erkennbare Gefühlsregung zugehört hatte. »Deinem Ruf bin ich schon aus dem Grunde gerne gefolgt, weil ich nicht nur dich schätze, sondern mich auch deiner Familie auf besondere Weise verpflichtet fühle. Ihr gehört nämlich zu den wenigen Menschen in Tarchnal, die mich als ihresgleichen betrachtet haben, denn für die meisten war und werde ich insgeheim immer der Fremde, der Außenseiter bleiben, da mein Vater ein Craeces war. Auch – und gerade deshalb – stößt mich das verwerfliche Verhalten, das der Mob Tanachvil und dir gegenüber an den Tag gelegt hat, aus ganzer Seele ab, und ich kann euch nur zu gut verstehen, dass ihr der Stadt den Rücken gekehrt habt. Aber nun erzähle mir von diesem ›gewaltigen Vorhaben‹, das meines fachmännischen Rates bedarf.«

»Einverstanden!«, erklärte sich Tarchunies überglücklich bereit. »Dann schlage ich vor, dass wir einen kleinen Ausritt machen. Ich halte es in diesem Falle für sinnvoll, dass du dir, während ich dir unsere Pläne unterbreite, an Ort und Stelle einen Eindruck von den widrigen Gegebenheiten verschaffst, die diese Stadt in ihrer weiteren Existenz bedrohen und dadurch die sofortige Durchführung dieses kühnen Unternehmens zwingend erfordern.«

Bis zum Einbruch der Dämmerung erkundeten sie dann das Stadtgebiet, doch zu allem, was Tarchunies ihm wortreich zeigte und beschrieb, schwieg Rutile beharrlich und ließ sich auch danach, als sie mit Tanachvil im Hause Velthurs gemeinsam beim Abendessen lagen, nicht dazu bewegen, irgendetwas von seinen Gedanken preiszugeben, die ihm, wie sein grübelndes und abwesendes Mienenspiel verriet, unaufhörlich durch den Kopf gingen, noch ließ er verlautbaren, ob er diese Aufgabe überhaupt übernehmen wollte.

Durch diese bange Ungewissheit getrübt, schleppten sich die Gespräche zäh dahin, doch keiner wagte es, Rutile direkt darauf anzusprechen.

Da Tanachvil und Tarchunies immer noch kein eigenes Hauspersonal besaßen, sondern nur von zwei Sklaven bedient wurden, die ihnen Velthur für den Übergang leihweise überlassen hatte, war vereinbart worden, dass Rutile während seines Aufenthaltes in Ruma bei Velthur wohnen sollte.

Als sie sich schließlich für die Nacht voneinander verabschiedeten, brach Rutile zur Erleichterung aller doch noch sein Schweigen.

»Ich will zwei Tage ungestört arbeiten!«, verlangte er knapp. »Am dritten Tag werde ich euch und eurem König sagen, wie es zu machen ist. Velthur, sorge du nur dafür, dass deine Sklaven einen guten Vorrat an Wein, Wasser, Brot und vor allem Käse und Oliven für mich bereitstellen. Diese Mischung erhöht mein Denkvermögen ungemein! Ach ja, und vergesst auch das Öl für die Lampen nicht, denn ich werde auch des Nachts arbeiten.«

Sprach's, stand auf und ging, ohne sie noch eines Blickes zu würdigen, in seine Zimmer, die er für die nächsten zwei Tage nur für einige Aufenthalte in der Stadt verließ, um sich genauer mit den örtlichen Verhältnissen vertraut zu machen.

»Die Sümpfe sind so vor oder zwischen den Hügeln gelegen, dass sie den Ortskern Rumas gleichsam umzingeln«, führte er vor Ancus Marcius aus, als sie sich alle gegen Mittag des dritten Tages in dessen Haus eingefunden hatten, um von Rutile zu erfahren, wie er des Problems Herr zu werden gedachte.

Er sah übernächtigt aus, war aber alles andere als müde. Im Gegenteil, seine Augen sprühten vor Unternehmungslust, und er sprach wie ein Feldherr, der seine Untergebenen in die Feindlage einwies.

»Es ist nun wichtig zu wissen, wie die Natur dieser Sümpfe ist«, legte er weiter dar. »Im Prinzip sind es mit Wasser und Schlamm gefüllte Senken, die in ihrer Tiefe etwa mit der des Tibers übereinstimmen, nur dass sie unglücklicherweise keine natürliche Verbindung zu dem Fluss haben. Eine dichte, aus Lehm bestehende Erdschicht, die den Grund dieser Senken bildet, verhindert zudem, dass die Feuchtigkeit in den Boden versickert, sodass sich das Wasser in den Sümpfen staut und auch durch die sommerliche

Hitze nicht gänzlich verdunsten kann, da die Überschwemmungen sie immer wieder auffüllen.«

Auf einer großen Wachstafel hatte er Ruma und die es umgebende Landschaft, einschließlich der Lage der Sümpfe, anschaulich skizziert.

»Die einzige Möglichkeit, die Sümpfe trockenzulegen, kann also nur darin bestehen, eine künstliche Verbindung zwischen ihnen und dem Fluss herzustellen, durch die dann das in ihnen gespeicherte Wasser abfließen kann. Ich habe mir dazu folgende Lösung einfallen lassen.«

Er nahm seinen Griffel und zeichnete von jedem Sumpfgebiet jeweils eine Linie, die am Ende alle an einem Punkt auf dem Forum zusammenliefen. Diesen Punkt verband er dann durch einen dicken Strich mit dem Ufer des Tibers.

»Also, als Erstes werden wir einen geräumigen unterirdischen Tunnel vom Tiber bis unter das Forum graben, den wir dann mit Mauerwerk gewölbeähnlich stützen und befestigen. Das Forum bietet sich deshalb dafür an, weil es nicht nur zufällig den Mittelpunkt zwischen den Sümpfen bildet, sondern weil es die im Verhältnis zum Flussniveau tiefste Stelle Rumas ist, tiefer vor allem, als die weiter weg und damit auch geringfügig höher gelegenen Sümpfe. Wenn das getan ist, werden wir von dort aus auf die gleiche Weise weitere Kanäle zu den Sümpfen vorantreiben, bis wir auf ihr Grundwasser stoßen, das dann ungehindert und das natürliche Gefälle ausnutzend, über den zentralen Kanaltunnel in den Tiber abfließen kann. Das wäre, grob gesagt, mein Plan.«

Während Rutile darauf fragend in die Runde blickte, hatte es seinen Zuhörern zunächst die Sprache verschlagen, und es dauerte seine Zeit, bis sie sich vollends bewusst gemacht hatten, welche enormen Ausmaße und Tragweite dieses genial geplante Bauprojekt haben würde.

»Wie ... äh ... wie lange werden wir daran bauen müssen, bis es fertig ist?«, schluckte Ancus Marcius trocken.

»Schwer zu sagen«, meinte Rutile. »Es kommt darauf an, wie viele Leute daran arbeiten, aber wenn ich die von mir geschätzte Anzahl der hiesigen Bevölkerung zugrunde lege, dann brauchen wir gut und gerne zwischen zehn und fünfzehn Jahren.«

»Ein überschaubarer Zeitraum«, sagte Tarchunies. »Und die Kosten?«

Rutile nannte eine Summe, die etwas mehr als die Hälfte seines momentanen Vermögens ausmachte.

Tarchunies warf einen kurzen Seitenblick auf Velthur, doch dieser nickte ihm nur leicht unter geschlossenen Lidern zu.

»Auch das können wir tragen«, ging er, ohne groß zu handeln, auf das Angebot ein. »Wann wollen wir beginnen?«

»Unverzüglich!«, bestimmte Rutile. »Ich muss verständlicherweise noch für ein, zwei Tage nach Tarchnal zurückkehren, um für die nächste Zeit, die ich ja nun hier verbringen werde, ein paar private Dinge zu regeln, aber während meiner Abwesenheit sollten einige im Bauwesen besonders geschickte Handwerker gefunden werden, die mir in Zukunft zur Seite stehen werden. Ich möchte diese Männer dann so weit mit der Planung und Durchführung des Unternehmens vertraut machen, dass sie in der Lage sein werden, die Arbeiten selbstständig zu leiten und sie notfalls auch ohne mich fertig zu stellen.«

»Obwohl ich ein König bin, wollen mir keine Worte einfallen, die meiner Hochachtung vor dir, Rutile Hipukrates, gebührend Ausdruck verleihen könnten«, brachte Ancus Marcius tief bewegt hervor. »Ich verneige mich in Ehrfurcht vor deinem wohl einzigartigen Genie, das diesen kühnen und für uns alle so segensreichen Plan ersonnen hat. Du wirst dafür zwar mit Gold entlohnt, aber wertvoller als alles Gold dieser Welt ist die immer währende Dankbarkeit, in der sich mein Volk noch deiner erinnern wird, wenn du längst nicht mehr unter den Sterblichen weilst.«

Rutile bereitete dieses ehrlich vorgebrachte Lob ein sichtliches Unbehagen, denn er ließ dabei wie abwesend seine Blicke durch den Raum irren und zupfte sich etliche imaginäre Fusseln von dem Stoff seiner Tunika.

»Deine Anerkennung verdiene ich erst dann, wenn das Werk zu aller Zufriedenheit vollendet ist«, erwiderte er mit rauer Stimme und ein wenig unwirsch, als Ancus seine Rede beendet hatte. »Und genau genommen verdienen sie auch eher all diejenigen, seien es Lohnarbeiter oder Sklaven, die es, mitunter auch unter Einsatz ihres Lebens, erbauen werden.«

»Deine Bescheidenheit ehrt dich ein weiteres Mal, Rutile«, nahm Ancus seine Worte neuerlich beeindruckt auf. »Aber versuche zu verstehen, dass ich es immer noch kaum glauben kann, dass du, der du im ganzen Land als der beste und fähigste Baumeister gerühmt wirst, dich bereit erklärt hast, dies für uns Rumaer zu tun, die wir doch von allen anderen Völkern so übel beleumdet werden.«

»Meine Entscheidung, ob ich einen Auftrag annehme oder nicht, wird allein von zwei Kriterien bestimmt, nämlich zum einen von der Höhe meines Honorars und zum anderen, und das ist das Wichtigste, von der Herausforderung, die das geplante Objekt an mich stellt. Es interessiert mich also nur am Rande, wer mir diesen Auftrag erteilen will. Doch in diesem Falle war es vor allem Letzteres, was mich zu meiner Zusage bewogen hatte. Nach allem, was ich bisher über Ruma gehört und in diesen Tagen gesehen habe, bin ich zu der Überzeugung gelangt, dass der willensstarke und wagemutige Geist, der diesen Menschen hier ungebrochen innewohnt, sie noch zu großen Taten beflügeln wird und sie sich vielleicht über gerade jene erheben lässt, die heute nur verächtlich auf sie herabsehen. Und genau daran wollte ich Anteil haben. – Wenn sonst keine Fragen mehr sind«, fügte er noch hinzu, »bitte ich darum, mich zurückziehen zu dürfen. Es wartet sehr viel Arbeit auf mich.«

Wortlos reichte Ancus ihm zum Abschied die Hand, worauf er, die anderen mit einem knappen Kopfnicken grüßend, eiligen Schritts den Raum verließ.

»Ein respektloser Mann!«, ereiferte sich Velthur konsterniert.

»Nein, Velthur, er ist nicht respektlos! Er weiß nur, was er will!«, verteidigte ihn der König. »Und er besitzt eine Größe, die nur wenigen Menschen zu Eigen ist.«

»Dazu kommt, dass die Leute in Tarchnal ihn gesellschaftlich als Außenseiter behandeln«, ergänzte Tarchunies. »Das hat ihn verbittert und misstrauisch gemacht.«

»Trotzdem«, beharrte Velthur eigensinnig auf seiner Meinung. »So verhält man sich nicht vor einem König.«

»Vor einem König?«, lachte Ancus müde. »Einem König von was? Ich mache mir doch nichts vor! Jeder eurer Lukomonen ist mir an Macht und Reichtum weit überlegen und herrscht über ein wohl geordnetes Gemeinwesen. Ich bin zwar, ganz im Sinne der letzten Bemerkung Rutiles, sehr stolz darauf, die Rumaer zu regieren, aber von dem, was man sich gemeinhin unter einem König vorstellt, bin ich weit entfernt. So betrachtet ist Rutile mit seiner edlen Gesinnung und seinem schöpferischen Genie noch eher als ein König, als König seiner Kunst anzusehen, und ich habe ihn deshalb ebenbürtig behandelt – wie er mich.«

Damit gab sich Velthur zwar zufrieden, aber so ganz wollte er die Meinung seines Königs nun doch nicht teilen, wie in seinem mürrischen Gesichtsausdruck zu lesen war.

»Bevor ihr geht, wollte ich auch dir noch, Tarchunies, hier, unter uns, meinen tief empfundenen Dank ausdrücken, bevor ich dich morgen im Senat öffentlich ehren werde«, beendete Ancus ihre Unterredung. »Du hast in den fünf Tagen seit deiner Ankunft für Ruma mehr geleistet und bewegt, als ich es in nun zwanzig Jahren getan habe. Das werde ich dir nicht vergessen, aber neben der offiziellen Ehrung morgen möchte ich dir jetzt schon sagen, dass mein Herz und mein Haus dir und den deinen jederzeit offen stehen, denn mich verlangt nach deiner Freundschaft! Mögen die Götter es mir nur vergönnen, dass ich noch den Tag erleben darf, an dem die Arbeiten an dem ehrgeizigen Projekt abgeschlossen sein werden und die ersten Abwässer sich in den Tiber ergießen. Es wäre die Krönung meines Lebenswerkes, in dem du nun eine tragende Säule geworden bist. Wir sehen uns morgen im Senat.«

»Findet ihr nicht, dass Ancus ein wenig krank wirkte?«, fragte Tanachvil, als sie sich später zum Abendessen bei Velthur eingefunden hatten.

»Krank ist er nicht«, entgegnete Velthur. »Er ist einfach nur müde und abgespannt, und die Bürde seiner Verantwortung lastet von Tag zu Tag schwerer auf ihm, denn er spürt schon sein Alter – so wie ich es tue. Im Senat gibt nur sehr wenige, die bereit, aber vor allem im Stande wären, ihm einen Teil dieser Last tragen zu helfen, und auch das sind alte Männer. Du aber, Tarchunies, bist jung, hast einen wachen Geist und bist es gewohnt, zu führen und wichtige Entscheidungen zu fällen. Noch gestern sagte mir Ancus, dass er aus diesen Gründen daran denkt, dir ein Teil seiner Regierungsgewalt zu übertragen, denn wenn er heute sterben würde, hätte er keinen Nachfolger, da seine Söhne noch zu jung sind. Ich denke, dass er das morgen im Senat beschließen wird.«

Tarchunies und Tanachviel sahen sich darauf mit leuchtenden Augen und einem vielsagenden Lächeln an.

Die Verheißung, das wussten sie nun, als sie sich in dieser Nacht liebten, hatte begonnen, sich zu erfüllen.

Kapitel 16

Fünf Jahre waren seither ins Land gegangen.

Ruma hatte sich in eine einzige, gewaltige Baustelle verwandelt. Vom Forum beginnend, durchschnitten jetzt tiefe, breite Gräben das Stadtgebiet, die zu den Sumpfgebieten um das Kapitol und vor dem Esquilin vorgetrieben wurden. Da die Bevölkerung in dieser Zeit erheblich angewachsen war und jeder verfügbare Mann, aber auch Frauen zu den Arbeiten herangezogen worden waren, war das Bauvorhaben schon weiter fortgeschritten, als Rutile es anfangs vermutet hatte. Das von mächtigen quadratischen Pfeilern getragene Mauerwerk, das sich über dem zentralen Auffangbecken unter dem Forum wölbte, war bereits fertig gestellt, und die Maurer hatten schon damit begonnen, die dorthin führenden Kanäle tunnelartig auszukleiden.

Doch je näher man den Sümpfen kam, desto schwieriger und zeitaufwändiger gestaltete sich das Unternehmen, da das nun vermehrt aus dem Erdreich hervorsickernde Wasser die Grabenböden, gerade wenn es dazu auch noch regnete, immer häufiger überflutete, sodass es in mühseliger und langwieriger Arbeit unaufhörlich herausgeschöpft werden musste.

Aber trotz dieser misslichen Behinderungen, die Rutile allerdings vorausgesehen und eingerechnet hatte, war er durchaus zufrieden mit der Entwicklung, die der Bau bisher genommen hatte und war sogar zuversichtlich, das Werk früher, als er es geplant hatte, zu vollenden.

Auch in Tanachvils und Tarchunies' Leben hatte sich vieles zum Guten verändert.

Neben einem nun vierjährigen Jungen, der wie sein Vater Tarchunies hieß, hatte sie im vergangenen Jahr einer kleinen Tochter, die auf den Namen Ravnthu hörte, das Leben geschenkt.

Da Velthur sich, wie er es versprochen hatte, immer noch auf eine sehr einträgliche Art und Weise um ihr Vermögen kümmerte, genossen sie dieses private Glück in beständig wachsendem Wohlstand. Überhaupt war Velthur für sie in den vergangenen Jahren wie ein Vater geworden, was wohl auch zum Teil darin begründet lag, dass seine beiden Söhne zu ihrer aller Leidwesen kurz hintereinander in Grenzscharmützeln mit den Fidenern und Sabinern gefallen waren.

Während Tanachvil überhaupt keinen Kontakt mehr zu ihrer Familie in Chaisrie hatte, konnte Tarchunies die Verbindung zu den Seinen in Tarchnal, wenn auch unter erschwerten Bedingungen, begrenzt aufrechterhalten. Hin und wieder sandten sie sich Brieftafeln, die zumeist von Rutile überbracht wurden, und zur Geburt ihrer Tochter hatten es Nerie und seine Mutter sogar gewagt, sie in Ruma zu besuchen.

Der für beide Seiten verlustreiche Krieg, der damals zwischen Chaisrie und Tarchnal ausgebrochen war, hatte zwar zu einem halbherzig geschlossenen Frieden geführt, aber die feindselige Rivalität, vor allem zwischen den Familien, schwelte untergründig in unverminderter und unversöhnlicher Härte weiter.

Hier in Ruma hatten Tarchunies und Tanachvil sehr schnell einen hohen Rang in der Spitze der Gesellschaft eingenommen und das nicht nur aufgrund ihres Reichtums oder der Tatsache, dass Tarchunies den Bau der Entwässerungsanlage finanzierte, sondern weil sie sich ohne Unterlass und in großer Freigebigkeit des nicht gerade geringen Anteils der Bevölkerung annahmen, der sein Dasein in ständiger Armut fristen musste.

Immer wieder ließ Tarchunies kostenlos Nahrungsmittel, vor allem Brot und Getreide an die Leute verteilen und bezahlte auch Ärzte, die sich um die Kranken und Siechen kümmern sollten, um so die ständige Seuchengefahr einzudämmen, die sie alle bedrohte, solange die Sümpfe noch nicht ausgetrocknet waren.

Dazu fühlte er sich schon deshalb verpflichtet, weil ihn Ancus Marcius, nachdem dieser ihn kurz nach seiner Ankunft in Ruma zuerst mit einem hohen Amt im Senat betraut hatte, vor drei Jahren um seiner Verdienste für den Aufbau der Stadt offiziell zum Prätor ernannt hatte, was bei den Rasna etwa der Würde eines Purth entsprach. Damit war er faktisch der

Stellvertreter des Königs und gleichzeitig Oberbefehlshaber des Heeres.

Mit Ancus verband ihn mittlerweile eine enge Freundschaft. Tanachvil und er verkehrten zwanglos in seinem Haus, wie er in dem ihren. Die vertrauensvolle Zuneigung, die der König ihnen entgegenbrachte, war so groß, dass er ihnen vor kurzem die Vormundschaft über seine Söhne Iunius und Marcus übertragen hatte, die inzwischen zu zwei stattlichen Jünglingen von fünfzehn und sechzehn Jahren herangereift waren.

Der Grund dafür war, dass Ancus seit einiger Zeit an einer seltsamen Krankheit litt, die ihm zunehmend die Kehle zuschnürte, sodass es ihm immer schwerer fiel, Nahrung zu sich zu nehmen oder zu sprechen.

Es war dann an einem kalten Winterabend – draußen trieb der eisige Wind den ersten Schnee dieses Jahres über das Land und Tarchunies lag mit Tanachvil, nachdem sie zuvor die Kinder zu Bett gebracht hatten, in ihrem von etlichen Kohlebecken wohlig erwärmten Speisezimmer –, als ein Sklave aus des Königs Haushalt bei ihnen vorstellig wurde und Tarchunies davon in Kenntnis setzte, dass Ancus Marcius ihn unverzüglich zu sehen wünschte.

Es bedurfte in dieser Situation keiner Worte zwischen ihnen, denn ihre Blicke, mit denen sie sich unter ihren hochgezogenen Brauen verständigten, ließen erkennen, dass sie beide sich darüber bewusst waren, dass es nun mit dem Leben des Königs zu Ende ging.

Im Hause des Königs angekommen, führte der Sklave Tarchunies sogleich in das Schlafgemach seines Herren, in dem Ancius, von Fieberschauern geschüttelt auf seinem Bett lag. Neben ihm knieten schluchzend seine Söhne und hielten seine Hände, während ihnen die Tränen über die Wangen rannen.

Er war nur noch ein Schatten seiner selbst. Vor zwei Tagen noch, als Tarchunies ihn das letzte Mal getroffen hatte, war er zwar schon sehr abgemagert, aber er war fieberfrei gewesen und hatte auch sonst, trotz des andauernden Halsdrucks, sehr lebendig und geistig beweglich auf ihn gewirkt.

Was er jetzt sah, war ein Mann, der mit einem Fuß bereits über die Schwelle zum Schattenreich getreten war. Sein Gesicht glich einem Totenschädel, sosehr spannte sich die Haut modellierend über die Knochen, und nur seine Augen, die ihm fiebrig matt glänzend in den eingefallenen Höhlen lagen, zeugten davon, dass noch ein Funken Leben in seinem ausgebrannten Leib glomm.

Als er Tarchunies erkannt hatte, bedeutete er seinen Söhnen, dass er mit ihm allein sein wollte.

»Setz dich neben mich, mein Freund!«, forderte er ihn mit leiser, erstickter Stimme auf. »Es bleibt nicht viel Zeit.«

Der Anblick des Sterbenden hatte Tarchunies tief erschüttert, und so setzte er sich stumm und den Tränen nahe auf die Bettkante.

»Ich muss mich beeilen!«, keuchte Ancus offenbar schmerzgepeinigt. »Hörst du nicht Vanths schweren Flügelschlag?« Plötzlich packte er Tarchunies' Handgelenk und hielt es fest umklammert, während er seinen Kopf mühsam aus den Kissen hob.

»Ich will ... dass ... Iunius soll mir nachfolgen!«, ächzte er mit pfeifendem Atem. »Nicht ... mein Erstgeborener! Marcus ... hat nicht ... das Herz dazu. Regiere du für mich ... bis Iunius ...«

Noch ein letzter, rasselnder Atemzug entwich seinen Lippen, dann brachen seine Augen, und sein Kopf fiel zur anderen Seite blickend zurück.

Tarchunies beugte sich über den Toten und schloss ihm mit einer fahrigen Bewegung die Lider, wobei er nun seinen Tränen freien Lauf ließ. Eine Weile saß er noch bei ihm, dann stand er auf und ging vor die Tür, wo Marcus und Iunius mit bleichen Gesichtern auf ihn warteten.

»Geht nun hinein«, sagte er, bemüht, sich vor den beiden zusammenzunehmen. »Euer Vater, mein Freund, ist dem Ruf Aitas gefolgt. Haltet die Nacht über die Wacht bei ihm. Ich muss den Senat informieren. Morgen früh werde ich wieder bei euch sein, und dann werden wir Ancus für seine Totenfeier vorbereiten.«

Danach begab er sich, begleitet von den Wachen des Königs, zum Senatsgebäude, wo er den Männern befahl, den Senatoren zu melden, dass sie sich unverzüglich und ausnahmslos hier einzufinden hätten.

Es verging zwar einige Zeit, aber schließlich hatten sich alle versammelt und schauten erwartungsvoll auf Tarchunies, der mit unbewegter Miene in der Mitte des Raumes stand und wartete, bis alle Platz genommen hatten und Ruhe eingekehrt war. Dann drehte er sich zu dem nun verwaisten elfenbeinernen Stuhl des Königs um, der etwas erhöht hinter ihm stand, und verbeugte sich tief.

»Ancus Marcius ist tot!«, verkündete er laut und wandte sich dabei wieder den Senatoren zu, worauf sich, nachdem für einige Augenblicke absolutes Schweigen herrschte, ein einziges, trauerndes Aufstöhnen aus ihren Reihen hallend zur hohen Decke erhob.

Er wartete, bis sie sich von ihrem ersten Schrecken erholt hatten, und erklärte, dass er von heute an bis auf weiteres, nach dem letzten Willen des Toten, die Regentschaft übernehmen werde. Auch bestimmte er sechs Senatoren, die morgen den Leichnam abholen sollten, um ihn hier für einen Tag aufzubahren, damit die Bevölkerung von ihm Abschied nehmen könne. Zum Schluss verfügte er noch für die morgen beginnenden Leichenfeiern eine Frist von vier Tagen, während der alle öffentliche Arbeit zu ruhen hätte, und löste dann die Versammlung wieder auf.

Zusammen mit Velthur trat er, ganz in seiner wie wild kreisenden Gedankenflut versunken, den Heimweg an, und auch sein Begleiter, der fröstelnd in seinen dicken Mantel gehüllt neben ihn herschritt, schien in diesem nasskalten Schneetreiben keine Lust auf eine Unterhaltung zu verspüren. Erst als sie vor Tarchunies' Haustür standen, brach dieser sein Schweigen, indem er Velthur einlud, hereinzukommen und mit ihm und Tanachvil den Rest des Abends zu verbringen.

Im Speisezimmer erwartete sie schon Tanachvil, die

sogleich ein drittes Gedeck auftragen und dazu einen neuen Krug Wein auftragen ließ. Nachdem sie es sich auf den Liegen bequem gemacht und sich ein wenig aufgewärmt hatten, erzählte ihnen Tarchunies, wie er den Sterbenden vorgefunden hatte und auch, was dessen letzte Worte gewesen waren.

»Und? Wirst du tun, was er von dir verlangt hat?«, fragte ihn Tanachvil hintergründig, als er damit fertig war, wobei ihr Blick scheinbar desinteressiert ihrem Zeigefinger folgte, mit dem sie aus einem Tropfen vergossenen Weines eine feuchte Linie auf dem Tisch vor ihr zog.

»Warum sollte ich das nicht?«, entgegnete Tarchunies leicht irritiert. »Immerhin war er nicht nur mein König, sondern überdies auch noch mein Freund. Er hat uns in all den Jahren sein ganzes Vertrauen geschenkt und uns nur Gutes erwiesen. Wenn er mich also mit seinem letzten Atemzug darum gebeten hat, dass Iunius sein Nachfolger werden soll, dann sehe ich keine Veranlassung, ihm das zu verweigern.«

»Ancus war ohne Zweifel ein herzensguter Mann und für die Verhältnisse, die wir damals in Ruma angetroffen haben, bestimmt auch ein guter und milder König«, stimmte ihm Tanachvil zunächst zu. »Aber wenn wir nicht gekommen wären und du dein Gold zum Aufbau der Stadt nicht beigesteuert hättest, dann hätte sich an der existenzbedrohenden Lage, in der die Menschen hier gelebt haben, bis heute nicht viel verändert. Ancus hat es einfach an Tatkraft gemangelt, und die vermisse ich auch bei seinen Söhnen. Diese Stadt braucht gerade jetzt einen starken Herrscher, der nicht nur von einer Vision lebt, sondern auch den Willen und den Mut hat, sie wahr werden zu lassen.«

»Du bist also der Meinung, dass Iunius nicht dieser Herrscher werden könnte, selbst wenn ich ihn dazu erzöge?«

»So ist es, Tarchunies. Wir kennen die beiden doch nun gut genug, um das beurteilen zu können, denn wir standen ihnen ja über diese Zeit fast genauso nahe wie ihre leiblichen Eltern.

Marcus hat sich noch nie dafür interessiert, welche Pflichten und Verantwortlichkeiten ein König für sein Volk zu übernehmen hat, stattdessen beschäftigt er sich ausschließlich mit der Jagd und mit Pferderennen. Insofern war es weise von Ancus, Iunius zu seinem Nachfolger zu bestimmen und nicht dessen hitzköpfigen und zur Spielsucht neigenden Bruder.

Aber Iunius ist in nahezu jeder Hinsicht das Ebenbild seines Vaters. Er ist ein vertrauensseliger Träumer und hat ein Herz aus Wachs. Im Grunde sind das ja auch äußerst liebenswert menschliche Charaktereigenschaften, die gewiss jede Frau dahinschmelzen lassen, die einen treusorgenden Familienvater sucht. Aber ein König, der an der Spitze eines noch sehr jungen und von Feinden umzingelten Gemeinwesens steht, welches obendrein unter widrigsten Bedingungen ständig um sein Überleben zu kämpfen hat, kann sich das nicht leisten. Er muss vielmehr mit harter Hand und bisweilen auch rücksichtslos gegenüber seinen Untertanen regieren, wenn er mit ihnen eine

Stadt gründen will, in der sie und ihre Nachkommen irgendwann in Frieden und Wohlstand leben können.«

»Einmal abgesehen davon, dass Iunius nach dem Willen des Ancus Marcius der legitime Thronfolger ist«, wandte Tarchunies ein, der dunkel zu ahnen begann, worauf seine Frau hinauswollte. »Wer unter uns, denkst du, entspricht also den Anforderungen, die du dem künftigen König Rumas zumisst?«

»Du bist es, Tarchunies«, mischte sich Velthur jetzt mit Verve in das Zwiegespräch ein, dem er bis dahin zurückhaltend gefolgt war. »Keiner von uns verdient die Königswürde mehr als du, denn nicht nur, dass du uns mit der Trockenlegung der Sümpfe eine bessere Lebensgrundlage geschaffen hast, was für sich genommen schon ein Grund dafür wäre, nein, sondern darüber hinaus hast du dich, seit du hier mit uns lebst, in aufopfernder Selbstlosigkeit gerade für diejenigen eingesetzt, die in Krankheit und Armut am Rande unserer Gesellschaft leben. Und genau das ist es, was einen wahren König ausmacht.«

Tarchunies' Gedanken überschlugen sich, wusste er doch instinktiv, dass Velthur und Tanachvil vollkommen Recht hatten, aber irgendetwas in ihm, vielleicht der Respekt vor dem letzten Begehren des toten Ancius, hinderten ihn noch, sich dieser verlockenden Herausforderung zu stellen.

»Hast du den Adler vergessen, den Tini uns gesandt hat, als wir hierher fliehen mussten?«, erinnerte ihn Tanachvil eindringlich an jenes merkwürdige Ereignis, dass nun über fünf Jahre zurücklag.

»Was war mit dem Adler?«, fragte Velthur interessiert.

Während Tanachvil es ihm erzählte, wurden seine Augen immer größer, und am Ende starrte er Tarchunies andächtig und mit offenem Mund an.

»Es ist Tinis Wille, dass du König von Ruma wirst!«, beschwor er ihn, nachdem er seine für kurze Zeit verloren gegangene Fassung wiedererlangt hatte.

Tarchunies nickte stumm und trank dann mit hastigen Zügen seine Schale leer.

»Also gut!«, sagte er entschlossen und wischte sich über den Mund. »Ich bin bereit. Aber nun gilt es, im Senat Überzeugungsarbeit zu leisten, denn er wird nicht so ohne weiteres akzeptieren, dass ich den rechtmäßigen Erben des Ancus übergehe, womit sich das zweite Problem stellt. Was ist mit den beiden Jungen? Wenn sie erst erwachsen sind, werden sie vielleicht ihr Recht einfordern, und umbringen kann ich sie nicht, dafür sind sie mir zu sehr ans Herz gewachsen.«

»Obwohl du Mitglied des Senats und Prätor Rumas bist, scheinst du unsere Gesetze nicht sehr gut zu kennen!«, tadelte Velthur ihn spöttisch. »Denn dann wüsstest du, dass die Königswürde nicht erblich ist, sondern nach Wahl des Senats in Abstimmung mit dem in den Kurien vertretenen Volk verlichen wird. Das heißt, dass du wegen Iunius und Marcus rechtlich keine Bedenken haben musst, wenn du dich um dieses Amt bewirbst. Damit steht deiner Wahl zum König nichts mehr im Wege, denn aufgrund deiner großen Beliebtheit wird sich weder im Senat noch in den Kurien auch nur eine Stimme gegen dich erheben.«

»Gut! Dann wollen wir Ancus Marcius in den nächsten vier Tagen mit einem feierlichen Leichenbegängnis und Spielen ehren«, ließ Tarchunies es zunächst dabei bewenden. »Danach dann werde ich vor den Senat treten und beantragen, mich zum König wählen zu lassen.«

»Nein, das werde ich tun!«, korrigierte ihn Velthur. »Nicht, dass du das nicht dürftest, nur macht es einfach einen besseren Eindruck, wenn ein anderer als du diesen Antrag stellt, denn andernfalls könnte das Neid und Missgunst erwecken, du verstehst?«

Sie unterhielten sich noch eine Weile darüber, wie der Antrag am eindrucksvollsten zu formulieren sei, dann brach Velthur auf, um nach Hause zu gehen, und Tanachvil und Tarchunies suchten todmüde, aber überglücklich ihr Bett auf.

Mit Einbruch der Dunkelheit am nächsten Tag trug man den toten König zum Kapitol hinauf und legte ihn auf einen mächtigen Scheiterhaufen, der vor dem Tempel des Tini errichtet worden war.

Es hatte zwar aufgehört zu schneien, doch war es dafür bitterkalt geworden. Vermummt in ihre Mäntel und Tücher, war die Bevölkerung tagsüber an der Leiche, die im Senat auf einem Katafalk ruhte, vorbeigezogen und hatte ihr nun auch noch mit ihren Fackeln das letzte Geleit zum Kapitol gegeben.

Nachdem sich die Menschenmenge in sicherem Abstand vor und seitlich der steinernen Estrade, auf welcher der Scheiterhaufen ragte, in harrendem Schweigen versammelt hatte, schritt Tarchunies, der trotz der Kälte nur mit einer schwarzen, gold bestickten Tabenna bekleidet war, gefolgt von Iunius und Marcus, die Stufen vom Tempel zur Estrade hinunter und stellte sich, die beiden Königssöhne neben sich, mit dem Gesicht zu der Menge vor den Scheiterhaufen.

Auch sie hielten Fackeln in ihren Händen.

Mit weit tragender Stimme hielt Tarchunies darauf die Leichenrede, in der er nicht nur die Taten und Verdienste des Verstorbenen rühmte, sondern auch die Erinnerung an den Menschen Ancus Marcius wachrief, indem er zum Teil auch lustige Begebenheiten erzählte, die er gemeinsam mit dem König erlebt hatte.

»Wir verbrennen nun deine irdische Hülle, Ancus Marcius«, beendete er schließlich seine Rede. »Aber dein Geist wird immer unter uns sein, denn wir werden deiner nie vergessen!«

Er gab Marcus und Iunius ein Zeichen, worauf die beiden an den Scheiterhaufen herantraten.

»Auf dass deine Seele sich erhebe!«, riefen sie laut und rammten ihre Fackeln zwischen das geschichtete, öltriefende Holz. »Segne deine Söhne!«

Nun war es an Tarchunies, seine Fackel in den Scheiterhaufen zu stoßen.

»Auf dass du ewigen Frieden finden mögest!«, flehte er, als er es den Königssöhnen gleichtat. »Segne dein Volk und deine Stadt!«

Drei Priester kamen nun herbei und gossen Öl und Wein in das sich schnell entfachende Feuer, wobei sie Gebete für das Heil des Toten sangen.

Plötzlich fuhr eine kräftige Windböe in den Holzstoß und ließ die Flammen funkenstiebend hochlodern und über dem in weiße Tücher gehüllten Leichnam zusammenschlagen, was von einem dumpfen und vielstimmigen Aufstöhnen der Menge begleitet wurde.

Nacheinander opferten die Priester nun drei weiße Stiere, mit deren Blut sie später das Feuer löschen würden.

Als der Scheiterhaufen etwa bis zur Hälfte niedergebrannt war, begann sich die Trauerversammlung allmählich wieder aufzulösen, und alle beeilten sich, wieder die Wärme ihrer heimischen Herde aufzusuchen.

Tarchunies und Tanachvil waren an diesem Abend Velthurs Gäste, der zum ehrenden Andenken an Ancus Marcius ein Festmahl ausgerichtet hatte, zu dem, neben ihnen, noch etliche andere befreundete Senatsmitglieder mit ihren Frauen eingeladen worden waren. Dabei erfuhr Tarchunies zu seinem Erstaunen, dass man, schon seit der König von der tödlichen Krankheit befallen war, daran gedacht hatte, ihn zu seinem Nachfolger zu erwählen.

Wie bei den Rasna üblich, gedachte man des Toten mit einem trink- und essfreudigen Gelage, bei dem bis spät in die Nacht zu fröhlicher Musik ausgelassen getanzt wurde.

Am nächsten Tag begannen ungeachtet der nasskalten Witterung die Leichenspiele, die auf dem dem Gotte Mars geweihten großen Feld außerhalb der Schutzumwallung Rumas abgehalten wurden. Wie bei den Craeces gab es in der Folge Ring- und Boxwettkämpfe, an denen sich mitunter auch Frauen beteiligten, sowie Wettläufe über verschiedene Entfernungen und dazwischen zur schaurigen Unterhaltung der Zuschauer immer wieder blutige Waffenspiele, bei denen zum Tode verurteilte Sklaven oder Kriegsgefangene sich mit Schwert, Lanze oder Axt Zweikämpfe auf Leben und Tod lieferten.

Diese grausige Sitte, die ihren Ursprung darin fand, dass die Rasna in früheren Zeiten nach einer gewonnenen Schlacht die gefangenen feindlichen Krieger auf den Gräbern der gefallenen Helden zu opfern pflegten, hatten die ersten Einwanderer, die aus dem Städtebund kamen, gleich zu Anfang auch in Ruma eingeführt. Mit der Zeit war man jedoch davon abgekommen, solche Gefangenen einfach abzuschlachten, sondern ließ sie sich gegenseitig bekämpfen und gewährte überdies dem überlebenden Sieger, wenn er sich tapfer geschlagen hatte, bisweilen sogar die Freiheit. Doch obwohl diese Spiele sich inzwischen auch bei den Ulthese zunehmender Beliebtheit erfreuten, wurden sie doch nur zu sehr seltenen Gelegenheiten veranstaltet, so wie etwa jetzt, anlässlich des Todes einer hoch gestellten Persönlichkeit.

Den krönenden Abschluss der Spiele aber bildeten die am vierten Tag stattfindenden Pferderennen, zu deren Durchführung ein lang gestrecktes Rund abgesteckt und mit einem hohen Erdwall umgeben worden war, auf dem die Zuschauer sitzend oder stehend die Rennen verfolgen konnten. Zu jedem Rennen, was auf drei Runden ausgelegt war, gingen jeweils zehn Reiter an den Start. Um es den Teilnehmern nicht zu einfach zu machen, waren auf der ganzen Länge der Bahn Hindernisse aufgestellt worden, die es für Pferd und Reiter zu überwinden galt, was nur allzu häufig zu Unfällen führte, bei denen sich Tier wie Mensch schwerste Verletzungen zuzogen oder sich gar den Hals brachen.

Nachdem die Senatoren mit ihren Familien auf einer für sie eigens errichteten Holztribüne Platz genommen hatten, ließ Tarchunies, der mit Tanachvil in der ersten Reihe saß, die Rennen beginnen, indem auf seinen Wink hin vier Bläser in ihre langen Bronzetrompeten mit dem nach oben gebogenen Schalltrichter stießen und ein hell schmetterndes Signal über die Arena erklingen ließen.

Die ersten drei Läufe brachten die Wettkämpfer reibungslos hinter sich, und erst beim vierten scherte ein Pferd so unglücklich vor einem Hindernis aus, dass es in zwei andere neben sich rannte und sie zu Fall brachte.

Auf einmal stellte Tarchunies, der mit seinem Sohn auf dem Schoß das Geschehen voller Spannung verfolgte, fest, dass Tanachvil nicht mehr an seiner Seite war. Verstört schaute er sich um, doch sie war nicht zu sehen.

»Wo ist Tanachvil?«, raunte er daraufhin Velthur zu, der direkt hinter ihm saß.

»Sie ist vorhin verschwunden«, gab er ihm zur Antwort. »Ich weiß nicht, vielleicht musste sie ...«

Ein begeisterter Jubel der Zuschauer unterbrach ihn, und im nächsten Augenblick konnten sie auch den Grund dafür entdecken. In versammeltem Trab ritt Tanachvil auf einem weißen, muskulösen Hengst winkend und nur mit einer knappen Tunika angetan zum Start, wo sie zwischen ihren Konkurrenten Aufstellung nahm.

»Ist die Frau verrückt geworden?«, ereiferte sich Velthur, und auch die anderen um sie herum blickten Tarchunies entsetzt an.

Doch dieser blieb wider Erwarten völlig ruhig und zuckte nur ergeben mit den Achseln.

»In allem, was sie tut, ist sie eine Meisterin!«, erklärte er und grinste breit. »Ob auf einem Schiff oder eben auf einem Pferd.«

Da wurde auch schon das Startzeichen gegeben, und unter dem tosenden Johlen der Menge galoppierten die Reiter an. Während der ersten Runde blieb Tanachvil, um dem Tier Kräfte zu sparen, im Mittelfeld und nahm jeden Sprung mit eleganter Leichtigkeit. Erst zu Ende der zweiten Runde gab sie die Zügel nach, wodurch ihr Galopp immer raumgreifender wurde und sie in der vorletzten Runde schon an zweiter Stelle lag. Doch dann musste sie wohl in der Hetze die Höhe eines Hindernisses unterschätzt haben, denn sie ließ den Hengst zu früh abkommen, was zur Folge hatte, dass er mit der Vorderhand krachend gegen den oberen Begrenzungsbalken prallte und in das Hindernis hineinbrach, sodass Tanachvil kopfüber

über den Widerrist geschleudert wurde und rücklings auf den harten Boden schlug. Zwar lag sie für einen Moment benommen da, doch gelang es ihr gerade noch rechtzeitig, sich geistesgegenwärtig mit einem Satz auf den inneren Wall vor den hinter ihr heranstürmenden Pferdehufen in Sicherheit zu bringen. Mit einem schreckensvollen Aufschrei hatten die Zuschauer diese Szene miterlebt, und auch Tarchunies, wie alle Übrigen auf der Tribüne, waren erbleichend von ihren Sitzen gefahren. Doch als sie sahen, wie Tanachvil, nachdem das Feld vorüber war, zu ihrem Pferd hinkte und das verstört dastehende, aber offenbar unverletzte Tier beruhigend an Hals und Nüstern streichelte, machten sie ihrer Erleichterung mit einem frenetischen Beifall Luft.

»Tja, man kann nicht immer gewinnen«, sagte sie später schnippisch zu Tarchunies, als sie, nachdem sie das Pferd versorgt und sich ihre warmen Kleider angezogen hatte, wieder neben ihm saß. »Und mach mir jetzt bloß keine Vorwürfe! Ich hatte nämlich, trotz allem, meinen Spaß daran.«

Tarchunies sah sie naserümpfend von der Seite an, vermied es aber wohlweislich, irgendeinen Kommentar abzugeben.

Als Tarchunies am nächsten Morgen in den Senat kam, bemerkte er sofort, dass sich das Verhalten der Ratsmitglieder ihm gegenüber auf eine für ihn noch nicht ganz durchschaubare Weise verändert hatte. Er wurde in ausgesuchter Höflichkeit begrüßt, jeder lächelte ihm zu, und überall wurde hinter vorgehaltener Hand getuschelt.

Nachdem er die Sitzung eröffnet hatte, meldete sich als erster Velthur zu Wort, dem er es auch gleich erteilte.

»Hohes Haus!«, begann er zu sprechen. »Wir haben in den vergangenen Tagen unseren geliebten König Ancus Marcius den Göttern empfohlen. Doch nun ist es an der Zeit, für ihn einen würdigen Nachfolger zu suchen, der sein Werk in seinem Sinne fortsetzt! Doch wer unter uns könnte dafür in Frage kommen? Es muss ein Mann sein, der das Vertrauen des Königs besessen hatte und der auch unser Vertrauen besitzt. Ein Mann, der sich vorbehaltlos für das Gedeihen unseres Gemeinwesens eingesetzt hat und sich weiterhin dafür aufopfern wird. Es gibt meines Dafürhaltens nur einen, auf den das von mir Geforderte zutrifft, und das ist Tarchunies Tarchna, unser Prätor! Ich stelle daher den Antrag, ihn den Kurien als neuen König von Ruma zur Wahl vorzustellen!«

Unter dem schallenden Applaus der Senatoren wurde diesem Antrag einstimmig stattgegeben, der am folgenden Tag von den Kurien bestätigt werden sollte.

Am Abend dieses ereignisträchtigen Tages lagen Tarchunies und Tanachvil mit Marcus und Iunius, die sie nach dem Tode ihres Vaters bei sich aufgenommen hatten, beim gemeinsamen Mahle zusammen.

»Immer dieses fade Hühnerfleisch!«, beklagte sich Tanachvil und fuhr sich leidend mit dem Handrücken über die Stirn. »Wie gerne hätte ich mal ein Stück saftigen Wildbrets auf dem Teller! Marcus, du verstehst dich doch auf die Jägerei. Wie wäre es, wenn du dich morgen früh mit deinem Bruder in die Wälder aufmachst und uns einen Hirsch oder wenigstens ein Reh oder ein Wildschwein erlegst?«

»Mit dem größten Vergnügen!«, rief Marcus arglos, von seiner Leidenschaft gepackt. »Aber es könnte in dieser Jahreszeit schon ein paar Tage dauern, bis wir auf eine geeignete Beute treffen«, fügte er vorsichtshalber hinzu.

»Lasst euch Zeit, ihr Lieben!«, ermutigte sie ihn. »Wichtig allein ist doch nur, dass ihr durch die Jagd ein wenig Abwechslung erfahrt, nicht wahr?«

Die beiden strahlten sie darauf dankbar an und zogen sich alsbald in ihre Zimmer zurück, damit sie, vom Schlaf erfrischt, in aller Frühe zur Jagd aufbrechen konnten.

»Was bezweckst du denn damit?«, verwunderte sich Tarchunies. »Du weißt doch, dass sie meiner Wahl von Rechts wegen nicht im Wege stehen können. Wieso schickst du sie dann weg aus Ruma?«

Tanachvils Gesichtszüge verhärteten sich.

»Der Senat hat deine Wahl zwar gebilligt, aber entscheidend ist das morgige Votum der Kurien. Ruma gilt zwar als Tiegel, in dem Menschen aller Stämme und Zungen zu einem Volk verschmelzen sollen, aber davon sind wir noch weit entfernt. Ich habe Augen und Ohren, um damit zu sehen und zu hören, vor allem, wenn ich über das Forum gehe. Der Hauptanteil der Bevölkerung sind Ulthese, also Latiner, Umbrer,

Falisker und Sabiner. Und es gibt uns, die Rasna. Vor dem Gesetz sind wir hier alle gleich, und auch die Herkunft und Rasse sollte eigentlich für niemanden von Belang sein. Nun sind da einige wenige Gleiche unter den Gleichen, die, anders als der Rest der Bevölkerung, in großem Reichtum leben und denen fast der ganze Grund und Boden hier gehört. Dummerweise handelt es sich dabei durchweg um Rasnastämmige, die zudem auch noch die Mehrheit im Senat bilden. Das Einzige, was dem Rest der Bevölkerung bislang Halt und Hoffnung gegeben hat, war, dass das höchste Amt Rumas immer einer der ihren innehatte. Verstehst du? Ohne Frage, das Volk – und ich meine dabei wirklich das ganze Volk – liebt und verehrt dich für alles, was du bis heute für sie getan hast, aber reicht diese Liebe tatsächlich so weit, dass sie auf ihr vermeintlich letztes Privileg verzichten und einen Rasna zu ihrem König wählen? Ich weiß, dass es in den Kurien nicht wenige gibt, die genau aus diesem Grunde eher für Marcus oder Iunius stimmen werden als für dich, eben weil sie lieber einen, wenn auch vielleicht unfähigen Nachkommen des großen Ancus Marcius auf dem Thron sehen wollen als einen Rasna, mag der sich auch noch so um sie verdient gemacht haben. Es ist einfach besser, wenn diese Leute die bei den Jungen morgen nicht in der Stadt sehen, denn dann können sie sie auch nicht als Gegenkandidaten ausrufen, und für Velthur und die anderen, die morgen für dich sprechen werden, ist es somit leichter, sie für dich zu gewinnen. Deswegen habe ich die beiden in die Wälder geschickt.«

Tarchunies betrachtete sie eine Weile voller Bewunderung und Liebe. Wieder einmal hatte sie ihre einzigartig vorausschauende Vernunft bewiesen, um die er sie beneidete und um deretwillen er sie auch so begehrenswert fand.

Sie musste seine Gedanken erraten haben, denn sie erhob sich mit einem verführerischen Lächeln von ihrer Liege und kam langsam, sich provozierend in ihren Hüften wiegend, zu ihm herüber. Vor ihm blieb sie, das rechte Bein leicht angewinkelt und seine Augen nicht aus ihrem Blick entlassend, stehen und öffnete, ihre Arme dabei über den Brüsten kreuzend, die Fibeln, die ihr Gewand auf den Schultern zusammenhielten, worauf es mit einem leisen Rascheln an ihrem Körper zu ihren Füßen herabglitt.

»Es gibt eine besonders aufregende Form des Dialogs zwischen Mann und Frau«, flüsterte sie verheißungsvoll und räkelte sich lasziv in seine Arme, »die nicht nur nach Worten, sondern vor allem nach Taten verlangt.«

»Die da wäre?«, fragte er, heiser vor Erregung.

»Oh, nur nicht so ungeduldig! Es braucht viel Zeit und Gefühl, sich damit vertraut zu machen. Und beides ist uns reichlich gegeben.«

Um die Mittagszeit des folgenden Tages hatten sich die Kurien vor dem Senatsgebäude versammelt, um darüber abzustimmen, wer künftig über Ruma herrschen sollte. Wie Tanachvil es vorausgesehen hatte, wurden etliche Stimmen laut, die sich vehement gegen Tarchunies wandten und stattdessen forderten, einen der beiden Söhne des Ancus Marcius zum neuen König zu wählen.

Daran änderte sich zunächst auch nichts, als Tarchunies sie in einer sachlichen Ansprache, in der er noch einmal hervorhob, was er in den vergangenen Jahren alles für das Gemeinwohl geleistet hatte, von seiner besseren Eignung und Befähigung für dieses Amt zu überzeugen suchte.

Doch in dieser schon für Tarchunies aussichtslos erscheinenden Situation ergriff Velthur die Initiative und hielt eine flammende Rede, die in einer rhetorisch mustergültig vorgebrachten Anklage gipfelte, mit der er am Ende auch die hartnäckigsten Gegner Tarchunies zum Verstummen brachte.

»Ihr wollt also lieber einen unreifen und unerfahrenen Knaben in dieses verantwortungsvolle Amt wählen als einen willensstarken Mann, der sich in diesen harten Zeiten so selbstlos für euch eingesetzt hat«, rief er ihnen zu. »Gut, so sei es, wenn dies denn euer Wille ist! Nun verlangt es aber das Gesetz, dass derjenige, der diese hohe Würde für sich beansprucht, sich vor der Wahl ganz offiziell vor uns und vor euch darum bewirbt, so, wie es Tarchunies getan hat. Außerdem ist es ebenso unabdingbar, dass sich der Bewerber zum Zeitpunkt der Wahl in der Stadt aufhält. Wann, so frage ich euch also, haben sich die Marciussöhne je um dieses Amt beworben, und vor allem, wo sind sie? Wir wählen heute einen Mann, der uns zukünftig regieren soll und dem wir damit unser aller Leben und Schicksal vertrauensvoll in die Hände legen. Das ist wohl die höchste Ehrung, die ein Mensch erfahren kann! Dieser Tag ist demnach nicht nur für den Bewerber, sondern auch für uns von schicksalhafter Bedeutung, und es ist die heilige Pflicht jeden freien Rumäers, erst recht die der Bewerber, bei dieser Wahl anwesend zu sein. Und dennoch sind ausgerechnet an diesem Tag die Söhne des Ancus Marcius nicht unter uns! Doch was ist der Grund ihrer pflichtvergessenen Abwesenheit? Ich will es euch sagen! Es ist nicht, dass sie vielleicht krank darniederliegen oder die Trauer um ihren Vater sie im Hause hält! Nein, sie sind vor den Toren der Stadt und vergnügen sich in den Wäldern bei der Jagd! Und nun wählt, ihr Männer der Kurien, aber trefft eine gute Wahl!«

Nach dieser wirkungsvoll an das Gewissen appellierenden Rede brandete ein Aufschrei der Empörung durch die Reihen der Volksversammlung, und bald darauf zeigte die Stimmabgabe das gewünschte Ergebnis: Ohne eine Gegenstimme wurde Tarchunies Tarchna zum König von Ruma gewählt.

Unter dem anhaltenden Jubel der Bevölkerung legten Velthur, als Sprecher des Senats, und ein Vertreter der Kurien Tarchunies den purpurnen Königsmantel um und setzten ihm das königliche Diadem auf die Stirn.

So bekleidet mit den äußeren Zeichen seiner Macht und umgeben von den zwölf Liktoren mit ihren Rutenbündeln, aus denen die Schärfe der darin verborgenen Beile hervorblitzte, zeigte er sich der Menge.

»Heil dir, König Tarchunies!«, begrüßten sie ihn emphatisch. »Heil dir, König Tarquinius!«

Kapitel 17

Es war im dritten Jahr seiner Regierung, als Tarchunies vor seine erste Bewährungsprobe als Feldherr gestellt wurde. Ruma hatte eine kurze Zeit des Friedens erleben dürfen, doch nun legte sich wieder einmal der dunkle Schatten des Krieges über das Land.

Der große Abwasserkanal stand kurz vor seiner Fertigstellung, und im Zuge dessen war auch schon ein großer Teil der Sümpfe trockengelegt, auf deren Böden jetzt Getreide angebaut wurde. Auch hatte sich der Wohlstand der Rumäer, deren Anzahl seit der Krönung Tarchunies' auf das Vierfache angestiegen war, merklich verbessert. Durch die vielen öffentlichen Bauten, die Tarchunies mit dem Senat in Auftrag gegeben hatte, hatte sich die Kaufkraft erhöht, und so floss ein immer reger werdender Warenstrom in und aus der Stadt, zumal sich auch viele gute Handwerker niedergelassen hatten, die die Märkte mit ihren Produkten belieferten. Diese Mut machende Entwicklung wurde von den Nachbarvölkern argwöhnisch und mit zunehmender Missgunst beobachtet.

An einem wunderschönen Frühlingsmorgen erschien eine berittene Gesandtschaft aus Cures, der

Hauptstadt der Sabiner, und verlangte, vor den König geführt zu werden. Man brachte die Männer auch sogleich in den Senat, wo Tarchunies gerade einige Gesetzesänderungen mit den Senatoren besprach.

»Was führt euch zu uns?«, fragte Tarchunies freundlich den Führer der Gesandtschaft, der sich ihm als Titus Vilius vorgestellt hatte.

»Im Namen meines Königs, des edlen Oppius Manius, erhebe ich Anspruch auf das Land diesseits des Anio, das dein Vorgänger Ancus Marcius einst unrechtmäßig in Besitz genommen hat«, erklärte er selbstbewusst und ohne Umschweife.

Während Tarchunies sich eine passende Antwort zurechtlegte, nahm er sich die Muße, diesen Mann, der in seinem vollen Waffenschmuck vor ihm erschienen war, etwas genauer anzusehen.

Er war noch jung, etwa Ende zwanzig, braun gebrannt und athletisch gebaut. Sein ehemals ansprechendes, bartloses Gesicht, war durch eine hässliche Narbe entstellt, die sich von seiner rechten Schläfe über die Nase bis zum linken Kinnrand zog.

Der Lederpanzer, der seinen Oberkörper schützte, war nach Art der Craeces gefertigt worden, und an den Schulterflügeln war ein langer weißer Wollmantel befestigt, dessen Falten ihm bis zu den von bronzenen Beinschienen umhüllten Fersen fiel. Ein kurzes breites Schwert, sowie ein ebenfalls aus Leder gepresster, und mit einem weißen Rossschweif versehener Helm, den er unter der Achsel hielt, vervollständigten sein kriegerisches Erscheinungsbild.

»Ist der Anspruch, den dieser Mann uns vorgetragen hat, berechtigt?«, richtete er sich zunächst an die Senatoren, die dies einhellig mit ihrem Kopfschütteln verneinten.

»Du siehst, Titus Vilius«, wandte er sich bedauernd wieder an den Gesandten, »diese Gebietsforderung besteht offenkundig zu Unrecht. Es tut mir aufrichtig Leid, dir abschlägig bescheiden zu müssen, aber wir werden euch dieses Land unter gar keinen Umständen abtreten.«

»Mein Herr hat mit einer solchen Antwort gerechnet«, nahm er diese Entscheidung gelassen zur Kenntnis. »Er hat mich daher ermächtigt, euch in diesem Falle den Krieg zu erklären.«

»Nun, eine Kriegserklärung ist schnell ausgesprochen und fallweise für lange Zeit bereut!«, gab ihm Tarchunies zu bedenken. »Hoffentlich hat dein König sich genau überlegt, mit wem er sich da einlässt!«

»Ich versichere dir, dass mein Herr niemals etwas Unüberlegtes tut! Es wäre ja nicht das erste Mal, dass wir gegen die Rumäer kämpfen!«

»Ganz recht!«, versetzte Tarchunies kalt lächelnd. »Und dabei haben wir euch zumeist besiegt. In diesem Zusammenhang kommt mir übrigens jene alte Geschichte in den Sinn, die sich zu Zeiten des großen Romulus zugetragen haben soll. Auch er führte einst Krieg gegen die Sabiner, und als er siegreich in euer Land gezogen kam, fanden eure Frauen und Mädchen unsere Krieger so unwiderstehlich und attraktiv, dass sie gleich scharenweise mit ihnen nach Ruma zurückgekehrt sind. Eine überaus amüsante Geschichte, die überdies sehr viel Bedeutsames über eure Männertugenden aussagt, findest du nicht?«

Hierauf brachen die würdigen Senatoren in ein höhnisches Gelächter aus, während die Sabiner zornrot anliefen. Wutentbrannt riss Titus sein Schwert aus der Scheide und schleuderte es Tarchunies klirrend vor die Füße.

»Hier ist meine Antwort!«, schrie er und schickte sich an, mit seinen Begleitern das Gebäude zu verlassen.

»Titus!«, rief ihm Tarchunies mahnend hinterher. »Nimm dein Schwert wieder mit! Du wirst es sicher bald brauchen!«

Doch der Sabiner verließ, ohne sie noch eines Blickes zu würdigen, den Saal und ritt, da er freies Geleit hatte, ungehindert nach Cures zurück.

Erwartungsvoll ruhten jetzt die Blicke der Senatoren auf ihrem König, der, den Kopf auf eine Hand gestützt und mit geschlossenen Augen nachdenkend, auf seinem Stuhl saß. Niemand wagte ihn dabei zu stören, und so verging eine geraume Zeit, ohne dass auch nur ein Wort gesprochen wurde.

Die Senatoren begannen schon nervös auf ihren Bänken herumzurutschen, als Tarchunies plötzlich aufsprang und mit langen Schritten, die Hände vor der Brust gefaltet, vor ihren Reihen auf und ab ging.

»Ich habe mir etwas einfallen lassen, womit die Sabiner bestimmt nicht rechnen werden!«, fing er an, ihnen seine Überlegungen mitzuteilen. »Ich bin nur mit der Seekriegsführung vertraut, wie ihr wisst, und habe noch nie an einer Landschlacht teilgenommen. Deshalb bitte ich einen jeden von euch, der darin bewandert ist, mich freimütig zu verbessern, wenn ich etwas Falsches oder Unmögliches sage. Also, meine größten Erfolge habe ich damit erzielt, dass ich stets das Unerwartete getan habe. So habe ich beispielsweise Kriegsschiffe angegriffen, die uns in ihrer Kampfkraft weit überlegen gewesen waren, und habe sie versenkt, weil die Schiffsführer bis zum letzten Moment geglaubt haben, ich wollte sie nur foppen. Sie haben nicht im Ernst daran gedacht, dass eine Nussschale, wie es mein Schiff in ihren Augen war, es wagen würde, auch nur in die Nähe ihrer Kampfkolosse zu kommen. Doch mein Vorteil war, dass wir wendiger und schneller waren als diese Riesen. Ich will damit sagen, dass die Anzahl der Krieger und deren Bewaffnung, so gut sie auch immer sein mag, nicht allein ausschlaggebend ist, um einen Krieg zu gewinnen. Wichtiger noch als dies, so sagt mir meine Erfahrung, ist Schnelligkeit und die Beherztheit, jederzeit das Gegenteil von dem zu tun, was der Gegner von mir erwartet. So bin ich ihm immer einen Schritt voraus und kann ihn da überraschen, wo er es am wenigsten vermutet. Oppius Manius wird die Zeit des Friedens genutzt haben, ein schlagkräftiges Heer gegen uns aufzustellen. Nun brauchte er nur noch einen Grund, uns den Krieg zu erklären, den wir ihm ja auch erwartungsgemäß mit unserer Ablehnung seiner fadenscheinigen und zudem haltlosen Gebietsforderung geliefert haben. Ich denke, er wird die Rückkehr seines Gesandten gar nicht erst abwarten, sondern wird sein Heer in diesem Augenblick sammeln und in Marsch setzen. Sein Ziel ist es, über uns herzufallen, solange wir noch wehrlos sind, weil er zu Recht davon ausgeht, dass wir doch eine gewisse Zeit benötigen, um uns von dem Schrecken zu erholen und für den Krieg zu rüsten. Und genau das wird ihm zum Verhängnis werden. Der Anio ist etwa einen Tagesmarsch von hier entfernt, Cures noch einmal einen. Es ist jetzt früher Nachmittag, und, gesetzt den Fall, die Sabiner würden heute noch aufbrechen, dann müssten sie noch vor der Überquerung des Anio ihr Nachtlager aufschlagen, um morgen in aller Frühe herüberzukommen und auf Ruma vorzustoßen. Aber so weit werden wir es gar nicht kommen lassen, denn wir werden wie gesagt, das Unerwartete tun. Alle waffenfähigen Männer müssen sich sofort mit ihren Waffen auf dem Marsfeld einfinden und nur leichtes Gepäck mitnehmen. Wir werden dann in Eilmärschen den Anio erreichen und überqueren, und zwar in der Nacht. Wenn sie sich dann morgens den Schlaf aus den Augen gerieben haben, werden sie es sein, die einen gehörigen Schrecken bekommen, wenn sie sehen, dass wir zum Morgengruß angetreten sind.«

Er schaute in die Runde, doch keiner der Senatoren verriet mit seiner Miene, dass er diesen, wenn auch sehr unkonventionellen Plan missbilligen würde, sondern alle nickten ihm bewundernd zu. Und jetzt begannen sie sogar, zunächst vereinzelt, dann aber alle gemeinsam, in die Hände zu klatschen und ihm einen rauschenden Beifall zu spenden.

Aulus Cassius, den er nach der Krönung zum neuen Prätor ernannt hatte, erhob sich von seiner Bank und bat ums Wort.

»Mein König!«, rief er voll begeistertem Elan. »Ich denke im Namen aller hier Versammelten zu sprechen, wenn ich dir meinen Respekt für diesen schlauen und wohl ersonnenen Plan zolle, an dem taktisch auch nicht das Geringste auszusetzen ist. Du machst deinem Beinamen alle Ehre!«

Alle fingen daraufhin an zu lachen, nur Tarchunies blickte verständnislos zu Cassius und runzelte fragend die Stirn.

»Darf ich erfahren, was das für ein Beiname ist, dessen ich mich erfreue, ohne ihn zu kennen?«, fragte er Cassius gespannt.

»Nun ja, also, das ...«, wand er sich verlegen.

»Nur zu«, ermutigte ihn Tarchunies. »Ich bin darüber überhaupt nicht verärgert, was immer es auch sein mag, aber der Träger eines Spitznamens erfährt ihn immer als Letzter.«

»Also schön!«, räusperte sich Cassius. »Die Leute hier nennen dich den ›Wolf‹ – Tarquinius Lupus. Schon seit du nach Ruma gekommen bist, trägst du diesen Namen in der Bevölkerung, weil überall von deinen kühnen Taten auf See erzählt wurde und man wusste, dass auf deinem roten Segel ein schwarzer Wolfskopf aufgenäht war.«

Tarchunies erinnerte sich plötzlich wieder an jene Szene, als er mit Tanachvil nach seiner Flucht aus Tarchnal zum Stadttor Rumas gekommen war und der Wachsoldat sie nach ihren Namen gefragt hatte.

Als er sie ihm genannt hatte, waren dem guten Mann – wie hieß er nur gleich? – schier die Augen aus dem Kopf gefallen, und er hatte ihn als »Roten Wolf« gerühmt. Jetzt fiel ihm auch wieder der Name des Mannes ein: Lucius Postumus.

»Cassius, kennst du einen Mann namens Lucius Postumus?«, erkundigte er sich sogleich.

»Aber gewiss doch, Herr! Er ist aus gutem latinischen Hause, und sein Vater besitzt einige Weingüter in den Falerner Bergen. Du wirst ihn kennen lernen, denn in Kriegszeiten dient er als Tribun im Feldheer.«

»Ich hatte schon die Ehre!«, schmunzelte er und erzählte ihm kurz die Begebenheit.

Dann wandte er sich wieder den übrigen Senatoren zu, die eifrig miteinander über den so unvermutet eingetretenen Kriegszustand diskutierten, aber auch dabei die Reaktionsschnelligkeit ihres Königs über die Maßen lobten.

»Die Sitzung ist beendet!«, erklärte er, nachdem Ruhe eingekehrt war. »Ihr geht jetzt alle geschlossen auf das Marsfeld und wartet, bis das Heer sich dort aufgestellt hat. Cassius und ich werden die Priester und Auguren aufsuchen und sie befragen, ob unser Feldzug unter einem günstigen Vorzeichen steht. Ich werde dann den Oberbefehl übernehmen und, wenn alles bereit ist, abrücken. Nachdem ihr uns verabschiedet haben werdet, bringt ihr Laran und Tini ein Opfer dar. Dann geht nach Hause und betet für uns. In zwei Tagen, wenn die Götter es wollen, kehren wir mit dem Sieg heim. Bis dahin wird Velthur in bewährter Weise den Vorsitz im Senat innehaben.«

Während Tarchunies und Cassius sich zum Heiligtum des Tini begaben, schmetterten überall in der Stadt die Signaltrompeten und riefen alle wehrfähigen Männer zwischen achtzehn und fünfzig zu den Waffen.

Im Heiligtum des Tini-Iupiter wurden sie bereits von einem Priester und einem Auguren erwartet. Wie es das uralte Ritual vorschrieb, hatten sie alle vor Beginn der heiligen Handlung eine Falte ihrer Umhänge über ihre Köpfe gezogen, um damit den Göttern ihre Demut zu bekunden. Vor ihren Augen schlachtete der Augur nun ein makellos weißes Lamm und entnahm ihm mit geübten Händen die Leber, die er daraufhin gemeinsam mit dem Priester sehr genau untersuchte.

»Die schützende Hand Tinis ruht mächtig über dir, mein König«, gab der Augur schließlich selbst staunend das Ergebnis seiner Leberschau preis. »Er unterstellt dir sogar die vier Elemente, Feuer und Wasser, Erde und Wind. Nutze sie, und du wirst den Sieg über unsere Feinde davontragen.«

Tarchunies erschauerte innerlich, als er diese geheimnisvollen Worte vernahm. Er spürte die Gegenwart der Gottheit so deutlich wie damals, als der Adler ihnen den Weg nach Ruma gewiesen hatte. Alles, was Tanachvil ihm aus diesem Omen gedeutet hatte, war eingetroffen.

Er war zum König gekrönt worden, und nun hatte sich ihm der Gott neuerlich Glück verheißend offenbart. In frommer Ergriffenheit nahm er sich vor, Tini eine Gabe zu weihen, die seiner tief empfundenen Dankbarkeit sichtbaren Ausdruck verleihen würde.

»Wenn dieser Krieg vorüber ist«, sprach er ernst und entschlossen, wobei er seine Rechte auf den Altar legte, »dann schwöre ich in eurer Zeugenschaft, dass ich Tini an dieser Stelle einen Tempel erbauen lassen werde, der in seiner Pracht und seiner Größe der Erhabenheit und Macht der Gottheit würdig und angemessen ist.«

Nachdem sie das Heiligtum verlassen hatten, beeilte Tarchunies sich, nach Hause zu kommen, um Tanachvil von dem bevorstehenden Feldzug zu unterrichten und sich seine Rüstung anzulegen.

Während er sich seinen mit vergoldeten Eisenplatten verstärkten Lederharnisch überzog, erzählte er Tanachvil, die ihm dabei half, in Kürze, was sich im Senat und nachher, im Heiligtum, ereignet hatte. Dann ging er zu seinen Kindern, gab ihnen einen Kuss auf die Stirn und versprach ihnen tröstend, bald wieder bei ihnen zu sein.

Zuletzt nahm er Tanachvil in seine Arme und küsste sie lange und innig.

»Es wird nicht lange dauern«, sagte er rau. »In zwei, spätestens drei Tagen bin ich wieder hier.«

»Ich weiß«, erwiderte sie und schenkte ihm ein zärtliches und aufmunterndes Lächeln. »Was sollte ich fürchten müssen, wenn dir der Vater der Götter zur Seite steht?«

Sie nahm sein Schwert und nestelte es an das Wehrgehenk.

Zum Abschied fassten sie sich noch einmal an den Händen und sahen sich eine Weile stumm an.

»Ich muss jetzt gehen, Liebes«, murmelte er schließlich und nahm hastig seinen Helm mit dem auf einer von der Stirn bis zum Nacken reichenden Schiene gefassten, steil aufragenden Kamm aus rot gefärbtem Rosshaar an sich. Eilig ging er darauf hinaus und bestieg sein Pferd, welches ihm ein Sklave vor der Tür schon aufgezäumt bereithielt.

Als er auf dem Marsfeld ankam, stellte er zu seiner Befriedigung fest, dass das Heer unterdessen vollständig, nach Hundertschaften geordnet, im Karree Aufstellung genommen hatte. Bei seinem Erscheinen begrüßten ihn die Männer mit einem donnernden Kriegsgeschrei, wobei sie, um diesen Effekt noch zu untermalen, mit ihren Schwertern und Lanzen gegen ihre Schilde schlugen. Gleichzeitig salutierten die Hundertschaftsführer und die ihnen vorgesetzten Tribunen, indem sie ihre nackten Klingen vor ihm senkten.

Auf das Zeichen des Aulus Cassius klang das Geschrei schlagartig ab, während der Prätor vor ihm Haltung annahm und ihm militärisch knapp meldete, dass sechstausend Krieger angetreten seien, die auf seine Befehle warteten.

Eine Zeit lang ließ Tarchunies seine Blicke musternd über ihnen schweifen, um sich so einen ersten Eindruck ihrer Kampfkraft zu verschaffen. Was er von der Qualität ihrer Ausrüstung sah, war, verglichen mit den Truppen der Rasna, nicht überwältigend, aber eben auch nicht so schwach, als dass er an dem erfolgreichen Ausgang dieses Feldzuges hätte berechtigte Zweifel hegen müssen. Die Hauptmasse der Krieger rekrutierte sich aus den weniger begüterten Schichten der Bevölkerung, die sich den teuren Luxus einer vollständigen Rüstung naturgemäß nicht erlauben konnten. Die meisten von ihnen waren mit Lanzen, Speeren und Äxten bewaffnet, viele hatten dazu auch noch Schwerter, aber alle verfügten über mit Leder überschichtete und bunt bemalte Holzschilde, die in ihrer Größe ausreichten, nahezu die ganze Körperfläche zu schützen. Auch gab es ein großes Kontingent an Bogenschützen und Schleuderern, die, wenn sie richtig eingesetzt worden waren, dem Feind erheblichen Schaden zufügen konnten.

Am besten waren noch die etwa fünfhundert Reiter ausgestattet, was nicht wundernahm, gehörten sie doch alle zum Adel und verfügten somit über die Mittel, sich Pferde zu halten und sich Harnische, Helme und Beinschienen zu kaufen.

Was Tarchunies aber die größte Zuversicht gab, war der unbändige Kampfgeist, von dem sie beseelt waren, denn in keinem ihrer lachenden Gesichter konnte er so etwas wie Furcht oder Mutlosigkeit erkennen, stattdessen sprühten ihre Augen nur so vor übermütigem Tatendrang.

Nein, war er nun überzeugt, mit diesem Heer und der Hilfe der Götter mussten sie einfach gewinnen.

»Rumäer!«, rief er ihnen jetzt zu. »Die Zeit des Friedens ist vorüber, und wieder seid ihr gezwungen, wie vordem eure Väter und Vorväter, die Heimat mit dem Schwert zu verteidigen! Wir haben diesen Krieg nicht gewollt, aber die Sabiner wollen uns mit Krieg überziehen, um uns unser Land und unsere Freiheit zu rauben. Und deshalb ziehen wir jetzt aus, um ihnen nachhaltig zu zeigen, dass wir uns das nicht gefallen lassen werden. Ihr König hat sein Heer schon auf den Weg hierher gesandt, in der Hoffnung, uns zu überraschen und einzuschließen, während wir noch mit unseren Kriegsvorbereitungen beschäftigt sind.

Aber wir werden seine Absicht durchkreuzen, weil wir nicht darauf warten werden, bis sein Heer hier eingetroffen ist. Wir werden ihnen nämlich die ganze Nacht hindurch entgegenmarschieren und sie morgen früh in ihrem eigenen Land zum Kampf stellen! Und dort, an den Ufern des Anio, werden wir ihren Hochmut in den Staub treten!«

Nachdem der darauf sich erhebende Begeisterungssturm verebbt war, schulterten die Männer ihre Waffen und rückten mit ihrem König an der Spitze in ostwärtiger Richtung ab. Zuvor hatte Tarchunies noch den Präfekten der Reiterei zu sich rufen lassen, in dem er zu seiner großen Freude Lucius Postumus wiedererkannte.

»Es gibt mir ein gutes Gefühl zu wissen, dass gerade du die Reiter führst, Lucius«, hatte er ihm vertraulich eröffnet. »Denn für den Auftrag, den du jetzt von mir bekommst, brauche ich einen Mann, der selbstständig und umsichtig zu handeln weiß. Es wird bald dunkel, und nichts ist gefährlicher für ein Heer, als wenn es blind und taub durch die Nacht stolpert. Du und deine Leute werdet unsere Augen und Ohren sein. Ihr müsst ständig weiträumig um uns herum ausschwärmen und das Gelände vor uns und in unseren Flanken erkunden. Ich rechne zwar nicht damit, dass der Feind den Anio schon überschritten hat, aber lieber ein bisschen zu vorsichtig, als tot sein. Solltet ihr dennoch auf den Feind stoßen, dann zieht euch, wenn es irgend möglich ist, zurück und meldet ihn mir. Ihr greift nur an, wenn ihr sicher sein könnt, dass es sich um einen Spähtrupp handelt. Wenn ihr den Anio erreicht habt, sucht nach der Brücke, die darüber führt, und wenn ihr fündig geworden seid, schicke einen Melder, der uns dann dahin führt. Ihr werdet in dieser Zeit einen Ort, möglichst ein nahe gelegenes Waldstück, erkunden, an dem wir ungesehen Deckung beziehen können. Hast du alles verstanden?«

»Ja, Herr! Du kannst dich auf mich verlassen!«, hatte Postumus nur atemlos hervorgestoßen, und wenig später waren zehn Reiterabteilungen mit jeweils zehn Mann unterwegs, um weit gefächert vor dem dahinziehenden Heerbann das vor ihnen liegende Gelände aufzuklären, welches sich durch seine bewaldeten Hügelketten als ziemlich unübersichtlich erwies.

Doch wie es Tarchunies angenommen hatte, hatten sie keinerlei Feindberührung, und noch vor dem Morgengrauen hatten sie ihr Marschziel ohne Störungen erreicht. Der Melder, den Postumus ihnen, nachdem er den Standort der Brücke ausgemacht, gesandt hatte, führte sie in ein größeres Waldgebiet, welches sich in einiger Entfernung flussaufwärts vom Ufer ins Landesinnere erstreckte. Hier ließ Tarchunies die Männer rasten, verbot ihnen aber, Feuer anzuzünden. Er selbst, nachdem er sich mit ein wenig Brot und in Wasser gelöstem Essig gestärkt hatte, machte sich mit Cassius und den Tribunen auf den Weg, um die Brücke näher in Augenschein zu nehmen. Dabei bemerkte er, dass sich auf dem breiten Uferstreifen vor dem Waldstück, in dem sie lagerten, etliche Holzstöße türmten, die wohl irgendwann auf die Flöße, die davor am Ufersaum festgemacht worden waren, verladen werden sollten.

Die Brücke selbst, die sie kurz darauf begutachteten, bestand aus einer einfachen, solide gezimmerten Balkenkonstruktion, über deren Steg gut sechs Männer nebeneinander gehen konnten. Das Ufergebiet auf der anderen Seite war unbewachsen und stieg sanft an, sodass ihnen der Einblick in das dahinter liegende Gelände verwehrt blieb, zumal sich jetzt auch der vor Sonnenaufgang zu erwartende Frühnebel über der Flussaue erhob.

»Lucius, ich will, dass du mit zwei deiner Leute da hinüberreitest und feststellst, wo der Feind sein Lager aufgeschlagen hat«, befahl ihm Tarchunies. »Doch wage nicht zu viel, denn wenn die Sonne erst einmal am Himmel steht, löst sich der Dunst schnell auf.«

Es verging nur wenig Zeit, dann war der Präfekt mit seinen Männern über die Brücke geritten und von den Nebelschleiern verschluckt worden. Eher als Tarchunies es gedacht hatte, kam er wieder und berichtete, dass die Sabiner in einer Talmulde unweit des Ufers lagerten und sich gerade auf den Weitermarsch vorbereiten würden. Er hatte zwar ihre Anzahl nicht genau ermitteln können, doch würde sie jedenfalls die eigene bei weitem übertreffen.

»Cassius, du nimmst ein Viertel unserer Streitmacht und führst sie unverzüglich über den Fluss. Dann wirst du sie angreifen und in ein Gefecht verwickeln, aus dem ihr euch, sobald der Morgendunst sich aufgelöst hat, in scheinbar heilloser Flucht auf diese Seite des Flusses zurückziehen werdet. Ich werde in dieser Frist unsere Hauptmacht so in Stellung gehen lassen, dass der euch nachdrängende Feind genau in unsere Schwerter läuft.«

Ohne sich noch mit irgendwelchen Fragen aufzuhalten, rannte der Prätor mit zwei Tribunen, die er sich zuvor schnell ausgewählt hatte, zum Lager zurück, um wenig später mit zweitausend Mann die Brücke zu überschreiten. Tarchunies hatte währenddessen die übrigen Tribune und Lucius in das hinter ihnen liegende Gelände eingewiesen und ihnen ihre Stellungen zugewiesen, die sie nach seiner Befehlsausgabe sofort einzunehmen hätten. Wenn alles nach Plan gehen würde, so hatte er ihnen versichert, dann würde der Feind gleichsam in einen Sack laufen, in dem man ihn nur noch totzuschlagen hätte.

Zunächst schien dann auch alles so zu verlaufen, wie Tarchunies es sich vorgestellt hatte. Von der anderen Uferseite her tönte bald wilder Schlachtenlärm herüber, und dann, als der Nebel sich verzogen hatte, fluteten auch die Scharen des Cassius, dicht gefolgt vom Feind, wie abgesprochen wieder über die Brücke zurück. Doch erst da wurde deutlich, dass der Feind ungleich stärker war, als Tarchunies es anfangs geschätzt hatte. Die Sabiner stürmten so schnell und unaufhaltsam über die Brücke heran, dass den im Hinterhalt liegenden Einheiten der Rumäer kaum Zeit blieb, sich zu einem Gegenangriff zu formieren.

Hilflos musste Tarchunies mit ansehen, dass die Sabiner zunehmend die Oberhand bekamen und die eigenen Kräfte, aufgrund des immer stärker werdenden Drucks des Feindes, langsam zurückzuweichen begannen. Da sah er einen seiner Tribune, der sich gerade verzweifelt gegen zwei Gegner wehrte, die ihm gefährlich zu Leibe rückten. Ohne nachzudenken packte Tarchunies sein Schwert, sprang dem noch jungen Mann zur Seite und streckte in kalter Wut erst den einen, dann den anderen ihrer Widersacher nieder. Noch während er dies tat, erwachte unvermittelt sein vergessen geglaubter Seemannsinstinkt, denn er spürte mit einem Mal, dass ein ablandiger Wind aufgekommen war.

»Tribun!«, bellte er den Mann an. »Wie ist dein Name?«

»Ar… Arrius Fabricius, Herr!«, stammelte der Angesprochene verstört und schien immer noch nicht fassen zu können, dass sein König ihm das Leben gerettet hatte.

»Sehr schön, Arrius Fabricius! Höre genau zu, was ich dir jetzt befehle! Du nimmst dir jetzt so viele Männer, wie du nur auftreiben kannst. Mit denen schlägst du dich zu unserem Lagerplatz im Wald durch. Am Ufer werdet ihr Flöße und geschlagenes Holz finden. Beladet die Flöße mit dem Holz, zündet es an und lasst dann die Flöße flussabwärts treiben! Und dass ihr euch damit beeilt! Ist das klar, Mann?«

»J... ja, ganz klar!«, bellte er heiser und stob davon.

»Sieht nicht gut aus!«, hörte Tarchunies da die besorgte Stimme des Cassius neben sich.

»Wart's ab!«, fuhr er ihm barsch über den Mund. »Der Tag ist noch nicht zu Ende!«

Mit dem Mut der Verzweiflung stemmten sich die Rumäer nunmehr gegen die unaufhörlich über die Brücke nachsetzenden Sabiner, doch sie hatten schon zu viel Boden vor der Brücke verloren, um dem Feind, dessen Anzahl am diesseitigen Ufer mittlerweile bedrohlich angewachsen war, direkt davor, wie Tarchunies es sich ursprünglich vorgestellt hatte, Einhalt gebieten zu können.

Plötzlich erspähte er im Getümmel ein ihm wohl bekanntes Gesicht. Ganz klar, der Mann, der da auf seinem Pferd über die Brücke ritt, war niemand anderes als Titus Vilius. Für einen Moment verfluchte er sich, sein Pferd auf dem Rastplatz zurückgelassen zu haben, doch dann war ihm das auch egal, und er begann sich mit seinem Schwert eine blutige Gasse durch die Reihen der Feinde zu bahnen, bis er schwer atmend und hasserfüllt vor Titus stand. Als dieser ihn bemerkte, ließ er sein Pferd steigen und versuchte, Tarchunies niederzureiten, doch mit einer blitzschnellen Drehung brachte sich dieser auf die linke Flanke des Tieres, bekam den Unterschenkel seines Gegners zu fassen und riss ihn mit einem Ruck aus dem Sattel. Er wartete, bis Titus wieder auf den Beinen war, dann drang er mit aller Macht auf ihn ein.

Doch Titus erwies sich ihm als ebenbürtig, sodass es zunächst keinem von beiden gelingen wollte, einen entscheidenden Hieb oder Stich platzieren zu können.

Auf einmal aber gellten warnende Schreie über das Schlachtfeld.

»Feuer! Feuer! Alles zurück, die Brücke brennt!«

Die bis dahin dicht geschlossen vorgehenden Reihen der Gegner gerieten daraufhin ins Wanken und lösten sich mehr und mehr auf. Auch Titus wurde davon irritiert und vernachlässigte nur für einen Augenblick seine Deckung, doch das genügte Tarchunies, um ihm die Klinge in den jetzt ungeschützten Halsansatz zu rammen.

»Du wärest gestern besser nicht so unhöflich gewesen, dein Schwert auf den teuren Marmorboden zu werfen«, sagte er hämisch. »Eine der Platten ist davon zerborsten!«

Der Sabiner sah ihn darauf ungläubig an, während ihm das Blut aus Mund und Nase schoss, bewegte auch die Lippen, als ob er noch etwas sagen wollte, doch dann sackte er, sich mit den Händen um den Hals fassend, röchelnd auf die Knie, um dann mit brechenden Augen vornüberzufallen.

Jetzt erst konnte Tarchunies zu seiner Befriedigung feststellen, dass die Sabiner ihren schwungvoll vorangetriebenen Angriff eingestellt hatten und sich bereits allerorts in heilloser Flucht befanden. Dunkle Rauchschwaden und bleckende Flammen hüllten die Brücke ein, über die der Feind in seiner Not noch zu entkommen suchte, bevor sie in sich zusammenstürzte.

Tarchunies schwang sich auf das Pferd des Toten und galoppierte zu Cassius zurück.

»Blas zum Angriff, Cassius!«, schrie er ihm schon von weitem zu. »Schnell! Das ist die Gelegenheit! Und gib auch das Signal für die Reiter!«

Aber auch ohne die Signale stürmten die Rumäer jetzt mit einem infernalischen Siegesgeheul von allen Seiten auf die sich vor der Brücke in Trauben drängenden Sabiner und machten sie erbarmungslos nieder. Obwohl die Brücke noch stand, war es durch das Feuer unmöglich geworden, sie zu passieren, und so mussten ihre auf der anderen Uferseite stehenden Kameraden dem Gemetzel hilflos zusehen. Manche wagten es jetzt, durch den Fluss schwimmend zu entfliehen, doch der war durch das frühjährliche Schmelzwasser angeschwollen und wurde nun mit seinen reißenden Strudeln zur Todesfalle.

Der Sieg der Rumäer war vollkommen, und mehr als die Hälfte der Feinde, wie sich später herausstellte, hatte in dieser Schlacht den Tod gefunden.

Tarchunies letzte, aus der Not geborene Rechnung war aufgegangen.

Fabricius hatte seinen Auftrag hervorragend und gerade zur rechten Zeit erfüllt, denn nachdem er das Holz auf den Flößen angezündet und sie auf den Weg geschickt hatte, trieben sie den Fluss hinunter und verfingen sich dann im Gebälk der Brücke, die rasch in Brand gesetzt wurde, was letztendlich die Schlacht entschieden hatte. Es war alles genauso eingetroffen, wie es der Augur vorausgesagt hatte, denn der Feind wurde tatsächlich mit Hilfe der vier Elemente vernichtend geschlagen.

Nach der Schlacht ließ er die Männer sich bis zum nächsten Morgen ausruhen und sandte nur einen Meldereiter nach Ruma, der dem Senat und dem Volk ihren Sieg verkünden sollte.

Am nächsten Tag bereitete die Bevölkerung ihrem König und seinem Heer einen triumphalen Empfang, wie die Stadt ihn seit den Zeiten des Tullius Hostilius nicht mehr gesehen hatte.

Vor den Toren schon warteten Frauen und Mädchen, die die Häupter und Waffen ihrer Männer, Brüder und Söhne mit Blumen umwanden. Dann zogen sie unter dem nicht enden wollenden frenetischen Jubel der Menge hinter Tarchunies, der ihnen lorbeerbekränzt mit seinem purpurnen Mantel und rot bemalten Gesicht auf einem von vier Schimmeln gezogenen, silber beschlagenen Streitwagen voranfuhr, einmal quer durch die Stadt. Auf dem mittlerweile wieder hergestellten Forum hielt der Zug an, und Tarchunies fuhr zum Kapitol hinauf, um Tini ein Schwein, einen Widder und einen Stier als Dankopfer darzubringen. Danach setzten sie ihren Marsch weiter fort, bis sie auf das Marsfeld kamen, wo sie wieder geordnet Aufstellung nahmen.

Nachdem sie für eine Weile schweigend ihrer Gefallenen gedacht hatten, bedankte sich Tarchunies in einer ehrenden Ansprache bei seinen Kriegern für ihren unerschütterlichen Mut und ihren Einsatzwillen, den sie in der Schlacht auf so einzigartige Weise unter Beweis gestellt hätten. Dann zeichnete er einige von ihnen, darunter vor allem den jungen Fabricius, für ihre herausragende Tapferkeit aus und verlieh ihnen als äußeres Zeichen dafür einen Kranz aus Eichenlaub. Außerdem bekam jeder von ihnen nach seinem Rang einen Betrag an Silber aus der königlichen Schatzkammer ausgezahlt. Danach entließ er feierlich das Heer, nicht ohne zuvor eine fünf Tage währende Siegesfeier auszurufen.

Am Abend fand im Hause Tarchunies' ein großes Festmahl statt, zu dem er alle Würdenträger Rumas eingeladen hatte.

»Wieso hast du dem Feind nicht nachgesetzt und diesem Oppius Manius in Cures deinen Frieden diktiert?«, fragte ihn Velthur bei dieser Gelegenheit. »So wie ich, denken viele von uns.«

Tarchunies schüttelte lächelnd den Kopf.

»Was wir jetzt brauchen, ist Ruhe und Frieden!«, erklärte er ihm geduldig sein Handeln. »Wir sind dabei, dieser Stadt ein neues Gesicht zu geben. Mit dem Bau des Abwasserkanals haben wir erst den Anfang gemacht. Die Bevölkerung nimmt zwar zu, aber es sind zumeist mittellose Menschen, die hierher kommen. Wir haben im Verhältnis zu wenig reiche Mitbewohner unter uns, wie uns das niedrige Steueraufkommen drastisch vor Augen führt. Es muss also ein Anreiz geschaffen werden, der auch wohlhabende Menschen zu uns ziehen lässt. Und deshalb müssen wir hier für eben solche Leute eine Umgebung schaffen, in der es ihnen zu ihrem Wohlbefinden an nichts mangelt. Ich möchte deshalb neben einem großen marmornen, dem Tini geweihten Tempel, den ich aus Dankbarkeit der Stadt zu stiften gedenke, noch andere prunkvolle und repräsentative öffentliche Gebäude errichten lassen, wie ich es ja auch bereits in Angriff genommen habe. Jeder Krieg, den wir führen müssen, hindert den Fortgang dieser so dringend erforderlichen Arbeit. Es reicht also, wenn wir unseren Nachbarn zu diesem Zeitpunkt deutlich machen, dass wir durchaus in der Lage sind, uns erfolgreich gegen ihre eventuellen Angriffe zu wehren, aber andererseits keinerlei Ambitionen haben, von uns aus einen Krieg zu beginnen. Es ist jetzt viel wichtiger, dass Reichtum in dieser Stadt heimisch wird, damit Steuergelder fließen, mit denen wir dann letztendlich auch unsere Krieger besser bewaffnen und damit schlagkräftiger machen können. Erst dann, Velthur, können wir damit beginnen, einem besiegten Feind den Frieden zu diktieren.«

Alle, die diese Antwort mit angehört hatten, begegneten seinen Blicken mit einsichtsvoller Hochachtung.

»Deine weise Voraussicht, mit der du uns eben beschämt hast, zeigt uns, dass wir es nicht zu bereuen haben, dich zum König über uns gewählt zu haben!«, pries Velthur ihn enthusiastisch. »Unter deinem Königtum wird der Grundstein zu Rumas künftiger Macht und Größe gelegt, die unseren Feinden dereinst Furcht und Respekt abnötigen wird. Mögen die Götter dich dafür mit einem langen Leben segnen, mein König!«

Tanachvil, die bis dahin vor ihm gelegen hatte, erhob sich nach diesen prophetischen Worten und ging in ein geräumiges Zimmer des Hauses, in dem sie und Tarchunies sich gerade in den warmen Jahreszeiten am liebsten aufzuhalten pflegten, da es einen laubenähnlichen und von schmalen Säulen getragenen Vorbau besaß, von dem aus man einen herrlichen Blick über die Stadt hatte.

Sie lehnte sich an eine der Säulen und schaute eine Weile versonnen über die mondhelle Landschaft. Aus allen Häusern drang flackernder Lichterschein, und der Wind trug fröhliches Gelächter und Flötenspiel zu ihr herüber.

»Nun, siehst du wieder nach den Sternen?«

Sie drehte sich zu Tarchunies um, der – unbemerkt von ihr – hinter sie getreten war, und schmiegte sich in seine Arme.

»Nein«, wisperte sie. »Das brauche ich nicht mehr, denn mein Stern ist heute zu mir herabgekommen.«

Kapitel 18

Während der nächsten Jahre konnte Tarchunies einen großen Teil seiner zukunftsweisenden Pläne verwirklichen. Rutile Hipukrates war zwar inzwischen gestorben, doch Caie, einer seiner Söhne, dessen Talent dem seines Vaters in nichts nachstand, war dem Ruf Tarchunies' gefolgt und stand ihm als Baumeister zur Seite.

Die große Abwasseranlage – die Ulthese nannten sie Cloaca maxima – war in Betrieb genommen worden, und seitdem blieb Ruma von den verheerenden Fieberseuchen verschont, da die Sümpfe nicht mehr existierten. Fruchtbares Ackerland, aber auch gutes und unerlässliches Bauland waren so gewonnen worden.

Anstelle des kleinen, unansehnlichen Heiligtums des Tini erhob sich jetzt weithin sichtbar ein majestätischer, aus Marmorquadern errichteter Tempel, dessen weit geschwungenes und mit rot gebrannten Ziegeln bedecktes Dach von mächtigen Säulen getragen wurde. Halb plastisch herausgearbeitete und vielfarbig bemalte Figuren, die Szenen aus den uralten Göttermythen darstellten, verzierten die Giebel, und auch die Kannelüren der Säulen glänzten in einem satten Rot und Gold.

Auch waren neben dem alten Forum, welches nunmehr mit Steinplatten gepflastert war, noch weitere Marktplätze entstanden, auf die die immer größer werdende Menge der Händler und Bauern ausweichen konnten, um die Einwohner mit Lebensmitteln, Hausrat, Schmuck und anderen Gebrauchsgütern versorgen zu können.

Diese rasante Entwicklung, die der Aufbau der Stadt genommen hatte, hatte es tatsächlich mit sich gebracht, dass zahlreiche vermögende Handelsherren und Großgrundbesitzer ihren Wohnsitz nach Ruma verlegt hatten und sich prunkvolle Häuser erbauen ließen, was zur angenehmen Folge hatte, dass das Steueraufkommen sich, wie erhofft, ständig erhöhte.

Nur einige wenige Male war Tarchunies in dieser Zeit gezwungen gewesen, das Heer ausrücken zu lassen, aber es hatte sich dabei lediglich um kleinere Grenzstreitigkeiten gehandelt, die schnell beigelegt werden konnten.

Eines Tages – seit seiner Wahl waren nun schon mehr als zehn Jahre vergangen – hatte Tarchunies wieder einmal die Baustelle seines wohl ehrgeizigsten Projektes besichtigt. Er hatte eine gewaltige Arena in Auftrag gegeben, in der an Festtagen sportliche Wettkämpfe, Wagen- und Pferderennen, aber auch blutige Kampfspiele veranstaltet werden sollten. Im Grundriss ähnlich der bisherigen Anlage auf dem Marsfeld, nur wesentlich länger, war der neue Bau von einem mit Arkaden durchbrochenen zweistöckigen Mauerwerk umgeben, an dessen Innenseiten die nach oben gestaffelten hölzernen Bankreihen für die Zuschauer um das gesamte Rund der Arena verliefen. Einmal fertig gestellt, würden bis zu zehntausend Menschen Platz darin finden, um den Spielen beizuwohnen.

Es war um die Mittagszeit, und die Sommersonne brannte heiß von einem wolkenlos blauen Himmel, als er an diesem Tag sein Haus betrat, um sich ein wenig von der Hitze zu erholen und mit seiner Familie eine Kleinigkeit zu essen. Er wollte gerade den vorderen ersten Lichthof durchqueren, da sah er etwas, was ihn im ersten Moment in Schrecken versetzte.

Auf einer Bank, lang ausgestreckt, lag schlafend ein fremder Junge, der etwa im gleichen Alter wie sein Erstgeborener war. Das, für sich genommen, fand Tarchunies schon merkwürdig, da er die Spielgefährten seines Sohnes durchweg kannte und er diesen Jungen nie zuvor gesehen hatte. Das Außergewöhnliche an ihm aber war sein Haar, aus dem kleine Flammen zu lodern schienen. Natürlich waren es nur die Strahlen der Sonne, die in seinem hellroten Haar spielten und so dem Betrachter diesen seltsamen Effekt vermittelten.

Er war schlank und gut gewachsen, und seine blaue, gold bestickte Tunika wies darauf hin, dass er aus reichem Hause stammte. Sein Gesicht war fein geschnitten, und wie Tarchunies es länger betrachtete, fand er auf einmal, dass es ihn auf irgendeine Weise an jemanden erinnerte, nur wollte ihm nicht einfallen, an wen.

In diesem Moment kam Tanachvil ihm entgegen und gab ihm einen Begrüßungskuss.

»Wir haben Besuch bekommen, wie du siehst!«, klärte sie ihn leise auf, »Larthi Macstrna aus Tarchnal. Und das ist ihr, beziehungsweise auch dein Sohn. Er heißt Cilnie«

»Das ist … wer, bitte?«

Tarchunies war wie vor den Kopf gestoßen und begriff zunächst gar nichts. Doch dann tauchten allmählich wieder schemenhaft die Bilder jenes denkwürdigen Abends im Hause seiner Eltern in seinem Geiste auf, an dem er Larthi beigelegen hatte. Rasch sah er Tanachvil prüfend und auch ein wenig schuldbewusst aus den Augenwinkeln an, doch sie betrachtete den Jungen nur mit einem wohlwollenden Lächeln und ließ dabei ihre Hand in die seine gleiten.

»Ein wohlgeratener junger Mann, findest du nicht?«, sagte sie nicht ohne Stolz. »Für sein Alter weiß er schon recht viel und wirkt auch sonst schon ziemlich erwachsen. Unser Tarchunies ist dagegen noch ein arger Kindskopf, obwohl die beiden sich gut zu verstehen scheinen. Aber nun komm! Wir wollen ihn nicht aufwecken, und Larthi wartet sicher schon gespannt auf dich.«

»Was hältst du von ihr?«, wollte er auf dem Weg zu ihr noch wissen.

»Oh, wir sind gleich gute Freundinnen geworden. Wir haben nämlich viel gemeinsam, auch charakterlich. Sie ist, wie ich, selbstbewusst und weiß genau, was sie will, wie du dich ja gerade überzeugen konntest. Ich kann deshalb gut nachvollziehen, dass du von ihrem Wesen fasziniert warst – wie sie übrigens auch von dem deinen.«

Er blieb stehen und umfasste ihre Schultern.

»Und du … machst mir keine Vorwürfe?«

»Ach, bewahre! Weshalb denn? Wir waren damals außerdem noch gar nicht zusammen. Im Gegenteil, ich beglückwünsche dich zu diesem Prachtjungen. So kurz er jetzt bei uns ist, er ist mir schon ans Herz gewachsen, als ob er mein eigenes Kind wäre.«

Als er ihr wenig später gegenüberstand, stellte er zu seiner Überraschung fest, dass das Alter Larthi körperlich nur wenig verändert hatte. Sie war ergraut und auch ein wenig fülliger geworden, doch ihre Haut hatte ihre jugendliche Straffheit nicht verloren, und selbst die winzigen Fältchen um ihre Augenwinkel hoben ihre gereifte Schönheit noch hervor, sodass sie auf einen Mann immer noch eine starke erotische Anziehungskraft ausübte.

Er küsste sie zur Begrüßung scheu auf die Wangen und gesellte sich dann zu Tanachvil auf deren Liege.

»Was verschafft uns die Ehre deines unverhofften Besuches?«, wandte er sich in unbeholfener Förmlichkeit an sie und versuchte so, der durch seine durcheinander wirbelnden Gefühle verursachten Betretenheit Herr zu werden.

»Ich fand es an der Zeit, dass dein Sohn seinen richtigen Vater kennen lernt«, erwiderte sie einfach. »Nachdem Sethre vor einem Jahr verstorben ist, habe ich Cilnie, zumal er alt genug dafür war, über seine wahre Abstammung unterrichtet. Natürlich warst du für ihn kein Unbekannter, denn jeder in Tarchnal kennt deine Geschichte, und die Wenigsten dort grollen dir noch, dass ihr großer Seeheld wegen einer Spuriana seiner Familie und der Stadt den Rücken gekehrt hast, was ich im Übrigen schon damals sehr gut verstanden habe. Im Gegenteil, heutzutage genießt der König von Ruma ein hohes Ansehen, und alle bewundern ganz offen deine Taten. Als Cilnie nun die Wahrheit erfahren hatte, brannte er darauf, dich zu sehen. Deshalb habe ich ihn schließlich hierher gebracht.«

»Und du bist sicher, dass er mein Sohn ist?«, zögerte Tarchunies immer noch, diese Möglichkeit für sich zu akzeptieren.

»Also, jetzt reicht es wohl!«, mischte sich Tanachvil empört ein, noch bevor Larthi dazu etwas sagen konnte. »Hast du keine Augen im Kopf? Von der Nase, die der seiner Mutter ähnelt, und dem roten Haarschopf einmal abgesehen, ist er dir doch wie aus dem Gesicht geschnitten! Außerdem weiß eine Frau gemeinhin immer, wer der Vater ihres Kindes ist, wenn sie nicht zur gleichen Zeit mit mehreren Männern Umgang hat.«

»Eben darum habe ich ja auch gefragt!«, entgegnete er ihr trotzig. »Immerhin könnte ja auch Sethre als Vater in Frage kommen.«

»Sethre kann auf gar keinen Fall der Vater Cilnies sein«, schlichtete Larthi sanft. »Er war nämlich zeugungsunfähig, worunter er furchtbar gelitten hat. Sein sehnlichster Wunsch war es immer gewesen, einen Sohn zu bekommen, und diesen Wunsch wollte ich dem alten Mann unbedingt noch erfüllen, denn ich wusste, dass er nicht mehr lange zu leben hatte.«

»Das ist ja wohl der Gipfel!«, traute Tarchunies seinen Ohren nicht. »Dann war ich also nur Mittel zum Zweck? Und du besitzt die Unverschämtheit, mir das auch noch so offen zu sagen?«

Larthi zuckte nach diesem harten Anwurf wie unter einem Peitschenhieb zusammen, und es war ihr anzusehen, dass sie den Tränen nahe war, denn sie schaute ihn gehetzt wie ein verwundetes Tier aus feuchten Augen an, und ihre Lippen begannen zu beben.

»Ganz genau, sie wagt es!«, nahm Tanachvil sie da mit eisiger Stimme erneut in Schutz. »In deiner unsäglichen Borniertheit fühlst du dich wohl in deiner männlichen Ehre verletzt, wenn dir eine Frau eröffnet, dass du ›nur‹ als Mittel zum Zweck gedient hast. In gewisser Hinsicht warst du es ja auch, aber kommt dir denn gar nicht in den Sinn, dass das – gerade in diesem Falle – auch ein Kompliment sein könnte? Hast du schon vergessen, dass die Frauen unseres Stammes im Unterschied zu den Ulthese es gewohnt sind, in allem, was sie tun, über sich selbst zu bestimmen? Ich habe lange mit Larthi gesprochen, bevor du kamst, und nach allem, was ich dazu gehört habe, stünde es dir besser an, Stolz darüber zu empfinden, dass sie dich als Vater ihres Kindes auserkoren hat.«

Mit solch einer harschen Zurechtweisung seiner Frau hatte Tarchunies nicht gerechnet und versuchte nun krampfhaft zu ergründen, was sie ihm mit ihren rätselhaften Worten bedeuten wollte.

»Also, beim besten Willen«, kapitulierte er endlich, »ich weiß nicht, weshalb ich mich davon geschmeichelt fühlen sollte.«

»Schade!«, fuhr Tanachvil mit einem Anflug von Bedauern fort. »Ich hatte gedacht, dass du sensibel genug bist, um spätestens jetzt zu begreifen, was Larthi veranlasst hat, so an dir zu handeln. Aber«, fügte sie, schon etwas milder gestimmt, noch hinzu, »andererseits beweist mir das auch, dass deine Würde und dein Ruhm dir nicht zu Kopf gestiegen sind. Ich werde es dir also jetzt in aller Deutlichkeit erklären. Larthi wollte Sethre unbedingt ein Kind schenken, doch sie wusste, dass die Natur ihrem Ehemann die dafür notwendige Zeugungskraft vorenthielt. Sie sah sich deshalb gezwungen, einen anderen Mann zu finden, von dessen Samen sie empfangen konnte. Wäre sie nun die Frau gewesen, die zu sein du ihr vorhin auf so erniedrigende Weise unterstellt hast, dann hätte sie sich ohne Bedenken wahllos dem Erstbesten hingegeben, der ihr über den Weg gelaufen wäre. Das aber ließen ihre Würde und ihr Stolz nicht zu. Es musste ein Mann sein, der sich aufgrund seiner herausragenden geistigen Fähigkeiten und seiner charismatischen Bestimmung von der Masse abhob, und es musste dazu noch ein Mann sein, für den sie Liebe empfand. Und dann wollte es das Schicksal, dass sie dir begegnete. Sie hat intuitiv sofort in dir das gesehen, was auch ich gesehen habe, sonst, glaube mir, wäre ich nicht deine Frau geworden. Hast du es jetzt verstanden?«

Tarchunies hatte verstanden, und gleichzeitig wurde ihm schmerzlich bewusst, wie sehr er Larthi, aber auch Tanachvil, mit seinem Verhalten verletzt haben musste. Die Erkenntnis darüber trieb ihm die Schamesröte ins Gesicht, und er suchte verzweifelt nach Worten, um sich für seine blinde Ignoranz zu entschuldigen.

Doch Larthi enthob ihn dieser Mühe.

»Tarchunies!«, sagte sie voller Wärme. »Es ist genau so, wie es deine Frau geschildert hat, die ich im Übrigen um dich beneide. Gewiss, ich habe Sethre lieb gewonnen, sonst hätte ich das alles nicht getan, aber dich habe ich geliebt – und tue es noch heute. Wenn ich damals allerdings unverheiratet gewesen wäre und vielleicht auch etwas jünger, hätte ich nichts unversucht gelassen, um mein Leben mit dir zu teilen. So aber blieb mir nur Cilnie, der mich immer wieder an dich und das einmalige Glück unserer Nähe erinnert hat.«

»Und Sethre …?«, schluckte Tarchunies tonlos. »Hat er … ich meine …«

»Nein!«, erriet sie seine unausgesprochene Frage. »Für ihn war er sein Sohn, der für ihn die Sonne seines Lebensabends war und der ihn die letzten Jahre seines leidvollen Siechtums leichter ertragen ließ. So hast du, wenn auch ungewollt, diesem alten, großherzigen Mann den Traum seines Lebens erfüllt, denn er ist in der ihm Frieden gebenden Gewissheit gestorben, dass ihm aus seinen Lenden doch noch ein Erbe geboren wurde.«

»Aber dann muss es doch den Jungen wie ein Hammerschlag getroffen haben, zu erfahren, dass Sethre nicht sein Vater ist?«, insistierte Tarchunies.

»Nein, Herr! Ich hatte irgendwie nie ein enges Verhältnis zu Sethre aufbauen können«, antwortete statt ihrer Cilnie, der, aus seinem Schlaf erwacht und von allen unbeachtet, schon eine Zeit lang in der Tür lehnte. »Als meine Mutter mir dann die Augen für die Wahrheit öffnete, war mir lediglich der Grund dafür klar geworden. Ich bitte um Verzeihung, wenn ich eurem Gespräch unerlaubt gelauscht habe.«

»Komm näher ... Cilnie!«, forderte Tarchunies ihn mit pochendem Herzen auf.

Der Junge trat an die Liege heran und kniete sich davor mit gesenktem Haupt nieder.

»Erhebe dich!«, befahl ihm Tarchunies peinlich berührt. »Ich will nicht, dass mein Sohn vor mir kniet.«

Er selbst stand auf und nahm ihn, nachdem er ihn noch einmal intensiv gemustert hatte, tief bewegt in die Arme, worauf Cilnie sich an ihn presste und leise zu weinen begann. In diesem Moment kam der junge Tarchunies hinzu, der bis dahin ebenfalls einen Mittagsschlaf in seinem Zimmer gehalten hatte. Sein Vater löste darauf die Umarmung und legte beiden die Hand auf die Schulter.

»Tarchunies«, sagte er voller Stolz. »Es wird dich vielleicht freuen, zu hören, dass dieser junge Mann, mit dem du dich ja, wie ich gehört habe, zwischenzeitlich angefreundet hast, dein Bruder ist. Da er hier fremd ist, möchte ich dich bitten, ihm die Stadt zu zeigen. – Du kannst doch reiten?«, fragte er, Cilnie zugewandt.

Als dieser es bejaht hatte, entließ er sie, nicht ohne ihnen ein paar Münzen als »Wegzehrung« mitzugeben und sie ermahnt zu haben, spätestens am frühen Abend wieder im Hause zu sein. Dann legte er sich wieder zu Tanachvil.

»Möchtest du, dass Cilnie hier bei uns bleiben soll?«, fragte er Larthi, als die Jungen gegangen waren.

»Nein, vorerst nicht. Ich habe vor, ihn bis zu seiner Volljährigkeit bei meinem jüngeren Bruder Plaute Vipinie in Velchal unterzubringen. Plaute besitzt mehrere Handelsschiffe und hat zwei Söhne im gleichen Alter wie er. Sie heißen Caile und Avle. Mit ihnen soll er lernen, zur See zu fahren, und dann kann er sich immer noch entscheiden, ob er ganz zu euch ziehen möchte.«

»Das ist eine sehr gute Entscheidung!«, wurde sie von Tanachvil unterstützt. »Die Seefahrt ist die beste Schule des Lebens. Es ist deshalb sehr bedauerlich, dass unser Erstgeborener so gar keine Ambitionen in dieser Richtung hegt.«

»Cilnie wollte es schon, als Sethre noch lebte«, sagte Larthi lächelnd. »Er hatte schon sehr früh vom Roten Wolf gehört, und dem wollte er seitdem unbedingt nacheifern.«

»Aber für ein paar Tage bleibt ihr schon noch bei uns?«, bat Tarchunies sie nachdrücklich.

»Keine Sorge! Ich habe das alles schon mit deiner Frau besprochen. Immerhin ist sie nicht minder wie du daran interessiert, Cilnie näher kennen zu lernen.«

So lagen sie, sich unterhaltend, beisammen, bis die beiden Jungen zurückgekehrt waren und es Zeit wurde, zu Abend zu essen.

»Nun, wie gefällt dir unser Ruma?«, erkundigte sich Tarchunies bei Cilnie, als das Essen aufgetragen wurde.

»Es wird sicher einmal eine herrliche Stadt, Vater«, antwortete er mit zögernder Zurückhaltung.

»Irgendetwas scheint dir zu missfallen«, vermutete Tarchunies und sah ihn scharf an. »Heraus damit! Manchmal erkennen fremde Augen Dinge, die dem Einheimischen verborgen bleiben.«

»Nun ja, ich würde mich hier langfristig nicht sicher fühlen!«

»Wie bitte?«, fragte Tarchunies verblüfft nach. »Wie soll ich das verstehen?«

Cilnie senkte darauf den Blick und biss ein Stück von seinem Apfel ab.

»Mauern, mein Vater!«, sagte er, als er es heruntergeschluckt hatte. »Diese Stadt hat keine Stadtmauer. Der Palisadenwall bildet auf Dauer keinen Schutz, vor allem dann nicht, wenn ein Feind mit modernem Belagerungsgerät vor die Stadt zieht. Es ist sicher wichtig für das öffentliche Leben, eine Arena zu bauen, doch hätte ich die Steine lieber dazu benutzt, eine Mauer mit Wehrtürmen um die Stadt zu ziehen.«

Tarchunies musste sich widerwillig eingestehen, dass der Junge absolut Recht hatte. Zwar hatte auch er schon lange diesen Missstand bemerkt, aber er hatte diese in der Tat zwingend erforderliche Maßnahme immer vor sich hergeschoben, da es ihm zunächst auch wichtiger erschienen war, das Stadtbild optisch zu verschönern, als eine düstere Wehranlage zu errichten.

»Da hast du mich jetzt aber ganz schön verlegen gemacht, Cilnie!«, pflichtete er ihm dann auch, ohne ihm das nachzutragen, bei. »Deine Beobachtung ist richtig. Aber um eine solche Mauer, wie du sie dir vorstellst, zu bauen, fehlt uns einfach noch das Geld.«

Dabei beließen sie es, doch Tarchunies ging der kluge Einwand des Jungen nicht aus dem Kopf.

»Er ist wirklich schon sehr reif für sein Alter!«, meinte er dann auch später, als er mit Tanachvil zu Bett gegangen war. »Unser Tarchunies hätte das nicht erkannt.«

»Cilnie ist völlig anders geartet«, gab sie ihm unumwunden zu. »Klug und wissbegierig sind sie beide, doch er ist durch und durch pragmatisch veranlagt, wohingegen unser Kind dazu neigt, gefühlsbetont zu denken und zu handeln. Es wird für Cilnie sehr von Vorteil sein, wenn er ein paar Jahre zur See fährt und lernt ein Schiff zu steuern, denn wenn der Mann, der er bald sein wird, das kann, dann vermag er auch die Geschicke eines Volkes zu lenken. Ich glaube, dass Cilnie zu Großem ausersehen ist, da ich bei ihm dieselben Anlagen erkenne, die auch dir zu Eigen waren und die jetzt zur Blüte gereift sind. Auf jeden Fall werden wir seinen weiteren Lebensweg ab jetzt mit Interesse verfolgen.«

Larthi und Cilnie blieben noch zwanzig Tage in Ruma, dann reisten sie nach Velchal ab.

Tanachvil hatte in dieser Zeit die Liebe und das Vertrauen Cilnies gewonnen, und sie behandelte ihn wie einen eigenen Sohn, was den jungen Tarchunies insgeheim zunehmend neidisch und argwöhnisch gegenüber seinem Halbbruder werden ließ, obwohl er es nach außen hin nie zugab. Doch die unheilvolle Saat des Hasses war in sein Herz gelegt worden und sollte schon einige Jahre später blutige Früchte tragen.

Aber davon werden andere Schriften künden …

Epilog

Sechs Jahre nach dem Besuch Larthis waren sämtliche Bauwerke, die Tarchunies in Auftrag gegeben hatte, fertig gestellt, und er selbst befand sich auf dem Zenit seiner Macht. Bis auf die traurige Tatsache, dass ein halbes Jahr nach der Abreise Larthis ihr väterlicher Freund Velthur gestorben war, war es für Tanachvil und Tarchunies die glücklichste Zeit ihres Lebens. Ihre Tochter Ravnthu, die jetzt sechzehn Jahre alt war, hatte sich zu einem bildhübschen, aber leider ziemlich von sich eingenommenen jungen Mädchen entwickelt. Ihr Erstgeborener hatte sich schon in zwei kleineren Kriegen bewährt und war von seinem Vater stolz zum Tribunen ernannt worden.

Der größte Teil der Bevölkerung liebte und verehrte ihre Königsfamilie, doch nahm in dieser Zeit die Zahl derjenigen zu, die sich zu ihren Gegnern zählten. An ihrer Spitze standen die beiden Marciussöhne, die, nachdem sie volljährig und aus der Vormundschaft Tarchunies' entlassen worden waren, in Kreise gerieten, in denen ausschließlich Ulthese verkehrten, für die ein König, der den Rasna entstammte, einfach ein Dorn in ihrem Fleische war. Diese Leute hetzten die bis dahin vom Grunde ihres Wesens her anständigen und friedfertigen Brüder derart auf, dass sie nun mit den anderen rachsüchtig darüber nachsannen, wie sie sich den angeblich geraubten Thron wieder aneignen könnten, wobei sie sich darüber einig waren, dass Marcus König werden sollte.

Ihre umstürzlerischen Überlegungen waren inzwischen so weit gediehen, dass sie sich schon einen Plan zurechtgelegt hatten, wie sie den König am besten beseitigen könnten. Dazu war es ihnen gelungen, zwei bettelarme Bauern so zu bestechen, dass diese sich bereit erklärten, den König zu ermorden.

Es war ein schwülheißer Tag im Spätsommer, als die Verschwörer ihren Plan in die Tat umsetzten.

An diesem Tag saß Tarchunies im Gerichtssaal und sprach öffentlich Recht.

Er hatte schon acht Fälle behandelt, als die beiden Bauern mit ihren Feldhacken auf den Schultern und sich lauthals gegenseitig beschimpfend das Gebäude betraten. Immer lauter und unflätiger schrien sie sich an, sodass Tarchunies schließlich nichts anderes übrig blieb, als die beiden vermeintlichen Streithähne von den Liktoren gewaltsam zur Ruhe bringen zu lassen.

Als das geschehen war, befahl er, dass die beiden ihm ihr Anliegen einzeln vorbringen sollten und hieß den Ersten vor ihn hintreten. Der Bauer begann auch sofort damit, seinen Fall so wort- und gestenreich zu schildern, dass aller Aufmerksamkeit auf ihn gerichtet war und niemand wahrnahm, wie sich der zweite Bauer hinter den Liktoren vorbei zu einer der beiden

Säulen schlich, zwischen denen Tarchunies auf seinem Sessel saß.

Als der Mann nah genug herangekommen war, ergriff er seine Hacke und schlug sie dem König in den Kopf, worauf Tarchunies zu Boden sank. Trotz des lähmenden Entsetzens, das alle nach dieser furchtbaren Tat befiel, reagierten die Liktoren dennoch so rechtzeitig, dass die beiden Bauern nicht entkommen konnten.

Ein Arzt wurde gerufen, der feststellte, dass Tarchunies noch lebte und nur das Bewusstsein verloren hätte. Nachdem sie die Mörder dingfest gemacht hatten, trugen die Liktoren den König auf einem Schild zu seinem Haus.

Die Nachricht, dass ein Mordanschlag auf den König verübt worden sei, verbreitete sich rasend schnell, und bald erhob sich ein gewaltiges mit Wehklagen vermischtes Wutgeheul über die Dächer Rumas, das auch in die Ohren Tanachvils drang.

Von einer bösen Ahnung befallen, stürzte sie aus dem Haus, und da sah sie auch schon den immer länger werdenden Zug der Menschen, die sich schreiend hinter den Liktoren scharten, zu sich heraufkommen. Wie angewurzelt blieb sie stehen, und alles um sie her schien auf einmal zu versinken, als ihre Ahnung zur schrecklichen Gewissheit geworden war und sie ihren Mann mit der nur notdürftig verbundenen Kopfwunde auf dem Schild liegen sah.

Bei ihrem Anblick verstummte die Menge und blieb ehrfürchtig stehen, während die Liktoren Tarchunies ins Haus trugen und ihn auf Bitten Tanachvils aufs

Bett legten, um sich dann respektvoll wieder zurückzuziehen und vor der Eingangstür Aufstellung zu nehmen.

Tanachvil kauerte vor dem Bett und hielt Tarchunies' Hand ganz fest an ihre Brust gedrückt, während sie lautlos zu den Göttern betete, ihr ihren Gemahl noch zu lassen.

Da erwachte Tarchunies endlich aus seiner Ohnmacht und schaute sie verwundert und fragend an.

»Was habe ich den Menschen Böses getan?«, fragte er flüsternd.

»Gar nichts«, beschwichtigte sie ihn und versuchte, ihrer Stimme einen festen Klang zu verleihen. »Es wird alles wieder gut. Du lebst, das zählt.«

»Mir ist so kalt.«

Sie legte ihm behutsam noch eine Decke über und küsste ihn auf die Stirn.

»Tanachvil! Ich liebe dich! Ich …«

Seine Stimme versagte ihm.

»Ich dich auch, mein Mann!«, sagte sie voll Zärtlichkeit und legte sacht seinen Kopf in ihren Schoß.

Für eine Weile lag er so ruhig atmend und mit geschlossenen Lidern da, während sie wieder seine rechte Hand hielt.

Auf einmal öffnete er noch einmal die Augen und sah sie wie aus weiter Ferne an.

»Siehst du sie?«, wisperte er. »Wir … sind bald da. Da vorne … unsere Wiese! Wie sie duftet … und … wie hell … «

Ein unaussprechlicher, brennender Schmerz raste

durch ihren Körper, der ihren Mund verschloss und ihre Tränen versiegen ließ.

Mit einer unendlich sanften Gebärde drückte sie ihm die Augen zu.

Tarchunies war für immer auf ihre Wiese gegangen.

Als kurz darauf der junge Tarchunies mit seiner Schwester Ravnthu das Schlafgemach betrat, fanden sie ihre Mutter aufrecht und wie versteinert neben ihrem Vater sitzend. Ihre tränenlosen Augen waren blicklos auf irgendein imaginäres Ziel gerichtet, und ihre Züge verharrten in vereister Emotionslosigkeit. Auch als ihre Kinder sie umarmen wollten, reagierte sie nicht, sodass die beiden zunächst allein mit ihrer Trauer um den Vater blieben.

Erst als sehr spät am Abend ein furchtbares Gewitter über Ruma niederging, erwachte Tanachvil aus ihrer Starre.

Sie stand auf und verließ mit den beiden das Schlafzimmer.

Vor der Tür wartete ein Sklave, der ihnen meldete, dass einige Senatoren, darunter auch Aulus Cassius, in der Empfangshalle seien und um eine dringende Unterredung bitten würden. So, als ob nichts geschehen wäre, begrüßte Tanachvil die Männer und ermunterte sie, ihr zu berichten, was sie für so wichtig erachteten. Dabei erfuhr sie, dass hinter dem Mord eine Gruppe von Verschwörern stand, die von den Söhnen des Ancus Marcius angeführt wurde. Das zumindest hätte einer der Bauern unter der Folter gestanden. Jetzt gerade seien die Verschwörer dabei, die Masse aufzuwiegeln, dass sie nunmehr Marcus zum neuen König von Ruma wählen sollten.

»Das wäre Rumas Ende!«, kommentierte Tanachvil diesen Bericht. »Wir werden das zu verhindern wissen. Senatoren, macht unter dem Volk bekannt, dass Tarchunies nicht tot ist, sondern nur sehr schwer verletzt und dass er bald genesen wird. Bis dahin wird mein Sohn die Regierungsgeschäfte übernehmen. Du aber, Aulus, gehe unverzüglich daran, die Rädelsführer der Verschwörer mundtot zu machen und sie zu beseitigen. Dies muss sehr schnell geschehen, bevor die Meinung im Volke umschlägt. Wenn danach einige Tage vergangen sein werden, sollt ihr den jungen Tarchunies zum König wählen lassen.«

»Es wird geschehen, wie du sagst, Herrin!«, verabschiedeten sich Aulus und die übrigen Senatoren.

Die Verschwörer wurden alle heimlich gefasst und bei Nacht und Nebel getötet. Dann ließ man eine Frist von vierzig Tagen verstreichen, während der die Bevölkerung annahm, dass ihr König noch leben würde, sich aber gleichzeitig auch schon an dessen Sohn auf dem Thron gewöhnen konnten.

Erst danach wurde öffentlich das Ableben des Königs verlautbart und kurz darauf wählten die Kurien seinen Sohn zum Nachfolger.

Doch diesmal sollten sie ihre Wahl bereuen …

Nachwort

Dieser dritte Band der *Bernsteinsaga* führt uns in das Italien des siebten Jahrhunderts vor unserer Zeitrechnung. Es ist die Blütezeit der etruskischen Kultur, und Rom war damals gerade erst dabei, als Stadt zu entstehen. Doch wer waren diese Etrusker, die schon lange vor den Römern das Licht einer großen Kultur in Italien entzündet haben?

Es würde einer wissenschaftlichen Abhandlung gleichkommen, dies an dieser Stelle mit dem heutigen Wissensstand erschöpfend zu beantworten. Es erscheint mir jedoch erforderlich für das Textverständnis des vorliegenden Romans, sich vorab mit dieser Frage wenigstens ansatzweise zu beschäftigen.

Im Allgemeinen gelten die Etrusker als ein »rätselhaftes« Volk, dessen Ursprünge im Dunkeln liegen, und dessen Schrift noch nicht entziffert ist. Diese Aussage ist, subsummierend betrachtet, irreführend, um nicht zu sagen falsch.

Sie zu erforschen stellt, zugegebenermaßen, ein schwieriges wissenschaftliches Problem dar, aber rätselhaft sind sie doch nur für diejenigen Laien, die ihre Kultur gerne in dem Nimbus des Geheimnisvollen und Esoterischen sehen und darin auch belassen wollen, denn wenn ein Rätsel erst einmal gelöst ist, dann ist damit diesen Leuten auch der sehr einträgliche Nährboden ihrer bisweilen aberwitzigen Spekulationen genommen worden. Um es vorwegzunehmen, dieser Nimbus begründet sich wohl zum größten Teil auf den Aussagen antiker, nicht-etruskischer Autoren, die sie gerne als verrucht und orgiastisch beschrieben haben, was mir tiefenpsychologisch doch sehr interessant erscheint. Ich werde aber an anderer Stelle noch näher darauf eingehen.

Die Etrusker als Volk zu bezeichnen, ist ebenfalls unrichtig, da sie sich zwar einer gemeinsamen Sprache bedienten, aber streng getrennt in miteinander rivalisierenden städtischen Gemeinwesen lebten, die am ehesten mit den griechischen Stadtstaaten, den Poleis, zu vergleichen wären. Auch hier sprechen wir zwar von Griechen, aber sie selbst bezeichneten sich an erster Stelle als Athener, Korinther oder Spartaner.

Was nun die Frage nach ihren Ursprüngen anbetrifft, so habe ich dieses immer noch heikle Thema im Nachwort des ersten Bandes dieser Reihe, *Die Kinder der Sonne*, hinreichend zu beantworten gesucht, da sich die ganze Saga genau darum rankt.

Bleibt die Entzifferung ihrer Schrift.

Nun, auch wenn ich damit so manchen enttäuschen werde, aber ihre Schrift ist längst entziffert! Die Etrusker benutzten nämlich ein sehr altertümliches griechisches Alphabet, welches aber auch einige phönizische Elemente beinhaltet. Es ist übrigens noch immer unklar, wie sie daran gekommen sind, denn die

These, dass sie es von den chalkischen und euböischen, sprich griechischen Kolonisten in Italien übernommen haben, hat sich aus vielerlei Gründen als haltlos erwiesen.

Man hat bis heute ca. 7500 Texte und Inschriften, zumeist auf Gräbern oder Grabbeigaben gefunden, und aus dem oben angeführten Grund sind sie alle *lesbar*.

Es bereitet nur ungeheure Schwierigkeiten, sie genau zu *übersetzen*, denn das Etruskische ist keine indoeuropäische Sprache, und ist auch mit keiner in der Antike oder heute gesprochenen Sprache verwandt. Erschwerend kommt hinzu, dass diese Texte und Inschriften zumeist nur sehr kurz sind und sich auf stereotyp wiederholende Weiheformeln oder, wie bei den Grabinschriften, auf familiäre Abstammungshinweise beschränken. Es gibt zwar auch einige längere Texte, so zum Beispiel die Goldtafeln von Pyrgi oder die jüngst gefundene Mumienbinde von Zagreb, aber ein Sprachwissenschaftler benötigt einen zusammenhängenden Text von mindestens 5000 Worten, die zudem verschieden sein müssen, um die grammatische Struktur einer Sprache zu entschlüsseln. Da die meisten Inschriften aber aus nicht mehr als dreißig Worten bestehen, die sich aufgrund ihres Formelcharakters auch noch ständig wiederholen, kann man zwar den Sinn einigermaßen *verstehen*, hat aber keine Möglichkeit, Rückschlüsse auf den grammatischen Aufbau der verwendeten Sprache zu ziehen. Und selbst der sich aus 1100 Wörtern zusammensetzende Text auf der Zagreber Mumienbinde, der leider ebenfalls nur aus sich ständig wiederholenden rituellen Formeln besteht, hat bisher nicht zur Lösung des Problems beitragen können. Aufgrund dieser Tatsache sind einige Wissenschaftler sogar der Meinung – und vieles spricht dafür –, dass den Etruskern jedwede literarische Kultur, wie wir sie beispielsweise von den Griechen oder von den Ägyptern und Babyloniern kennen, gefehlt hat.

Das ist nun kein Einzelfall, da uns auch von den vergleichsweise hoch zivilisierten Kelten keinerlei Schrifttum überkommen ist, obwohl sie sowohl mit der griechischen als später auch mit der römischen Welt engen Kontakt gepflegt haben. Bei diesem künstlerisch außerordentlich begabten Volk lag das aber nicht daran, dass es ihnen an der geistigen Fähigkeit gefehlt hätte, sich einer Schrift zu bedienen, sondern es war ihnen von ihren Druiden verboten worden zu schreiben, denn das universelle Wissen, über das diese Kaste verfügte, als auch ihre Lieder und Epen wurden nur von Mund zu Ohr weitergegeben.

Wenn allerdings doch etruskische Literatur existiert hat, dann wurde sie spätestens von den Römern, nachdem sie ihre Erzfeinde unterworfen hatten, vollständig vernichtet.

Zusammenfassend sei also an dieser Stelle gesagt, dass das gänzliche Fehlen literarischer Texte autochthoner Autoren die Hauptursache dafür ist, warum sich Generationen von Etruskologen damit so schwer tun, die Welt dieses faszinierenden Volkes zu erforschen.

Natürlich gibt es historisch zeitgenössische Dokumente zumeist griechischer Autoren, wie beispielsweise Theopomp von Chios oder Poseidonios von Apameia, die uns einen Einblick in diese Welt gewähren, doch sind diese sehr einseitig und zudem auch moralisch negativ verbrämt, was daran lag, dass die Griechen aufgrund der häufigen kriegerischen Auseinandersetzungen mit den Thyrrenoi, wie sie die Etrusker nannten, keine großen Sympathien für sie entwickelten. Erst recht gilt das für die meisten römischen Autoren, wie etwa Livius, die ihre »zügellose« Lebensweise auf das Schlimmste anzuprangern wussten. (Nur der römische Kaiser Claudius bildet da eine rühmliche Ausnahme, da er, als Letzter wohl des Etruskischen mächtig, ein umfassendes und sachliches Geschichtswerk über die Etrusker verfasst hat, in dem er auch auf die etruskische Grammatik eingegangen ist, welches aber bis heute bedauerlicherweise verschollen ist.)

Da lesen wir von ausschweifenden Orgien, bei denen die Frauen mit ihren Ehemännern gemeinsam auf einer Liege teilnahmen und von nackten Sklavinnen bedient wurden, was für die von einer reinen Männergesellschaft geprägten Griechen und Römer ein unerhörter Skandal war, da deren Frauen aus dem öffentlichen Leben weitgehend ausgeschlossen waren, ja sogar, wie auch deren Kinder, zum Besitztum des Mannes gehörten.

Auch, so Theopomp, ließen sich die Etruskerinnen mit jedem Mann ein, der ihnen gefiel, was insofern nichts zur Sache tat, da die etruskischen Männer alle

Kinder akzeptierten, selbst wenn sie nicht wussten, ob es die eigenen waren.

Trinkfest seien die Etrusker gewesen, und mindestens zweimal am Tag nahmen sie eine üppige, mehrgängige Mahlzeit ein, bei den Reichen auf silbernem Tafelgeschirr.

Dieser letzte Vorwurf wird dann verständlich, wenn man weiß, dass die Römer noch bis in augusteische Zeit nur einmal am Tag, nämlich abends speisten, und das auch sehr kärglich. Silbernes Geschirr war für die Römer zu dieser Zeit ein nahezu unerschwinglicher Luxus, und es ist überliefert, dass sich mehrere Familien ein Service teilten, was sie dann bei entsprechenden Gelegenheiten untereinander austauschten. Das sollte sich erst grundlegend im kaiserzeitlichen Rom ändern, als ungeheure Reichtümer aus den Provinzen des Reiches nach Rom flossen und die Oberschicht begann, ihr Vermögen für bacchanalische Gelage zu verprassen, bei denen sie dann genauso fett und feist wurden, wie sie es vormals mit Häme und Abscheu von den Etruskern behauptet hatten.

Wenn wir uns die bunten und fröhlichen Wandmalereien in den Gräbern der Etrusker betrachten, dann scheinen diese bösartigen Verleumdungen der Griechen und Römer auch zunächst bestätigt zu werden.

In der Tat sehen wir da unter anderem, dass Frauen mit zum Teil halb nackten Männern unter einer Decke auf einer Kline ruhen und es sich vor einem reich gedeckten Tisch bei Musik und Tanz wohlergehen lassen, und nicht selten treffen wir auch auf eindeutig erotische Szenen. Auch die Tatsache, dass viele etruskische Ehepaare sich auf ihren Sarkophagen haben zusammen figürlich darstellen lassen, spricht dafür, und wenn dann auch noch einige dieser Figuren auf den Deckeln der Sarkophage von ziemlicher Leibesfülle sind, dann spätestens ist man geneigt, dem abfälligen Urteil dieser Autoren zu glauben. Doch sollten wir uns davon nicht täuschen lassen, denn im Hass gefällte Urteile werden keinem gerecht, und es ist dieser noch später von mir zu erklärende Hass, der die Römer beseelt hat, die etruskische Kultur unwiederbringlich mit Stumpf und Stiel auszulöschen.

Um nun ein annähernd wahrheitsgetreues Bild ihrer Gesellschaft und ihrer privaten und öffentlichen Lebensweise zu erhalten, ist es notwendig, zwischen den Zeilen der antiken Zeitzeugen zu lesen und sich auf die Bodenfunde zu konzentrieren.

Beginnen wir mit der kleinsten Einheit des Staates, der Familie.

Wir können in der Tat davon ausgehen, dass die Stellung der Frau in der etruskischen Gesellschaft dem Manne ebenbürtig gewesen sein dürfte. Sie war voll geschäftsfähig, beteiligte sich am öffentlichen Leben und besuchte zum Grausen gerade der Griechen gemeinsam mit den Männern sportliche Wettkämpfe wie Hunde- und Pferderennen, Faustkämpfe und Distanzläufe, an denen sie häufig auch teilnahmen. Ganz klar also, dass es für diese Frauen, wie aber auch für die Männer überhaupt kein Problem darstellte, gemeinsam bei Tische zu liegen. Was nun die üble Aussage betrifft, dass die Frauen »gemeinsamer Besitz der Männer« (Theopomp, überliefert von Athenaios!) gewesen seien, so ist das schierer Unsinn. Im Gegenteil legten die etruskischen Frauen und Männer einen hohen Wert auf Stammbaum, Ehe und Familie, wie uns die Inschriften in Gräbern und auf den Sarkophagen ganz deutlich beweisen, wo noch die Vorfahren sowohl des Mannes als auch der Frau bis ins zweite, manchmal auch dritte Glied aufgeführt werden. (Ein Beispiel dafür ist im Glossar gegeben!)

Auch hatten die Frauen, im Gegensatz zu den italischen Römern, einen richtigen Vornamen, der dem Familiennamen vorangesetzt war (z.B. Larthi Seianti), wohingegen die Römerinnen lediglich den Gentilnamen zum Vornamen hatten (wie z. B. Claudia, Cornelia etc.).

Die in diesem Roman vorkommenden Frauen, allen voran Tanachvil, die es übrigens wirklich gegeben hat, zeigen dieses selbstständige und selbstbewusste Auftreten, und es ist deshalb vielleicht gar nicht so übertrieben von mir, Tanachvil als Piratin das Mittelmeer durchkreuzen zu lassen, statt sie als scheue Jungfrau auf dem Balkon, die Nachtigall bewundernd, zu zeichnen.

Wie ist es nun um ihre »zügellose Ess- und Trinksucht« und den Gelage-Orgien bestellt?

Gegenfrage: Was ist der Unterschied zwischen dem Gartenfest eines wilhelminisch-preußischen Gardeobristen und einer Hochzeit in Neapel?

Unterstellen wir unseren Etruskern ruhig eine überschwängliche Freude am Leben, die einem, in seiner »Virtus« (i. e. röm. Tugend, Mannhaftigkeit) verhafteten Römer, der jeden Abend brav seinen Teller Hafergrütze zu seinem Viertelchen Weißen trank, äußerst suspekt und befremdlich vorkommen musste.

Dazu kommt, dass die Etrusker, ganz anders als die Griechen und Römer, einen starken Jenseitsglauben hatten. Deswegen haben sie ja das Innere ihrer Gräber architektonisch genauso ausgestaltet wie ihre Wohnhäuser. Den Toten sollte es im Jenseits an nichts mangeln. Die an den Wänden der Gräber dargestellten Szenen des alltäglichen Lebens, wie eben auch jene Gelage, sollten darüber hinaus den Lebenden möglicherweise dazu dienen, mit den toten Ahnen gleichsam bei einem spirituellen Gastmahl zu kommunizieren. Aus dieser Sichtweise heraus ergeben dann auch die erotischen Szenen einen Sinn, symbolisieren sie doch auf eine sehr eindeutige Art und Weise Fruchtbarkeit und Erzeugung neuen Lebens.

Wie sahen nun ihre Häuser und Städte aus?

Auch diese Frage ist wiederum gar nicht so einfach zu beantworten, weil die ehemaligen Städte der Etrusker entweder in späteren Jahrhunderten vollständig überbaut worden sind oder schlicht und ergreifend von den Römern restlos geschleift wurden.

Was wir wissen, ist Folgendes.

In der Frühzeit der Etrusker, also während des 9. und 8. Jahrhunderts vor unserer Zeitrechnung, entstanden aus einem oder auch aus mehreren Dörfern, die zusammenwuchsen, stadtähnliche Siedlungen, die zumeist auf Höhen errichtet wurden. (Man denke dabei gerne an die sieben Hügel Roms!) Aufgrund dieser Gegebenheit konnten die Etrusker getrost darauf verzichten, eine Mauer um ihre Stadt zu ziehen und erbauten Mauern und Wehranlagen nur an gefährdeten Bereichen.

Während in der Anfangszeit die Häuser innerhalb der Städte noch nach Lust und Laune errichtet wurden, können wir in der Folgezeit beobachten, dass die Grundrisse der Städte streng schachbrettartig angelegt werden, mit zwei zu den vier Himmelsrichtungen führenden Hauptstraßen. Das hatte ursächlich religiöse Gründe, da eine Stadt immer ein von den Göttern geheiligter Ort war und neben den Tempeln der drei Hauptgötter Tini, Uni und Mnerva auch mindestens drei diesen Göttern zugeordnete Tore aufweisen musste. Auch schien es baulich eine klare Trennung zwischen Arm und Reich innerhalb der Stadtanlage gegeben zu haben.

Zum Leidwesen der Archäologen ist bislang nur eine aussagekräftige Stadtanlage ausgegraben worden, anhand deren Fundamenten sie diese, überwiegend von dem römischen Architekten Vitruv beschriebene Bauweise untersuchen können. Es handelt sich dabei um eine kleinere, um 500 v. Chr. gegründete Stadt unweit des heutigen Marzabotto.

Die mit Tonziegeln gedeckten Häuser waren zumeist breit geschnitten, und es soll nach Vitruv auch Atriumhäuser gegeben haben, die dann, wie so vieles andere, von den Römern übernommen wurden, deren Existenz aber bis heute noch nicht nachgewiesen werden konnte. Ich habe sie aber dennoch für diesen Roman wieder erstehen lassen. Darüber hinaus wurden auch größere, palastähnliche Häuser gefunden, die man Fürsten und Priester als Wohnsitze zuordnet, wie etwa der Palast von Murlo, den ich in diesem Buch für das Heiligtum des Velthune zum Vorbild genommen habe.

Die Tempel der Etrusker ähnelten in ihrer Bauweise den frühen Antentempeln der Griechen, nur dass im Unterschied dazu ihre gesamte Dachkonstruktion aus hölzernen Balken bestand und wohl auch die das Vordach tragenden Säulen aus Holz gezimmert waren, sodass von ihnen nur das Stylobat und manchmal auch die Cella erhalten geblieben ist. Die mit roten Terrakottaziegeln gedeckten Dächer waren am Gesims mit bemalten Tonfiguren umsäumt, die zumeist Götter oder auch mythische Fabelwesen darstellten, und auch die zum Teil halb plastischen, ebenfalls bunt bemalten Friese auf den Giebeln gaben Szenen aus der Mythologie wieder.

Überhaupt haben die Etrusker bis auf wenige, sehr spezifische Ausnahmen den Götterhimmel der Griechen übernommen, was schon anhand der Namensähnlichkeit deutlich wird (siehe dazu auch das Glossar!). Eine dieser Ausnahmen bildet fraglos jene geheimnisvolle Gottheit, die ihrem Wesen nach sowohl männlich als auch weiblich ist und die von ihrer Bedeutung her weit über den übrigen Göttern steht. Es ist Velthune (lat. Voltumnus), dessen Heiligtum, das Fanum Voltumnae, wohl irgendwo in der Nähe des heutigen Orvieto am See von Bolsena und damit, grob gesehen, im Zentrum Etruriens gelegen war. Velthune allein befahl über das Schicksal der Götter und Menschen, und deshalb genoss er/sie auch die höchste Verehrung. Es ist bekannt, dass die Etrusker sich auf eine fast kindliche Art und Weise dem Schicksal unterwarfen, das über ihr ganzes Leben hinweg ihren Alltag bestimmte. Das ging so weit, dass sie fest daran glaubten, das Schicksal habe ihnen nur eine Frist von acht, in anderer Lesart zehn Zeitaltern (lat. Saeculum) zugemessen, während der ihre Kultur erblühen durfte, jedoch nach Ablauf des letzten Saeculums unwiderruflich untergehen sollte. Interessanterweise ist diese eigentümliche Prophezeiung auch tatsächlich eingetroffen, wie wir heute wissen, aber ich werde später noch einmal darauf zurückkommen.

Aufgrund dieses absoluten Schicksalsglaubens waren die Etrusker davon überzeugt, dass die Götter ihnen vor allen wichtigen, aber auch ganz alltäglichen Entscheidungen, Zeichen sandten, mit denen sie ihren Willen kundtaten. Um diese Zeichen deuten zu können, entwickelten die Etrusker mannigfaltige Methoden, die von einem eigens dafür ausgebildeten Priesterstand, den Auguren und den Haruspizes, angewandt wurden. Es waren vor allem Naturerscheinungen, wie die Form der Blitze oder das Flugverhalten ganz bestimmter Vögel, aus denen diese Priester das zugedachte Schicksal der sie um Rat fragenden Menschen herauszulesen verstanden, aber auch die Innereien, vor allem die Lebern ausgewählter Opfertiere wurden zur Zukunftsdeutung verwendet.

Sie hatten es damit wohl zu einer solchen Meisterschaft gebracht, dass die Römer, selbst als der Rest der etruskischen Kultur von ihnen schon längst ausgelöscht worden war, die Dienste dieser Priester noch bis in die späte Kaiserzeit in Anspruch nahmen.

Der von Tini gesandte Blitz war es in der Frühzeit der Etrusker auch, der den Mann bezeichnete, den der Gott an der Spitze eines Gemeinwesens zu sehen wünschte. Nur derjenige, der solch einen Blitzschlag unbeschadet überlebt hatte, durfte ein Lukomo werden.

Den Titel Lukomo schlicht mit »König« zu übersetzen, würde der wahren Bedeutung nur halbwegs gerecht werden, denn zumindest ursprünglich hatte dieses Amt auch eine sakrale Komponente, da der Lukomone gleichzeitig auch der oberste Priester gewesen war. Auf die alljährlich von den Lukomonen im Fanum Voltumnae zu wählende Person des Mechel-Rasnal, einer Art Primus inter Pares, traf diese Kombination auch späterhin noch voll und ganz zu.

Jede etruskische Stadt wurde von einem Lukomonen regiert, dem aber ein Ältestenrat, ein Senat, zur Seite stand.

Irgendwann schlossen sich die zwölf größten Städte zu einem Bund zusammen, dem aber, politisch gesehen, niemals eine allzu große Bedeutung zukam, dafür hielten die Lukomonen zu sehr an ihrer Eigenständigkeit fest und führten bisweilen sogar Krieg gegeneinander. Nur ein Ereignis erinnerte sie alljährlich daran, dass es diesen Bund formell gab, und das war eben jene Wahl des Mechel-Rasnal, die in dem immer noch nicht georteten Fanum Voltumnae stattfand. Einmal im Jahr trafen sich hier die zwölf Lukomonen und erwählten sich einen aus ihrer Mitte zum Oberhaupt. Begleitet wurde diese dreitägige Wahl von sportlichen Wettkämpfen, deren Disziplinen denen der olympischen Spiele sehr ähnlich waren.

Der Titel Mechel-Rasnal bedarf einer kurzen Erläuterung. Mechel ist ein Synonym für Lukomo und Rasnal könnte mit »etruskisch« übersetzt werden, da die Etrusker sich selbst Rasna nannten. Aber das ist irreführend, denn, wie schon erwähnt, identifizierten sie sich mehr mit ihren Städten als mit ihrer Nation. Ich habe das Wort »Nation« mit Bedacht gewählt, da es sich von dem lateinischen Verb »nascere« = »geboren werden« ableitet. In ihrer sprachlichen Isolation fühlten sich die Etrusker sicher in diesem Sinne als eine zusammengehörige Nation, waren aber weit davon entfernt, dies so zu interpretieren, wie wir es heutzutage gewohnt sind. Sie waren also nicht stolz darauf, ein Rasna zu sein, sondern ein Tarquinier oder Populonier.

Etrurien war und ist reich an fruchtbarer Erde und wertvollen Bodenschätzen, vor allem an Erz, für das die Griechen und Phönizier damals ein besonderes Interesse zeigten, da es in ihrer Heimat kaum vorkam. Diese beiden rivalisierenden Völker beherrschten zu dieser Zeit mit ihren Schiffen nahezu den gesamten Mittelmeerraum und gründeten überall ihre Kolonien und Marktflecken, wo sie ihre Luxuswaren, wie Schmuck, Geschirr und Tuche mit der einheimischen Bevölkerung gegen Rohstoffe wie Edelmetalle, Elfenbein und eben Erz eintauschten. Auch Olivenbäume und Weinstöcke kamen auf diesem Wege zu den Völkern des westlichen Mittelmeeres, und die

Etrusker hatten es schnell verstanden, diese Früchte Gewinn bringend anzubauen und zu verwerten.

Natürlich trachteten die Phönizier und Griechen danach, die Erzvorkommen Etruriens, zu denen auch die Minen von Korsika gehörten, in ihre Hände zu bekommen, doch es gelang ihnen nicht, da die Etrusker ebenfalls ausgezeichnete Seeleute waren und jede Stadt über eine schlagkräftige Kriegsflotte verfügte. Die Etrusker hatten zwar keine Ambitionen, ihren Lebensraum kolonial zu erweitern, aber ihr maritimes Hoheitsgebiet, welches die Adria im Osten und das Tyrrhenische Meer (sic!) im Westen umfasste, wussten sie gut zu verteidigen und brachten wohl auch jedes griechische oder phönizische Schiff auf, was sich unerlaubt in diesen Gewässern aufhielt. Das brachte ihnen den Ruf ein, blutrünstige Piraten zu sein, wobei sich hier die Frage stellt, ob es wohl einen Unterschied zwischen Kolonialisierung und Piraterie geben könnte.

Auf jeden Fall prosperierten die etruskischen Städte schon recht früh von diesem Handel, der ihnen nicht nur Reichtum, sondern auch das Erblühen ihrer Kunst bescherte. Anfangs orientierten sich die etruskischen Kunsthandwerker zwar noch an griechischen Vorbildern, wie man es an den frühen figürlichen Darstellungen oder Keramiken deutlich erkennen kann, aber in der Spätzeit entwickelten sie einen eigenen, unverwechselbaren Stil.

Der Niedergang dieser einzigartigen Kultur geht einher mit dem Aufstieg Roms.

»7 5 3, Rom schlüpft aus dem Ei!«

Fast jeder hat irgendwann einmal im Schulunterricht diese magische Eselsbrücke zum Gründungsdatum Roms gelernt. Doch, liebe Leser, es war nicht so! Ich habe in diesem Roman eine Gründungsvariante Roms beschrieben, für die mich jeder aufrechte Humanist steinigen würde. Aber dennoch spricht vieles dafür, dass dies der Wahrheit weit näher kommt als die heroische Darstellung, die man in den römischen Sagen nachlesen kann.

Schauen wir den archäologischen Tatsachen ins Auge.

In der Mitte des 8. Jahrhunderts vor unserer Zeitrechnung bestand das, was später einmal Rom werden sollte, aus zwei, vielleicht drei primitiven kleinen Hüttendörfern, die sich auf dem Kapitol, dem Palatin und dem Esquilin aneinander schmiegten und gerade dabei waren, sich zusammenzuschließen. Umgeben waren sie von einer Natur, die alles andere als lebensfreundlich war, denn aus den Sümpfen der Tiberniederungen stiegen alljährlich Mückenschwärme auf, die todbringende Fieberseuchen verursachten. Aufgrund dieser misslichen natürlichen Gegebenheiten wurde dieser Ort sowohl von den Etruskern als auch von den italischen Stämmen gemieden, obwohl er an einer strategisch günstigen Lage im etruskischen Grenzgebiet positioniert war.

Paradoxerweise nahm aber die Bevölkerung während dieser Zeit ständig zu, was den Rückschluss erlaubt, dass sich dort Leute sammelten, die aus den verschiedensten Gründen gezwungen waren, ihre angestammte Heimat zu verlassen, um hier, wo keiner nach ihnen suchte, einen Neuanfang zu machen. Und es waren nicht nur die Angehörigen der italisch-latinischen Stämme, die nach Rom kamen, es waren auch Etrusker. Das ist insofern bemerkenswert, da das Kulturgefälle zwischen den Etruskern einerseits und den übrigen Völkern des alten Italiens, wie den Sabinern, Umbrern und Faliskern, die indoeuropäische Idiome sprachen, beträchtlich war.

Ein wenig drängt sich mir dabei der Vergleich mit den frühen Pionieren Australiens oder des »Wilden Westens« Nordamerikas auf, denn auch sie stammten aus allen Ländern Europas, um sich dort unter den lebensfeindlichsten Bedingungen eine »Neue Welt« zu schaffen. Und was waren das meistenteils für Menschen, die aus Europa auf die neuen Kontinente ausgewandert sind – oder auswandern mussten? Gesuchte Verbrecher, Hasardeure, Abenteurer oder einfach nur verarmte Menschen aller Sprachen, die in der Heimat Haus und Hof verloren hatten. Und wenn man heute sieht, was diese Menschen aus ihrer Chance gemacht haben, dann wird der Vergleich mit dem frühen Rom augenscheinlich, denkt man an dessen spätere Größe.

Ich erwähnte vorhin, dass auch Etrusker damals nach Rom kamen. Den meisten Menschen, die sich irgendwann einmal mit der Geschichte des Römischen Reiches befasst oder vielleicht einmal die römischen Sagen gelesen haben, entgeht dieses äußerst wichtige Faktum leider, denn immerhin waren es diese Etrusker, die Rom zur Stadt gemacht haben! Sie allein verfügten nämlich aufgrund ihrer hohen Kultur über die technischen Fähigkeiten, so etwas zu bewerkstelligen (z.B. Bau der Cloaca maxima!).

Und sie bildeten die Oberschicht Roms, denn noch bis in spätrepublikanische Zeiten war der römische Senat zu 60% mit Etruskern besetzt. Viele Gentilnamen römischer Patrizier haben etruskische Wurzeln, wie etwa die Claudier (etr. Clevthi), die, wie der Name schon sagt, aus der etruskischen Stadt Clevsin (lat. Clusium) stammen.

Das eiste von dem, was wir heute gerne als typisch römisch ansehen, ob es die Liktoren mit ihren Rutenbündeln, den Fasces, sind, die prächtigen Triumphzüge oder die Gladiatorenkämpfe, das alles ist etruskischen Ursprungs. Selbst die berühmte kapitolinische Bronzewölfin, das Staatswappen Roms, ist die Arbeit eines etruskischen Künstlers.

Rom hat nun in seiner Geschichte viele Länder erobert und unzählige Völker besiegt, doch die Grausamkeit und Brutalität, mit der die Römer damals gegen die Etrusker vorgegangen sind, blieb, von Karthago einmal abgesehen, beispiellos. Nachdem die Etrusker nämlich vollständig besiegt und ihre Städte weitgehend zerstört worden waren, haben die Römer ihnen irgendwann auch noch verboten, sich in der Öffentlichkeit ihrer Sprache zu bedienen. Auch haben die Römer systematisch alles, was an ihre Existenz erinnert, nachhaltig vernichtet. So haben sie aus Caere 300 Bronzestatuen nach Rom geschleppt, nicht etwa, um sie aufzustellen, sondern um sie einzuschmelzen!

Der Letzte, von dem wir wissen, dass er das Etruskische gesprochen hatte, war, wie gesagt Kaiser Claudius.

An dieser Stelle möchte ich noch einmal an jene seltsame Prophezeiung erinnern, nach der die Existenz der Etrusker nur 8/10 Saecula währen sollte. Genau mit der Ermordung(!) des Claudius, 54 n. Chr., war das letzte Saeculum abgelaufen!

Woher rührte bloß dieser unverständliche Hass? Nun, es gibt keinen schlimmeren und unversöhnlicheren Hass als der, den Kinder ihren Eltern gegenüber entwickeln, wenn diese verschmäht oder gar enterbt und davongejagt werden. Die Familienbande sind damit unwiderruflich zerschnitten. Wenn wir davon ausgehen, dass selbst ein wenig vermögender Etrusker aus freien Stücken niemals nach Rom gekommen wäre, dann wird es dafür zweifellos gravierende Gründe gegeben haben, wenn er es dennoch tat. Waren es die ungeliebten Zweit- und Drittsöhne? Hatten sie sich eines schweren Verbrechens schuldig gemacht und waren aus Etrurien verbannt worden? Oder verbarg sich hinter diesen Emigranten ein ähnliches Schicksal, wie es in diesem Roman geschildert ist? Wir wissen es nicht, aber die Tatsache, dass die zumeist dem Adel angehörenden Etrusker in Rom sich bald ihrer Abstammung zu schämen begannen und sich eine neue Identität verschafften, spricht dafür. Und das erklärt auch, warum sie nach der Niederwerfung Etruriens alles getan haben, um das Andenken und das Erbe der Etrusker dem Vergessen anheim fallen zu lassen, denn damit erinnerte auch nichts mehr an ihre eigene, für sie schmachvolle Herkunft.

Wohlgemerkt, dies ist meine persönliche Meinung und keine wissenschaftliche Aussage! (Der Traum des Thesu von dem Wolfsrudel spielt auf diese meine Meinung an!)

Noch einmal möchte ich hier betonen, dass diese Ausführungen nur die Oberfläche des etruskischen »Problems« berühren und rate deshalb einem jeden, der eine tiefere Einsicht in die Welt der Etrusker nehmen will, sich darüber in einschlägiger Fachliteratur weiter zu informieren und sich darüber hinaus vor allem vor Ort kundig zu machen!

Nach diesem – zugegeben – recht kurzen Exkurs in die Welt der Etrusker, möchte ich jetzt noch einige Erklärungen zu den Akteuren und dem Handlungsablauf dieses Romans geben.

Die beiden Protagonisten, Tanachvil und Tarchunies sind überliefert, denn es handelt sich hierbei natürlich um jenen Tarquinius Priscus aus den römischen Sagen, der mit seiner Frau Tanaquil nach Rom kommt und nach Ancus Marcius König wird. Auch die beiden Familiennamen Tarchna und Spuriana sind überliefert. Beide Familien waren hochadlig und in Etrurien weit verzweigt. Auch für Rom sind beide Namen belegt.

Dass Tarchunies/Tarquinius ein Tarchna (lat. Tarquinier) war, steht fest, ob Tanachvil allerdings eine Spuriana/Spurinna war, ist keinesfalls gesichert und entspringt meiner Fantasie.

Die hat mir auch eingegeben, die beiden eine Zeit lang als Piraten unterwegs sein zu lassen. Dies habe ich aus zwei Gründen getan. Zum einen wollte ich darauf hinweisen, dass die Etrusker exzellente Seefahrer gewesen sind. Der zweite ist etwas komplexer. Im Grunde beginnt diese Geschichte mit einer »Romeo und Juliade«, nur sind wir nicht im Florenz der Renaissance, sondern im Tarquinia des 7./6. Jhdts. vor unserer Zeitrechnung. Nun sagte ich schon, dass die etruskischen Frauen den Männern völlig gleichgestellt waren, und eben auch als sehr selbstbewusst galten. Tanachvil war eine solche etruskische Adlige, wie uns die Sage berichtet, und deshalb schon eine Fehlbesetzung für die Shakespear'sche Julia. Außerdem ist sie extrem ehrgeizig und eigenwillig, denn es ist ja sie, die Tarchunies später dazu antreibt, nach der Königswürde zu streben. Es galt also ein Umfeld zu finden, wo ihre so gezeichneten Charaktereigenschaften optimal zur Geltung kommen und in dem sie dem zur See fahrenden Tarchunies schicksalhaft begegnen konnte. Da kam mir in den Sinn, aus ihr eine Piratin zu machen. Erstens hebt dieser »Männerberuf« ihre starke Emanzipation noch hervor, und zweitens hat sie dafür zwei Vorbilder, nämlich die beiden Piratinnen Mary Reed (»Bloody Mary«) und Jane Byrd, die im 17. und 18. Jahrhundert gelebt haben.

Dass ich gerade in dem in Rom spielenden Teil etwas gegensätzlich zu den römischen Sagen geschrieben habe, resultiert daraus, dass diese Sagen zu einem Zeitpunkt verfasst wurden, als man sich in Rom nur noch sehr ungern an das etruskische Erbe erinnerte. Es erschien mir daher logisch, die Ereignisse aus etruskischer Sichtweise zu betrachten, zumal die Sagen, gerade was die Geschichte um Tarquinius und

Tanaquil betrifft, einige Falschaussagen beinhalten. So heißt Tarquinius dort zuerst Lukomo und ist der Sohn eines reichen griechischen Immigranten. Er heiratet die adlige Tanaquil, aber da ihn die Tarquinier zum Leidwesen seiner Frau aufgrund seines Vaters nicht achten, gehen die beiden nach Rom, tun viel Gutes, und er wird dann König.

Daran ist zunächst falsch, dass Lukomo ein Name ist. Zweitens hätte sich damals eine adlige Etruskerin reinen Blutes niemals mit einem Mischling, dessen Vater dazu auch noch Kaufmann war, eingelassen. Wenn unser Tarchunies allerdings, wenn nicht der Lukomo selbst, sondern dessen Sohn war, ergibt das eher einen Sinn.

Zum Schluss noch einige Worte zu der Figur Cairteachs. Wie unschwer zu erkennen ist, handelt es sich hier um einen Kelten vom Stamme der Senonen. In der Keltologie wird die Epoche, in der die Handlung dieses Romans angesiedelt ist, als Hallstattzeit bezeichnet (zw. 800 und 450 v. Chr.). Gegen Ende dieser Epoche beginnen keltische Stämme mehr und mehr nach Oberitalien einzuwandern, wobei böse Zungen behaupten, der Wein hätte sie über die Alpen gelockt! Darunter waren übrigens auch die Senonen, an die der Name der italienischen Stadt Senegallia noch erinnert.

In Gräbern der Hallstattzeit tauchen als Beigaben häufig Keramiken und Bronzegegenstände auf, die eindeutig mediterraner, also griechischer oder etruskischer Herkunft sind. Es muss also schon zu dieser Zeit ein reger Handel über die Alpen hinweg existiert haben. Und ganz sicher hat es schon damals in den nördlich der Alpen gelegenen Ländern »Touristen« gegeben, die in diese wundersamen Länder gereist sind, aus denen all die Kostbarkeiten kommen, die daheim so bewundert werden, und wo es das ganze Jahr über mild ist und die Sonne so heiß scheint. Stellvertretend für diese Kelten steht unser Freund Cairteach. Aber ihm kommt noch, indem er Polymele heiratet und sie in seine Heimat mitnimmt, eine zweite Bedeutung zu.

Die Heuneburg, eine hallstattzeitliche Befestigungsanlage bei Hundersingen/Donau, weist neben den vielen Keramikfunden griechischen Ursprungs noch eine eigentümliche Besonderheit auf, die sie von allen übrigen keltischen Anlagen jener Zeit unterscheidet. Ihre Mauern bestanden nämlich aus Lehmziegeln, wie sie eigentlich nur im Mittelmeerraum zum Bauen verwendet worden sind. In den hiesigen Breiten hingegen sind sie aufgrund des hier herrschenden, vorwiegend rauen und feuchten Klimas kaum zu gebrauchen, erst recht nicht zum Bau einer Wehrmauer. Aber man kann zumindest darauf schließen, dass der unbekannte Heuneburgfürst einmal den Süden bereist und solche Mauern vor Ort gesehen hat. Und vielleicht hat er, weil er sich dort eine griechische Frau genommen hat, ihr zuliebe diese Anlage bauen lassen, damit sie so an ihre Heimat erinnert würde. Mit Cairteach hat der Fürst nun ein Gesicht und einen Namen bekommen …

Glossar

Wie schon im Nachwort erwähnt, ist es uns möglich, die etruskische Sprache zu lesen. Im Gegensatz zum griechischen und späterhin lateinischen Alphabet fehlen die Buchstaben b, d und g. Außerdem gibt es, vom Lateinischen abweichend, die aspirierten Verschlusslaute ph, kh (ch), th. Ansonsten aber stimmen die übrigen Vokale und Konsonanten mit den uns bekannten überein.

Um dem Leser nun einmal eine Kostprobe des Etruskischen zu geben, führe ich hier eine Wandinschrift (linksläufig!) aus der sogenannten »Tomba del Cardinale« (i. e. Grab des Kardinals) in Tarquinia an.

Dort steht zu lesen: »*Ravnthus felcial felces arnthal larthial vipinal sethres cuthnas puia*«, was möglicherweise wie folgt zu übersetzen wäre: »(dies ist das Grab?) von Ravnthu Felci, (Tochter?) des Arnth Felci und der Larthi Vipina, der Gattin des Sethre Cuthna.«

Gerade in dieser Inschrift kommt häufig jener th-Laut vor, der, wie auch das nicht minder häufig erscheinende ch, von den Römern nicht oder kaum ausgesprochen werden konnte. So wurde aus Tarchunies Tarquinius und aus Larth Lars, oder aber, wenn das th in der Mitte eines Namens steht, vielleicht Rantai, anstatt Ranthai.

Um dem Leser die Möglichkeit zu geben, die Welt der Etrusker auch klanglich erleben zu können, habe ich mich bei der Wiedergabe der Personen- und Städtenamen streng an ihre Schreibweise gehalten.

Das nun folgende Verzeichnis ist gegliedert in:
1) Personennamen: a) Etrusker, b) Andere
2) Städtenamen: etruskisch – lateinisch – modern (italienisch)
3) Sachbegriffe

1) Personennamen:

a) Die Etrusker:

Die Familie Tarchna:

Thesu: Onkel des → Laris, Priester des → Velthune

Ranthai: dessen Frau

Laris: Lukomo von → Tarchnal

Squria: dessen Frau

Thivarie, Nerie und Tarchunies: Söhne des Laris und der Squria; Thivarie wird nach dem Tod seines Vaters Lukomo von Tarchnal

Tarchunies: Erstgeborener Sohn des Tarchunies und der Tanachvil

Ravnthu: Tochter des Tarchunies und der Tanachvil

Velthur: Vetter des → Laris, wohnt in Rom

Die Familie Spuriana:

Arnth: Lukomo von Chaisrie, Vater der → Tanachvil und Feind des Laris Tarchna

Tanachvil: dessen Tochter, Piratin und spätere Ehefrau des → Tarchunies

Venel: Vetter des → Arnth, lebt in → Tarchnal, Spion und Verräter

Vel, Avle und Arnth: dessen Söhne und stadtbekannte Raufbolde

Weitere Etrusker von Bedeutung:

Sethre Macstrna: Handelsherr, Freund des Laris Tarchna und verheiratet mit → Larthi

Larthi: Ehefrau des Sethre Macstrna, hatte eine folgenreiche Liaison mit Tarchunies Tarchna

Cilnie Macstrna: Sohn der Larthi und des Tarchunies

Vel und Ravnthu Huzcnai: Künftige Schwiegereltern des Thivarie Tarchna

Ramatha Huzcnai: deren Tochter, Verlobte des Thivarie

Cilnie und Taituri Maecnas: Künftige Schwiegereltern des Nerie Tarchna

Culnai: deren Tochter und Verlobte des Nerie

Caile Maecnas: Bruder des Cilnie Maecnas und Befehlshaber der Flotte Tarchnals

Mamarce und Murui Seianti: Bekehrte Feinde des Laris Tarchna und Eltern des → Larth

Arruns Saties: Zilath von Tarchnal

Vethre Cuthna: Ratsherr von Tarchnal und »Volksfreund«
Arruns Pulenas: Priester des Velthune und Nachfolger des Thesu Tarchna
Marce Suana: Hausverkäufer in Rom
Rutile Hipukrates: Architekt aus Tarchnal; entwirft und baut die → Cloaca maxima in Rom
Caie: dessen Sohn; setzt die Arbeit seines Vaters fort
Hvlave: Steuermann des Tarchunies auf der *Tarchons Freude*
Caie und Puzra: Bootsmänner des Hvlave

b) Die Craeces:
Eurypylos: geschäftstüchtiger griechischer Reeder aus → Cyme; Opfer eines Piratenüberfalls
Ismene: dessen Frau; entgeht knapp einer Vergewaltigung
Laogenes: Sohn des Eurypylos und der Ismene; wird vergewaltigt
Polymele: Tochter des Eurypylos und der Ismene; heiratet ihren Retter → Cairteach

Die Römer:
Ancus Marcius: König von Rom
Iunius und Marcus: dessen Söhne; Aufrührer gegen Tarchunies
Aulus Cassius: Prätor Roms und begeisterter Anhänger seines Königs Tarchunies

Lucius Postumus: Pflichtbewusste Torwache, die zum Tribun avanciert

Die Übrigen:

Oppius Manius: Landhungriger König der Sabiner

Titus Vilius: dessen unbeherrschter Gesandter; erklärt Rom den Krieg

Cairteach: Schlagkräftiger Kelte vom Stamme der Senonen: Sohn des Stammesfürsten Cataman und Busenfreund des Tarchunies; heiratet eine Exotin

2) Städtenamen und andere geographische Bezeichnungen

Etruskische Städte:

Etr.	Lat.	Ital.
Velznal	Volsinii	Bolsena
Chaisrie	Caere	Cerveteri
Clevsin	Clusium	Chiusi
Curtun	Cortona	Cortona
Vipsul	Faesulae	Fiesole
Perusna	Perusia	Perugia
Fufluns	Populonia	Populonia
Sveanna	Saena	Siena
Tarchnal	Tarquinii	Tarquinia
Veia	Veii	Veio
Vethluns	Vetulonia	Vetulonia
Velathri	Volaterrae	Volterra
Velchal	Volci	Vulci

Andere Städte:

- Cyme: griechische Kolonie unweit von Neapel
- Cures: Hauptstadt der Sabiner
- Gades: phönizische Handelsniederlassung in Spanien; das heutige Cadiz
- Naukratis: griechischer Frei- und Handelshafen im Nildelta
- Pithecoussai: griechische Inselkolonie; Neapel vorgelagert
- Poseideion: griechische Goldminenkolonie unweit des Bosporus
- Ruma (lat. Roma): Ein Beispiel, wie aus einem Mückennest ein Großreich wird
- Zancle: Phönizische Kolonie in der Nähe von Messina

3) Sachbegriffe:

- Brucha: keltisches Wort für Hose
- Chlamys: kurzer griechischer Schulter mantel
- Purth: etruskischer Titel; entspricht dem lat. Prätor, allerdings mit diktatorischer Gewalt
- Tabenna: typisches männliches Kleidungsstück der Etrusker: ein oval geschnittener mantelähnlicher Überwurf
- Ulthese: so nannten die Etrusker die italisch-latinischen Stämme
- Zilath: etruskischer Titel

Götternamen:
- Tini: lat. Iupiter
- Uni: lat. Iuno
- Menrva: lat. Minerva
- Turan: lat. Venus
- Laran: lat. Mars
- Nethuns: lat. Neptun

Zum Schluss noch Erläuterungen zu Begriffen, die allgemein abgehandelt werden können.

1) Die Sabiner oder Sabeller sind ein Volksstamm, der wie die im Text erwähnten Umbrer, Falisker und Latiner in der direkten Nachbarschaft Roms angesiedelt war (siehe auch die Landschaften Umbrien und Latium.)
2) Der Grenzfluss Anio, der das römische Gebiet von dem der Sabiner trennt, ist der heutige Anione Teverone.

Nordwesteuropa im 14. Jh. v. Ch.: In einem kleinen Dorf an der Küste fristen die Bewohner ihr Leben mit dem Handel von Bernstein, welches zu jener Zeit von den Hochkulturen des südöstlichen Mittelmeerraumes geradezu mit Gold aufgewogen wurde. Tarkon, der älteste Sohn einer der angesehendsten Familien des Dorfes, begibt sich auf die abenteuerliche Reise in das Land der Pharaonen. Doch es sind nicht nur Handelsinteressen, die ihn antreiben: Er hofft auch, seinen Vater zu finden, der von der letzten Reise nicht nach Hause zurückgekehrt ist und seitdem als verschollen gilt …

ISBN 3-404-14570-4

BASTEI LÜBBE

13. Jahrhundert vor Christi: Als das Land der Nordleute von einer verheerenden Flutkatastrophe heimgesucht wird, ziehen die Überlebenden nach Ägypten – ein Reich, mit dem sie seit Jahren gute Handelsbeziehungen unterhalten. Aber der regierende Pharao verweigert den Flüchtigen ihren Wunsch, sich in Ägypten niederzulassen. Am Hofe des Pharaos machen sie die Bekanntschaft des hethitischen Botschafters. Dieser bietet den Nordleuten ein geheimes Bündnis gegen die Ägypter an, da diese die Macht der Hethiter bedrohen. Geblendet von den zu erwartenden Reichtümern, lassen sich die Nordleute darauf ein – ein riskantes und gefährliches Unterfangen …

ISBN 3-404-14700-6

BASTEI LÜBBE

Ein großer historischer Roman für alle Freunde des MEDICUS und der SÄULEN DER ERDE

Schottland 1096: Papst Urban hat die Gläubigen aufgerufen, ins Heilige Land zu ziehen und das Grab Christie zu befreien. Drei der Kreuzfahrer sind der Gutsherr Ranulf und seine Söhne von den fernen Orkney-Inseln. Nur Murdo, der Jüngste, bleibt zurück. Doch als ein gieriger Bischof und ein korrupter Abt Murdo und seine Mutter von Haus und Hof vertreiben, muss der Junge seine eigene Pilgerfahrt antreten. Eine abenteuerliche Reise durch das mittelalterliche Europa beginnt, die ihn bis vor die Tore Jerusalems führt – und mitten hinein in den Schrecken des Krieges. Alleine muss Murdo den Kampf um sein Glück und das Erbe seiner Familie aufnehmen. Dabei gelangt er in den Besitz eines der größten Schätze der Christenheit, der ihn zum Begründer einer geheimen Tradition macht, die über die Jahrhunderte bis in die Gegenwart reicht.

ISBN 3-404-14729-4

BASTEI
LÜBBE

Italien im Jahre 1478: Während der Ostermesse im Dom zu Florenz wird bei einem Attentat auf die Medici der jüngere Bruder Giuliano getötet. Sein Bruder Lorenzo, der seit einiger Zeit mit dem Papst um die Vorherrschaft in einigen italienischen Republiken streitet, überlebt - und eröffnet eine gnadenlose Jagd auf die vermutlich Schuldigen: die rivalisierende Sippe der Pazzi, ebenfalls ein altes florentinisches Geschlecht.
Zur gleichen Zeit gerät die junge Jana Dlugosz in Verdacht, mit den Pazzi kollaboriert zu haben. Alle Beweise sprechen gegen sie, und selbst ihr Gefährte, der Kaufmann Peter Bernward, beginnt an ihr zu zweifeln. Haben Machthunger und Ehrgeiz die junge Frau in eine verhängnisvolle Falle getrieben?
Aber dann beginnen Menschen aus Janas Umfeld zu verschwinden, und Peter Bernward erkennt, dass der Fall komplizierter ist, als er dachte ...

ISBN 3-404-14757-X

BASTEI LÜBBE

Im Schatten der Lilie schildert das ungewöhnliche Schicksal einer faszinierenden Herrscherin: Eleonore von Aquitanien. Mit fünfzehn wird sie Königin von Frankreich, nicht ahnend, dass sie einst auch über England herrschen wird. Mit fünfundzwanzig zieht sie mit den Kreuzfahrern ins Heilige Land. Sie besiegt Hunger, Krankheit, Gefahren. Nur ihre Liebe zu Geoffroi, Graf von Anjou, besiegt sie nicht. Diese heimliche Liebe ist das eigentliche Abenteuer im Leben der Eleonore von Aquitanien, ein Abenteuer, das in der Geschichte des Mittelalters seinesgleichen sucht.

ISBN 3-404-14772-3

BASTEI LÜBBE